स्वर्ग के त्रिदेव शृंखला-1

दशग्रीव से दशानन

संदीप के. शर्मा

नीलकंठ प्रकाशन

दिल्ली भारत

प्रकाशक :
नीलकंठ प्रकाशन
4760-61 23, अंसारी रोड़, दरियागंज, नई दिल्ली–110002
मो. : 9810675061, 7011309851
ई–मेल : pankajguptabook@gmail.com

प्रथम संस्करण : 2023

I.S.B.N. 978-93-95145-54-1

मूल्य :

अक्षरसंयोजक :
ए–वन ग्राफिक्स
सी–30, द्वितीय तल, न्यू मोती नगर, नई दिल्ली–110015

मुद्रक :
आर. आर. प्रिण्टर्स, दिल्ली–110053

DASGRIVE SE DASANAN *by* Dr. Sandeep K. Sharma

परमश्रद्धेय गुरु

स्वर्गीय डॉ. के. के. शर्मा

परमश्रद्धेय माता-पिता

श्रीमती प्रेमलता शर्मा

स्वर्गीय विष्णुदत्त शर्मा

के

श्रीचरणों में

स्मृतांजलि

भगवान शिव

अनुक्रम

प्रकाशकीय

दशानन अर्थात् रावण अपने युग का एक महान् विद्वान् और वीर योद्धा था। जिसने तत्कालीन असभ्य और आतंकी जनजातियों पर विजय प्राप्त कर उन्हें अपने वश में किया। इस गुरूत्तर कार्य में देवगणों ने किस प्रकार उसकी सहायता की और एक भयमुक्त समाज के गठन में योगदान दिया, इसी घ टनाक्रम की ऐतिहासिक एवं तथ्य परक जानकारी इस उपन्यास में आपको पढ़ने के लिए मिलेगी जो अब तक अनेक ग्रंथों में उपमा-उपमानों में संग्रहीत रही। दशानन ने एक मूल्यवान खोज करके दुनिया के दृष्टिकोण को ही बदलकर रख दिया। क्या थी वह खोज? यह जानने के लिए
पढ़िए–"दशग्रीव से दशानन"।

–प्रकाशक

ब्रह्मा के दशानन

'अवश्य' ब्रह्मा ने संक्षिप्त उत्तर दिया।

'आज ही'? विष्णु ने संक्षिप्त प्रश्न किया।

'इस समय ही'। ब्रह्मा बोले।

ब्रह्मा जी के मुख पर चिन्ता के भाव स्पष्ट थे। मगर विष्णु समझ नहीं पा रहे कि वयोवृद्ध ब्रह्मा चिन्तित क्यों है। सभी कुछ तो सामान्य चल रहा है फिर क्या कारण है कि उन्होंने आपात सभा बुलाई।...... और वो भी केवल मुझे और महेश को बुलाया है। विष्णु अभी सोच ही रहे थे कि ब्रह्मा अपने आसन से उठे और गवाक्ष की ओर चले गये। वहाँ से स्वर्गवास की ओर आने वाला मार्ग स्पष्ट दिखता है।

अति आतुर वयोवृद्ध ब्रह्मा के पीछे विष्णु भी उस गवाक्ष की ओर चले गये। धीरे से बोले–"महामहिम आप की व्यथा तो ज्ञात करवाइये।"

'महेश को आने दो विष्णु'। इतना कहकर गहरी सांस लेकर ब्रह्मा विष्णु की ओर मुड़े और बोले–'विष्णु तुम तो आदेशों का संचालन करते हो मृत सागर में रहकर। यहाँ से सैंकड़ों योजन दूर। देवभूमि पर क्या घटित हो रहा है इससे तुम अनभिज्ञ रहते हो। दूत मेरे पास आकर सारे समाचार देते हैं। सूचनाएँ सुखद नहीं है विष्णु। महेश ही समाधान कर सकता है।' विष्णु उनका मुख देखते रहे। अवाक।

'प्रणाम महामहिम द्वि।' महेश जी ने कक्ष में प्रवेश करते हुए शान्ति भंग करके कहा। दोनों ने महेश की ओर मुड़कर देखा। अविलम्ब

ब्रह्मा तेजी से महेश की ओर बढ़े और उसके दोनों बाजुओं को अपने हाथों से पकड़कर बोले–'महेश इतने विलम्ब से क्यों?'

'हिमपात'

"ओह हिमपात ! प्रकृति मानवीय संवेदनाओं को नहीं समझती। उसका अपना क्रमचक्र है। निर्बाध। सदैव गतिशील। हम मानव ही इसकी व्यर्थ में चिन्ता करते हैं। उचित है। सभी के अपने-अपने हित हैं। आओ आसन ग्रहण करो। आओ विष्णु, तुम भी आओ।"

तीनों ने अपने-अपने आसन ग्रहण किये। तभी तीन अपसराएँ गर्म तरल पदार्थ लेकर आईं। उसके साथ अनेक प्रकार के मेवे और फल थे। अप्सराओं ने तीनों के सामने रखी आसंदी पर वस्तुएँ रखी और जाने लगी। तभी ब्रह्मा बोले–' अनुपस्थिति' तीनों चली गई और कक्ष का द्वार बंद कर दिया।

'हिमपात से निकलकर आये को महेश। ये गर्म आसव तुम्हें शक्ति प्रदान करेगा।' ब्रह्मा ने आसवपत्र हाथ में लेते हुए कहा।

'आदेश कीजिए महामहिम'। अपना आसव समाप्त करने के बाद महेश बोले।

'मेरी बात पूर्वाग्रह मुक्त होकर सुनों!' तीनों में मंत्रणा हुई। शंखध्वनि ने तीनों की मंत्रणा रोकी। गहरी सांस लेकर ब्रह्मा बोले–"चलिए शाकाहार काल प्रारंभ हो चुका है। भोजनकक्ष में उपस्थित होना होगा। स्वर्गावास की यही परम्परा है। शाकाहार में हरी सब्जियों के सूप और फल होते है।

शाकाहार के उपरान्त, नियमानुसार एक प्रहर के विश्राम की व्यवस्था थी, पर आज आपातकाल था, त्रिदेव पुनः मंत्रणा कक्ष में मिले।

सर्दी अधिक होने के कारण मंत्रणा कक्षा की व्यवस्था में परिवर्तन किया गया। तीनों आसनों के मध्य अग्निपुंज रखे गये ताकि गर्मी बनी रहे। सभी गवाक्ष मोटे-मोटे पर्दे से ढक दिये गये। प्रकाश पुंज प्रज्ज्वलित कर दिये गये थे।

तीनों ने एक-एक करके मंत्रणा कक्ष में प्रवेश किया और अपने-अपने आसन पर बैठ गये। 'परिस्थितियाँ इतनी भयावह हैं इसका ज्ञान मुझे नहीं था महामहिम।" विष्णु आसन पर बैठते हुए बोले।

–'भविष्य इससे भी अधिक भयावह होगा विष्णु।' वयोवृद्ध ब्रह्मा बोले। 'यदि इस समय कठोर कदम नहीं उठाये गये तो स्थिति संभालना अत्यन्त कठिन और असंभव हो जायेगा।'

–'इसका समाधान महामहिम'?

–'महेश के पास है। महेश सक्षम है।'

–'महेश किस मौन मंथन में हो।' विष्णु बोले।'

–'महेश तुम्हारे ही निर्णय पर जगत का भविष्य निर्भर है। निर्णय सार्थक होना चाहिए।'

कुछ पलों के लिए मंत्रणा कक्ष में शान्ति छा गई। महेश ने अपने बैठने की आकृति बदली। आसन पर आसन की मुद्रा में महेश ने स्थिति की। ब्रह्मा और विष्णु महेश को इस स्थिति में पहली बार देख रहे थे। महेश के इस नये रूप में देखकर दोनों आश्चर्यचकित थे। मगर शान्त। मौन। स्तम्भ। आशातीत।

अचानक महेश अपने आसन से उठे। एक प्रकाश पुंज की ओर गये उसकी अग्नि पर अपने दोनों किये और फिर अपने मुख पर फेरने के उपरान्त मुड़े और वहीं खड़े होकर बोले–

'महामहिम आपकी अवस्था इस समय तीन सौ वर्ष चल रही है। श्रद्धेय विष्णु जी भी लगभग दो सौ पैंतीस वर्ष की अवस्था के समीप है। जहाँ तक कि मेरा प्रश्न है मैं भी अपने जीवन की एक सौ पचास से अधिक ऋतुएँ देख चुका हूँ। आप सभी जानते है कि वयोवृद्ध महामहिम ब्रह्माजी को उनके ही नहीं बल्कि संसार के नौ सौ प्रतिष्ठित कबीलों ने अपना ज्ञान प्रमुख चुना था। उस समय आपकी अवस्था मात्र तीस वर्ष थी। तब आपने अपने शोध और

अनुसंधान के माध्यम से हम हिमाद्री क्षेत्र में रहने वालों को ज्ञात करवाया था– सम्पूर्ण पृथ्वी का आकार।....... और श्रद्धेय आपको सामुद्रिक ज्ञान विश्लेषण के उपरान्त महामहिम के समकक्ष स्थान दिया गया।' और तुम्हें हिमाशिखरों के मध्यभाग में अमृत जल का भंडार होने की सूचना देने पर हम दोनों के समकक्ष स्थान दिया गया जिसमें शः ने भी अत्यन्त महत्त्वपूर्ण भूमिका अदा की थी। निःस्वार्थ। लेकिन हमारी आज की मंत्रणा के विषय से पूर्व गाथा के प्रसंगों से क्या लेना देना महेश।'

'सम्बन्ध है महामहिम, सम्बन्ध है। सम्पूर्ण पृथ्वी के मानव समूहों ने हम तीनों के ऊपर ये उत्तरदायित्व सौंपा की हम अव्यवस्थित मानव जीवन को व्यवस्थित करें अपने ज्ञान के बल पर। हमने अपने ज्ञान के विकारों को शुद्ध करने के लिए अनेक शिष्य बनाये। उन्हें सर्वप्रथम अपने ज्ञान में पारंगत किया और फिर उन्हें इसकी अनेक शाखायें खोजने, ज्ञान के विकारों को निकालकर उसे सर्वसम्मत बनाने का दायित्व सौंपा गया। गहरी सांस लेकर महेश बोला "हम तीनों ने ही अपने ज्ञान के विस्तार, शुद्धि और जीवनोपयोगी बनाने के लिए प्रलिति नियुक्तियाँ की। उनके उनके लिए विशाल अनुसंधानशालायें स्थापित की। हमारा प्रथम चरण सार्थक था।"

मंत्रणा कक्ष में शान्ति छा गई। महेश अचानक अपनी बात कहते-कहते चुप हो गये। फिर प्रकाश पुंज के समीप खड़े महेश धीमे-धीमे अपने आसन की ओर आये और आसन पर विराजमान हो गये। ब्रह्मा और विष्णु प्रश्न वाचक मुद्रा में महेश की ओर देख रहे थे। अपनी गर्दन तीन बार 'हाँ' की मुद्रा में हिलाकर महेश ने कहना शुरू किया–'यहाँ तक तो सब कुछ ठीक था महामहिम। लेकिन इसके बाद हम तीनों में यह सोचकर 'महर्षि' पदवी को जन्म दिया था कि इनके सान्निध्य में अनेक विषय विशेषज्ञ पैदा होंगे। वे ऋषि कहलायेंगे। उनके शिष्य इस परम्परा को अग्रसारित करेंगे।

इससे ज्ञान और वि–ज्ञान का विस्तार होगा। मानव जगत लाभान्वित होगा। पशुओं का उद्धार होगा और पर्यावरण संतुलित रहेगा।'

'हाँ तो इसमें त्रुटि कहाँ है महेश।' ब्रह्मा तपाक से बोले।

'योजना में त्रुटि नहीं है महामहिम। त्रुटिहीन है हमारी योजना। मगर हम तीनों अपनी व्यस्तता के कारण इसका काल–अब काल में इसका अवलोकन नहीं कर सके। मूल्यांकन नहीं कर सके। संशोधन नहीं कर सके।'

–'सत्य वचन महेश। हमारा अतिविश्वास हमारे लिए हील घातक बन गया।' विष्णु सहजता से बोले।

–'प्रथम चरण में एक प्रस्ताव हम तीनों ने बिना अवलोकन के स्वर्गपुरी की स्थापना की स्वीकृति दे दी। उसकी अभेद्य सुरक्षा आम मानव को ब्रह्मा से दूर कर दिया। श्रद्धेय आप मृत सागर में रहने के कारण पहले ही जनमानस को अप्राप्त हो चुके थे और मैं कैलाश–मानसरोवर में निवास करने के कारण सभी से दूरस्थ हो चुका था।'

–'महेश ! आज तुमने विगत वर्षों के मूल्यांकन की जो भूमिका प्रस्तुत की है। वह वास्तव में हमारी त्रुटि इंगित करती है।

–'संध्या पूर्व हमें अंतिम निर्णय ले लेना चाहिए।' विष्णु बोल।

–'निश्चित ही।'

–'महामहिम ! मैं आप दोनों से सहमत हूँ। हमें दो निर्णय करने ही है। प्रथमतः तत्काल और द्वितीय दीर्घकाल।

–'अर्थात्'? विष्णु तपाक से बोले।

–'नारद'।

–'नारद अर्थात् ?' ब्रह्मा उत्सुकतावश बोल पड़े।

–'नारद नामक एक गुप्तचर जो हम त्रिदेव और जनमानस के मध्य की दूरी कम कर सके। पल–पल की सूचना महामहिम तक पहुँचाये और महामहिम का आदेश अन्य देवों–देवियों, महर्षियों, ऋषियों और जनमानस तक पहुँचा सकें।

–'प्रस्ताव स्वीकार्य है महेश।'

–'आशीष दीजिए महामहिम।'

–'सदैव, सर्वत्र, सम्पूर्ण।'

–'सत्यं, शिवं, सुंदरम्।' विष्णु ने अपने दोनों हाथ ऊपर उठाकर कहा।

–'महामहिम अतिशीघ्र नारदयोजना का शुभारम्भ स्वर्गपुरी में करवा दूंगा।'

–'अति उत्तम महेश।' ब्रह्मा जी ने मुस्कुराकर कहा। विष्णु की ओर देखकर वे आगे बोले–'दीर्घकाल' पर विस्तार से कहो महेश।

–'दीर्घकाल का संचालन आप स्वंय करेंगे महामहिम।'

–आज विस्मयकारी क्यों हो महेश?' ब्रह्मा बोले।

–'क्षमाप्रार्थी हूँ महामहिम। दीर्घकाल योजना का शुभारंभ भी आप करेंगे और समापन भी।'

–'विस्तार से ज्ञात करवाइये महेश।' विष्णु बोले।

–'श्रद्धेय! दीर्घकाल का स्वागत विस्मरणीय होगा। क्योंकि उसमें एक नहीं दशांक भी सम्मिलित होगा।'

–'दशांक?'

–'हाँ विष्णु दशांक। आपको ज्ञात है कि अभी कुछ वर्षों पूर्वतक नवम् अंक ही थे गणना प्रकरण में।'

–'हाँ ज्ञात हैं महामहिम।'

–'अब एक नवीन अंक भी हमारे एक युवा ने खोजा है इससे गणनाकारक में प्रगति हुई है। नवम् अंक के उपरान्त पुनः एक अंक के साथ शून्य लगा देने से द्विगुणात्मक गणना का जन्म हुआ।'

–'इसका लाभ महामहिम?'

–'विष्णु ! पूर्व काल में हम अंक एक से नवम् अंक तक गणना करके उसके अनेक समीकरण बनाते थे। मगर अंक नवम् के बाद हमारी गणना ठहर जाती थी। वस्तुतः इस कारण हमारे ज्ञान और

वि-ज्ञान के अनेक शोध एवं अनुसंधान आधार में थे। शून्य की उत्पत्ति के बाद ज्ञान, वि-ज्ञान को गति प्राप्त हुई है।'

–'अति उत्तर महामहिम, अति उत्तम। इसका तात्पर्य यह है कि मैं एक दीर्घ अन्तराल के उपरान्त स्वर्गपुरी आया हूँ।'

–'श्रद्धेय ! आपको ज्ञात होगा कि बीस ऋतु पूर्व एक नये अन्वेषण समारोह में आपने पारितोषिक वितरण किया था।

–'उपयुक्त विश्लेषण महेश।'

शंख और धातुध्वनि के साथ ही मंत्रणा कक्ष में शान्ति छा गई। द्वारा खुला चार ! चार अप्सरायें कक्ष में प्रविष्ठ हुई। तीन अप्सराओं के हाथों में गर्म पानी से भरे मृणपात्र थे और चौथी अप्सरा अपने हाथों में तीन अलग-अलग रंग के हस्तप्रच्छालन वस्त्र लिये हुए थीं।

सर्वप्रथम ब्रह्मा ने हस्तप्रच्छालन किया तो स्वेतप्रच्छालन वस्त्र अप्सरा ने प्रस्तुत किया।

विष्णु ने आसमानी रंग में हस्त प्रच्छालन किया और महेश ने हरे रंग से प्रच्छालन के उपरान्त मंत्रणा कक्ष के समीप कलात्मक छज्जे की ओर बढ़े। सामने का दृश्य अत्यंत मनोहारी था। हिमाच्छादित शिखर के पार्श्व में अस्त होता सूर्य और नीले आकाश में अस्त होते सूर्य के सात रंगों की छठा देखते ही बनती थी।

सूर्यास्त को नमस्कार करने की मुद्रा में जैसे ही ब्रह्मा, विष्णु महेश खड़े हुए वैसे ही शंख, घंटे, धातुध्वनि नगाड़े, तुरही और अन्य यंत्र बजने लगे। स्वर्गपुरी के स्वर्गावासप्रासाद के शिखरों शिखरों और उच्चस्थ पर सभी लोग हाथ जोड़कर सूर्य ध्वनि–'ऊँ' का उच्चारण करने लगे। जैसे ही सूर्यास्त पूर्ण हुआ वैसे ही उच्चारण बंद हुआ और प्रकाश पुंजों के प्रज्ज्वलित होते ही स्वर्गावास प्रासाद जगमगा उठा और संपूर्ण स्वर्गपुरी आकाशीय तारों की भाँति आकाशगंगा -सी जगमगा उठी।

स्वर्गपुरी प्रकरण-1

वायुदूत 'चक्रपाणि' के गवाक्ष से हिमाच्छादित स्वर्गपुरी का मनोरम दृश्य देखकर कोई भी गद्‌गद् हो जाए।अतिविशिष्ट अतिथियों को ही प्राप्त होता था। बड़े-बड़े आवास। उसके चारों ओर मनमोहक सुगन्धित पुष्पों की श्रृंखला। बड़े और चौड़े विशाल मार्ग। समकोण बनाते मार्गों के समकोण पर विभिन्न आकृतियों के छोटे-बड़े उद्यान। स्वर्गवास के चारों ओर विशाल उद्यान। उसके चारों ओर रंगीन पताकाएँ दृश्य को आकर्षक बना रहीं थी।

सुरक्षार्थ, स्वर्गपुरी को हिमालय की एक घाटी में बसाया गया था। वास्तुशिल्पी ने कठोर चट्टानों के धरातल के चारों ओर काष्ठावास बनाये थे। प्रत्येक आवास की छत को चारों ओर ढलवा बनाया गया था। ताकि हिमपात के समय उन पर हिम न जमें। उनके शीर्ष पर एक दण्ड पर पताका लगाई गई थी। पताकाओं के रंग से ज्ञात होता था कि आवास किसका है। इसके साथ-साथ एक रंग की पताकाओं के आवास समूहों का प्रथम आवास समूह प्रमुख का होता था। जिस पताका का आकार अलग होता था। ऐसे अनेक आवास समूह थे।

इन आवास समूहों के पार्श्व में विशाल उच्चस्थ पठार पर विशाल स्वर्गावास था। इसके चारों ओर काष्ठ चारदीवारी थी। मध्य में एक विशाल द्वार। जिसके बाहर और अन्दर प्रहरी सशस्त्र उपस्थित रहते थे।

सम्पूर्ण स्वर्गपुरी चारों ओर से काष्ठभित्ति से सुरक्षित थी। इसके तीन विभिन्न दिशाओं में चार द्वार था। मुख्यद्वार पूर्व दिशा की

ओर था। इसी दिशा में स्वर्गावास सहित सभी आवासों के मुख्य द्वार थे।

स्वर्गपुरी के चारों ओर विशेष विधि के द्वारा ढलवां हिम जमाई गई थी। ताकि अनावश्यक व्यक्ति और पशु नगरी में अवैध रूप से प्रवेश न कर सके। नगरी के चारों और वृक्ष, लताएं और पुष्पों के वृक्ष लगाये गये थे।

स्वर्गपुरी के बाहर दक्षिण दिशा में एक वायुयानों के लिए विशेष स्थल बनाया गया था। यहाँ अन्तरिक्षकर्मी सदैव उपस्थित रहते थे। विशेष विधि से वायुयानमार्ग और चक्रपाणि नायकयान के लिए वृत्ताकार आकृति अलग से बनाई गई थी। इसे लाल रंग के स्वास्तिक से बनाया गया। ऐसी तीन आकृतियाँ थी। तीनों का आकार चक्रपाणि के शीर्ष पर लगे चक्र के आकार के अनुरूप थी। अर्थात् चक्रपाणि अलग-अलग आकार थे। उनकी क्षमता भी अलग थी। चतुर्रासन से नवासन् वाले चक्रपाणि स्वर्गावास हेतु थे। गरुण, क्रौंच आदि अनेक वायुयान ये जिन्हें आवश्यकतानुसार छोटा-बड़ा किया जा सकता था।

धरातल से संकेत मिलते ही चक्रपाणि अपने निर्धारित स्वास्तिक के ठीक ऊपर आया और धीरे-धीरे नीचे आने लगा। जैसे ही चक्रपाणि धरातल पर उतरा चक्रपाणि के वायुदूतक ने यंत्र बंद किया तो वातावरण में कर्कश ध्वनि से वातावरण पुनः शान्त हुआ। यंत्र बंद होते ही सशस्त्र सुरक्षा अधिकारियों ने चक्रपाणि को चारों ओर से घेर लिया।

तभी एक काष्ठवाहन ने हरे रंग का पदक चक्रपाणि के द्वार से अन्तरिक्ष भवन के द्वार तक बिछाया और एक ओर चला गया। इसके बाद अति विशिष्ट अतिथि के स्वागत हेतु स्वर्गपुरी के प्रमुख प्रशासक, ब्रह्मा के सुरक्षा प्रमुख, मार्ग प्रमुख, सशस्त्र बल प्रमुख, अंगरक्षक प्रमुख, स्वास्थ प्रमुख, भोज्य प्रमुख, स्वर्गावास प्रमुख प्रशासक

और प्रमुख अप्सरा अपनी सहायिकाओं के साथ हरे पदक के एक ओर पंक्तिबद्ध खड़े हो गये। हरे रंग का पदक हस्तशिल्पियों की बेजोड़ कृति मानी जाती थी और अतिविशिष्ट अतिथि के आगमन पर इसे बिछाया जाता था। इस कालीन को ये लोग पदक कहते है।

चक्र के रूकते ही चक्रपाणि का मुख्यद्वार विशेष सुरक्षाकर्मी ने खोला। द्वारा खुलते ही चार सोपान वाली सीढ़ी बाहर आई और विशेष सुरक्षाकर्मी द्वार के एक ओर खड़ा हो गया। चौकन्ना।

शंख ध्वनि हुई। अतिविशिष्ट अतिथि ने सर्वप्रथम अपना सिर द्वार से बाहर निकाला। चौड़ा मस्तक। मस्तक पर श्वेत चंदन का तिलक। लम्बी, मोटी, काले बालों की शिखा। बड़े-बड़े नेत्र। सुर्ख ओट। लम्बी गर्दन। गिठा हुआ शरीर द्वार से बाहर आया। दायें कंधे पर उत्तरीय। सुव्यस्थित अंगवस्त्र। कमर में स्वर्णभूषण। सु-ग्रीवा में 'स्वर्णाभूषण, जो नाभी तक थे। मोतियों की माला। कर्ण फूल। बाजू बंद। पैरों से आकर्षक पादुकाएँ। विशिष्ट अतिथि ने झूककर सभी का आभार व्यक्त किया। प्रत्येक से पृथक् रूप से भेंट की।

सर्वप्रथम स्वर्गपुरी के प्रमुख प्रशासक ने हाथ छोड़कर अपना परिचय दिया। उसके उपरान्त उसने अतिविशिष्ट अतिथि से समान दूरी बनाये रखकर वहाँ उपस्थिति सभी प्रमुखों का परिचय करवाया। अन्त में अप्सरा मुख ने आगे बढ़कर स्वागत किया और उसकी सहायिकाओं ने समान दूरी बनाकर अतिविशिष्ट अतिथि की घेर लिया।

अन्तरिक्ष भवन में बाई ओर से अनेक रथों का आगमन प्रारम्भ हुआ और नियत रथों में सभी प्रमुखों ने अपना स्थान ग्रहण किया। नौंवारथ विशिष्ट विशिष्ट अतिथि हेतु था। नौ श्वेत अश्व, नौ चक्रों पर निर्मित आकर्षक रथ। अग्रभाग में रथवाहक। उसके उपरान्त विशेष सुरक्षा अधिकारी। मध्य में स्वर्णजड़ित आसन। इसके पार्श्व में छत्र लिए एक अंगरक्षक और उसके बाद नौ सुरक्षा अधिकारी। रथ के पीछे अन्य नौ रथ। जिसमें अधिकारी और सुरक्षाकर्मी थे।

अतिविशिष्ट अतिथि को इस विशेष रथ में बैठाकर उनके सामने वाले आसन पर प्रमुख अप्सरा ने अपना स्थान ग्रहण किया। शेष सहायिकाएँ ने रथ के दोनों ओर विशेष रूप निर्मित सोपानों पर खड़ी थी कि मार्ग में उपस्थित कोई भी जन अतिथि का स्पष्ट दर्शन न कर सकें और कोई भी प्रहार करने दुसाहस न कर सके।

जैसे ही सभी ने अपने रथों में अपना स्थान ग्रहण किया। वैसे ही शंख ध्वनि के साथ अठारह रथों की यात्रा प्रारंभ हुई। अन्तरिक्ष भवन का लगभग अर्धव्यास घुमकर अठारवीं भवन के उत्तर दिशा में स्थित निष्कास द्वार पर पहुँची। तभी शंख ध्वनि हुई । उत्तर द्वार पर पहले से उपस्थित 108 सशस्त्र घुड़सवार अंगरक्षक दल ने अठारहवीं का दायित्व संभाला और अग्र घुड़सवार श्वेत ध्वज लेकर स्वर्गावास हेतु स्वर्गपुरी के पूर्व दिशा में स्थित मुख्यद्वार की ओर अग्रसर हुआ।

सर्पीलाकार, ऊँची-नीची पहाड़ियों के घुमावदार मार्ग से होकर अठारहवीं दो योजन की यात्रा करके जैसे ही स्वर्गपुरी के मुख्य द्वार पर पहुँची, वैसे ही वहाँ उपस्थित सशस्त्र सुरक्षा दल ने सावधान की मुद्रा ली और एक स्वर उभरा–'सशस्त्र दल अतिथि स्वागतार्थ उपस्थित'।

इस घोषणा के साथ ही शंख ध्वनि के साथ नगाड़े, तुरही और अन्य वाद्य यंत्रों ने स्वागत ध्वनि निकाली। विशाल द्वि धरातल द्वार के पट खुलने शुरू हुए। द्वार के प्रथम और द्वितीय तल पर खड़े स्त्री पुरुषों ने विभिन्न रंगों के पुष्पों पंखुड़ियों की वर्षा प्रारम्भ की।

सर्वप्रथम 108 सशस्त्र घुड़सवार अंगरक्षक दल ने स्वर्गपुरी के प्रमुख द्वार में प्रवेश किया। इसके उपरान्त अठारहवीं ने प्रवेश किया। मुख्य द्वार में प्रवेश करने के उपरान्त दल ठहर गया।

अतिविशिष्ट अतिथि का रथ एक भवन के सामने रूका। सोपानों पर खड़ी अप्सरा सहायिकायें उत्तरी और एक अंगरक्षक ने रथ का द्वारा खोला।

प्रथम स्वागत अधिकारी अपनी दो सहायिकाओं के साथ रथ की ओर अग्रसर हुआ उसकी सहायिकायें अपने हाथों में एक मृणपात्र में भोजनपत्रपुस्तिका और कलम दवात लिये हुए थी। तीनों रथ पर चढ़े और प्रथम स्वागत अधिकारी ने अपने हाथ जोड़कर अतिविशिष्ट अतिथि के समुख खड़े होकर कहा–"प्रथम स्वागत प्रमुख, स्वर्गपुरी, आपका हार्दिक स्वागत करता है। निवेदन, आप इस भोजपुस्तिका पर अपने हस्त–अक्षर अंकित करें।'

सहायिकाओं ने भोजपुस्तिका और कलम दवात अतिविशिष्ट अतिथि की ओर बढ़ाई। अतिथि ने व्यवस्थाओं का सम्मान करते हुए कलम ली और केसर के तरल से भरी दवात में कलम डालकर भोजपत्र पुस्तिका पर आवश्यक सूचनाएँ क्रमानुसार अंकित की।

'धन भाग्य' कहकर प्रथम स्वागत अधिकारी अपनी दोनों सहायिकाओं के साथ रथ से उतरा और दोनों हाथ जोड़कर सिर झुकाकर खड़ा हो गया। शंख ध्वनि हुई। दल आगे बढ़ा।

स्वर्गपुरी प्रकरण-2

प्रथम सुरक्षा द्वार से निकलने के बाद अठारहवीं आगे बढ़ी। मार्ग के दोनों ओर अंगरक्षक सशस्त्र उपस्थित थे। इसके बाद स्वर्गपुरी के द्वितीय द्वार पर स्वागत हुआ।

अपने अतिविशिष्ट अतिथि के स्वागत के लिए पुरी के अनेक नरनारी मार्ग के दोनों ओर उपस्थित थे। जैसे ही अठारहवीं आगे बढ़ी नरनारी पुष्प वर्षा करने लगे।

अतिविशिष्ट रथ में सवार अप्सरा प्रमुख अपने अतिथि को नगरीय व्यवस्था और वास्तु की विस्तृत जानकारी देती जा रही थी।

–'प्रथम एवं द्वितीय द्वारों के मध्य अतिशीघ्र कार्यवाही करने वाले योद्धा निवास करते हैं। इन्हें हम 'त्वरितबल' कहते हैं। इन्हें इस प्रकार प्रशिक्षित किया जाता है कि ये प्रत्येक परिस्थिति में शत्रुओं पर त्वरित आक्रमण करके उनके बल और दल को शक्तिविहीन कर देते हैं।'

–'अति उत्तम' ! अतिथि ने संक्षिप्त-सा प्रोत्साहनवर्धक उत्तर दिया।

–'धन्यभाग्य' ! पुष्प वर्षा से प्रफुल्लित अप्सरा प्रमुख ने हल्की मुस्कान के साथ कहा–'हमारी नगरी में बौद्धिक कार्य करने वालों को हार्दिक सम्मान दिया जाता है। वे सदैव वंदनीय है। सदैव सुरक्षित है। वास्तुशिल्प ने उनको प्रमुखता देते हुए उनके आवासीय परिसर पुरी के द्वितीय के समीप इस मार्ग के दोनों ओर निर्मित किये है। प्रत्येक आवास के चारों ओर उद्यान है। मुख्य द्वार पूर्व दिशा की ओर है।'

–'आवास अत्यन्त आकर्षक एवं भव्य है।' अतिथि ने दोनों ओर देखकर कहा।

–'जी ! आपने सत्य कहा। इनके आवास में तीन श्यन कक्ष, एक अध्ययन कक्ष, एक उपासना कक्ष, एक स्वागत कक्ष, एक पाकशाला और चार स्नानागार है। इसके अतिरिक्त प्राकृतिक रूप से उपणजल प्रवाह सदैव रहता है।'

समकोण बनाते सपाट, खुले, चौड़े मार्ग पर अठारहवीं अपनी निर्धारित गति से बढ़ रही थी।

–'इस मार्ग के दोनों ओर व्यापारियों के निवास है। ये लोग पुरी की प्रत्येक आवश्यकताओं की पूर्ति करते हैं। इनके आवास में तीन श्यन कक्ष, एक आराधना कक्ष, एक अतिथि कक्ष, एक पाकशाला और तीन स्नानागार है। इसके अतिरिक्त एक विशाल भण्डारण कक्ष भी है। इनके आवास के अग्रभाग में उद्यान है। आवास समूह की परिकल्पना इस प्रकार है कि इनके आवास के पार्श्व में निर्मित भण्डारण गृहों तक बड़े और चौड़े मार्ग है ताकि वस्तुओं का भण्डारण और निष्कासन निर्बाध रूप से हो सके। इस कारण चार-चार समूहों के इन आवासों के मुख्य द्वार अलग-अलग दिशाओं में है।'

–'अति उत्तम एवं दुर्लभ।' अतिथि ने कहा।

–'उत्तर और दक्षिण दिशा में जहाँ ये आवासीय परिसर समाप्त होते हैं वहाँ दोनों दिशाओं में विपणन केन्द्र है जहाँ पुरी के निवासी विक्रय करते हैं।'

–'अठारहवीं बाई ओर मुड़गयी। तब अप्सरा प्रमुख ने बताया। –'आपके बाई ओर जो विशाल हरी दूबयुक्त स्थल है, यह समारोह स्थल है। इसके दो भाग है। प्रथम भाग में विभिन्न क्रीड़ाओं का आयोजन होता है और द्वितीय भाग में सांस्कृतिक कार्यक्रम आयोजित किये जाते हैं।'

'दक्षिण दिशा में स्वच्छता विहार है। इनके आवास में दो श्यन कक्ष, एक आराधना कक्ष, एक अतिथि कक्ष, एक पाकशाला, दो

स्नानागार और एक स्वच्छता उपकरण कक्ष है। इनके आवास के दो ओर उद्यान है।'

–'आश्चर्य'।

–'उत्तर दिशा में शिल्प विहार है। यहाँ सभी शिल्पविधाओं में पारंगत शिल्पी सपरिवार रहते हैं। इनके आवासीय परिसर सबसे भिन्न है। प्रत्येक शिल्पी के आवास में तीन श्यनकक्ष, एक आराधना कक्ष, एक अतिथि कक्ष, एक प्रदर्शनी कक्ष, एक पाकशाला और चार स्नानागार है। इसके अतिरिक्त एक विशाल कार्य शाला है जहाँ ये लोग अपनी कल्पनाओं को साकार करते हैं–कार्यशाला के पार्श्व में दो कक्ष, एक पाकशाला, एक स्नानागार वाले आवास है जहाँ उत्कृष्ट शिल्पियों के सहायक रहते हैं। इनके आवास के चारों ओर उद्यान है और दो आवासों के मध्य विशाल मार्ग भी है।

इस वार्तालाप के मध्य अठारहवीं पहले दायीं ओर और फिर बाईं ओर मुड़ गई। अप्सरा प्रमुख ने अपने अतिविशिष्ट अतिथि को बताया–'अब हम योद्धा विहार से निकल रहे हैं। इस मार्ग के दोनों ओर योद्धाओं के आवास है। इनके आवास में दो श्यनकक्ष, एक अतिथि कक्ष, एक व्यायामशाला, एक आयुद्ध कक्ष, एक पाकशाला और एक स्नानागार है। नौ आवासों का एक संयुक्त उधान है।

–'संयुक्त उधान?'

–'जी ! ये शासकीय उधान है।'

–'श्रेष्ठ।'

–'थल, जल, नभ और मरु योद्धाओं का वर्गीकरण है।'

–'आश्चर्य।'

–'क्यों?'

–'मरु योद्धा?'

–'जी।'

–'क्यों?'

–'जल हेतु।'

–'अर्थात्'

–'सम्पूर्ण पृथ्वी पर मरु क्षेत्रों में जल संग्राम रोकने के लिए।'

–'विलक्षण विचार।'

–'अभी तक हम जनपथ पर अग्रसर थे। आगे एक और द्वार पर हम ठहरेंगे।'

–'अर्थात्'

–'वह प्रमुख द्वार है।'

–'प्रमुख द्वार? और अब तक जो द्वार थे वह?'

हल्की मुस्कान के साथ अप्सरा प्रमुख ने कहा–अन्तरिक्ष भवन के उपरान्त पुरी में प्रवेश हेतु प्रथम द्वार को सुरक्षा द्वार एवं मुख्य द्वार कहते हैं। द्वितीय द्वार जनपथ था और इस द्वार के प्रमुख द्वार इसीलिए कहते हैं क्योंकि इस प्रमुख द्वार के बाद स्वर्गपुरी के सभी विभागों के विभाग प्रमुखों के आवास है।'

अठारहवीं रूकी। द्वार खुला। एक अधिकारी अपनी एक सहायिका के साथ अतिथि रथ के समीप आया। रथ में बैठी अप्सरा प्रमुख ने अतिथि से निवेदन किया–'उष्ण उदक ग्रहण कीजिएगा?'

–'रुचि नहीं है।'

–'मधु युक्त है।'

–ब्रह्माजी के दर्शन हेतु आतुर हैं।'

अठारहवीं आगे बढ़ी।

–'इस मार्ग को नीति मार्ग कहते हैं।'

–'नीति मार्ग क्यों?'

–'क्योंकि इस मार्ग के दोनों ओर नित नीति निर्माता, नीति निदेशक, नीति वाचकों के प्रमुख निवास रहते हैं।

–'श्रेष्ठ, अतिश्रेष्ठ।'

–'प्रमुख पदवी वाले व्यक्तियों के घर अत्यन्त कलात्मक होते हैं–विशाल अतिथि कक्ष, पाँच श्यन कक्ष, एक आराधना कक्ष, एक कार्यकक्ष, एक मंत्रणा कक्ष, एक सहायक कक्ष, दो सेवक परिवारों

के कक्ष, एक सारथी कक्ष, और दस स्नानागार। आवास के चारों ओर मनमोहक उद्यान।'

—'सर्वोत्तम।'

—'इस मार्ग पर गुप्तदूत सदैव तत्पर रहते हैं।'

—'उत्तम अति उत्तम।'

—'ज्ञातव्य है रात्रिकाल में इस मार्ग पर प्रकाश पुंज सदैव प्रज्ज्वलित रहते हैं।'

—'और शेष मार्गों पर?'

—अर्ध रात्रि तक।'

—'उसके उपरान्त?'

—'एक-एक प्रकाश पुंज वाहक प्रत्येक मार्ग के समकोण पर और एक-एक सदैव भ्रमण पर।'

—'अति उत्तम।'

—'पुरी के पूर्वोत्तर क्षेत्र में महर्षियों के विशाल आश्रम, गऊशालाएँ और शोधशालाएँ है। उत्तर पश्चिम दिशा में कृषि उत्पाद सम्बन्धी विस्तृत मैदान है। जहाँ ऋतुओं के अनुसार शोध, अनुसंधान, परीक्षण एवं प्रयोग होते हैं।

अठारहवीं अपनी गति से स्वर्गावास भवन तक बढ़ रही थी। अतिथि सोच रहा था। वास्तव में स्वर्गपुरी सर्वश्रेष्ठ क्यों है? सम्पूर्ण जगत से बहुत आगे है स्वर्गपुरी। यहाँ मानव जगत के उद्धार के लिए सर्वोत्तम कार्य सम्पन्न हो रहे हैं। और हम.....हम अपने आपसी सम्बन्धों को लेकर ही समररत है। अन्ततः हमारा हश्र क्या होगा? कोई स्मरण रखेगा? हमारे पास ऐसा कुछ भी नहीं है जैसा स्वर्गपुरी में है। विकसित योजनाएं। विकसित पुरी। व्यवस्थित व्यवस्थाएं। शेध अनुसंधान। अन्वेषण। ऋतु अध्ययन। पर्यावरण शोध। अभेद्य सुरक्षा व्यवस्था। कर्त्तव्यपरायणता। अनुशासन। धैर्य। जीवन शैली।

—'किस मतान्तर में व्यस्त हो गये आप?'

—'नहीं। मंथन नहीं। तुलना।'

–'तुलनात्मक?'

–'हाँ।'

–'अप्सरा प्रमुख मुस्कुराई। बोली–'अति शीघ्र।' अभी तो आपने र्स्वपुरी के विषय में लेसमात्र ज्ञान प्राप्त किया है।'

अतिथि अप्सरा प्रमुख का मुख देखता ही रह गया।

–'यह अतिविशिष्ट क्षेत्र है। यहाँ प्रमुख महर्षियों के आवास है। महर्षियों के आवास में लगभग वह सभी सुख सुविधाएँ है जो महामहिम के स्वर्गावास में है।'

–'महामहिम?' आश्चर्य से अतिथि ने जानना चाहा।

–'जिन्हें आप ब्रह्माजी कहते है हम उन्हें महामहिम कहते हैं। यही यहाँ की रीति है। परम्परा है।'

–'स्वर्गपुरी वास्तव में श्रेष्ठ है।'

–'मात्र श्रेष्ठ?'

–'क्षमा प्रार्थी है। सर्वश्रेष्ठ है।'

–'निश्चित ही।'

–'महर्षि कौन होते हैं?'

–'सभी जानकारियाँ हम से लेंगे?'

–'क्षमा प्रार्थी हूँ।'

–'अति विशिष्ट कार्य सम्पन्न करने वाले शोधकर्ता महर्षि कहलाते हैं। अर्थात् किसी भी विषय में अद्वितीय कार्य सम्पन्न करने वाले जन।'

–'अति उत्तम।'

–'इस द्वार से परमपथ प्रारम्भ होता है।'

–'यहाँ सुरक्षा व्यवस्था?'

–'इस द्वार से निर्बाध वही प्रवेश कर सकता है जिसने तीनों द्वार सफलतापूर्वक पार किये हों। आप अतिविशिष्ट अतिथि है अतः द्वार पर उपस्थित गुप्त दूतों ने अठारहवीं रथ दल को नहीं रोका।'

–'अठारहवीं?'

–'अप्सरा मुस्कुराई। शान्त। अनुत्तर।'

अठारहवीं पहले पहले बाईं ओर मुझे फिर दाईं ओर मुड़ी और ठहर गयी। अतिथि ने पहले अपनी दाईं ओर देखा। रथ एक उच्चस्थ स्थल पर था। वहाँ से ढलवां चौड़ा मार्ग और स्वर्गपुरी के कलात्मक, सुसज्जित और आकर्षक आवास दृष्टिगोचर हो रहे थे। विशाल वृक्ष समूह, लतायें, पुष्पित शृंखलाएँ। शंखध्वनि ने अतिथि की तंद्रा भंग की। अतिथि ने अपने दाईं ओर देखा। सुसज्जित सशस्त्र सहित अंगरक्षक और विशाल भवन। पहले अप्सरा प्रमुख रथ से उतरी। सभी प्रमुखों ने पंक्तिबद्ध खड़े होकर अतिथि के उतरने की प्रतिक्षा की।

स्वर्गवास प्रकरण

अतिविशिष्ट अतिथि रथ से नीचे उतरा। अपने वस्त्र ठीक किये। तीन बाईं ओर, तीन दाईं ओर, दो पार्श्व में और एक आगे प्रमुख अंगरक्षक दल ने अतिथि को घेरा। प्रथम अंगरक्षक ने अत्यन्त रोचक तरीके से पहला कदम बढ़ाया और सभी ने चलना शुरु किया।

नौ सोपान चढ़ने के उपरान्त एक काफी चौड़ा समतल सोपान था। सबसे विशेष बात ये थी कि अति विशिष्ट अतिथि को घेरकर चल रहे दल के अतिरिक्त शेष प्रमुख और अन्य व्यक्ति एक दूसरे के पीछे नहीं बल्कि सोपान पर एक साथ चल रहे थे। अतिथि इतनी विशाल लम्बी खूबसूरत सोपान देखकर आश्चर्य चकित था।

समतल सोपान के उपरान्त पुनः नौ सोपान देखकर अतिथि पुनः आश्चर्य चकित हुआ क्योंकि रथ से मात्र नौ सोपान ही दिखलाई दे रहे थे। यहाँ आकर्षक और फलात्मक मृणपात्रों में सुगंधित पुष्प खिले हुए थे। एक-एक रंग के नौ-नौ मृणपात्र इस प्रकार रो गये थे मानों वे हाथ जोड़कर स्वागत कर रहे हो। प्रत्येक तीन सोपानों के उपरान्त पुष्पाकृति बदल रही थी। अगली पुष्पाकृति स्वास्तिक की थी और तीन सोपानों के उपरान्त 'ॐ' की पुष्पाकृति दोनों ओर सुशोभित थी।

समतल सोपान पर ब्रह्मा-विष्णु-महेश उपस्थित थे। उनके पार्श्व में अति सुंदर, सुडौल, आकर्षक, घने केश, उन्नत उरोज गली अप्सराएँ हाथ में पुष्प, प्रज्ज्वलित दीप और अन्य स्वागत सामग्री लेकर खड़ी थी। ब्रह्मा-विष्णु-महेश अपनी-अपनी काष्ठ चौकियों पर खड़े थे। उस पर अलग-अलग रंग के रेशमी वस्त्र बिछे हुए थे।

समतल सोपान पर त्रिदेव के समक्ष पहुँचते ही सभी सावधान की मुद्रा में खड़े हो गये। सबसे आगे चलकर रहे अंगरक्षक प्रमुख ने अपने दोनों हाथ जोड़कर उद्‌घोष किया–'अतिथि उपस्थित महामहिम'। इतना कहकर नौ विशेष अंगरक्षक अतिथि से अलग दूर जाकर खड़े हो गये।

अतिथि ने परम्परागत तरीके से त्रिदेव को प्रणाम किया। ब्रह्मा ने आशीर्वाद देते कहा–'स्वागत है तुम्हारा।'

अप्सराओं ने अतिथि के मस्तक पर चंदन का तिलक किया। पुष्पगुच्छ भेंट किया। इसके उपरान्त अतिथि ने त्रिदेव के चरण स्पर्श किया। त्रिदेव ने आशीर्वाद दिया–'शतभाग्यवान भव'।

उद्‌घोष हुआ–'महामहिम, अनुमति।'

ब्रह्मा ने अपना दायाँ हाथ उठाकर संकेत किया।

उद्‌घोष हुआ–'ऊँ-ऊँ-ऊँ।'

त्रिदेव अपनी चौकियों से उतरे और स्वर्गवास के द्वार खुले। सभी भवन में प्रविष्ठ हुए।

अतिथि भवन की भव्यता देखकर आश्चर्य चकित था। भवन से बाहर जितनी अधिक ठंडक थी भवन के अंदर उतनी ही गरमाहट। द्वार एक विशाल कक्ष में खुला था। सभी धीरे-धीरे आगे बढ़ रहे थे। तीन ओर बड़े-बड़े गवाक्ष थे। उनपर बड़े-बड़े रंगीन मृणपात्रों के मध्य पुष्पों के मृणपात्र थे। इस विशाल कक्ष में चार-चार समूह में आसन रखे थे। उनके मध्य काष्ठ की मेज थी जिन पर आकर्षक पुष्पगुच्छ सुसज्जित थे। इस विशाल कक्ष का वास्तु अत्यन्त शोभनीय था। इस विशाल कक्ष की छत चारों ओर की दीवार पर ही टीकी थी। मध्य में खम्बा नहीं था। कक्ष के मध्य में दोनों ओर मुख्य द्वार को जोड़ने हेतु लाल रंग का कालीन था। इसकी बनावट एवं बुनावट इस प्रकार थी कि उसमें कहीं भी जोड़ नहीं है। विशाल कक्ष के उपरान्त

एक हरा भरा मैदान था और उसके बाद एक सभागार। इस सभागार का मुख्य द्वार पुष्पों, पर्णों और केले के पत्तों से सुसज्जित था।

सभी सभागार में प्रविष्ट हुए। वहाँ उपस्थित सभी गणमान्य अपने आसन से उठकर खड़े हो गये। त्रिदेव और अतिथि के पीछे चल रहे सभी व्यक्ति अपने नियत स्थान पर जाकर खड़े हो गये। उच्चस्थ मंच पर त्रिदेव और अतिथि अपने नियत स्थान पर बैठ गये। इसके बाद सभागार में उपस्थित गणमान्यों ने अपना आसन ग्रहण किया।

सभागार पुष्पों से सुशोभित था। मंच पर श्वेत वस्त्र था। आसनों पर लाल रंग का वस्त्र बिछा था। मंच के बाईं ओर एक उच्चस्थ आसन था। यह वार्ताकार कहलाता है।

वार्ताकार पर एक अप्सरा प्रकट हुई। उसने सम्बोधन किया–'महामहिम, श्रद्धेय, परमपूज्य, अतिथि एवं उपस्थित विदूषी एवं विद्वानगण, आज अत्यन्त प्राचीन एवं ऐतिहासिक सभागार मण्डप में आप सभी का हार्दिक अभिनन्दन है। स्वागत है।'

'यह मेरा धन्यभाग है कि मुझे अग्रवचन का अवसर मिला है। मैं सर्वप्रथम परमपूज्य से निवेदन करूंगी कि वे वार्ताकार से परिचय सम्बोधन दें। पूरमपूज्य!

महेश अपने आसन से उठे और वार्ताकार पर विराजित हुए। –'महामहिम, श्रद्धेय एवं उपस्थित गणमान्य, आज हमारे लिए अत्यन्त शुभ दिवस है। सर्वप्रथम मैं अपने अतिथि का परिचय आपसे करवाता हूँ।..... आप है दशग्रीव। पुलस्त्य कुल के तेजस्वी युवा। आप सुमाली की पुत्री कैकसी और ऋषि विश्रवा के पुत्र है। ऋषि विश्रवा के आश्रम में आपकी दीक्षा हुई। इस अल्पायु में आपने जो उत्कृष्ट कार्य किया है उसका विस्तार महामहिम देंगे।'

हाथ जोड़कर प्रणाम करके महेश अपने आसन पर आकर बैठ गये। अग्र वाचिका अप्सरा ने वार्ताकार पर आकर कहा–'श्रद्धेय! आपसे नम्र निवेदन है कि आप अतिथि महोदय का सत्कार करें।'

त्रिदेव और अतिथि दशग्रीव अपने आसन से खड़े हुए। तीन अप्सरायें अपने हाथों में पीले रंग के वस्त्र से ढके मृणपात्र लेकर आयीं। एक अप्सरा ने विष्णु के समीप जाकर पात्र आगे किया। उसमें श्वेत रंग का उत्तरीय था। विष्णु ने उत्तरीय उठाया और दशग्रीव की ओर बढ़े। दशग्रीव ने अपनी गर्दन नीचे की और विष्णु ने उत्तरीय पहनाया। दशग्रीव साधे खड़ा हो गया। सभागार हस्तसाल से गूंज उठा।

दूसरी अप्सरा ने महेश के समीप जाकर मृणपात्र आगे किया। महेश ने उस पात्र से रूद्राक्ष की बड़ी-सी माला उठाई। दशग्रीव ने पुनः अपनी गर्दन झुकाई और महेश ने रूद्राक्ष की माला पहनाई। सभागार हस्तसाल से पुनः गुंजायमान हो गया।

तीसरी अप्सरा ने आगे बढ़कर अपने हाथों में पकड़ रखा मृणपात्र ब्रह्मा के समक्ष प्रस्तुत किया। उस पात्र में रत्न जड़ित शिरोधार्य था। दशग्रीव स्वयं ब्रह्म के समक्ष आया और घुटनों के बल उनके सामने बैठ गया। ब्रह्मा ने रत्न जड़ित शिरोधार्य दशग्रीव के सिर पर पहनाया। दशग्रीव ने ब्रह्मा के चरण स्पर्श किये। सभागार में उपस्थित सभी गणमान्यों ने खड़े होकर हस्तताल से सारा सभागार ध्वनिरत कर दिया। शंख ध्वनि हुई।

हस्तताल ध्वनि के मध्य ही ब्रह्मा ने दशग्रीव के दोनों कंधों को पकड़कर उठाया। दशग्रीव हाथ जोड़कर खड़ा हो गया। ब्रह्माजी बोले-'दीर्घायु भव वत्स।'

विष्णु की ओर देखकर ब्रह्मा बोले-'आप विष्णु है। जगत के व्यस्थापिका, प्रबंधक, प्रशासक। आप सदैव मृतसागर में निवास करते हैं।'

हाथ जोड़कर दशग्रीव बोला-'क्षमाप्रार्थी हूँ श्रद्धेय। मुझे ज्ञात नहीं था। अपरिचित था।'

विष्णु उसे देखकर मुस्कुराते रहे।

ब्रह्मा महेश की ओर बढ़े। उसकी ओर संकेत करके बोले-'ये महेश है। हम तीनों में सबसे कनिष्ठ। आप नियोजक है। जगत में कहाँ, किस वस्तु की आवश्यकता है उसका सृजन करते हैं। इनके

एक अभिन्न मित्र और है श:। जो आज यहाँ उपस्थित नहीं हैं। आप दोनों ने मिलकर जो उत्कृष्ट कार्य किया है वह अनुपम है। गंगा आप ही देन है।'

दशग्रीव चरणस्पर्श के तत्पर हुआ। महेश ने प्रसन्न मुद्रा में उसे आशिष वचन कहे–'सर्वगुण सम्पन्न भव दशग्रीव'।

वार्ताकार पर अग्रवाचिका ने निवेदन किया कि–'श्रद्धेय विष्ण जी हमारा मार्ग दर्शन करें।'

विष्णु वार्ताकार पर उपस्थित हुए और बोले–'महामहिम प्रत्येक मानव अपने मानवजगत के अनुभवों से परिपूर्ण रहता है। उसका लाभ उसके परिवार, समाज और समस्त क्षेत्रवासियों को मिलता है। आवश्यकता है मात्र विस्तृत दृष्टिकोण की है और दशग्रीव इस दृष्टिकोण से परिपूर्ण लक्ष्य साधक है। उसे निर्बाध रूप से अग्रसारित रहना चाहिए। इतिवार्ता।

ब्रह्मा विष्णु को देखकर मुस्कुराये। अपने आसन की ओर आते समय विष्णु ने हाथ जोड़कर ब्रह्मा को प्रणाम किया। ब्रह्मा ने आशीर्वाद की मुद्रा में अपना बांया हाथ उठाया और अपनी गर्दन इस मुद्रा में हिलाई वे विष्णु के वक्तव्य के दूरगामी परिणाम समझ गये है।

वार्ताकार से अग्रवाचिका ने ब्रह्म को आमंत्रित किया। ब्रह्मा बोले–'आप सभी को ज्ञात है कि स्वर्गपुरी में सम्पूर्ण जगत के उत्कृष्ट शोध एवं अनुसंधानकर्त्ता को सम्मानित किया जाता है और उसे नवीन नाम देने की भी परम्परा है। यह नवीन उसके उत्कृष्ट कार्य का द्योतक होता है।'

सम्पूर्ण सभागार में स्वरगूंजा–'साधु-साधु'।

ब्रह्मा बोले–"आज दशग्रीव को नवीन नाम–'दशानन' की घोषणा करते हुए अपार हर्ष हो रहा है। आज से दशग्रीव 'दशानन' के नाम से जाना जायेगा। यह मेरी अभिलाषा है कि दशानन स्वयं अपने उत्कृष्टता का उल्लेख वार्ताकार से करें।

सभागार में हस्तताल गुंज उठा।

दशग्रीव वार्ताकार पर आया और उसने सम्बोधन प्रारम्भ किया–'महामहिम, श्रद्धेय, परमपूज्य और उपस्थित अतिविशिष्ट गणमान्य विभूतियाँ। मैं आप सभी के समक्ष तुच्छ हूँ। इस स्वर्गपुरी में सम्मान पाकर मैं गद्-गद् हूँ और आप सभी का आभारी हूँ। महामहिम ने मुझे 'दशानन' नाम दिया। इसके लिए मैं आपकी चरण वंदना करता हूँ।'

फिर ब्रह्मा की ओर देखकर दशग्रीव ने कहा–'महामहिम यह अनुचित होगा कि मैं ही अपने मुख से अपनी उत्कृष्टता का गुणगान करूँ।'

इतना सुनकर ब्रह्मा बोले–'वत्स अपने मुख अपना गुणगान स्वीकारोक्ति का सबसे सरल साधन है। तुमने जो मानवगत अनुभव किया है। उसे तुमसे अधिक स्पष्टता अन्य नहीं दे सकता।'

मुस्कुराकर दशग्रीव ने ब्रह्मा की ओर देखा और हाथ जोड़कर बोला–'आदेश का अक्षरतः अनुपालन होगा।' फिर सभागार में उपस्थित लोगों को देखकर दशग्रीव बोला–जैसाकि आप सभी विभूतियों को ज्ञात है कि–

सूर्य–एक
पक्ष–दो
ऋण–तीन
आश्रय–चार
तत्व–पाँच
दर्शन–छः
लक्ष्मी–आठ
दुर्गा–नौ

'पूर्वकाल में गणना नवम् अंक पर ही समाप्त हो जाती थी और हमारे पूर्वजों की गणना को आगे ले जाने के लिए नवम् समूह के उपरान्त पुनः गणना समूह बनाना पड़ता था।'

'मेरे पिता ऋषिवर विश्रवा ने मुझे ज्ञात करवाया था कि गणना

की पूर्णता आवश्यक है। इसके बिना अनेक मानवोपयोगी शोध अपूर्ण है। यदि गणनापूरक ज्ञात हो जाये तो क्रान्तिकारी परिवर्तन हो जायेंगे। ज्ञान और वि–ज्ञान अपने चरमोत्कर्ष पर होगा।'

माँ ने ज्ञात करवाया कि अभी गणना एकक है। इसका गुणन नहीं है। गुणनफल ज्ञात करना अभी तक संभव नहीं हुआ है। गणना के निम्नस्तर भी पूर्णरूपेण ज्ञात नहीं है और उच्चस्तर की कल्पना अन्तरिक्ष में भ्रमण की कल्पना के समान है।'

'अन्तरिक्ष भ्रमण तो मेरी बाल्य कल्पना की सुखद अनुभूति था मगर वास्तविकता यही थी कि मैं अपनी ग्रीवा अन्तरिक्ष की ओर करके उसके असीम अस्तित्व को देख सकता था।

'किशोरावस्था प्राप्त होते ही बाल्यकाल की शिक्षा मस्तिष्क पर पुनः जीवित हो आई। संभवतः पिता अनुमति नहीं देते।......... और मां, उनकी सहमति की तो आशा ही नहीं थी। अतः अपने अग्रज कुबेर से ध्रुतगामी अश्व और अनुचरों के साथ मैं गोपनीय रूप से पृथ्वी भ्रमण के लिए निकल गया। उत्तर, दक्षिण, पूर्व और पश्चिम दिशाओं सहित सम्पूर्ण पृथ्वी, सागर, टापू और पर्वत श्रृंखलाओं को दृष्टिगोचर करने के उपरान्त भोजपत्र पर पृथ्वी का रेखांकन उकेरना मेरा प्रथम प्रयास किया।'

'प्रथम दृष्ट्या, यह स्पष्ट संकेत था कि यात्रा प्रारम्भ और समापन स्थल तक एक वृत्त भोजपत्र पर अंकित हुआ और पृथ्वी का आकार वृत्ताकार सिद्ध हुआ।'

'भोजपत्र पर अंकित वृत्ताकार को सूर्योदय और सूर्यास्त की निश्चित परिधि में लाना विकट कार्य था। अतः अनेक प्रयासों के उपरान्त अपने पिता के आश्रम की स्थिति वृत्ताकार पर सुनिश्चित किया। काल्पनिक रेखाओं के समानुपात और अन्तरिक्ष में सूर्य की स्थिति के अनुसार पृथ्वी पर अपने पिता के आश्रम की वास्तविक स्थिति ज्ञात करना अत्यन्त दुरुह था मगर इसके लिए भोजपत्र पर

काल्पनिक रेखांकन ने अनेक अज्ञात तथ्य और रहस्यों से अवगत करवाया। तथ्यों और रहस्यों का समाधान होना प्रारम्भ हुआ।'

—'इस सिद्धांत की पुनः पुष्टि हुई कि सूर्य नहीं अपितु पृथ्वी सूर्य की परिक्रमा करती है।'

—'इस रहस्य का समाधान हुआ कि एक ऋतु ग्रीष्म में दिवस और रात्रि समान अवधि के होते हैं और एक ऋतु शरद में भी दिवस और रात्रि समान अवधि के होते हैं।'

—'इस रहस्य का समापन हुआ कि पृथ्वी सूर्य की परिक्रमा 365 पूर्ण दिवसरात्रि और एक अर्ध दिवस में पूर्ण करती है।'

—'मैं यहाँ उपस्थित विभूतियों से निवेदन करता हूँ कि अर्धदिवस की गणना करके वे पूर्ण परिक्रमा की गणना को सिद्ध करें। मैं भी इस रहस्य पर प्रयासरत हूँ।'

—'इस रहस्य का भी अन्त हुआ कि देवभूमि की समस्त भूमि के पार्श्व में क्या है? हमारी पृथ्वी वृत्ताकार है अतः जिसे अब तक पाताल कहा गया वहाँ भी भूमि है।'

—'नवीन तथ्य यह है कि पाताल देवभूमि के पार्श्व में नहीं अपितु भूमि के अन्दर है अर्थात् पृथ्वी का उत्खनन करके पाताल को परिभाषित किया जाये।'

—'अत्यन्त महत्त्वपूर्ण एवं सारगर्भित जो तथ्य उजागर हुआ वह है कि हमारी पृथ्वी पूर्ण रूपेण वृत्ताकार न होकर आंशिक रूप से चपटी है।'

—'द्वितीय महत्त्वपूर्ण तथ्य है कि जब मैंने पृथ्वी के अन्य मापदण्ड सूर्य प्रकाश के आधार पर खोजे तो ज्ञात हुआ कि एक ओर झुकी हुई है।'

—'तृतीय महत्त्वपूर्ण तथ्य, जो मैं आपके समक्ष प्रस्तुत कर रहा हूँ उस पर अपनी सूक्ष्मतम् दृष्टि डालिये और वो है कि देवभूमि ही एकमात्र ऐसी भूमि है जहाँ चार ऋतुएँ आती है। वह है पुष्पित ऋतु, ग्रीष्म ऋतु, वर्षा वृष्टि ऋतु और शरद ऋतु।'

–'चतुर्थ और अन्तिम, जो अत्यन्त महत्त्वपूर्ण, अर्थपूर्ण और गणना सम्बन्धी है, वह है कि भोजपत्र पर वृत्ताकार पृथ्वी के रेखाचित्र पर जब दिशाओं और उनकी दशाओं पर मैंने अपनी बौद्धिक क्षमताओं का प्रयोग किया तो ज्ञात हुआ कि हम अब तक चार दिशाओं का अनुसरण करते हैं वह वास्तव में चार न होकर आठ है। नौंवी दिशा अन्तरिक्ष है। इसके अतिरिक्त हमारी पृथ्वी है जिसे हम अभी तब उपेक्षित स्वीकार करते रहे। मगर हमारी पृथ्वी उपेक्षित नहीं है। वह अन्तरिक्ष में वृत्ताकार अवस्था में है। अतः हम नवम् गणना के उपरान्त एक वृत्त को रखकर अपनी गणना का गुणनफल ज्ञात कर सकते हैं। कल्पना कीजिए, पृथ्वी के बिना हमारा अस्तित्व क्या है? क्या पृथ्वी के अतिरिक्त हम अपने जीवन की कल्पना कर सकते हैं?'

–'नहीं ! पृथ्वी के अस्तित्व के बिना जीवन संभव नहीं है।' ब्रह्मा ने उत्तर दिया।

'महामहिम ! मैंने पृथ्वी को आधार मानकर इसे 'शून्य' का सम्बोधन दिया। वृत्ताकार आकृति अर्थात् शून्य। इस आधार के अनुसार हम गणना एक से नौ तक किसी भी गणना के अन्त में शून्य स्थापित कर दें तो वह द्विगुणनफल में परिवर्तित हो जाती है। उदाहरण के लिये यदि हम गणना एक तरफ के अन्त में शून्य स्थापित कर दें तो वह दशम कहलायेगा। इसे आप शून्य तत्व भी कह सकते हैं।'

–'महामहिम यदि हम गणनांक एक के अन्त में दो शून्य स्थापित करें तो यह त्रिगुणात्मक गुणनफल का परिणाम देता है। हमारी गणना पद्धति में आई रिक्तता को शून्य पूर्ण करता है।'

–'इस त्रिगुणात्मक गुणनफल को हम 'शत' कहेंगे अर्थात् दशांक के दश समूह को हम 'शत' कहेंगे।'

अचानक ब्रह्मा अपने आसन से उठकर खड़े हो गये। तभी सभागार में हस्तताल गुंज उठा। ब्रह्मा ने दशग्रीव के समीप आकर उसकी पीठ थपथपाई और हस्तताल की गुंज थमते ही कहा–'मैंने स्वयं दशग्रीव के शोध पत्र का गहनता से अध्ययन किया है। उसकी गणनाओं का परीक्षण किया है। दशग्रीव के गणना आधार पर स्वर्गपुरी

में भवनों की गणना करवाई। जो अक्षरतः सत्य सिद्ध हुई। इसी अनुपम और अद्वितीय शोध के उपरान्त मैंने दशग्रीव को दशानन नाम देने का निश्चिय किया। जो विभूतियाँ दशानन शोध पत्र का अध्ययन करना चाहते हैं वे सभी पाण्डुलिपि संग्रह कक्ष में अध्ययन कर सकते हैं। मैं आज की सभा का विसर्जन करता हूँ। आप सभी शाकाहार हेतु आमंत्रित है।'

स्वर्गावास में शाकाहार कक्ष अत्यन्त विशाल था और सभी को एक साथ शाकाहार परोसा गया। आज विशेष शाकाहार था। इसमें अनेक शाक के सूप। अनेक प्रकार के फल। फलों का रस। अंकुरित आहार और अनेक मिष्ठान थे।

शाकाहार के उपरान्त अल्पविराम था। इसके बाद सभी परिचय कक्ष में एकत्र हुए। सर्वप्रथम नवदुर्गाओं से दशानन का परिचय करवाया गया। सभी नव दुर्गाएं अपने नियत स्थान पर खड़ी थी। परिचय कक्ष में एक प्रवेश द्वार था और एक निष्कासन द्वार। यह कक्ष अन्य कक्षों से अपेक्षाकृत छोटा था। सुसज्जित। आकर्षक आसन। आरामदायी।

प्रवेश द्वार से सर्वप्रथम दो अंगरक्षक कक्ष में प्रविष्ट हुए। इन अंगरक्षकों के पीछे ब्रह्मा, विष्णु, महेश और दशानन ने कक्ष में प्रवेश किया। दोनों अंगरक्षक निष्कासन द्वार पर खड़े हो गये।

अपने बाईं ओर खड़ी नौ नारियों के समूह के विषय में ब्रह्मा ने दशानन को समझाना प्रारम्भ किया। 'दशानन ये नव नारियों का समूह है जिन्हें हमने 'नवदुर्गा' नाम दिया। नवदुर्गा एक संघ है। इस संघ की प्रमुख पदवी का नाम दुर्गा है और यह पदवी इन्हीं नव नारियों से विभूषित होती रहती है।'

–'अर्थात्?' दशानन ने पूछा।

–'अर्थात् एक-एक करके यह पदवी इन्हीं नारियों को दी जाती है। एक निश्चित काल अवधि के लिए यह पदवीं सौंपी जाती है और संघ प्रमुख दुर्गा के दिशा-निर्देश शेष में नारियाँ अपना शोध सम्पन्न करती है। आओं पहले परिचय करवाते हैं।'

चारों आगे बढ़े।

–'आप हैं शैलपुत्री।'

सभी आगे बढ़े।

–'आप हैं ब्रह्मचारिणी।'

–'आप हैं चंद्रघंटा।'

–'आप हैं कुष्माण्डा।'

–'आप हैं स्कंदमाता।'

–'आप हैं कात्यायिनी।'

–'आप हैं कालरात्रि।'

–'आप हैं महागौरी।'

–'आप हैं सिद्धिदात्री।'

दशानन ने सभी को प्रणाम किया और कहा–'आज तक आप सभी के विषय में पिता जी से सुना था। आप सभी ने अपने-अपने शोध एवं अनुसंधान के माध्यम से मानव जगत को स्वस्थ्य रहने के जो सूत्र प्रदान किये है वह अनुकरणीय है। साधु ! साधु !'

–'आज आपके विषय मे ज्ञात हुआ। आपने हमे अधिक सार्थक शोध किया है। आपके 'शून्य' से निश्चिततौर पर हम सभी का भविष्य नवीन शिखर तक पहुँच जायेगा।' सिद्धिदात्री ने कहा।

–'दशानन हम आपके द्वारा प्रतिपादित दिशाओं के विषय में जानना चाहते हैं।' शैलपुत्री बोली।

–'अवश्य' मैं आपको ज्ञात करवाता हूँ। आपको ज्ञात है हमारी चार दिशायें।'

सभी ने एक स्वर में कहा–'हाँ'।

–'इन चारों दिशाओं के समकोण से यदि दो रेखाओं के मध्य एक और रेखा अंकित करें तो इस प्रकार हम समकोण के साथ एक और समकोण अंकित कर सकते हैं। इस समकोण को हम ईशान, नैऋत्य, वायव्य और अग्नि कोण कहेंगे।'

–'शेष दो?' कात्यायनी ने तपाक से कहा।

–'अति उत्तम। अति उत्तम।' महेश बोले।

–'शेष दो दिशाएँ है–अन्तरिक्ष और पाताल।'

–'दशानन ने हमें नवीन दृष्टिकोण प्रदान किया है दुर्गा कालरात्रि।'

–'सत्यवचन ब्रह्मचारिणी। हमें भी अपने स्वास्थ्य सूत्रों का पुनर्मूल्यांकन करना होगा।' चंद्रघण्टा ने प्रस्ताव रखा।'

–'अवश्य दुर्गा चंद्रघण्टा।' कुषमाण्डा ने स्वीकृति दी। तभी एक अप्सरा ने कक्ष में प्रवेश की अनुमति मांगी। ब्रह्मा ने अनुमति दी। उस अप्सरा ने नवदुर्गाओं के समीप आकर निवेदन किया–'क्षमा प्रार्थी हम। आपके लिए निर्धारित परिचय काल अवधि समाप्त हो गयी। आप सभी को प्रस्थान करना होगा।'

यह देखकर दशानन को घोर आश्चर्य हुआ। काल प्रबंधन इतना कठोर। सभी कुछ निर्धारित अवधि में। यह प्रबंधन वास्तव में अनुकरणीय है। काल का सम्मान करना अत्यन्त आवश्यक है। अन्यथा अनर्थ हो सकता है।

ब्रह्मा ने दशानन को मंथन अवस्था में देखा और मुस्कुराकर बोले–'यह काल प्रबंधन तुम्हारे शून्य सत्र से प्रेरित है दशानन। और कारगर भी। मैं शून्य सत्र से अत्यन्त प्रभावित हूँ। यह सफलता का सर्वोत्तम सूत्र बनेगा भविष्य में।'

–'क्षमा प्रार्थी हूँ महामहिम। अष्ट लक्ष्मी अनुमति चाहती है। आपकी आज्ञा की प्रतिक्षा में है।'

–'आज्ञा है।' ब्रह्मा बोले।

त्रिदेव और दशानन कक्ष में सुसज्जित आसनों पर विराजमान थे। अष्ट लक्ष्मी वर्ग के कक्ष में प्रवेश करते ही चारों खड़े हो गये। श्रद्धेय विष्णु ने परिचय करवाया।

–'दशानन ये अष्ट लक्ष्मी वर्ग की आग्ध लक्ष्मी है।

–'आप विद्या लक्ष्मी है।'

–'आपको सौभाग्य लक्ष्मी कहते हैं।'

–'आप है अमृत लक्ष्मी।'

–'आप को काम लक्ष्मी कहा जाता है।'

–'आप सत्य लक्ष्मी है।'

–'आप है भोग लक्ष्मी।'

–'और अन्त में आप है योग लक्ष्मी।'

"दुर्गा संघ की भाँति ब्रह्मा जी ने लक्ष्मी संघ बनाया है जो मानव वर्ग के लिए अत्यन्त आवश्यक है। लक्ष्मी अर्थात् अमूल्य निधि, जो जीवन के प्रत्येक भाग में अपनी महत्ता दर्शाती हैं।"

–"अति उत्तम श्रद्धेय।"

दशानन ! आज परिचय प्रसंग यही तक सीमित है। प्रात: जो महर्षि एवं ऋषि आपसे भेंट करना चाहेंगे उसकी सूची संध्याकाल तक परिचय प्रमुख के सम्मुख प्रस्तुत होगी। उसके उपरान्त आपको अग्रीम सूचना मिल जाएगी।' महेश ने बताया।

एक अप्सरा ने कक्ष में आकर दशानन से निवेदन किया–'अतिथि महोदय ! आपके लिए विश्राम कक्ष तैयार है। उपस्थित हों।'

निष्कासन द्वार पर खड़े अंगरक्षकों ने अपना उत्तरदायित्व संभालते हुए चलना प्रारंभ किया और चारों ने उनका अनुसरण किया। कक्ष से बाहर निकलते ही एक उद्यान था जहाँ मोर विचरण कर रहे थे और अन्य पक्षी भी वहाँ थे।

अंगरक्षक अपने दाईं ओर मुड़कर ठहर गये। दो अप्सराओं ने दशानन को दाईं ओर आने के लिए अपने हाथों से स-सम्मान संकेत किया। दशानन ने त्रिदेव को नमस्कार किया और अप्सराओं के पीछे चल दिया। तृतीय तल पर उसका विश्राम कक्षा था। एकान्त शान्त।

दोनों अप्सराओं के साथ दशानन विश्राम कक्ष में प्रविष्ठ हुआ। काष्ठ शिल्प का आकर्षक शय्यादनम् देखकर दशानन प्रसन्न हुआ। उसके एक ओर पेय पदार्थ से भरा गागर था तो दूसरी ओर फल रखे थे। कक्ष में अन्य वेदिकाओं पर पुष्प और मृण एवं काष्ठ की कला कृतियाँ सुशोभित थी।

कक्ष में तीन ओर गवाक्ष थे। उन पर आकर्षक रंगों के पर्दे थे। एक ओर विश्राम स्थान था। पुष्पों की सुगंध कक्ष में थी।

–'आप विश्राम कीजिए अतिथि।' एक अप्सरा ने कहा। दशानन ने मुड़कर उसकी ओर देखा और मुस्कुरा दिया।

–'यदि सहायिका की आवश्यकता हो तो शय्यादनम् के बायीं ओर रेशम की डोर खिंचियेगा। परिचारिका उपस्थित हो जायेगी।' दूसरी अप्सरा ने कहा।

–'अतिथि बनना अतिकष्टकारी होता है।' दशानन बुदबुदाया।

अप्सरा ठहरी। उसने मुड़कर दशानन की ओर देखा और पूछा–'आपने कुछ कहा महोदय।'

–'हूँ, नहीं।'

दोनों अप्सरायें चली गयी।

अल्पविश्राम के उपरान्त मंत्रणा कक्ष में ब्रह्मा, विष्णु, महेश एकत्र हुए।

–'महेश तुम्हारा दीर्घकाल........'

–'आपका अतिथि महामहिम।' महेश ने बात काटते हुए तपाक से कहा।

–'अर्थात्।' ब्रह्मा आश्चर्य से बोले।

–'अर्थात्–दशानन।'

–'व्यंग्य मत करो महेश।'

–'व्यंग्य नहीं महामहिम वास्तविकता है।'

–'ये युवक?' विष्णु ने प्रश्न किया।

–'जी श्रद्धेय। दशानन।'

–'मतिभ्रम हो रहा है।' ब्रह्मा बोले।

–'स्थिति स्पष्ट है महामहिम।' महेश ने कहा।

–'स्पष्ट करो ?' ब्रह्मा तपाक से बोले।

–'महामहिम, दशानन पुलस्त्य नन्दन ऋषि विश्रवा का पुत्र है?'

–'हाँ है।' ब्रह्मा ने संक्षिप्त उत्तर दिया।

–'सुमाली का दौहित्र है?'

–'हाँ है।'

–'सुमाली कुल को देवभूमि से निष्कासित कर दिया गया था।'

–'हाँ।'

–'सुमाली राक्षसो कुलोत्पन्न है।'

–'निश्चित ही।'

–'सुमाली कुशद्वीप (वर्तमान अफ्रीका) के उत्तर दिशा में छिप गया।'

–'ज्ञात है।'

–'राक्षसकुल से कुशद्वीप में रहकर अपनी शक्ति और साम्राज्य का विस्तार किया।'

–'आश्चर्य।'

–'अंग द्वीप (वर्तमान सुमात्रा) यवद्वीप (वर्तमान जावा), मलयद्वीप (वर्तमान मलाया), शंखद्वीप (वर्तमान बोर्नियों), और वाराहद्वीप (वर्तमान भेडागास्कर) पर आधिपत्य कर लिया।'

–'अविस्मरणीय'।

–'महामहिम आन्ध्रालय (वर्तमान ऑस्ट्रेलिया) पर भी अपना प्रभाव छोड़ा है। ऐसे शक्तिशाली राक्षस साम्राज्य का प्रतिनिधित्व करता है युवा दशानन।'

–'तुम्हारी दीर्घकाल योजना कैसे फलीभूत होगाी?' विष्णु ने प्रश्न किया।

–'श्रद्धेय ! मेरी योजना का केन्द्र है दशानन। उसके माध्यम से ही हम अपनी दीर्घकाल योजना को कार्यान्वित करेंगे।

–'कैसे महेश ?' ब्रह्मा ने जानना चाहा।

–'महामहिम ! दशानन स्वर्गपुरी आकर अत्यन्त प्रभावित है। आश्चर्य चकित है। उसने अल्पायु में सम्पूर्ण पृथ्वी का भ्रमण किया है। वह पृथ्वी की प्रत्येक भौगोलिक स्थिति से परिचित हो चुका है। वनस्पतियों का ज्ञान उसे हो चुका है।'

–'क्या उसकी परीक्षा ली जाये?' विष्णु ने प्रश्न किया।

–'अवश्य श्रद्धेय।'

–'अति उत्तम कथन विष्णु।' ब्रह्मा बोले।

–'इसके लिए कल होने वाले परिचय सभा निरस्त करनी होगी।' महेश ने सुझाव रखा।

–'उचित है महेश।' ब्रह्मा ने अपनी सहमति दी।

–'इससे महर्षि एवं ऋषि भ्रमित तो नहीं होंगे?' विष्णु ने जानना चाहा।

–'क्यों भ्रमित होंगे।' ब्रह्मा बोले।

–'शासकीय अधिकार तो महामहिम के संरक्षण में है। वे कभी भी किसी आयोजन को निरस्त करने का अधिकार रखते हैं।' महेश ने स्पष्ट किया।

–'मेरा कथन मात्र यह है कि ऐसा पहली बार स्वर्गपुरी होगी जब पूर्वनियोजित आयोजन अनिश्चित काल के लिए निरस्त होगा।'

–'हमें प्रत्येक आपाकाल के लिए सजग रहना होगा श्रद्धेय। और दीर्घकाल योजना में कब क्या निरस्त करना होगा अभी नहीं कह सकते। परिस्थितियों को अपने पक्ष में करने के लिए सम्पूर्ण सीमाएँ लांघनी होगी। अन्यथा अनर्थ हो जायेगा।'

–'अनर्थ? कैसा अनर्थ महेश?' विष्णु ने आश्चर्य से पूछा।

–'श्रद्धेय ! सम्पूर्ण मानव जगत के समुदायों में राक्षसकुलीन दशानन ही एकमात्र ऐसा युवक है जो ज्ञान और वि-ज्ञान की अनेक विद्याओं में पारंगत है। यह हमारे लिए शुभ सूचक है और अशुभ भी।

–'अर्थात्?' विष्णु की उत्सुकता बढ़ती जा रही थी।

–'आप मेरी परीक्षा ले रहे हैं या अपनी उत्सुकता भाव को प्रदर्शित करके सब कुछ जानना चाहते हैं।'

–'तुम व्यर्थ में परेशान हो गये महेश। मेरा ऐसा कोई आशय नहीं था।' विष्णु ने अपनी झेंप मिटाते हुए कहा।

दोनों के वार्तालाप में हस्तक्षेप करते हुए ब्रह्मा बोले–'वह हमारे लिए शुभ सूचक है या अशुभ इसका निर्णय कल हो जायेगा।'

दशानन निर्णय नहीं कर पा रहा था कि वह विश्राम करें या स्वर्गपुरी का भ्रमण करें। मगर भ्रमण करना इतना सहज नहीं था। अपितु इस कक्ष से बाहर निकलना ही संभव नहीं था। चारों और सुरक्षा के कड़े प्रबन्ध थे। अन्ततः उसने गवाक्ष से पर्दा हटाया। बाहर अत्यन्त मनोहारी दृश्य था।

एक विशाल सरोवर। उसमें हंस, क्रौंच, बलाक, बक, प्लव, कारण्डव, शरारी, पुष्कराह्व, आरा, सारस, चक्रवाक अनेक जलचर पक्षी घूम रहे थे। इस सरोवर के चारों ओर विभिन्न वनस्पतियों की शाला थी। जहाँ अनेक नर-नारी कार्यरत थे। अनेक वनस्पतियों विशेषज्ञ निरीक्षण कर रहे थे।

वनस्पतिशाला के दाईं ओर अश्वशाला थी। इसमें अनेक प्रजापति के अश्व थे। उनमें से कुछ अश्व तो उसने दूरस्थ भूखण्ड पर देखे थे। यहाँ के अश्व अत्यधिक सुडौल और स्वस्थ्य दिख रहे थे। उनके देखरेख की सुव्यवस्था थी। पंक्तिबद्ध अश्व प्रजातिनुसार बांध गये थे। अश्वशाला में एक भवन था। जो संभवतः अश्ववैध का होगा। अभी दशानन विचार मग्न ही था कि एक ध्वनि सुनकर चौंका। जिस ओर से ध्वनि आई थी वह उस और बढ़ा और दाईं ओर से गवाक्ष का पर्दा हटाकर उसने बाहर देखा तो दंग रह गया उसके मुख से अनायास ही निकला–'वाह, श्वेत गज। अद्भुत ! सुखद अनुभूति।'

दशानन श्वेत गज दर्शनों का लम्बे अरसे से लालायित था और आज दर्शन करके मानों वह धन्य हो गया। चार दाँत वाले हाथी तो उसने दक्षिण कुशद्वीप में देखे थे। वहीं उसे किसी ने बताया था कि जिस प्रकार चार दाँत वाले हाथियों की प्रजाति दुर्लभ और विलुप्त होती जा रही है वैसे ही श्वेत गज भी विलुप्त होते जा रहे हैं। आखेटक इनकी हत्या करके इन्हें समाप्त करते जा रहे हैं।

श्वेत गज को देखकर दशानन धन्य हो गया। उसने वहीं खड़े-खड़े श्वेत गज को प्रणाम किया और अपलक देखता रहा। उसे ज्ञात ही

नहीं हो सका कब सूर्यास्त हो गया। एक अप्सरा ने कक्ष में आकर उसे संबोधित किया तब जाकर दशानन की तंद्रा भंग हुई।

अप्सरा ने दशानन से निवेदन किया कि वे वस्त्र बदलकर महामहिम से भेंट करने के लिए प्रस्थान करें। यह सुनकर दशानन आश्चर्य-चकित हुआ। अप्सरा उसके लिए संध्याकालीन वस्त्र रखकर चली गई। अत: वह यह भी नहीं जान पाया कि वस्त्र बदलने का औचित्य क्या है? आदेशात्मक निवेदन का पालन न करना भी उचित नहीं था। विवशता थी। दूसरा कोई मार्ग नहीं था। उसने वस्त्र बदले। आभूषण लेकर आईं अप्सराओं ने आभूषण धारण करने में दशग्रीव की सहायता की और अनेक अप्सराओं के साथ विश्राम कक्ष से प्रस्थान किया।

सूर्यास्त पूर्ण हो चुका था। सोपान से नीचे उतरते समय स्वर्गपुरी का दृश्य अत्यन्त मनोरम था। प्रकाशपुंज से जगमगाई पुरी ऐसे प्रतीत हो रही थी मानों आकाशगंगा पृथ्वी पर विचरण कर रही हो। चारों ओर हिमयुक्त पर्वतश्रृंखलाओं के मध्य अवस्थित स्वर्गपुरी के प्रकाशपुंज का प्रकाश हिम श्रृंखलाओं से मिलकर झिलमिल दृश्य उत्पन्न कर रहा था।

दशानन कुछ पल के लिए सोपान पर ठहर गया। वह इस दृश्य को कुछ पल और देखना चाहता था। उसके ठहर जाने से अप्सरायें भी रुक गयी।

—'महोदय आप कृत्रिम जगमगाहट देखकर इतने रोमांचित हो रहे हैं अभी कुछ पल के उपरान्त जब आप वास्तविक जगमगाहट देखेंगे तो मूर्च्छित हो जायेंगे। आइये प्रस्थान करें।'

दशानन उस अप्सरा के कथन का आशय समझ नहीं पाया सोचते हुए प्रस्थान किया कि अन्तत: उसने इस तरह का वाक्य क्यों बोला। कृत्रिम और वास्तविकता में वह भेद नहीं कर पाया। वह अप्सराओं का अनुसरण करता हुआ भूतल पर आ गया।

भूतल पर आने के बाद दशानन को एहसास हुआ वस्त्र बदलने का औचित्य। भूतल पर अधिक शरद वातावरण था। शीतलहर भी

थी। मंद मंद शीतलहर की उपस्थिति प्रकाशपुंज की प्रज्ज्वलित अग्नि भी बता रही थी।

सभी एक कक्ष में प्रविष्टि हुए तब जाकर शीतलहर का एहसास कम हुआ। प्रवेश द्वार के बाद बायें और दाईं ओर द्वार थे। यह देखकर दशानन चौंका। बायें द्वार में प्रवेश किया। सामने ब्रह्मा, विष्णु, महेश विराजमान थे।

–'आओ दशानन।' ब्रह्मा ने अपने दाईं ओर रखे आसन की ओर संकेत करते कहा–'आसन ग्रहण करो।

–'औपचारिकताओं वाला समय समाप्त हुआ दशानन।' विष्णु बोले।

–'अब तुम स्वर्गपुरी और स्वर्गावास के मुख्य सदस्य हो महेश ने सहजभाव से कहा।'

–'विश्राम किया?' ब्रह्मा ने पूछा।

–'जी नहीं।'

–'क्यों दशानन?' महेश ने जानना चाहा।

–'जी मुझे विश्राम की आदत नहीं है महामहिम।'

–'तो अब तुम्हें विश्राम औषधि की आवश्यकता है दशानन। तुम्हारा मुख इंगित कर रहा है कि तुम्हें अब विश्राम औषधि दी जानी चाहिए।' महेश ने व्यंग्यात्मक भाव से कहा।

–'विश्राम औषधि? मैं आशय नहीं समझा।'

–'व्यथित मत हो दशानन।'

–'नृत्यशाला सुसज्जित है महामहिम ! स्वागत है आपका। षोडसी सुन्दर अप्सरा ने ब्रह्मा से निवेदन किया।

–'आइये' ब्रह्मा ने सभी से आग्रह किया और सभी ने ब्रह्मा का अनुसरण किया।

उस कक्ष में एक अन्य द्वार था। अप्सरा ने उसे खोला और सभी ने एक अन्य कक्ष में प्रवेश किया। एक सुसज्जित विशाल कक्ष। इसमें मध्यम प्रकाशपुंज थे। कलात्मक। शिखरनुमा। पुष्पाकार

में। सरोवर में तैरते दीप। दीवारों पर छोटे-छोटे प्रकाशपुंज । पुष्प गुच्छ। कक्ष के मध्य में सुन्दर लाल रंग का कालीन। एक ओर बैठे वाद्ययंत्र वादक। तीन ओर मुलायम गद्दे और उन पर बिछी श्वेत चादरें। तीन मसंद के मध्य एक व्यक्ति के बैठने की व्यवस्था। चारों ने अपनी-अपनी जगह ली।

धीरे-धीरे अनेक अप्सरा बालायें अपने हाथों में सागर, मृणपात्र, फल, मेवे आदि लेकर उपस्थित हुई। बाला अप्सराओं ने सभी के सामने सारी वस्तुएँ प्रस्तुत की। इसके बाद ये बालाएँ चारों के पार्श्व में बैठ गयी।

कुछ पल उपरान्त एक अति सुन्दर, सुडौल, उन्नत उरोज, लम्बे घने काले बाल, आकर्षक वस्त्र एवं आभूषण, मुख पर मुस्कुराहट और मादकता लिए उठते हुए कदम देखकर दशानन को उस अप्सरा का वाक्य स्मरण हो आया कि-'वास्तविक जगमगाहट देखकर मूर्च्छित हो जायेंगे।' अब उसका आशय दशानन की समझ में आया।

इस समय दशानन अपने और अपने समुदाय के विषय में सोच रहा था। कहाँ जन्म ले लिया। धन, सम्पदा, वैभव, यश, कीर्त्ति, मान, सम्मान, साम्राज्य इनके समक्ष सब शून्य है। वास्तव में शून्य की महत्ता आज इस समय ज्ञात हो रही है। आज अपना जीवन शून्य के सदृश लग रहा है। अप्सरायें केवल देवताओं, महर्षियों और ऋषियों को ही क्यों सहज उपलब्ध है और वह भी भी मात्र स्वर्गपुरी के निवासियों को। नारी का इतना सुन्दर और आकर्षक शरीर इससे इत्तर और कहीं नहीं देखा। इतना सुडौल यौवन सम्पूर्ण पृथ्वी पर खोजने पर भी नहीं मिलेगा। यह भी शोध का विषय की अप्सरायें कहीं जाने वाली ये युवतियाँ किन माता-पिता की सन्तान है। क्या ऐसा तो नहीं ये युवतियाँ विशेष यौनाचार का परिणाम है? विशेष वीर्य से उत्पन्न की गई है? या विभिन्न सम्प्रदायों के नर-नारी के संयोग से उत्पन्न?

स्वस्थ्य, सुडौल, आकर्षक नारीत्व, अंग-अंग से छलकती मादकता, मस्तिष्क, नेत्र, कर्ण, नासिका, केश, पतली कमर, उन्नत उरोज, मांसलयुक्त जंघायें, कोमल हाथ, पतले-पतले पैर और वृत्ताकार नितम्ब। इन्हें देखकर नपुंसक भी संभोग के लिए उत्तेजित हो जाये।

—'किन वीथियों में भ्रमण कर रहे हो दशानन?' महेश बोले।

—'यौवनांगनाओं के यौवन की वीथियाँ होती ही ऐसी है जिसमें अनेक महर्षि-ऋषि भ्रमण करने गये और आज तक वापस नहीं आये।' विष्णु ने मुस्कुराकर कहा।

चारों खूब जोर से हंसे।

—'लो दशानन ! तुम्हारे सम्मान समारोह के उपलक्ष्य में यह सोमरस।' ब्रह्मा ने मृणपात्र हाथ में उठाकर कहा।

सभी ने 'जय सोमरस' कहकर हाथ में उठाये मृणपात्र को अपने ओंठों से लगाया।

दशानन के लिए सोमरस पान पहला अनुभव था। इससे पहले उसने अनेक मादक पदार्थों का सेवन किया था मगर सोमरस का स्वाद प्रथम बार चखा था। सोमरस पान की विधि से अनभिज्ञ था। अतः उसके नेत्र तीनों को बार-बार देख रहे थे सोमरस को किस प्रकार ग्रहण किया जाता है।

एक घूंट पीने के बाद सभी के साथ उसने भी फल और मेवे के छोटे-छोटे कोर खाने शुरु किये। उसके हृदय में उमंग उठ रही थी कि वह मृणपात्र उठाये और एक बार में सारा गटक जाये। मगर विवशता ये थी वो अतिथि है। अगर अपने नगर में होता तो अब तक गागर ही ओठों से लगा लिया होता।

अभी दशानन सोमरस के विषय में सोच ही रहा था कि घुंघरुओं की ध्वनि सुनकर वह चौंका। उसने अपनी ग्रीवा उठाकर देखा उसके सामने षोडसी समूह था। दशानन उन्हें देखता ही रह गया।

उन्मुक्त यौवन। तीखे कटाक्ष। काले, घने, घुंघराले केशों में गुंथे कमल- दल-शतदल, कंठ में स्वर्णाभूषण। अनावृत, उन्मुख

आंचल में छिपे मांसल युक्त उन्नत उरोज, जो मानों अंगवस्त्र से बाहर आने के लिए लालायित। स्वर्ण पैंजनियाँ।

नृत्य कब प्रारम्भ हो गया दशानन को ज्ञात ही नहीं हुआ। परिचारिकाएँ उसका मृणपात्र खाली होते ही उसमें सोमरस भर देती थी। दशानन नृत्य और सोमरस का आनन्द ले रहा था और उसका मस्तिष्क भविष्य की योजनाओं में डूबने लगा था। उसे देखकर महेश मंद-मंद मुस्कुरा रहे थे।

सूर्योदय से पूर्व जैसे ही दशानन जागा तो उसने अपने आपको शय्यनकक्ष में पाया। नेत्र खोलने के उपरान्त उसने सर्वप्रथम कक्ष में चारों ओर देखा। फिर उसने अपने दोनों हथेलियों को देखा। अपने मुख पर हथेलियाँ फेरी। उठकर बैठा। धरती को स्पर्श किया। खड़ा हुआ। गवाक्ष से पर्दे हटाये। आकाश में सूर्योदय की लाली देखकर पूर्व दिशा को प्रणाम किया। धीमे से 'ॐ' का उच्चारण किया। अनेक योगासन किये। जल ग्रण किया। दैनिक क्रियाओं से निवृत हुआ। स्नान आदि करने के उपरान्त अप्सराओं ने उसे अल्पाहार दिया।

–'अतिथि महोदय ! आज परिचय सत्र निरस्त कर दिया गया।' एक अप्सरा ने कक्ष में आकर उसे सूचित किया।'

–'अर्थात्?'

–'अभी आपको महामहिम के समक्ष प्रस्तुत होना है।'

दशानन अप्सरा के साथ ब्रह्मा के कक्ष में पहुँचा। ब्रह्मा ने दशानन का स्वागत किया। अप्सराओं ने दोनों के लिए फलों का रस प्रस्तुत किया। इसके उपरान्त ब्रह्मा दशानन को लेकर अत्यन्त सुन्दर उद्यान में लेकर गये। उद्यान में आसन और वेदिकाएँ थी। ब्रह्मा और दशानन ने आसन ग्रहण किया ही था कि विष्णु और महेश भी वहाँ आ गये। दशानन ने खड़े होकर विष्णु और महेश की प्रणाम किया।

–'दशानन तुम्हारे ज्ञान, उत्साह और जिज्ञासा देखकर अत्यन्त प्रसन्नता हुई।' ब्रह्मा ने कहा।

–'मेरा धन्य भाग्य महामहिम।'

–'दशानन तुम्हारे पृथ्वी भ्रमण से हमारे हृदय में अनेक प्रश्न आये हैं। उन विषयों पर तुम्हारे विचार जानना चाहते थे।' ब्रह्मा ने स्पष्ट किया।

–'मैं तत्पर हूँ।'

–'हमें ज्ञात करवाओं कि तुम मानव समुदाय का शीर्ष से निम्न क्रम क्या बनाओंगे?' ब्रह्मा ने जानना चाहा।

–'सर्वप्रथम–त्रिदेव अर्थात् आप, श्रद्धेय विष्णु जी और परमपूज्य महेश जी।

–'तदोपरान्त।' विष्णु बोले।

–महर्षिगण, ऋषिगण, मुनिगण, आश्चर्य, ब्राह्मण वर्ग, योद्धागण, वणिक वर्ग, सेवादार।'

–'इस के उपरान्त?' महेश ने पूछा।

–'इनके उपरान्त–राक्षसगण, दानव, दैत्य, यक्ष, किन्नर, वानर और अन्त में मानव वर्णित समुदाय।

–'अन्त में मानव क्यों दशानन?' ब्रह्मा ने पूछा।

–'महामहिम, मानव अत्यन्त शान्त, एकान्त, और स्वयं में व्यस्त रहना चाहते हैं । उनकी संख्या भी कम है। मैं उन्हें तुच्छ समझता हूँ।'

–'ऐसा क्यों दशानन?' विष्णु ने तपाक से पूछा।

–'श्रद्धेय ! मानव समुदाय लक्ष्यहीन। महत्त्वाकांक्षाहीन। शान्तिप्रिय और उद्देश्यहीन जीवन व्यतीत करते हैं। उनका कोई जीवन सिद्धांत भी नहीं है। निष्काम। न उनमें रोमांच है और न यौन क्रियाओं के प्रति लगाव।'

–'ये उनकी विशेषतायें भी तो हो सकती है।' महेश बोले।

दशानन मुस्कुराया। अपने आसन से खड़ा हुआ और भूमि से दूब उखाड़कर त्रिदेव के समक्ष प्रस्तुत करता हुआ बोला–'महामहिम, श्रद्धेय और परमपूज्य! यह दूब है। पृथ्वी पर पाई जानी वाली वनस्पतियों में सबसे तुच्छ। बलहीन वनस्पति। मगर इसकी विशेषता है कि

इसकी जड़े सम्पूर्ण जलराशि पृथ्वी के धरातल से खिंचकर भूमिगत कर देती है। वर्षा ऋतु में अधिकांश जलराशि इस दूब की जड़े भूमिगत करने में अधिक समय नहीं लगाती। इसी एकमात्र गुण के कारण यह सर्वप्रिय है। मूल्यवान है। पूज्य है। देवों में भी लोकप्रिय है और प्रत्येक समुदाय में पूज्य।....... मगर मानव प्रजाति में तो इस दूब जैसा भी गुण नहीं है।..... महामहिम मैंने आपको पिता जी से सीखा है कि इस पृथ्वी पर अपना अस्तित्व बनाये रखने के लिए गुण सम्पन्न होना अनिवार्य है। इसके बिना अपना अस्तित्व बनाये रखना संभव नहीं है।'

–'अति सुन्दर दशानन।' ब्रह्मा बोले।

–'क्या मानव प्रजाति को गुण सम्पन्न किया जा सकता है?' महेश ने जानना चाहा।

–'निश्चित ही।'

–'उपाय।' विष्णु ने पूछा।

–'उसके लिए महत्त्वाकांक्षी होना आवश्यक है जो उनके नहीं है।'

–'इसका कोई समाधान?' महेश ने पूछा।

–'अवश्य परमपूज्य। समाधान है।'

–'तो ज्ञात करवाइये दशानन।' महेश ने जाना चाहा।

–'परमपूज्य जब तक मानव प्रजाति में युवा एवं युवतियाँ अधिक संख्या में नहीं होंगे तब तक संभव नहीं है।'

–'तुमने सत्य कहा दशानन। मानव प्रजाति में युवाओं की कमी है। जनसंख्या भी कम है।' ब्रह्मा ने स्पष्टीकरण करते हुए कहा–'हमें मानव प्रजाति के उद्धार के लिए प्रयास करने होंगे।

–'इसका क्या लाभ होगा महामहिम?' दशानन ने पूछा।

–'सभी को अपने समुदाय का विकास करना चाहिए। यह मानवोचित व्यवहार है। उनका अधिकार है।' ब्रह्मा ने कहा।

–'शक्तिहीन की सहायता करने में क्या बुराई है?' विष्णु बोले।

–'मेरा विरोध नहीं है श्रद्धेय।' दशानन तपाक से बोला।

–'पृथ्वी पर कौन कहाँ निवास कर रहा है। इसका समुचित ज्ञात होगा ही न दशानन तुम्हें। ब्रह्मा ने जानना चाहा।

–'महामहिम जो मुझे ज्ञात है मैं आपकों बताता हूँ।'

त्रिदेव उसके मुख की ओर आतुरता से देखने लगे। दशानन अपने नेत्र बंद करके सोच रहा था कि यह अतिविशिष्ट होने का दण्ड है या शोषण। हमारे समुदायों के विषय में सब कुछ ज्ञात करने का तरीका है या मेरी परीक्षा। असत्य वाचन कर नहीं सकता। अपूर्ण तथ्य दे नहीं सकता। दशानन ने नेत्र खोले तो सभी को उत्सुकता की मुद्रा में देखकर उसे अजीब लगा। दशानन ने सविस्तार तथ्यपरक जानकारियाँ दी।

नीति प्रकरण

दीर्घकाल प्रकरण स्पष्ट हो चुका था। दशानन द्वारा दी सारी तथ्यपरक जानकारियों की पुष्टि हेतु आवश्यक कदम उठाने आवश्यक थे। महेश कोई भी कमी छोड़ना नहीं चाहता थे। उसने अपनी तत्काल योजना में क्रियान्वियन के लिए अपने अतिविश्वसनीय लोगों को सूचित कर दिया था।

आर्यवर्त्त से ज्ञान-वि-ज्ञान के विस्तार हेतु जो आर्य पृथ्वी के अनेक भूखण्डों पर भेजे गये थे उनसे सम्पर्क करना महेश के लिए आसान नहीं था। सारी दुनिया में देव भूमि से आर्यजनों का पलायन अतीत की बात हो गयी थी। संचार का माध्यम विकसित नहीं था। पदाति के माध्यम से ही सूचनाओं का आदान-प्रदान होता था। इसमें समय अधिक लगता था। इसके अतिरिक्त गुप्त सूचनाओं का आदान-प्रदान संकटग्रस्त रहता था। पदाति की हत्या का अंदेशा सदैव बना रहता था।

महेश के समक्ष तत्काल योजना को पूर्ण करने के लिए अनेक व्यवधान थे। इनसे नीतिगत ही निपटा जा सकता था। एक सम्पूर्ण गुप्तचर व्यवस्था विकसित करने की तत्काल आवश्यकता थी। स्वर्गपुरी की सुरक्षा व्यवस्था सीमित क्षेत्र में थी। प्रत्येक सुरक्षाकर्मी पर दृष्टि रखना संभव था। इसके अनुरूप सम्पूर्ण पृथ्वी पर गुप्तचर व्यवस्था विकसित करना संभव नहीं था। इसके लिए विकसित तंत्र की आवश्यकता थी।

महर्षिगण प्रयासरत थे कि संचार व्यवस्था को तकनीकी रूप से विकसित किया जाये। परीक्षण हो रहे थे। पक्षियों पर सर्वेक्षण चल रहे थे। ध्वनि रहित संदेशवाहक को महेश ने नाम दिया था–'नारद'।

'नारद' का मौलिक सिद्धांत महेश के मस्तिष्क में स्पष्ट था। एक मानव जो सभी विचार ग्रहण करें। अपने तक सीमित रखे और स्वर्गपुरी तक विस्तृत सूचनाएँ उपलब्ध करवाये। मानव समुदाय की सभी गतिविधियाँ स्वर्गपुरी तक पहुँचे। श्रेष्ठ, सर्वोच्च, उत्तम, सामान्य, साधारण और असाधारण सभी जानकारियाँ त्रिदेव की जानकारी में हों। पृथ्वी पर जो कुछ घटित हो उसकी सूचना तत्काल मिले। षड्यंत्र रोके जा सके। आतंकवाद–समूल नष्ट हो। जीवन से सम्बन्धित प्रत्येक नवीन शैली मानव समुदाय तक पहुँचे। स्वर्गपुरी को मानव जगत में मानव जाति से संकट दिखाई नहीं देता था। अपितु आतंक की पर्याय बन चुकी जातियाँ संकट का सबसे बड़ा पर्याय बन गई थी। उनसे बचाना आवश्यक था। इसका सार्थक उपाय था सशक्त गुप्तचर व्यवस्था। ताकि देवासुर संग्राम पुनः न हो सकें।

महेश दशानन को स्वर्गपुरी की प्रयोगशाला, वेधशाला और रूग्णशालाओं का निरीक्षण करवा रहे थे कि तभी रूग्णशाला प्रमुख ने कहा–'परमपूज्य ! आपसे एकान्तवार्ता की अनुमति चाहिए।'

–'आपात स्थिति है।'

–'आप ऐसा ही समझे।'

अप्सरा को आवश्यक दिशा निर्देश देकर दशानन को अप्सराओं के साथ विश्राम गृह भेज दिया गया। महेश रूग्णशाला प्रमुख के साथ अतिसघनरूग्णशालाकक्ष में पहुँच गये। वहाँ रूग्णशाला प्रमुख ने महेश का परिचय एक अप्सरा से करवाया। उसके विषय में विस्तृत जानकारी दी। सम्पूर्ण विवरण सुनने के उपरान्त महेश के मुख पर कान्ति छा गई। मुस्कुराये। रूग्ण अप्सरा के सिर पर हाथ फेर कर बोले–'निश्चिंत रहो ! तुम्हारा आश्रय अवश्य साकार होगा। कल तुम्हें एक सुलेखक उपलब्ध करवाया जायेगा। उसे सम्पूर्ण घटनाक्रम लिखवा दो। जब विवरण पूर्ण रूपेण लिपिबद्ध हो जाये तब उस पाण्डुलिपि को लेकर मेरे समक्ष प्रस्तुत होना।'

रूग्णशाला प्रमुख महेश ने आदेश दिया कि इस अप्सरा को अतिरिक्त विशेष सुरक्षा प्रदान की जाये। उपचार आपकी देखरेख में ही रहे। किसी भी अप्रिय घटना की विस्तृत सूचना तत्काल मुझे उपलब्ध करवाई जाये।

संध्याकाल महेश और दशानन उद्यान में भ्रमण कर रहे थे। महेश को प्रसन्नावस्था में देखकर दशानन ने उत्सुकतावश पूछा–'परमपूज्य ! आज आप अति प्रसन्न हैं। यह श्रेष्ठ संकेत है।'

मुस्कुराकर महेश बोले–'सत्यवचन दशानन। सत्यवचन। आज मैं अति प्रसन्न हूँ। इतना प्रसन्न तो मैं उस दिवस भी नहीं था जब मुझे त्रिदेव पद पर चुना गया था।' दशानन महेश की प्रसन्नता के मूल में न पहुँच जाये इसलिए उसने भ्रम पैदा करने के लिए कहा–'मुझे प्रतीत होता है तुम्हारे दशांक का चमत्कार है ये।'

दशानन मुस्कुराया मगर कहा कुछ नहीं। उसकी प्रतिक्रिया जानने के लिए महेश ने उसकी ओर देखा। दशानन के नेत्र झुके हुए थे। मुख पर हल्की सी मुस्कान थी। मुख पर गर्व के अंश दिखलाई दे रहे थे। कमर पर हाथ रखे पूर्ण आत्मविश्वास के साथ दशानन चहल कदमी कर रहा था। महेश उसके इस रूप को देखकर विश्वास हो गया कि दशानन उसके उत्तर से संतुष्ट है।

मौन भंग करते हुए महेश ने बात आगे बढ़ाई–'जानते हो दशानन, तुम्हें आगामी पूर्णचंद्र तक यहाँ आतिथ्य स्वीकार करना है।'

दशानन आश्चर्य से बोला–'आगामी पूर्णचन्द्र तक।' इतना कहकर वह रूक गया।

–'हाँ' ! महेश ने रूकते हुए कहा। 'आश्चर्य चकित क्यों हो गये दशानन। यहाँ तुम्हें कोई कष्ट है।'

–'नहीं कष्ट तो नहीं है......मगर.....'

–'मगर क्या दशानन?'

–झेंपते हुए दशानन बोला–'मैं इतनी सुरक्षा, अनुशासन और कालबद्ध जीवन का अभ्यस्त नहीं हूँ। उन्मुक्त रहना चाहता हूँ। कठोर जीवन का अभ्यस्त हूँ।'

–'ओह ! श्रेष्ठ। मगर दशानन यहाँ के नियमानुसार तो तुम्हें प्रवास करना ही होगा।'

–'जैसी त्रिदेव की अभिलाषा।' करुणा भाव से दशानन बोला और फिर महेश की ओर देखकर उन्मुक्त हंसी हंसा। उसकी हंसी सम्पूर्ण पुरी में गुंजायमान हो गयी।

रात्रि का द्वितीय प्रहर। महेश अपने शयन कक्ष से बाहर निकले और अकेले ही रूग्णशाला की ओर चले गये। स्वर्गावास के सुरक्षा प्रहरी और उनकी सेवा में तत्पर अप्सरायें एक निश्चित दूरी बनाकर उनके पीछे थे। महेश निश्चिन्त होकर धीमें-धीमें अपने गंतव्य की ओर बढ़ रहे थे।

रूग्णाालय में महेश के प्रवेश करने के बाद सुरक्षा प्रहरी और अप्सरायें बाहर ही ठहर गये।

–'क्या सूचना है?' महेश ने रूग्णालय प्रमुख से पूछा

–'स्वप्न बारम्बार आ रहा है। हाँ, एक अत्यन्त रोचक तथ्य यह है कि जैसे-जैसे स्वप्न का घटनाक्रम लिपिबद्ध हो जाता है। वह पुनः नहीं आता।'

–'यह संयोग है या कोई संकेत?'

–'मैं इस विषय में कुछ नहीं कह सकता परमपूज्य।'

–'सुलेखक कहाँ है?'

–'आइये परमपूज्य ! मेरे साथ आइये।'

महेश रूग्णालय प्रमुख के पीछे-पीछे चल दिये। अनेक वीथियों का पार करने के उपरान्त दोनों अति सुरक्षित अतिसघनरूग्णालयकक्ष पहुँचे। कक्ष द्वार के कपाट में बने वृत्ताकार गवाक्ष से रूग्णालय प्रमुख ने अंदर देखा। संकेत करके महेश को ठहरने के लिए कहा और फिर उन्हें गवाक्ष से अंदर देखने का संकेत दिया।

महेश ने जो देखा वह अद्वितीय था। रूग्ण अप्सरा नेत्र बंद करके लेटी हुई थी और प्रकाशपुंज के समीप सुलेखक लगातार वह सब लिपिबद्ध कर रहा था जो रूग्ण अप्सरा बोले जा रही थी। रात्रि का अन्तिम प्रहर समाप्त होने जा रहा था। सूर्योदय के संकेत आकाश में स्पष्ट होने लगे थे। महेश और रूग्णालय प्रमुख वहीं खड़े थे। सब कुछ देख रहे थे। कपाट बंद थे। अतः दोनों को कुछ भी सुनाई नहीं दे रहा था। महेश के समक्ष स्थिति स्पष्ट नहीं थी। मगर मस्तिष्क में तीव्र गति से उथल-पुथल चल रही थी।

शंखध्वनि ने सूर्योदय का संकेत दिया। महेश के मुख पर छटपटाहट स्पष्ट थी। उसकी समझ में नहीं आ रहा था कि अब वह क्या करे। सूर्योदय हो चुका है। यहाँ से स्वर्गावास की वापसी रहस्यमय हो जायेगी। अचानक महेश मुड़ा और तीव्रगति से वहाँ से चला गया। रूग्णालय प्रमुख महेश को देखता रह गया।

–'परमपूज्य अभी विश्राम कर रहे हैं। भेंट-संभव नहीं है।' सुरक्षा प्रहरी ने कहा।

–'मेरा भेंट करना अत्यन्त आवश्यक है प्रहरी।'

–'मैं परमपूज्य के निजी सचिव से पूछकर आता हूँ। तब तक आप यहाँ आसन ग्रहण करके प्रतिक्षा करें।'

आगंतुक ने सोचा प्रहरी तो चला गया तो क्यूं न कक्ष में प्रवेश किया जाये। वह सुरक्षा कक्ष के अन्दर ही बने द्वार की ओर बढ़ा और अदृश्य वस्तु से टकरा गया। मस्तक पर चोट आई। वह अपना मस्तिष्क पकड़कर पुनः आसन पर आकर बैठ गया। पीड़ा हो रही थी।

–'आप एक प्रहर के उपरान्त आइये महोदय।' सुरक्षा प्रहरी ने बताया। आगन्तुक अपना मस्तिष्क पकड़े वहाँ से चला गया। सुरक्षा प्रहरी उसे इस प्रकार जाते देख आश्चर्य चकित हुआ।

अल्पहार के उपरान्त बाद ज्ञात हुआ कि महेश अस्वस्थ है अतः विश्राम कर रहे हैं। यह जानकर दशानन सोच में पड़ गया। अब

क्या करें। यदि ऐसा ही कुछ न कुछ होता रहा तो आगामी पूर्णचंद्र तक यहाँ निवास करना कठिन हो जायेगा। वह समय का सद्पयोग करना चाहता था। उसने अपनी सेवा में तत्पर अप्सरा को अपने पास बुलाया और जानना चाहा कि इस समय स्वर्गावास के अतिरिक्त और कहाँ-कहाँ भ्रमण कर सकता है।

–'परमपूज्य के आदेशानुसार आज उनकी अनुपस्थिति में आप शिल्पी कार्यपालक अप्सरा के साथ शिल्पविहार के लिए अल्प काल में प्रस्थान करेंगे।' अप्सरा ने जानकारी दी।

–'अति उत्तम।'

–'आइये महोदय ! प्रस्थान करते हैं।' मधुरवाणी सुनकर दशानन मुड़ा तो देखा एक अति सुन्दर यौवनांग अप्सरा आकर्षक मुद्रा में खड़ी है। उसे देखकर दशानन मुस्कुराया और बोला–'अवश्य' ! तीव्रगामी रथ से वे शिल्पविहार पहुँच गये।

शिल्पविहार व्यवस्थापक ने दशानन का स्वागत किया। सर्वप्रथम काष्ठ शिल्प प्रकोष्ठ में दशानन को भ्रमण करवाया गया। अंगुष्ठाकार से विशालकाय काष्ठ कृतियों को वह देखता ही रह गया। इतना ही नहीं अनेक भागों में निर्मित एक नृत्यांगना की काष्ठ कृति को जब उसके समक्ष समायोजित किया गया तो वह भाव-विभोर हो गया। उस एक कृति में नारी के चार रूपों को काष्ठ पर उकेरा गया था।

नृत्यांगना के पार्श्व में वह यौन क्रिया रूप प्रदर्शित कर रही है। बाईं ओर वह अपने शिशु को स्तनपान करवा रही है और उसके पार्श्व में वह वृद्धावस्था को प्राप्त हो चुकी है। शिल्पकार की कल्पना देखकर दशानन के मुख से निकला–'अति सुन्दर' 'अकल्पनीय।'

काष्ठ शिल्प प्रकोष्ठ में दशानन को एक विशेष अनुभूति हुई। उसने अनुभव किया और उस की वास्तुकला पर भी दृष्टिगोचर किया कि इस प्रकोष्ठ अनेक कक्ष थे, मगर काष्ठ पर यांत्रिक प्रहार की ध्वनि नहीं थी। ध्वनि प्रदूषण नहीं था। सभी आपस में बातचीत

करते हुए अपना-अपना कार्य कर रहे थे मगर कृति निर्माणार्थ शिल्प होने पर प्रहरों की ध्वनि एक-दूसरे कक्ष में सुनाई नहीं दे रही थी। उसने सूक्ष्म दृष्टिगोचर में पाया कि प्रकोष्ठ की भित्तियों का निर्माण विशेष कोण पर किया गया है। इससे ध्वनि प्रदूषण नहीं है। निश्चित ही स्वर्गपुरी का अणु-अणु ज्ञान से परिपूर्ण है। यहाँ ज्ञान ही नहीं अपितु वि-ज्ञान भी सम्पूर्ण है।

काष्ठ-प्रकोष्ठ के उपरान्त दशानन को शिलाशिल्प प्रकोष्ठ में ले जाया गया। यहाँ भी दशानन ने अनुभव किया कि प्रकोष्ठ के उपप्रकोष्ठ की भित्तियाँ विशेष कोण पर निर्मित है। इससे कार्य ध्वनि न तो प्रकोष्ठ के बाहर थी और न उपप्रकोष्ठों में। इसकी छत भी विशेष वास्तुशिल्प पर आधारित थी। विशाल प्रकोष्ठ में कहीं भी खम्बे नहीं थे।

दशानन ने अत्यन्त धीमे स्वर में अप्सरा से पूछा–'इस भवन निर्माण का वास्तुशिल्प क्या है?'

कुछ पलों के उपरान्त जैसे ही दशानन प्रकोष्ठ प्रमुख के कक्ष में पहुँचा प्रकोष्ठ प्रमुख ने मुस्कुराकर कहा–'महोदय, इस भवन का वास्तुशिल्प अप्सरा नहीं अपितु, वास्तुशिल्प प्रमुख ही ज्ञात करवा सकते हैं।'

–'आपको कैसे ज्ञात हुआ कि मैं वास्तुशिल्प ज्ञात करना चाहता था?' दशानन ने उत्सुकतावश पूछा।

पुनः मुस्कुराकर प्रकोष्ठ प्रमुख ने कहा–'महोदय, भित्तियाँ कर्णयुक्त होती है। यदि आप विचार मंथन स्वर में भी ध्वनि करेंगे तो इस प्रकोष्ठ के किसी भी छोर पर भित्ति से कर्ण स्पर्श करके उसे सुना जा सकता है।

–'आश्चर्य।'

–'निश्चित ही महोदय।'

दशानन वि-ज्ञान के प्रगतिशील प्रारूप को देखकर अत्यन्त

प्रसन्न था। अब उसे यह आभास हुआ कि विस्तृत ज्ञान प्राप्त करने के लिए अनेक पूर्णचंद्र भी यहाँ प्रवास करना पड़े तो निरर्थक नहीं होगा। संभवतः यही विचार करके ब्रह्माजी ने आगामी पूर्णचंद्र तक मेरे प्रवास की योजना बनाई होगी।

मृणशिल्प प्रकोष्ठ पहले दोनों प्रकोष्ठों से अधिक मनमोहक था। यहाँ भी अतिसूक्ष्म मृणकृतियाँ थी और विशालकाय भी। मृण प्रकोष्ठ दोनों प्रकोष्ठ से अधिक विशाल था। मुख्यतः यह दो उपवर्ग में विभक्त था, प्रथम पात्र प्रकोष्ठ एवं द्वितीय, कृति प्रकोष्ठ।

प्रथम प्रकोष्ठ में दैनिक उपयोग के नाना प्रकार के पात्रों का निर्माण हो रहा था। इस कार्य में नर और नारी दोनों ही संलग्न थे। यहाँ के मृणशिल्पी प्राकृतिक सम्पदाओं के प्रतिरूप बनाने में पारंगत थे। पर्णाकार, वृक्षाकार, विभिन्न फलों की आकृतियाँ, पुष्पाकृतियाँ, विभिन्न पक्षियों की आकृतियाँ, जानवरों की आकृतियाँ, विभिन्न प्रकार की मिश्रित आकृतियाँ अत्यन्त मनमोहक थी।

पात्र प्रकोष्ठ प्रमुख ने बताया कि इस प्रकार की पात्र कृतियाँ शिशुओं के लिए प्रेरणा स्रोत है। उन्हें इन्हीं पात्र आकृतियों के माध्यम से शिक्षित किया जाता है। इससे व्यवहारिक शिक्षा-दीक्षा प्रबल होती है। शिक्षा के साथ-साथ पात्र का दैनिक उपयोग भी हो जाता है।

कृति प्रकोष्ठ पात्र प्रकोष्ठ से भी अधिक मनोहारी था। यहाँ अनेक प्रकार की कला कृतियाँ थी। छोटी-बड़ी। चतुर्भुज, वृत्ताकार, लम्बवत्, त्रिकोणीय, प्रकाशपुंज की विभिन्न आकार प्रकार की कृतियाँ, पक्षी, पशु, मानव की कृतियाँ विशेष आकर्षण का केन्द्र थी।

कृति प्रकोष्ठ प्रमुख ने बताया कि नवीन अन्वेषणों पर आधारित अनेक कृतियों के निर्माण का प्रयास हो रहा है। जिन्हें प्रयोगशालाओं में प्रदर्शित करने की योजना है। यह अनुपम प्रयोग होगा। जो महर्षियों, ऋषियों एवं शोधकर्त्ताओं के लिए नवीन दृष्टिकोण प्रस्तुत करेगा।

एक प्रहर समापत हो चुका था। महेश विश्राम के उपरान्त अपने भेंट कक्ष में उपस्थित हो चुके थे।

–'स्वागत है आपका।'

–'परमपूज्य ! आभार। दशग्रीव द्वारा प्रतिपादित शून्य सिद्धांत कि उपरान्त गणनाओं को नवीन दृष्टिकोण प्राप्त हुआ है। उसी के परिणामस्वरूप दिवस गणनाओं का प्रारूप आपके समक्ष प्रस्तुत करना है। अनुमति दीजिए।'

–'अनुमति है।'

–'परमपूज्य ! नवीन गणनाओं के अनुसार–

प्रथम दिवस=प्रथमा

द्वितीय दिवस=द्वितीया

तृतीय दिवस=तृतीया

चतुर्थ दिवस=चतुर्थी

पंचम दिवस=पंचमी

षष्ठ दिवस=षष्ठी

सप्त दिवस=सप्तमी

अष्ठ दिवस=अष्टमी

नवम दिवस=नवमी

एकम् + शून्य को हम दशमी कहेंगे। इसके उपरान्त हम

एकादशी

द्वादशी

त्रयोदशी

चतुर्दशी

पूर्णचंद्र कहेंगे। परमपूज्य दर्श दिवस पूर्ववत् रहेगा और पूर्णचंद्र दिवस थी। ज्ञातव्य है दर्श दिवस चंद्र दर्शन क्षीण होता है और पूर्ण चंद्र दिवस को वृत्ताकार रजत प्रकाशशील चंद्रदर्शन होते हैं।'

–'श्रेष्ठ।'

—'परमपूज्य दर्श और पूर्णचंद्र को दो पक्षों में विभक्त किया गया है। नवीन व्यवस्था के अनुसार पूर्णचंद्र के उपरान्त वाले दिवसों को हम श्याममल पक्ष या कृष्णपक्ष कहेंगे और दर्श दिवस के उपरान्त वाले दिवसों को हम शुक्लपक्ष या उज्ज्वल पक्ष कहेंगे।'

—'अति उत्तम ! चंद्रक्षरण शुक्लपक्ष और चंद्रक्षति कृष्ण पक्ष शब्द से सम्बोधित होंगे।

—'सर्वोत्तम ! इससे पृथ्वी घूर्णन की कालाधि की गणना पूर्णरूपेण संभव होगी।'

—'परमपूज्य, पृथ्वी की गति गणना, जो सूर्य की परिधि में होती है उसकी गणना दशग्रीव ने सटीक की है। इस की पुष्टि मेरी गणना भी करती है।'

—'श्रेष्ठ।'

—'परमपूज्य सूर्य परिधि घूर्णन अवधि में दर्श एवं पूर्णचंद्र दिवस गणना में चतुर्विंशति है। अतः एक घूर्णन अवधि को हम द्वादश भागों में विभक्त कर सकते हैं। इन द्वादश भागों को एक शब्द से सम्बोधन दे सकते हैं।'

—'क्या सम्बोधन देंगे आप इन्हें?'

—'परमपूज्य पूर्व ज्ञात वि–ज्ञान के अनुसार–सूर्य पृथ्वी गति के अनुसार उत्तरायण एवं दक्षिणायन होता है। अतः मेरे मतानुसार द्वादश भागों को 'अयन' शब्द से सम्बोधन करेंगे।'

—'अर्थात् द्वादश अयन।'

—'जी परमपूज्य।'

—'अति उत्तम वत्स ! अति उत्तम।

—'परमपूज्य ! दशम द्वादश अयन से एक युग बनेगा।'

—'वाह आपने भविष्य की गणनाएँ भी प्रारम्भ कर दी।'

—'भविष्य और पूर्वकाल दोनों गणनाएँ क्रमानुसार जारी है।'

—'द्वादश अयनों को क्या कहकर सम्बोधित करेंगे?'

–'इस विषय पर अन्तरिक्ष विशेषा और प्रकृति विशेषज्ञ के साथ सामजस्य स्थापित किया जा रहा है। परमपूज्य।'

–'शुभाशीष'

–'आज्ञा दीजिए।' गणना विशेषज्ञ ने प्रस्थान की अनुमति ली और चरण वंदना करके प्रस्थान किया।

उसके जाने के उपरान्त महेश रात्रिकाल के प्रसंग के विषय में सोच ही रहे थे कि सुलेखक के आगमन की सूचना मिली। उसे तत्काल प्रस्तुत करने का आदेश दिया। सुलेखक ने कक्ष में आकर महेश की चरणवंदना की। महेश ने दीर्घायु का आशीर्वाद दिया।

–'कार्य सम्पन्न हो गया सुलेखक वत्स?'

–'जी, परमपूज्य।'

–'क्या लिपिबद्ध किया तुमने?'

सुलेखक ने पाण्डुलिपि देते हुए कहा–'प्रमुख वैद्य ने आपके लिए संदेश दिया है।'

–'क्या?'

–'प्रमुख वैद्य के अनुसार–'यह नेत्रभविष्य प्रसंग है। उसे उन्होंने 'स्वयं परिवेश न्यग्-रोध' कहा है।'

–'अर्थात्?'

–'संक्षेप में स्वप्न।'

–'नवीन विधायें उजागर हो रही हैं। सुलेखक ! तुम्हें एक संकल्प करना होगा।'

–'आदेश दीजिए परपपूज्य।'

–'तुमने जो सुलेख लिपिबद्ध किया है। वह पूर्णरूपेण गोपनीय रहना चाहिए। इसकी सूचना किसी अन्य तक न पहुँचे। अन्यथा दण्ड के भागी बनोगे।'

–'मैं संकल्प ग्रहण करता हूँ। जीवन पर्यन्त यह घटनाक्रम गोपनीय ही रहेगा।'

–'प्रस्थान।'

सुलेखक ने चरणवंदना करके वहाँ से प्रस्थान किया। उसके जाने के बाद महेश ने सम्पूर्ण पाण्डुलिपि का गहन अध्ययन किया और विचार मंथन के उपरान्त अपने निजी सहायक को बुलाया। उसे आवश्यक आदेश दिये।

प्रमुख वैद्य से जो सूचनायें प्राप्त हुई। वह अधिक चिन्ताजनक तो नहीं थी अपितु समयबद्ध थी। प्रतीक्षा के अतिरिक्त और कोई उपाय नहीं था। इस कालान्तर का सदुपयोग करना चाहते थे महेश। उसने अपनी नीतिगत योजना को अन्तिम रूप देने के लिए कार्य प्रारम्भ किया।

संध्याकाल महेश ने दशानन को अपने पास बुलवाया। दोनों ने अल्पहार ग्रहण किया।

–'दशानन मेरा ज्ञानवर्धन करो।'

दशानन मुस्कुराया ! बोला–'परमपूज्य आप सर्वगुण सम्पन्न है। सर्वज्ञान व्यापी है। सक्षम है। मैं तो अल्पज्ञ हूँ। आपका ज्ञानवर्धन कैसे कर सकता हूँ।'

–'वैद्य युवा श्रेष्ठ होता है और नीतिकार प्रबुद्ध दीर्घायु।'

–'मैं न जो वैद्य हूँ और न प्रबुद्ध नीतिकार।'

–'जानता हूँ दशानन।'

दशानन कौतुहल–सा था। आश्चर्यचकित। महेश शान्त और गम्भीर।

–'परिभ्रमण तुमने किया है।'

–'जी ! सत्यकथन।'

–नवीन वनस्पतियों, वनों, जीव जन्तुओं और सुगम–दुर्गम भागों का पूर्ण ज्ञान है।'

–'सत्यवचन।'

–'यदि महामहिम और श्रद्धेय यहाँ होते तो उनका भी ज्ञानवर्धन होता।'

–'यदि अनुचित न हो तो मैं जानना चाहता हूँ कि वे विभूतियाँ कहा हैं?'

–'प्रश्न समुचित है। महामहिम और श्रद्धेय हिमश्रृंखला दर्शनार्थ गये हैं। पूर्णचंद्र से पूर्व वापस आ जायेंगे।'

–'अति उत्तम।'

–'कृपया मुझे ज्ञात करवायें ! क्या-क्या आश्चर्यजनक तथ्य उजागर हुए परिभ्रमण के समय?'

–'परमपूज्य ! असाधारण और आश्चर्यजनक तथ्य है। मैंने पृथ्वी के परिभ्रमण के समय अनेक वस्तुयें ऐसी देखी जिनका आज अस्तित्व नहीं है।'

–'मैं उत्सुक हूँ।'

–'कुशद्वीप का अनुभव सर्वप्रथम सुनाता हूँ।'

–'अवश्य।'

–'कुशद्वीप के दक्षिण और दक्षिण पश्चिम दिशा में सघन वन है। वे इतने सघन है कि सूर्य ज्योति भूतल को स्पर्श नहीं करती। उसकी सघनता को देखकर उसमें अधिक विस्तार तक मैं नहीं गया। कुछ योजन जाने के उपरान्त मैं ठहर गया। वह क्षेत्र शिलायुक्त था। मेरा पग एक शिला को टकराया और वह शिला श्वेत सी थी। मगर उसका आकार अस्तिनुमा था। मेरे सहायकों ने उस क्षेत्र को स्वच्छ करना प्रारम्भ किया। इस स्वच्छता अभियान के साथ मेरा कौतुहल भी तीव्रता से उग्र हो रहा था। हम सभी निर्बाध रूप से उस शिलानुमा अस्थि अवशेष की स्वच्छता में जुटे थे। सात दिवस स्वच्छता अभियान चला। उसके पश्चात् जो अवशेष हमारे समक्ष आया वह आश्चर्यजनक था।

–'ऐसा क्या था। मुझे ज्ञात करवाओं दशानन।'

–'परमपूज्य ! यह अद्‌भुत दृश्य आज भी मेरे नेत्रों में समाया हुआ है। जैसे विगत दिवस की घटना हो। लगभग आधा योजन लम्बा और नौ हस्त ऊँचा वह अस्थि अवशेष किसी अति प्राचीन जीव का था। इसमें सबसे विशेष बात यह थी परमपूज्य, कि उसके उदर में अन्य छोटी-छोटी अस्थियाँ भी थी संभवतः वह उसका भोजन रहा होगा।' महेश एकाग्रचित होकर सुन रहा था।

'उर्वध अवस्था में पृथ्वी पर पड़ी उन अस्थियों को देख लगता था मानों उसकी ग्रीवा अत्यन्त लम्बी रही होगी। उसका खूंखार मुख खुला हुआ था। उसकी सम्पूर्ण अस्थियों पर वाल्मीकि थी।'

–'अत्यन्त रोचक दशानन।'

–'उसके पग पूर्णरूपेण नष्ट हो गये थे।'

–'दशानन इस विशेष जीव का व्याख्यान हमारे पर्यावरणविद् ने बहुत पहले किया था। मगर उस समय उनके तथ्यों पर विश्वास नहीं हो रहा था। मगर आज तुमने उनके व्याख्यान की पुष्टि कर दी। तुम्हारा भ्रमण अत्यन्त ज्ञानवर्धक और रोचक है। इस अल्पायु में.... ....साधु-साधु।'

–'आभार।' इतना कहकर दशानन मुस्कुराया और अपने आप को गौरवान्वित महसूस किया।

देर रात महेश अनेक विषय विशेषज्ञों के नवीनतम अन्वेषण और अनुसंधानों की समीक्षा करते रहे। शून्य के अन्वेषणों के उपरान्त अधूरे पड़े कार्यों को गति मिल गई थी। दशम और दशमलव ने सूर्य, चंद्र, बृहस्पति, मंगल आदि अनेक ग्रहों की पृथ्वी से दूरी को ज्ञात करवा दिया था। सप्त सागर और सप्त महाद्वीपों की स्वर्णापुरी से दूरी भी ज्ञात कर ली गई थी। ये सब शून्य के प्रतिस्थापित होने के उपरान्त ही संभव हो पाया था।

महेश अन्तिम हस्तलिपिकार देखकर आँखें बंद करके बैठ गये। नेत्रों से नींद गायब थी। मस्तिष्क में मंथन समर क्षम नहीं था। हिमालय के पार्श्व में विशाल दलदली भूमि के विश्लेषण के उपरान्त दशानन ने दक्षिण प्रस्थ के सघन वन का जो विश्लेषण किया था वो महेश की चिन्ता का विषय था।

दशानन को अब स्वर्गपुरी की नीतियाँ समझा में आने लगी थीं। महेश की उत्सुकता और जिज्ञासा के कारण भी स्पष्ट हो गये थे। दशानन को इस पर कोई आपत्ति नहीं थी कि महेश उससे सारी जानकारियाँ ले रहे हैं। उसके अनुभव को जानन चाहते हैं। उसके अन्वेषण आत्मसात् कर रहे हैं। बल्कि उसे इस बात की बेहद खुशी थी कि उसके स्वर्गपुरी पदापर्ण के उपरान्त अनेक अपूर्ण कार्य पूर्ण हो रहे हैं। लेकिन उसे आपत्ति इस बात से है कि उसे स्वर्गापुरी में स्वतंत्रता नहीं है। अनेक प्रतिबन्धों के मध्य यहाँ निवास करना पड़ रहा है। स्वर्गपुरी में वह स्वतंत्र परिभ्रमण नहीं कर सकता। किसी से वार्तालाप नहीं कर सकता। वैभवपूर्ण, सुविधापूर्ण, जीवन से कोई भी मानव अपनी सम्पूर्ण अवस्था को कैसे प्राप्त हो सकता है प्रतिबंध क्यों? वो भी अतिथि पर? ऐसे ही अनेक विचार मंथन के मध्य दशानन कब निंद्रा विलिन हो गया उसे पता ही नहीं चला। लेकिन जब सुबह जागा तो स्फूर्तिपूर्णता थी सम्पूर्ण शरीर में।

–"उष्णजल उपस्थित है अतिथि।" एक अप्सरा ने कक्ष में प्रवेश करते हुए कहा।

दशानन ने उसकी ओर देखा और बोला–"आओ हस्त प्रच्छान करवाओं।" आसंदी पर बैठे-बैठे दशानन ने अपने हाथ आगे बढ़ाये। अप्सरा उसके समीप आई। पात्र समीप रखा और झूककर हस्त प्रच्छालन के लिए दशानन के हाथ स्पर्श किये। अप्सरा इस प्रकार झूकी की उसके उन्नत उरोज देखकर दशानन के तन में काम तंरगे संचारित हो गई। मदहोश-सा हो गया था। वो एकटक उसके कोमल

उन्नत उरोजों को देखता ही रहा। कसे हुए उत्तरीय से बाहर आने को आतुर गोलाकर, रक्तमणि सदृश्य, ऐसे लग रहे थे मानों कोई ऋतुफल निमंत्रण दे रहा हो कि पथिक आओं और मेरा रसोस्वादन करो। दशानन काम क्रीड़ा की कल्पनाओं में खोया हुआ था। अप्सरा ने कब अपना काम समाप्त कर लिया उसे पता ही नहीं चल।'

–'ठहरो।'

अप्सरा रुक गई वो द्वार के समीप पहुँच गई थी। उसने पीछे मुड़कर दशानन की ओर मुस्कुराकर देखा और बोली–

"आदेश अतिथि।"

"समीप आइये।"

"अवश्य।" कहकर अप्सरा दशानन के समीप आ गयी।

"आसन ग्रहण करो।"

"अनुमति नहीं है।"

"अर्थात्?"

"अतिथि के समीप आसन ग्रहण करने की अनुमति नहीं है।"

"मित्र के समीप भी नहीं?"

"मित्र?" अप्सरा के मुँह से निकला।

"इतना आश्चर्य कैसा?"

"हमें मित्रता करने का अधिकार नहीं है अतिथि।"

"अर्थात्?"

"हम स्वतंत्र काम के अधीन है।"

"केवल स्वर्गपुरी में?"

"अवश्य।"

"स्वगपुरी के सर्वजन हेतु?"

"नही?"

"अर्थात्?"

"केवल अतिविशिष्ट हेतु।"

"और अतिथि......?"

"सदैव तत्पर।"

"आश्चर्य, घोर आश्चर्य अप्सरा।"

"अर्थात् अतिथि।"

"अन्याय अप्सरा अन्याय।"

"आपके साथ?" अप्सरा ने आश्चर्य से पूछा।

"निश्चित ही।"

"मगर कैसा अन्याय अतिथि?"

"यौन क्रीड़ाओं से वंचित रखने का अन्याय।"

"दोष आपका है अतिथि।"

"मेरा दोष? कैसे?" दशानन ने आँखें मटकाकर कहा।

"आपने निवेदन ही नहीं किया होगा।" अप्सरा ने सहज भाव से उत्तर दिया।

"इसका दोषारोपण मुझ पर लगाकर आप लोग दोष रहित रहना चाहते हैं। यह तो स्वर्गपुरी के सिद्धांत विरुद्ध है।"

"कतिपय नहीं अतिथि।"

"कैसे नहीं?"

"हम अप्सराओं ने सोचा आप ब्रह्मचर्य नियम बद्ध है।"

"इस युवावस्था में....... आप ये विचार कैसे कर सकती हैं।"

"आपकी ओर से निवेदन न होने के कारण?"

"अब?"

"आप अपनी रुचि अनुसार किसी से भी निवेदन कर सकते है अतिथि।"

"प्रथम निवेदरन आप से ही......।"

"स्वीकार्य है अतिथि।"

"तत्काल।"

"स्वीकार्य है।"

"वाह ! वास्तव में स्वर्गपुरी अत्यन्त मनोरम और प्रशंसनीय है।"

दशानन की समझ में एक बात नहीं आई कि अप्सरायें सदैव यौन क्रीड़ाओं के लिए तत्पर क्यों रहती है। वह यह भी ज्ञात नहीं कर पाया कि अप्सरायें है कौन? यहाँ आने से पूर्व उसने यह सुना अवश्य था कि स्वर्गपुरी में अप्सरायें यौन क्रीड़ाओं को सदैव तत्पर रहती है मगर सभी के लिए ये वह यहीं आकर जान सका।

सुखदपूर्ण यौनक्रियाओं से संतुष्ट होने के उपरान्त उसने उपहार स्वरूप अप्सरा को मोतियों की माला दी। मगर अप्सरा ने यह कहकर लेने से मना कर दिया कि अतिथियों से उपहार ग्रहण करना स्वर्गपुरी के नियम विरुद्ध है। प्रथम अप्सरा समागम उसके लिए अत्यन्त सुखद था।

अल्पाहार के उपरान्त दशानन महेश से भेंट करने चला गया।

ब्रह्मा और विष्णु औचक भ्रमण के उपरान्त स्वर्गावास में पधार चुके थे। उन्हें देखकर दशानन अत्यन्त प्रसन्न हुआ। कुछ पल चारों एक साथ रहे फिर ब्रह्मा और विष्णु अपने-अपने शयन कक्ष में चले गये।

"आज अत्यन्त प्रसन्न मुद्रा में हो दशानन?" महेश ने पूछा।

"महामहिम और श्रद्धेय के दर्शन.........।"

"वार्ता को नया मार्ग मत दो दशानन।"

"नहीं-नहीं ऐसा कुछ नहीं है पूज्य, जैसा आप समझ रहे हैं।"

"यौवनावस्था की उष्णता हमने भी देखी है दशानन।"

"आप तो अन्तर्यामी है परमपूज्य आपसे तो कुछ भी नहीं छिपा।"

"सुखद अनुभूति के लक्षण मुख पर आ ही जाते हैं दशानन। इसमें इतना असहज क्यों हो? ये तो मानव का स्वभाव है। विपरीत

यौनाकर्षण का अर्थ होता है उष्णता, गमन और यौनक्रीड़ाओं की अनुभूति।" महेश ने हल्की सी मुस्कान के साथ अपनी बात पूरी की।

"आपने सत्य विश्लेषण किया परमपूज्य। मगर स्वर्गपुरी आने के उपरान्त आज प्रातः ही प्रथम समागम अनुभूति अत्यन्त सुखद और संतुष्टीपूर्ण थी।"

"ये हुई न बुद्धिजीवी वाली बात।"

"परमपूज्य यदि अनुमति हो तो एक जिज्ञासा शान्त करने का प्रश्न प्रस्तुत कर सकता हूँ।"

"अवश्य दशानन।"

"अप्सराओं का इति वृत्त क्या है?"

"अति सुन्दर प्रश्न। अति सुन्दर। तुम भी पूर्ण जिज्ञासु प्रवृत्ति के हो।"

"आभार।"

"हूँ ! गहरी सांस लेकर महेश बोले–"अप्सरा" अर्थात् अप् का अभिप्राय है–'जल' और 'सरस्' का अभिप्राय है–'जल में विहार करने वाली'.....सुन्दर रमणी। सर का एक अभिप्राय–झील भी है, झरना भी है, सरस का संदर्भ–सरोवर से भी लिया जाता है। इन्हीं दो शब्द युग्म से वार्तालाप में 'अप्सरा' शब्द निर्मित है। जिसका साधारण अर्थ है–'जो जल में उत्पन्न हुई हो वह सुन्दर रमणी।'"

"मैं पूर्णरूपेण ज्ञात नहीं कर पाया परमपूज्य।"

महेश मुस्कुराकर बोले–"दशानन ! प्रसुति की पीड़ा का समाधान खोजने में हमारे महर्षिगण व्यस्त थे। अनेक उपाय किये गये। अन्तः जल में प्रसुति अपेक्षाकृत कम पीड़ादायी सिद्ध हुई। इस अभिनव प्रयोग को अनेक बार किया गया। जल में उत्पन्न कन्याओं को महर्षि अपनी देखरेख में बड़े होते देखना चाहते थे। अतः उन्हें स्वर्गपुरी लाया जाता रहा। महर्षिगण ज्ञात करना चाहते थे। इन कन्याओं का

सम्पूर्ण जीवन कैसा प्रतीत होता है? उनकी रूग्णावस्था कैसी होती है? उनका सौन्दर्य कैसा होगा? उनका विकास कैसा होगा? उनकी सन्तानें कैसी होंगी? अतः उन्हें एक ही नाम से सम्बोधित किया गया–अप्सरा ताकि वे अन्य नारियों से अलग अपना अस्तित्व बनाये रखें। उनका पोषण भी अति सुरक्षित वातावरण में हुआ।"

"अति सुन्दर प्रयोग परमपूज्य।"

"दशानन ! अप्सराओं का सौन्दर्य सभी अन्य वर्गों की नारियों से भिन्न है। अनुपम सौन्दर्य, सुन्दर नेत्र, सुसंगठित मांसल शरीर, दीर्घ कृष्णवर्णीय केश, मृदुल वाणी और सुसंस्कृत संस्कारवान आचरण। यह प्रायोजन अत्यन्त सफल रहा और सभी वर्णों में सन्तान उत्पत्ति के लिए यही विधि अपनाने के लिए इसके प्रचार-प्रसार की योजना भूर्तरूप ले रही है।"

"आत्मीय विवेचन परमपूज्य ! अच्छा लगा। मानव काल्याण हेतु ऐसे अभिनव प्रयोग अत्यन्त आवश्यक है। प्रसवपीड़ा अत्यन्त कष्टकारी होती है। वास्तव में कोमलांगी कही जाने वाली नारियाँ मातृत्व का सुख कष्टकारी पीड़ा सहन करने के बाद ही उठा पाती है। नवम् मास की गर्भावस्था के समय भी वे अत्यन्त कष्टकारी दौर से निकलती है। तब जाकर उन्हें प्राप्त होता है मातृत्व।"

"तुम्हारा हृदय भी ममत्वपूर्ण है दशानन।"

"बाल्यकाल में अपनी माता को उस दौर से निकलते देखा है परमपूज्य।"

"अति उत्तम ! अति उत्तम। अनुभव से विचारों में परिपक्वता आती है और जीवन सफल बनता है।"

"सत्यवचन परमपूज्य ! मैं आपसे सहमत हूँ। मेरी भी हार्दिक अभिलाषा है कि मैं समुदाय के लिए एक उदाहरण बनूं।"

"हमारा भी ध्येय यही है दशानन।" महेश ने मुस्कुराकर कहा।

"मैं आपका आश्रय नहीं समझा, परमपूज्य।"

"बहुत कुछ काल के गर्त में छिपा है दशानन। हम नहीं जानते भविष्य में क्या होगा।" अपने आसन से खड़े होकर महेश ने अत्यन्त सारगर्भित और सशक्त भाव से कहा–"दशानन ! मानव समुदाय में तुमने जो योग्यता प्राप्त की है और राक्षस समुदाय का गौरव बढ़ावा है। तुम्हारे अपने समुदाय को भी तुमसे बहुत आशाएँ है। हम सब भी यही चाहते हैं कि तुम भविष्य को सुखद अनुभूतियाँ प्रदान करों ताकि मानव जगत के अनुज तुम्हारा गुणगान वर्षों तक करें।"

–"आपका सहयोग वांच्छनीय है परमपूज्य।"

अपने दोनों हाथ उठाकर आशीर्वाद मुद्रा में करके बोले–"सदैव दशानन तथास्तु।"

शाकाहार के उपरान्त ब्रह्मा विष्णु और महेश को लेकर एकान्त उद्यान में आ गये। इस एकान्त उद्यान का प्रयोग ब्रह्मा शाकाहार के उपरान्त विशेष वार्ता हेतु करते थे। आज बहुत दिनों के बाद तीनों महानुभावों के मुख पर प्रसन्नता के भाव थे। तीनों ही अपने विचार आपस में व्यक्त करने के लिए उद्विग्न थे।

"महेश आज प्रसन्नता भाव उत्सवस्वरूपादिवस प्रतीत हो रहा है।"

"सत्य कथन महामहिम। मेरे पास अपार विषयवस्तु सम्पदा है। उसको व्यक्त करते–करते संध्याकाल हो जायेगा। आप श्रेष्ठ है। प्रथम वक्तव्य आपका। आप एक विशेष प्रयोजन हेतु गये थे। आप ज्ञात करवायें।"

"महेश तुम अत्यन्त चतुर हो।" विष्णु मुस्कुराकर बोले।

"आप कोई भी अवसर छोड़ते नहीं है श्रद्धेय।" महेश हंस कर बोले। फिर तीनों ने अठ्टाहस लगाया।

"महेश !" अपनी हंसी रोकते–रोकते ब्रह्मा बोले–"हम अपने प्रायोजन में सफल रहे। जानते हो, हम एक नवीन वास्तुशिल्प का शिलान्यास करके आये है।"

"शिलान्यास।" महेश ने आश्चर्य से पूछा।

"हमें ज्ञात था तुम्हें आश्चर्य होगा। एक नया शब्द है न महेश। विष्णु मुस्कुराकर बोले।"

"निश्चित ही महामहिम, श्रद्धेय। काष्ठशिल्पन्यास के युग में, ...वह क्या शब्द उच्चारित किया था?"

"शिलान्यास" ब्रह्मा ने दोहराया की।

"हाँ, शिलान्यास, क्या शिलाओं से निर्माण संभव है?" महेश ने उत्सुकतावश पूछा।

"अवश्य।" ब्रह्मा ने आसन से उठकर महेश के समीप जाकर उसके कंधे पर हाथ रखते हुए कहा। और बोले–"महेश हमारे स्वर्गपुरी के अतिरिक्त भी अनेक वन्य आश्रित जातियाँ है जो नये–नये अन्वेषण करने में लगी है।"

"साधु–साधु।" महेश बोले।

"हमारे लिये भी यह अभिनव अनुभव था। हिमाद्री शृंखला के पार्श्व में एक विशाल जलजाधिसरा क्षेत्र है।"

"ज्ञात है।" महेश तपाक से बोला।

"आश्चर्य महेश ! यह तो सर्वअज्ञात क्षेत्र है। विष्णु आश्चर्य से बोले।"

"अवश्य ही सर्वअज्ञात है मगर एक और को छोड़कर।" महेश ने सहजभाव से कहा।

"कौन?" ब्रह्मा ने पूछा।

"आपका प्रिय दशानन।"

"दशानन।" विष्णु और ब्रह्मा के मुँह से एक साथ निकला।

"सही सुना आप दोनों ने।"

"कब? कैसे?" ब्रह्मा ने जानना चाहा।

"जगतभ्रमण काल में।"

"आश्चर्य।"

"विस्तृत वृन्तान्त ज्ञात है दशानन को ! भयभीत भी है उस जलजाधिसरा को लेकर।"

"उचित है उसका भय महेश।" ब्रह्मा ने गहरी सांस लेकर कहा।

"क्यों महामहिम?"

"वह क्षेत्र सघन वनाच्छित है। जल परिपूर्ण है। छोटे बड़े पर्वतों, अनेकानेक प्रकार के जीवजन्तु है इस क्षेत्र में। मानव रहित है। इसके पूर्वोत्तर कोण में विशेषरूप से उत्तर दिशा में अत्यन्त मनोरम, सुन्दर, रमणीय, पर्वतश्रृंखलाओं वाली भूमि है। यहाँ मृगवंश का मानव समुदाय निवास करता है। मृगवंश का साम्राज्य अत्यन्त छोटा है और इस समुदाय के मानव अपनी पर्वतश्रृंखलाओं के दक्षिण में विस्तृत जलजाधिसरा क्षेत्र में कमी नहीं जाते। उनके अनुसार इस क्षेत्र से अत्यन्त विशालकाय जीव आते हैं। वे उच्चस्थ स्थान पर तो नहीं आ पाते मगर उनकी श्वसन प्रक्रिया इतनी तीव्र है कि वे अनेक योजन दूर से ही मानव और अन्य पशुओं को अपनी ओर खिंच लेते हैं। उनके मुख इतने विशाल है कि वे मानव सहित अनेक पशुओं को सीधे अपने मुख में निगल जाते हैं। ऐसे वीभत्स दृश्य दैनिक होते जा रहे हैं। मृगवंशराज ने हमे अनेक विशालकाय अस्थि अवशेष दिखलाये।"

"ऐसा समदृश्य विश्लेषण दशानन ने भी किया था विगत दिवस।" महेश ने सहजता से बताया।

"जलजाधिसरा में?"

"नहीं महामहिम।"

"एक अन्य विश्लेषण?" विष्णु तपाक से बोले।

"जी श्रद्धेय।.......एक अन्य महाद्वीप पर।"

"यहाँ के अष्टपद विशालकाय जीव उनके समुदाय के लिए विनाश का सबक बन गये है।"

"उनका कोई उपाय?" महेश ने जानना चाहा।

"शिलाभित्ति।"

"शिलाभित्ति?" महेश ने आश्चर्य से पूछा।

विष्णु महेश का मुख देखकर मुस्कुरा रहे थे और ब्रह्मा ने अपना आसन ग्रहण करके कुछ पल महेश की ओर देखा। महेश के मुख पर आश्चर्य, जिज्ञासा और कौतुहल था। महेश अपलक ब्रह्मा को देख रहा था। शान्त। स्निग्ध।

अपना उत्तरीय संभालते हुए ब्रह्मा बोले–"पर्वत के शिलाखण्डों को बाधास्वरूप भित्तिकार रूप देकर उन मानवखोर जीवों से सुरक्षा।"

"यह कैसे संभव हुआ महामहिम?"

"महेश ! भूमि छेदन करके उसमें विशाल शिलाखण्ड रखे गये। मृदा और जल मिश्रण से एक जलीय पदार्थ बनाकर उसे शिलाखण्डों के मध्य में भरते हैं। इससे दो शिलाखण्ड आपस में संरक्षित हो जाते थे। इस भित्ति को इतना बड़ा आकार दिया जा रहा है ताकि उसके शीर्ष समतल पर दो रथ एक साथ चल सकें। इसे भूतल से नवम मानव आकाशीय तल तक बनाया जा रहा है। मृगवंशराज के कथनानुसार यदि यह भी सुरक्षित न रहा तो पंचमानव तक की ऊँचाई और बढ़ाई जा सकती है। इस विशालभित्ति का शिलान्यास समारोह एक उत्सव स्वरूप था।"

अपनी बात समाप्त करके ब्रह्मा ने विष्णु की ओर देखा। इसके बाद विष्णु ने वृतान्त सुनाया–"महेश ! यह शिलान्यास नये युग का शुभारम्भ है। मुझे और महामहिम को इसकी आधारशिला स्थापित करने का सौभाग्य मिला है। मृगवंश समुदाय हर्षोल्लासित था। इस समुदाय के सभी मानव, प्रत्येक अवस्था के नर-नारी, बालक, वृद्धजन श्रम करने को आतुर थे। उत्सव था उस दिवस। आधारशिला स्थापित करते ही शंख ध्वनि और हस्तताल से सम्पूर्ण वातावरण गुंजायमान

हो गया। षोडषियों ने पुष्प वर्षा की। इसके उपरान्त नृत्य और विशाल हर्ष ध्वनि के साथ भित्ति निर्माण में मृगवंश प्रजा संलग्न हो गयी।"

"अति उत्तम श्रद्धेय।" महेश ने कहा।

"जानते हो महेश, सुरक्षा व्यवस्था का यह अनुपम प्रयोग है। यदि मृगवंश दीर्घकाल तक अस्तित्व में रहा तो निश्चित मानिये कि इस शिलाभित्ति मार्ग की दूरी हमारी स्वर्गपुरी से नैत्रृत्यपर्यन्त सागर से अधिक होगी।"

विष्णु तपाक से बोले–"इसका निर्माण पूर्ण होने के उपरान्त यह मानव की धरोहर वर्षों तक रहेगी। अपितु यह कहना औचित्यपूर्ण होगा कि जब तक मानव समुदाय इस पृथ्वी पर जीवित रहेगा तब तक ये शिलाभित्ति मार्ग सुरक्षित रहेगा।"

"मेरी उत्सुकता अधीर हो रही है।" महेश आसन से खड़े होकर बोला। "दर्शन की अभिलाषा है महामहिम।"

"तत्काल?" ब्रह्मा बोले।

"अवश्य।"

"अधीर मत होओ महेश।"

"एक विशेष अवधि के उपरान्त जाना श्रेयकर होगा महेश।" विष्णु ने स्पष्ट किया।

"सत्यवचन, सत्यकथन विष्णु। महेश ग्रीष्मकाल में भ्रमण अवलोकन श्रेष्ठ रहेगा। तब तक शिलाभित्ति मार्ग का एक अंश निर्मित हो चुका होगा। तब उसकी वास्तविक स्थिति ज्ञात हो सकेगी महेश।" ब्रह्मा ने सुझाव रखा।

"महेश ! महामहिम ने वास्तुशिल्प के अभिनव प्रयोग भी मृगवंश को दिये हैं। संभवतः ग्रीष्मकाल तक प्रथम प्रकोष्ठ निर्मित हो जायेगा। तब अवलोकर करना अप्रितम होगा।"

"उचित श्रद्धेय।"

अभी वार्ता को अलविराम मिला ही था कि कुछ अप्सराएँ अपनी सहायिकाओं के साथ एकान्त उद्यान में उपस्थित हुई। तीनों के लिए उष्ण सूपपात्र थे। तीनों ने सानन्द सूप पान किया।

रात्रि भोज के तुरन्त दशानन अपने शयनकक्ष में प्रस्थान कर गया। यह दृश्य देख विष्णु और ब्रह्मा आश्चर्यचकित हो गये। महेश मुस्कुरा रहा था। दोनों ने महेश की ओर देखा। उनकी मुस्कुराहट ब्रह्मा और विष्णु के लिए प्रखर प्रश्न बन गयी। विष्णु ने अपना दायां हाथ घुमाकर पूछा–"क्यों मुस्कुरा रहे हो ! क्या बात है?"

अपनी मुस्कुराहट को थामते हुए व्यंग्य वाण छोड़ा महेश ने कहा–"संभवतः हम सभी वृद्धावस्था की ओर अग्रसारित हो गये हैं।"

–"अर्थात् !" विष्णु ने आँखें घुमाकर कहा।

–"कौन है वृद्ध यहाँ महेश ?" ब्रह्मा तपाक से बोले।

अपना हाथ तीनों की ओर घुमाकर संकेत करके महेश पुनः मुस्कुराया।

–"व्यंग्य बाण मत छोड़ो महेश" विष्णु बोले।

–"श्रद्धेय यौवन जैसी उष्णता हम सभी में अब नहीं है। वह तो दशानन के अंगों में संचारित है।"

–"उचित है। पर इतनी शीघ्रता ?" ब्रह्मा बोले।

–"महामहिम, आज प्रातः ही अप्सरा समागम हुआ, तो अधीरता तो होगी ही।"

इतना सुनकर तीनों हंसे।

आज परिचय प्रतिष्ठा दिवस है। ब्रह्मा, विष्णु, महेश और दशानन शोभनीय वस्त्र धारण करके क्रीड़ा स्थल की ओर बढ़े। आज क्रीड़ा स्थल भव्य लग रहा है। चारों और पताकाएँ लहरा रहीं थीं। पण्डाल सजे हुए थे। उच्चस्थ मंच तैयार था। क्रीड़ा स्थल पर अभेद्यय सुरक्षा व्यवस्था। सम्पूर्ण स्वर्गवासी वहाँ उपस्थित थे। नर–नारी, वृद्ध,

बालक आकर्षक पोशाकों में वहाँ उपस्थित थे। वार्षिक महोत्सव सादृश्य था इस समय क्रीड़ा स्थल।

शंख ध्वनि हुई।

त्रिदेव और दशानन के रथ वाहनों का प्रवेश हुआ।

क्रीड़ा स्थल पर शान्ति छा गई।

उद्घोषणा हुई।

"उपस्थित स्वर्गवासियों ! महामहिम, श्रद्धेय, परमपूज्य और विशिष्ट अतिथि मंचासीन है।"

हस्तताल के साथ पुनः शंख ध्वनि हुई।

वाणी अप्सरा ने उद्घोषणा की–"आज इस शुभ अवसर पर हम अपने विशिष्ट अतिथि का परिचय अपने महर्षियों, ऋषियों, दुर्गा संकाय की विदूषियों और अन्य महान् अन्वेषणों से करवाने जा रहे हैं। इसके उपरांत महामहिम एक अत्यन्त महत्त्वपूर्ण घोषणा करेंगे। कृपया धैर्य बनायें रखें।"

"सर्वप्रथम मैं आमन्त्रित कर रही हूँ महर्षि अगस्त्य जी को ! स्वागत है आपका महर्षि।"

महर्षि अगस्त्य मंचासीन हुए तो सारा स्थल हस्तताल से गूंज उठा। दशानन ने अभिवादन किया फिर आगे बढ़कर चरण वंदना की। महर्षि ने आशीर्वाद दिया–"यशस्वी भवः।"

"दशानन ! आप महर्षि अगस्त्य, जिन्होंने नैऋत्य में स्वर्ग संस्कृति के विस्तार का संकल्प लिया। आप इस उत्सव के लिए विशेष रूप से यहाँ पधारे हैं।"

"आपके दर्शन से मैं धन्य हुआ महर्षि।" हाथ जोड़कर दशानन ने कहा।

"तुम्हारा भविष्य उज्ज्वल है दशग्रीव। तुम्हारी ध्वज पताकाएँ तीनों लोक और दसों दिशाओं में फहरायेंगी, लहरायेंगी। ऐसे लक्षण मैं देख रहा हूँ। दीर्घायु भवः।"

दशानन ने हाथ जोड़े। उनक आगे नतमस्तक हुआ। उद्घोषणा हुई। "महर्षि आप आसन ग्रहण करें।"

"महर्षि वसिष्ठ सादर आमंत्रित है।"

महर्षि वसिष्ठ मंचस्थ हुए ! ब्रह्मा, विष्णु, महेश को उन्होंने प्रणाम किया। तीनों ने मुस्कुराकर उन्हें आशीर्वाद दिया। दशानन ने आगे बढ़कर प्रणाम किया। चरण वंदना की।

"मेरे पुत्र सदृश्य है वसिष्ठ और अगस्त्य के अनुज है ! इन्होंने सभी इन्द्रियों को अपने वश में कर रखा है। जितेन्द्रिय है ये ! इनके जैसा अन्य कोई जितेन्द्रिय नहीं हो पाया। तुम्हें इसका अनुसरण करना होगा। जो एक बार जितेन्द्रिय हो जाता है उसे कोई भी पराजित नहीं कर पाता।"

ब्रह्मा ने महर्षि को आसन ग्रहण करने का संकेत किया।

"मैं परम आदरणीय महर्षि मार्कण्डेय को सादर आमंत्रित करती हूँ।"

महर्षि मार्कण्डेय मंच पर आये। उन्होंने त्रिदेव की चरणवंदना की। दशानन ने भी महर्षि की चरणवंदना की। महर्षि ने आशीर्वाद दिया।

"दशानन ! महर्षि मार्कण्डेय स्वास्थ्यगुरु है। आपने एक ऐसी पद्धति तैयार की है जो हमे निरोगी काया प्रदान करती है। इनके कार्यों की व्याख्या विशेष रूप से की जायेगी।"

"दशग्रीव में तुम्हें दीर्घायु और निरोगी बलिष्ठकाया का आशीर्वाद देता हूँ। मेरे द्वारा प्रतिपादित सिद्धांतों का अनुसरण करो। निश्चित ही तुम बलिपष्ठ अजेय स्वास्थ्य के स्वामी बनोगे।"

स्वर्गवासियों के लिए ऐसा उत्सव प्रथम बार था। जब उन्हें स्वर्गपुरी की प्रयोगशालाओं में अब तक हुए अभिनव प्रयोगों और कर्त्ताओं का सविस्तार विवरण सुनने को मिल रहा था।

"आमंत्रित स्वर्गवासियों एवं अतिविशिष्ट अतिथि अब मैं आपके समक्ष उन विदूषियों को आमंत्रित करुंगी जिन्होंने गुरुत्तर कार्य सम्पन्न

किया है। इससे पूर्व मैं श्रद्धेय विष्णु से निवेदन करुंगी की वे महर्षि मार्कण्डेय प्रशस्ति का वाचन करें।"

विष्णु अपने आसन से खड़े हुए और सर्वप्रथम ब्रह्मा की चरण वंदना की। मंच पर आसीन गणमान्यों को करबद्ध प्रणाम किया। क्रीड़ास्थल पर उपस्थित स्वर्गवासियों को बांया हाथ हिलाकर अभिवादन किया। हस्तताल से सारा वातावरण गूंजायमान हुआ। शंखध्वनि हुई।

"महामहिम अनुमति चाहता हूँ।"

"अनुमति है।"

"महर्षि पद पर सुशोभित मार्कण्डेय ने अपने अथक प्रयासों के उपरान्त 'रक्त विकार रहित' मानव जीवन को एक नयी पद्धति प्रदान की है। रक्त की शुद्धता अत्यन्त महत्त्वपूर्ण है। इस रक्त विकार रहित सिद्धांत का मूल आधार है हमारे कुछ भोज्य पदार्थ, आवासीय शुद्धता, विचार मंथन की शुद्धता, शुद्ध मैत्री और शुद्धतापूर्ण समागम। इन पंच शुद्धता भाव में अशुद्धता आते ही हमारा रक्त विषाणुओं के प्रभाव में आ जाता है और रूग्णावस्था प्रारम्भ हो जाती है। विषाणु हमारे रूग्णावस्था को मरणासन्नता तक प्रभावित करते हैं। इनके उपचार पद्धति को सुगुप्त विधि के तहत महर्षि ने एक विस्तृत व्यवस्था दी है। इस गोपनीय विधि को महर्षि ने 'देवी कवच' नाम दिया है।"

स्थल पर हस्तताल गूंजा और साधु-साधु वाक्य गूंज उठा। "महामहिम ने महर्षि मार्कण्डेय की गोपनीय विधि 'देवी कवच' को एक संस्थागत स्वरूप प्रदान किया है। इस कार्य में मार्कण्डेय महर्षि का विशेष सहयोग किया है। नवम देवियों ने विशेष औषधियों के निर्माण, संवर्धन, उपयोग, रूग्णावस्था के लक्षण, उपचार आदि का विधि विधान प्रस्तुत किया है। इन नवम देवियों को सम्मानार्थ महामहिम ब्रह्मा ने 'नवदुर्गा' नामक संस्थागत किया है। भविष्य में 'नवदुर्गा' विशेष रूप से सम्मानित होगी। सभी नवम् देवियाँ दुर्गा का प्रतिरूप होंगी।"

हस्तताल हुआ और शंख ध्वनि हुई।

"आभार श्रद्धेय।"

"नवगठित एवं नामांकित संस्था 'दुर्गा' की प्रथम देवी है– हिमावती। आप को आमंत्रित करते हुए मुझे हार्दिक प्रसन्नता हो रही है। स्वागतम् हिमावती।"

देवी हिमावती अपनी अनेक सहायिकाओं के साथ मंच की अग्रसारित हुई। उसकी सहायिकाओं के हाथों में वस्त्र आच्छादित मृणपात्र थे। सम्मानार्थ, मंच पर उपस्थित सभी गणमान्य अपने-अपने आसन छोड़कर खड़े हो गये। हिमावती महामहिम के समक्ष उपस्थित हुई और सहायिकायें उनके पार्श्व में। हिमावती ने सर्वप्रथम ब्रह्मा की चरण वंदना और तदोपरान्त अन्य महर्षियों का अभिवादन किया। अन्ततोगत्वा दशानन ने हिमावती को करबद्ध प्रणाम करके आशीर्वाद लिया।

इस अभिनन्दन क्रम के मध्य दो अप्सरायें मृणपात्र में शीर्षकवच लेकर उपस्थित हुई।

उद्घोषणा हुई।

"हिमालय पुत्री हिमावती।"

ब्रह्मा ने आगे बढ़कर नवरत्न युक्त स्वर्ण निर्मित शीर्षकवच हिमावती के सिर पर रखा। हस्तताल गूंज उठा। दशानन ने पुष्प गुच्छ प्रदान करके हिमावती का सम्मान किया। गौरवान्वित हिमावती ने सहर्ष निवेदन किया–

"महामहिम मेरे द्वारा संबंधित एवं अन्वेषण दीर्घायु औषधियों का निरीक्षण कीजिए–अपनी सहायिकाओं के मृणपात्रों से आच्छादित वस्त्र हटाकर वो बोली–हरीतिका, अभया, पथवा, कायस्था, पूतना, अमृता, हेमवती, अव्यथा, चेतकी, श्रेयसी और शिवा।"

"आयुष्मान भवः हिमावती।" ब्रह्मा ने आशीर्वचन कहे।

हस्तताल गूंजा। सभी यथा स्थान आरूढ़ हुए।

"दुर्गा की द्वितीय देवी है–ब्रह्मचारिणी।"

ब्रह्मचारिणी अपनी सहायिकाओं के साथ मंचस्थ हुई।

"ब्रह्मा की तपस्या तप का आचरण करने के कारण आप ब्रह्मचारिणी हुई।"

चरणवंदना, अभिवादन, स्वर्ण एवं रत्नजड़ित शीर्ष कवच एवं पुष्पगुच्छ के उपरान्त ब्रह्मचारिणी ने औषधियों से परिचय करवाया––"महामहिम–ब्राह्मी, मण्डूकपर्णी, और भाण्डूकी।"

हस्तताल गूंजा।

"दुर्गा की तृतीय देवी को आमंत्रित करती हूँ। स्वागतम् देवी चन्द्रघण्टा।"

अपनी एक सहायिका के साथ मंच पर उपस्थित हुईं। औपचारिकताओं के उपरान्त वह बोलीं–"महामहिम–इसे चन्द्रसूर कहते हैं। इसे आप चमसूर भी कह सकते हैं। यह हृदय रूग्णावस्था में अत्यन्त लाभकारी है।"

"दुर्गा संस्था की चतुर्थ देवी है–कुष्माण्डा।"

कुष्माण्डा अपनी सहायिका के साथ जैसे ही मंच की ओर अग्रसारित हुई क्रीड़ा स्थल पर हंसी गूंज उठी। मंचस्थ भी सभी आश्चर्यचकित थे। स्वर्गवासियों के इस व्यवहार से कुष्माण्डा विचलित नहीं हुई और पूर्ण आत्म विश्वास के साथ मंचस्थ हुई।

स्वागत औपचारिकताओं और स्वर्ण रत्न जड़ित शीर्षकवच धारण करने के उपरान्त उसने जैसे ही अपनी सहायिका के हाथों पर रखे मृणपात्र से वस्त्र हटाया एक बार पुनः सभी हंस पड़े। कुष्माण्डा ने धैर्यपूर्वक कहा–"महामहिम, यह कुमला है। पुष्टिकारक, वीर्यवर्धक, उन्माद नाशक, रक्तपित्त नाशक और रक्त विकार नाशक है।"

इस विशाल एवं लघु आकार के कुमला फल को देखकर जिस प्रकार स्वर्गवासी हंस पड़े थे उसी प्रकार उसके स्वास्थ्यवर्धक

गुणों को सुनकर शान्त हो गये। अविलम्ब हस्तताल हुआ और देर तक गूंजता रहा।

"मर्यादाओं का उल्लंघन अशोभनीय है। यह स्वर्ग की अवधारणा नहीं है। कृपया धैर्यवान रहें।" इस उद्‌घोषणा के बाद अप्सरा वाणी ने ब्रह्मा की ओर देखा। उनके संकेत को समझा।

"दुर्गा की पंचम देवी अलसी को आमन्त्रित करते हुए मैं स्वयं को गौरवान्वित अनुभव कर रही हूँ।"

अलसी अपनी सहायिकाओं के साथ मंच पर पधारी। सर्वप्रथम औपचारिकताएँ पूरी हुई। उसके बाद अलसी ने मंचस्थ गणमान्यों सहित ब्रह्मा को अलसी से परिचय करवाया।

हस्तताल हुआ। सभी यथा स्थान आरूढ़ हुए।

"उत्सव को गति प्रदान करते हुए मैं दुर्गा की षष्ठम् देवी मोइया को आमन्त्रित करती हूँ। देवी मोइया।"

देवी मोइया अपनी तीन सहायिकाओं के साथ मंचारूढ़ हुई। स्वागत सत्कार और शीर्ष स्वर्णरत्न कवच धारण करने के उपरान्त बोली–"महामहिम, मेरी औषधियाँ है–अम्बा, अम्बालिका और अम्बिका।"

हस्ताल हुआ। शान्तिदान हुआ। तदोपरान्त।

"स्वागत कीजिए सप्तम् दुर्गा देवी नागदौन का।"

सत्कारक्रम उपरान्त देवी ने अपनी औषधि नागदौन का परिचय मंचस्थ गणमान्यों से करवाया।

हस्तताल गूंजा।

"आमन्त्रिण जनों स्वागत कीजिए दुर्गा संस्था की अष्टम् देवी महागौरी का।"

स्वागत सत्कार अभिवादन के उपरान्त महागौरी बोली–"महामहिम मेरी औषधि तुलसी है। इसके सात भेद है–सफेद तुलसी,

काली तुलसी, मरुवा, दवना, कुठेरक, अर्जक और वटपत्र तुलसी। ये सातों रक्त शोधक और हृदय रोग नाशक है।"

हस्तताल गूंजा।

"इस शृंखला में मैं दुर्गा संस्था की अन्तिम और नवम् देवी को मंचारूढ़ होने के लिए आमंत्रित करती हूँ। देवी शतावरी ! स्वागतम्।

देवी शतावरी अपनी सहायिका के साथ मंच पर उपस्थित हुई। सत्कार, सम्मान और स्वर्णजड़ित शीर्षकवच धारण करने के उपरान्त देवी शतावरी ने अपनी औषधि नारायणी से महामहिम सहित मंचस्थ गणों का परिचय करवाया। यह त्रिदोषनाशक है। इस महौषधि का जो नियमित नित्य सेवन करेंगे वे सदैव रूग्णावस्था से मुक्त रहेंगे। इसके अष्टम् वर्ग है–अणिमा, महिमा, गरिमा, लघिमा, प्राप्ति, प्राकाभ्य, ईशित्व, और वशित्व।"

हस्तताल हुआ। उत्सव स्थल पर शान्ति छा गई।

"मैं महर्षि मार्कण्डेय से विनम्र निवेदन करती हूँ कि आप अपनी इस नवीन विद्या पर दिशा-निर्देश एवं मार्ग दर्शन करें।"

हस्तताल हुआ।

"महामहिम, श्रद्धेय एवं परमपूज्य के प्रोत्साहन और संसाधन उपलब्ध करवाने के लिए मैं अन्तिम अवस्था तक आभारी रहूँगा। सदैव स्वस्थ्य रहना प्रत्येक मानव का जन्मसिद्ध अधिकार है। स्वस्थ कैसा रहा जाये प्रकृति ने हमें स्वस्थ रहने के सभी उपाय दिये। सारी औषधियाँ हमें प्रकृति से ही मिलती है। उन्हीं के रहस्यों को उजागर करके मैंने अपनी नवम् देवियों के के सहयोग से एक पद्धति, एक सिद्धांत, एक नियम, एक कवच आप सभी के समक्ष प्रस्तुत किया है। सम्पूर्ण प्रयोगात्मक परीक्षण के उपरान्त इनको मानव समुदाय के लिए सर्वमान्य करने का प्रयास कर रहा हूँ।" सभी शान्तभाव से सुर रहे थे। "प्रयोगात्मक परीक्षण के समय जो परिणाम समक्ष हुए उन्हें मैंने रक्तबीज, चंड, मुंड, शुंभ, निशुंभ, असुर, गहिष रोगाणु आदि

कहकर पुकारा है।"

"अनेक जड़े, बूटें, लतायें, वृक्षछाल, पर्ण, पुष्प, फल, मूल आदि अनेक ऐसे माध्यम है जो रूग्णावस्था में उपचारार्थ काम आते हैं। इनमें प्रमुख रूप से हमने जो नामकरण किया है, वे हैं–गौरी, पार्वती, उमा, ब्रह्माणी, नारायणी, अनन्ता, बरदा, जया, विजया, जननी, ऐन्द्री, वाराही, हेमावती, भद्रा, ऋद्धि, सिद्धि। ये औषधियाँ उपचारार्थ सदैव उपलब्ध है।"

"नवम् दिव्यम् औषधियाँ मेरी विशिष्टता है। आपने जिन देवियों के दर्शन अभी किये हैं उन्हें अमरत्व प्रदान करने के लिए उन्हें औषधि नाम दिये हैं–"प्रथम हरड़ औषधि को शैल, द्वितीय औषधि ब्राह्मी को ब्रह्मचारिणी, तृतीय चन्द्रसूर को चन्द्रघण्टा, चतुर्थ, कुमला को कुष्माण्डा, पंचम अलसी को स्कन्ध, षष्ठम् भोइया को कात्यायनी, सप्तम् नागदौन को कालरात्रि, अष्टम् तुलसी को महागौरी और नवम् शतावरी को सिद्धिदात्री इन्हें इन्हीं उपाधियों से ज्ञात किया जायेगा।"

"मैं महामहिम का हार्दिक आभार व्यक्त करता हूँ कि आपने एक नया सम्बोधन देकर नवीन युग का सूत्रपात किया है। दुर्गा अर्थात् दीर्घकाल तक जीवित रहने वाली पद्धति। मुझे विश्वास है कि यह पद्धति चिरकाल तक उपयोग में आयेगी। मैं संक्षेप में इसे आयुर्विज्ञान कहूँगा ! इति वार्ता।"

"आपके निर्देशन के लिए हम सभी आभारी हैं। मैं परमपूज्य महेश से विनम्र निवेदन करती हूँ कि वे आत्मबोधन करें।"

महेश अपने आसन से उठे। महामहिम और श्रद्धेय की चरणवंदना की। मंचस्थ को प्रणाम किया। स्वर्गवासियों को दोनों हाथ उठाकर अभिवादन किया।

"ऊँ–ऊँ–ऊँ–ऊँ......" (उच्चालाप किया)–दीर्घ स्तर का आलाप सुनकर सभी सम्मोहित हो गये। हर्ष ध्वनि और हस्तताल से सम्पूर्ण वातावरण गूंजायमान हो गया।

मंचस्थ सभी एक साथ बोले–"साधु-साधु !" मुस्कुराकर महेश बोले–"सूर्यदेव ध्वनि का उच्चारण आत्मशुद्धि और वीर्यबल को बढ़ाने वाली होती है। ऐसा मेरा अपना प्रयोग है। परीक्षण है। आज इस स्वर्गीय उत्सव पर जब अत्यन्त परिश्रमी, एकाग्री, महान् महर्षियों ने अपने-अपने अभिनव प्रयोग, अनुभव आपके समक्ष प्रस्तुत किये हैं तो मुझे लगा मुझे भी अपना ये छोटा-सा प्रयोग, अन्वेषण, अनुसंधान, शोध, आप जो कहें, वह प्रस्तुत करना चाहिए।"

"इस संदर्भ में मैं आप सभी के समक्ष एक रोचक तथ्य प्रस्तुत करना चाहता हूँ। विगत पूर्ण सूर्यग्रहण के आप सभी साक्षी है। उस दिवस मैं अत्यन्त उत्साहित था। कैलास पर्वत पर अपनी पत्नी संग इस नैसर्गिक दृश्य को आत्मसात् कर रहा था। तभी एक विचार मेरे मस्तिष्क में कौधा और मैंने अपने दण्ड के छिद्र से चक्षु दर्शन किये सूर्यग्रहण के। मेरा अनुसरण पर्वती ने भी किया। मैं और पार्वती समीप खड़े थे। मुझे आभास हुआ मानों पार्वती अपने मुख से कोई ध्वनि निकाल रही है। मैंने उसकी ओर देखा। वह मेरा भ्रम था। पार्वती शान्त भाव से सूर्यग्रहण के दर्शन दण्ड छिद्र से कर रही थी। तत्काल मैंने एक दण्ड उठाया और उस दण्ड के छिद्र को अपने कर्ण पर लगाया। मेरा उत्साह बढ़ गया। अब मैंने अपने चक्षु से दण्ड हटाकर उसे दूसरे कर्ण छिद्र पर रखा। मेरा उत्साह चरम पर था। एक अत्यन्त मधुर ध्वनि तीव होती जा रही थी। आनन्द विभोर था मैं ! पार्वती सूर्यग्रहण दर्शन में व्यस्त थी। मैं ध्वनि आनन्द में व्यस्त था। मेरे लिए यह प्रथम अनुभव था। सम्मोहित। स्तब्ध। ग्रहण के मोक्ष प्राप्त होते-होते ध्वनि की गति क्षतिपूर्ण हो गई।–

"आज उसी ध्वनि का उच्चारण सम्बोधन पूर्व मैंने किया।"

हर्ष ध्वनि और हस्तताल के साथ-साथ "साधु-साधु" शब्द चारों ओर गूंजने लगा। स्वर्गवासी मंचस्थगणों का अनुसरण करके अपने-अपने स्थानों पर खड़े हो गये। हस्तताल जारी था।

"यह सूर्य ध्वनि है।" महेश ने कहा ओर महामहिम की ओर करबद्ध प्रणाम करते हुए देखा। "सूर्यग्रहण के उपरान्त प्रत्येक सूर्योदय पर इस ध्वनि को आत्मसात् किया। उसके उच्चारण का अभ्यास किया। अपने प्रयोग, प्रयोगात्मक परीक्षण, अनुभव से मैं यह निश्चित रूप से कह रहा हूँ कि इस 'ऊँ' के नियमित उच्चारण से सूर्य सादृश्य उष्मा, चेतना और शक्ति का संचार मानव काया में होगा। मैंने स्वयं अनुभव किया है और पार्वती ने भी मेरे अनुभव की पुष्टि की है।" सभी ध्यानपूर्वक सुन रहे थे।

"सर्वाधिक महत्त्वपूर्ण तथ्य यह है कि आप इसका उच्चारण कभी भी, कहीं भी, किसी भी पक्ष में, किसी भी दिशा में, दिवस में, रात्रि, चारों अष्टम् प्रहर कर सकते हैं क्योंकि सूर्य देव शाश्वत् है। मात्र हमारी पृथ्वी के घूर्णनन् काल से दिवस रात्रि जन्म लेते हैं। आप सभी मेरे उच्चारण के उपरान्त उच्चारण करें।"

महेश ने उच्चारित किया–"ऊँ-ऊँ-ऊँ......।"

महेश के शान्त होते ही सम्पूर्ण उत्सव स्थल पर एक साथ 'ऊँ' शब्द गूंज उठा।

"आभार !" महेश ने सभी को प्रणाम किया और अपना आसन ग्रहण किया।

"कृतज्ञ परमपूज्य ! इस अनुपम अभिनव अप्रितम अद्भुद् अनुसंधान के लिए हम सभी स्वर्गवासी आपके ऋणी हैं। अनेकानेक जन्मों तक उऋण नहीं हो पायेंगे।" महामहिम की ओर देखकर अप्सरा वाणी ने कहा–"महामहिम! आपकी अनुमति हो तो श्रद्धेय विष्णु को श्रीवचन के लिए आमंत्रित करना चाहती हूँ।"

ब्रह्मा ने मुस्कुराकर अनुमति दी।

"श्रद्धेय स्वागतम्।"

विष्णु उठे और बोले–"महामहिम ! मैं तो व्यवस्थापक हूँ। शोध अनुसंधान से योजनों दूर हूँ। अत्यन्त निर्धन हूँ।"

उत्सव स्थल पर अपूर्व शान्ति छा गई। विष्णु ने ब्रह्मा जी को देखकर प्रणाम किया और मुस्कुरा दिये।

"आप जैसी निर्धनता सम्पूर्ण पृथ्वी पर व्याप्त हो विष्णु।" ब्रह्मा मुस्कुराकर बोले। चारों ओर हर्ष ध्वनि और हस्तताल गूंज उठा।

"महामहिम आप कोई भी अवसर जाने नहीं देते। मेरी भी हार्दिक इच्छा है कि सम्पूर्ण पृथ्वी पर सदैव स्वच्छ पर्यावरण रहे। ऋतुएँ अपने नियमित कालान्तर पर आयें। पशु पक्षी उन्मुक्त भाव से विचरण करें। सभी मानव समुदाय प्रेम पूर्वक यहाँ निवास करें। इनकी समुचित व्यवस्था का कार्य महामहिम ने मुझे सौंपी है। आज इस स्वर्गीय महोत्सव मंच से मैं आप सभी को यह विश्वास दिलाता हूँ कि मैं पूर्ण निष्ठा से अपना कार्य सम्पन्न करूंगा। इसके साथ-साथ यह भी वचन देता हूँ कि निःसंकोच कभी भी मेरे समीप आकर अपनी व्यथा कह सकते हैं। मैं आपकी प्रत्येक समस्या का समाधान बिना किसी पूर्वाग्रह के साथ करूंगा। आज इस स्वर्गीय महोत्सव को चिरस्मरणीय बनाने हेतु मैं देवताओं की अवधारणा स्थापित करता हूँ। मेरे दायें ओर मंच पर आसना रूढ़ देवगणों का परिचय आप सभी को देता हूँ।"

ब्रह्मा की ओर विष्णु ने देखा और प्रणाम करके अनुमति मांगी ब्रह्मा ने मुस्कुराकर अपना दायां हाथ उठाकर अनुमति दी-"तथास्तु।"

"इस पृथ्वी पर देवगण श्रृंखला में मैं सर्वप्रथम स्थान देता हूँ-अग्निदेव को। आपके अभाव में मानव ही नहीं अपितु पशु-पक्षी और पेड़-पौधे भी अस्तित्वहीन हैं। यह उचित है कि आप मानव जीवन के लिए अत्यन्त महत्त्वपूर्ण मगर ऋणी तो आपने सभी को कर दिया है।"

अग्निदेव अपने आसन से खड़े हुए। सभी को प्रणाम किया। अपना आसन ग्रहण किया।

"संगठन शक्ति के प्रतीक, त्रिलोकी, अग्नि, वायु और सूर्य के प्रतिनिधि, देव–'इन्द्र'। इसी क्रम में सूर्य, चंद्रमा, मंगल, बृहस्पति, अत्यन्त महत्त्वपूर्ण है। हम सभी इनके भी ऋणी है।"

"कृषि देव 'शुन' और 'शुनासीर', कृषि कर्म में हल के फल से पृथ्वी पर बनने वाली रेखा जो फसलों को उत्कृष्टता प्रदान करती है–यह है 'सीता', मधु युक्त 'अश्विनी', पर्यावरण की शुद्धता और विकास हेतु वन देवी– 'अरण्यानी', मृत को पुनः जीवन देने वाले– 'असुनीति', गर्भधारण और प्रसवार्थ–देव–'धाता', सभी को कर्त्ता– 'विश्वकर्मा', मनुष्यों को धारण करने वाले और सरिताओं का पथ खोदने वाले–'इन्द्रावरुण', वज्र के निर्माता–'उशना', 'राजर्षि पौरुकुत्स्य', वाक्‌देवी–'भारती', राक्षसों से सुरक्षा प्रदान करने वाले– 'रक्षोहा', और अन्ततः मगर अन्तिम नहीं वह है देवी 'उर्वशी'।"

"इन सभी ने जो उत्कृष्ट कार्य सम्पादित किये है उनसे इस पृथ्वी पर सदैव निवास करने वाले कभी उऋण नहीं हो सकेंगे। इनके अन्वेषण युगो–युगो तक जीवन्त रहेंगे। अतः मैं इन्हें देवत्व प्रदान करता हूँ।" हस्तताल हुआ।

"विष्णु बोले मेरे द्वारा स्थापित और संस्तुत यह देवगण की श्रृंखला निरन्तर अग्रसरित होती रहे, यही, मेरी कामना है, शुभकामना है। जय स्वर्गपुरी। इतिवार्ता। "हर्षध्वनि और हस्तताल गूंज उठा।"

"हार्दिक आभार श्रद्धेय।" हस्तताल ध्वनि के बीच ही अप्सरा वाणी ने कहा। "मैं महामहिम से अनुरोध करती हूँ कि आप समापन वक्तव्य प्रस्तुत कर अनुग्रहित करें ! महामहिम।"

"प्रिय स्वर्गवासियों ! स्वर्गपुरी के इतिवृत्त में यह पहला अवसर है कि इस प्रकार का महोत्सव आयोजित हुआ। आप सभी यह सोच रहे होंगे कि इस विद्धन्त महोत्सव में ज्ञानवर्धन के साथ-साथ जो घोषणाएँ हुई है उनका औचित्य क्या है? इनकी आवश्यकता क्यों पड़ी? इसके परिणाम क्या होंगे? ऐसे ही अन्य अनेक प्रश्न आपको व्यथित कर रहे होंगे।"

महोत्सव स्थल पर उपस्थित सभी एकाग्र होकर महामहिम को सुन रहे थे और उनकी ओर एकटक देख रहे थे। मंचस्थ सभी गणमान्य एकाग्र थे। दायें ओर उपस्थित नव उद्घोषित देवगण भी महामहिम का वक्तव्य एकाग्र होकर सुन रहे थे और बायें हस्त मंचासीन एक वर्ग और था जो अपने परिचय और सम्बद्ध उद्घोषणा की प्रतीक्षा में व्याकुल था। वह भी एकाग्रता से महामहिम को सुन रहे थे।

"आप सभी की एकाग्रता प्रशंसनीय है। आप सभी को ज्ञात है कि यहाँ उपस्थित स्वर्ग के अति विशिष्ट अतिथि दशग्रीव के अभिनव प्रयोग एवं अनुसंधान-अन्वेषण ने हमारे महर्षियों के अथक प्रयासों पर लगे विराम को समाप्त करके अत्यन्त महान् कार्य किया है। इसके लिए समस्त पृथ्वीवासी उनके ऋणी रहेंगे। इस के उपरान्त एक पक्ष में हमारे महर्षियों, ऋषियों, उनके शोध सहायकों और अन्य अनेक अनुसंधान कर्ताओं-अन्वेषकों ने अपन असम्पन्न कार्यों को सम्पन्न कर हमारे समक्ष प्रस्तुत किया। एक लम्बे अन्तराल के उपरान्त सम्पन्न का कार्यों परिणाम देखकर हार्दिक प्रसन्नता हुई।"

हर्षध्वनि और हस्तताल के साथ 'साधु-साधु' गूंज उठा।

"आप को ज्ञात है कि स्वर्गपुरी की स्थापना का मूल उद्देश्य यही था कि हम एकत्र होकर सम्पूर्ण विश्व में भिन्न-भिन्न भू-भागों पर अपूर्ण संसाधनों के साथ जो अपने शोध, अनुसंधान और अन्वेषण में संलिप्त है उन्हें यहाँ आमंत्रित किया जाये। उन्हें साधन उपलब्ध करवायें जायें। सुविधाएँ दी जायें। सहायक मिलें। कार्य वातावरण हो। असुर शक्तियों से भयमुक्त होकर वे सभी अपने कार्य सम्पन्न करें। असंख्य कबीलों के कुनबापतियों के अथक प्रयासों से हमारा यह प्रयास सफल रहा।"

"साधु-साधु" की गूंज हुई।

"सत्यता पर आधारित इस युग में अनेक युगान्तकारी अनुभव हुए। सभी के लिए एक वैज्ञानिक जीवन पद्धति विकसित हुई।

रूग्णावस्था के उपचार की पद्धति विकसित हुई। वायुमार्ग के लिए उन्नत यानों को साकार किया गया। अन्तरिक्ष के रहस्यों को सुलझाया गया। पर्यावरण संतुलन के लिए योजना सम्पन्न हुई। उसे क्रियान्वित किया गया। गणितय समस्याओं का समाधान हुआ। शिल्प की अनेक विधाएँ खोजीं गई। जीवन रहस्य अंकीय गणना विधा अमल में आई। पर आप सभी शायद यह नहीं जानते होंगे कि इन कार्यों को दशम् अंक और दशमलव के अस्तित्व में आने के उपरान्त ही सम्पन्न किया जा सका। विगत दिवस यह निश्चित किया गया कि स्वर्गपुरी की स्थापना के उद्देश्य का प्रथम चरण सम्पन्न हो चुका है। अब इस सत्ययुग के अन्वेषणों को सभी तक पहुँचाने और इनसे लाभान्वित करने का समय आ गया है। अतः उसी को आधार मानकर ये महोत्सव आयोजित हुआ ताकि आप आप सभी स्वर्गवासी अति सुरक्षित प्रयोगशालाओं, अनुसंधान केन्द्रों, प्रतिबंधित उद्यानों में जो कार्य सम्पन्न हुए हैं उनके विषय में विस्तार से जान सकें। अपनों के विषय मे जान सकें। उनके कार्यों से अवगत हो सकें।........मैं जानता हूँ कि अधिकांश स्वर्गवासी एक दूसरे से परिचित नहीं है। यह इस कारण संभव हुआ कि हमने स्वर्गपुरी में अभेद्य सुरक्षा व्यवस्था स्थापित की और गोपनीयता की शपथ दिलवाकर सभी को कर्मबद्ध किया। कर्म की प्रधानता स्थापित की।"

हस्तताल गूंज उठा।

"वह संकल्प जो मेरे लिए अत्यन्त महत्त्वपूर्ण था। उसे अपने जीवनकाल में पूर्ण होता देख मुझे अपार हार्दिक प्रसन्नता हो रही है। जो संकल्प मैंने अपने वयोवृद्धगणों से किया था उसे सम्पूर्णता से सम्पन्न होते देख कोई भी प्रसन्न होगा। इस कार्य को सम्पूर्ण करने में विष्णु और महेश ने मेरा पूर्ण सहयोग दिया। मैं उनका हार्दिक आभार व्यक्त करता हूँ। मैं आप सभी को ज्ञात करवा दूँ कि पाण्डुलिपियों में संकलित सांकेतिक भाषा और लिपि में जगत उपयोगी तथ्य यदि उपयोग में नहीं लाये गये तो निश्चित ही यह सर्वकाल समाप्त हो

जायेंगे। मेरी हार्दिक अभिलाषा है कि स्वर्गपुरी में स्थापित वैज्ञानिक जीवन पद्धति सार्वजनिक प्रयुक्त हो। तभी इसके लाभांश हमारे समझ आयेंगे। उसके उपयोग दुर्पयोग ज्ञात हो सकेंगे। इन तथ्यों को लेकर भिन्न-भिन्न समुदायों में क्या-क्या प्रतिक्रिया होगी यह हम जान पायेंगे। हानि के तर्क वितर्क समझकर उनका समाधान खोजना संभव हो सकेगा।" सभी शान्तभाव से सुन रहे थे। समझ रहे थे।

"यह कार्य अत्यन्त सरल नहीं है। इसके लिए दीर्घकालीन योजना तैयार की गई है। सम्पूर्ण विश्व में इस योजना के एक साथ क्रियान्वित किया जा रहा है।"

"साधु-साधु" और हस्तताल गूंज उठा। अपने दोनों हाथ उपर उठाकर शान्त होने का संकेत ब्रह्मा ने किया। सभी शान्त हो गये।

"हमारे माननीय महर्षिगण सप्त द्वीपों में अपने-अपने शिक्षा केन्द्रों स्थापित करेंगे। प्रवेश परीक्षा आयोजित करेंगे। अपने-अपने योग्य शिक्षार्थी बनायेंगे। उनकी विषय रुचि के अनुरूप उन्हें शोध, अनुसंधान और अन्वेषण के लिए प्रेरित करेंगे। समुदाय सेवी बनायेंगे और सदैव सर्वहिताय सर्वसुखाय पद्धति का पालन करेंगे।" अपने बायें ओर देखकर ब्रह्मा बोले "मेरे बामहस्थ मंचस्थ महर्षियों का शिक्षा आश्रम हेतु आप सभी से परिचय करवाता हूँ। आप सभी अपने-आपने विषयों के विशेषज्ञ हैं। ज्ञातव्य है कि ऐसा सफल प्रयोग महर्षि अगस्त्य कर चुके हैं। आपने उन क्षेत्रों को प्रकाशित किया है जो अभी तक उपेक्षित थे। सौर उर्जा संग्रहण कर प्रकाश पुंज का निर्माण आपकी अद्वितीय कृति है।"

"अब मैं विद्यापीठाश्रम के कुलपतियों के रूप में महर्षियों का परिचय आप सभी से करवाता हूँ। सर्वप्रथम-महर्षि अत्रि सांख्य।"

महर्षि अत्रि सांख्य अपने आसन से खड़े हुए। सभी को प्रणाम किया और आसन ग्रहण किया। इसके बाद ब्रह्मा ने अन्य नामों की घोषणा की।

"इनके उपरान्त–'अनानत पारूच्छेपि', आपको सप्तद्वीपों का विस्तृत ज्ञान प्राप्त है। सूर्य की कलाओं और उससे जुड़े अन्य उपविषयों पर विस्तृत कार्य सम्पन्न करने वाले–'महर्षि मैं अभितया सौर्य'।"

"यज्ञक्रिया विशेषज्ञ–'महर्षि अयास्य आंगिरस'।"

"शीघ्र कार्य सम्पन्न करने में सक्षम–'महर्षि इटभार्गव'।"

"अग्नि से अभिनव प्रयोग करने वाले–'महर्षि उपस्तुत वार्षिटहव्य'।"

"साम द्रष्टा–'महर्षि कुल्मलबर्हिष शैलूषि'।"

"सूर्य शोधार्थी–'महर्षि चक्षुसौर्य'।"

"इन्द्र के स्रोता–'महर्षि जयऐन्द्र'।"

"सर्पज्ञाता–'महर्षि जरत्कर्ण ऐरावत'।"

"पृथ्वी तत्व विशेषज्ञ–'तान्तपार्थ'।"

"विभिन्न रूपों की मूल इकाइयों के निर्माण कर्त्ता–'महर्षि त्वष्टा'।"

"अरण्य ज्ञानि–'महर्षि देवमुनि ऐरंमद'।"

"मानवों का शरण विशेषज्ञ–'महर्षि नारायण'।"

"कृषि आविष्कारक–'महर्षि पृथु वैन्य'।"

"औषधि आविष्कारक–'महर्षि भिषक आथर्वण'।"

"राजयक्ष्मा विनाशक–'महर्षि यक्ष्मनाशक प्राजापत्य'।"

"रोग विनाशक–'महर्षि रक्षोहा ब्राह्म'।"

"वात्सप्रमनामक साम के प्रणेता–'महर्षि वत्सप्रि भालनंदन'।"

"भुवनों के महाप्रमुख ज्ञाता–'महर्षि तरुण'।"

"सूर्य शोधक–'महर्षि विभ्राट सौर्य'।"

"भुवनज्ञाता–'महर्षि विश्वकर्मा भौवन'।"

"काष्ठ शिल्पी प्रमुख दृष्टा–'महर्षि विष्णु प्राजापत्य'।"

"अप्सरा विशेष विशेषज्ञ–'महर्षि शिखण्डिनी'।"

"इन्द्र विशेष विशेषज्ञ–'महर्षि शिविऔशीनर'।"

"मेघ विशेष विशेषज्ञ–'महर्षि शिरिम्बिट भारद्वाज'।"

"शक्ति सम्पन्न–'महर्षि सप्रथ भारद्वाज'।"

"सरिता विशेष विशेषज्ञ–'महर्षि सिन्धुक्षित् प्रैममेध'।"

"उत्तम ज्ञान प्रमुख–'महर्षि सुवेदस् शौरीषि'।"

"वैद्य प्रमुख–'महर्षि सुहस्त्य धौषेय'।"

"आन्तरिक्ष्य चन्द्रमा विशेषज्ञ–'महर्षि सोम'।"

"स्वर्णगर्भ ज्ञाता–'महर्षि हिरण्यगर्भ प्राजापत्य'।"

ब्रह्मा ने अपने सहायक की ओर देखा। वह एक पात्र में जल लेकर आया। ब्रह्मा ने जल ग्रहण किया। उसके उपरान्त आकाश की ओर देखकर गहरी सांस लेकर बोले–"अन्तक्षि आवागमन विशेषज्ञ–'महर्षि इरिम्बिठि'।"

"सामद्रष्टा–'महर्षि गोषूक्ति अश्वसूक्ति'।"

"सूर्य साधक–'महर्षि वृषाकपि'।"

"महर्षि शशकर्ण।"

"महर्षि जयदग्नि।"

"महर्षि त्रितआप्य।"

"महर्षि दमन।"

"महर्षि ध्रुव।"

"महर्षि लौगाक्षि।"

"महर्षि विधृति।"

"महर्षि विवस्वान।"

"महर्षि वैखानस।"

"महर्षि आम्बरीष।"

"महर्षि सोम शुष्म।"

"इनके अतिरिक्त जिन महर्षियों ने अध्यापन आश्रम प्रारम्भ करने की स्वीकृति दी है पर आश्रय प्रारम्भ करने हेतु अल्पकालीन समय मांगा है उसमें प्रमुख है।–

"ऋषि अंहोमुग्वामदेव्य",
"ऋषि अयास्य आंगिरस",
"ऋषिगण अरिष्टनेमि तार्क्ष्य",
"ऋषि आकृष्टा भाषा",
"ऋषि इघ्मवाहो दार्ढच्युत",
"ऋषि उलोवातायन",
"ऋषि केतुराग्नेय",
"ऋषि गुत्समद शौनक",
"ऋषि का गोधा",
"ऋषि गौरिवीति शाक्य",
"ऋषि तिरश्ची",
"ऋषि त्र्यरूणस्त्रौवृष्ण",
"कर्मकाण्ड विशेष ऋषि दध्यऽ्ण्डावर्थण",
"ऋषि द्युतान",
"ऋषि निध्रवि",

हस्तताल और हर्षध्वनि हुई। ब्रह्म ने अपना वक्तव्य जारी रखा।

"इनके अतिरिक्त अन्य ऋषिगण भी कालान्तर में आश्रम स्थापित करने के लिए उद्धृत है। वे हैं–

"नीपातिथि ऋषि",
"पुरूच्छेय ऋषि",
"पुरूहन्मा ऋषि",
"पृषध्र ऋषि",
"बालखिल्य ऋषिगण",
"पूतदक्ष ऋषि",

"गाविष्ठकर ऋषि",
"वृहद्दिव ऋषि",
"यजत ऋषि",
"रेभ ऋषि",
"शंयु ऋषि",
"शाकपूत ऋषि",
श्यावाश्व ऋषि
"श्रुष्टिगु ऋषि",
"सिकता ऋषि",
"निवावरी ऋषि", और

"हर्यत ऋषि", सहित अन्य अनेक। मैं इन सभी का आभार व्यक्त करता हूँ और आशा करता हूँ ये सभी महर्षि एवं ऋषि गण अपने-अपने उद्देश्यों में सफल होंगे। कतिपय इस का अभिप्राय यह नहीं होगा कि स्वर्गपुरी महर्षि और ऋषि विहिन हो जायेगी। इन महर्षियों महर्षियों और ऋषियों का स्थानापन्न होगा। युवाओं को अवसर प्रदान किये जायेंगे। इन सभी महर्षियों एवं ऋषिगणों ने अपना कार्य सफलतापूर्वक सम्पन्न कर लिया है। अस्तु, ये सभी जनकल्याणार्थ आपने आश्रमों में अनेक युवाओं को शिक्षित करेंगे। सर्वकल्याण हो! शुभाशीष।

हर्षध्वनि और हस्तताल हुआ।

"महामहिम मैं सम्पूर्ण स्वर्गवासियों की ओर आप सभी का आभार व्यक्त करती हूँ। अपने महर्षिगण, ऋषिगण का हार्दिक अभिनन्दन करती हूँ और अपने विशिष्ट अतिथि का सम्पूर्ण स्वर्गवासियों की ओर हार्दिक अभिवादन एवं हार्दिक आभार व्यक्त करती हूँ। जिन्होंने इस पवित्र भूमि पर पधार कर हम सभी को धन्य किया।"

महामहिम की ओर देखकर अप्सरा वाणी ने कहा—"महामहिम महोत्सव सम्पन्न करने की अनुमति दीजिए।"

ब्रह्मा ने अनुमति दी।

"आप सभी आमंत्रित गणों से निवेदन है कि सभी अपने नियत स्थान पर ही रहें। सर्वप्रथम मंचस्थ गणों को भोजन परोसा जायेगा। तदोपरान्त क्रीड़ा दीधाओं में उपस्थित सभी स्वर्गवासी स्थल पर पंक्तिबद्ध आसन ग्रहण करें।"

हर्षोल्लास और हस्तताल के उपरान्त सभी ने शान्तिपूर्वक पंक्तिबद्ध आसन ग्रहण किया। उत्सव के समय ही बड़े-बड़े रथों में गर्मागर्म भोज्य पदार्थ आ चुका था।

यह प्रथम अवसर था जब स्वर्गपुरी 56 भोज्य पदार्थों का वितरण एक साथ एक समय में हो रहा था। सर्वप्रथम मुख्य मंच पर अप्सरायें अपने-अपने हाथों में वृत्ताकार मृणपात्रों में 56 भोज्य पदार्थ लेकर प्रस्तुत हुई इसके उपरान्त दायें और बायें मंचस्थ महर्षियों और ऋषिगणों को भोज्यपदार्थ दिये गये। तदोपरान्त सेवकों ने पंक्तिबद्ध बैठे स्वर्गवासियों को 56 भोज्यपदार्थ परोसे।

शंखध्वनि हुई।

उद्घोष हुआ–'शुभारम्भ'।

सभी ने भोजन प्रारम्भ किया।

56 भोग अत्यन्त स्वादिष्ट थे। प्रथम अवसर था। सभी ने रसोस्वादन किया। प्रशंसा की और अपने-अपने निवास की ओर प्रस्थान कर गये।

सूर्यास्त काल था ब्रह्मा, विष्णु, महेश और दशग्रीव एक विशाल सुसज्जित कक्ष में थे।

"दशानन ! तुम्हें स्वर्गपुरी कैसी लगी ?"

"अत्यन्त मनोरम, सुशोभित, सुव्यवस्थित।" दशानन ने संक्षिप्त-सा उत्तर दिया।

"साधु-साधु।" विष्णु तपाक से बोले।

"दशानन यह मेरी हार्दिक अभिलाषा है कि महर्षियों के आश्रम भी इसी प्रकार सुव्यवस्थित, सुशोभित और सुअनुशासित हो।"

"निश्चित ही होंगे।" दशानन बोला।

"आप का मार्ग दर्शन है। दिशा-निर्देश है। उनकी अवहे्लना कौन करेगा महामहिम।" महेश ने कहा।

"अति उत्तम वचन महेश। पर क्या वहाँ इतने कठोर नियम स्थापित हो पायेंगे।" ब्रह्मा ने शंका जताई।

"महर्षि और ऋषिगण सक्ष्म है। आप निश्चिन्त रहें।" विष्णु ने सहज भाव से कहा।

"तथास्तु !" ब्रह्मा बोले।

अनेक अप्सरायें अपनी सहायिकाओं के साथ सोमरस लेकर प्रस्तुत हुई। सोमरसपान के साथ नृत्य का आयोजन हुआ।

आज का सूर्योदय देखकर अत्यन्त प्रसन्न था। सुखद अनुभूति का संदेश दे रहा था सूर्योदय। अपनी अंकगणीतिय गणना से उसने ज्ञात कर लिया था कि आज भाग्यशाली दिवस है। नित्यकर्म से निवृत्त होकर दशग्रीव अल्पाहार कक्ष में पहुँचा।

"आज विलम्ब क्यों दशानन ?" ब्रह्मा ने उसके कक्ष में प्रवेश करते ही पूछा।

"प्रणाम महामहिम, प्रणाम श्रद्धेय, प्रणाम परमपूज्य, क्षमाप्रार्थी हूँ। विलम्ब अनायास है।" दशग्रीव ने हाथ जोड़कर तेजी से कक्ष में प्रवेश करते हुए कहा।

"आओ-आओ दशानन ! अब प्रतीक्षा नहीं हो रही।" विष्णु तपाक से बोले।

महेश ने मुस्कुराते हुए व्यंग्य भाव से कहा-"अधीर क्यों हो रहे है श्रद्धेय ?"

"विष्णु से प्रतीक्षा नहीं होती महेश। ये तो तुम अच्छी तरह से जानते हो न।" ब्रह्मा हंसकर बोले।

"हाँ, पर स्मृति भ्रम हो गया था।"

सभी एक साथ हंसे अप्सराओं ने अल्पाहार परोसा। कक्ष में अभूतपूर्व शान्ति छा गई। सभी अल्पाहार में व्यस्त हो गये।

दशग्रीव अत्यन्त मंद गति से सेवन कर रहा था। अपना अल्पाहार समाप्त करने के उपरान्त विष्णु ने अपने सामने बैठे दशग्रीव को देखा तो तपाक से बोले–"स्वादिष्ट नहीं है क्या ?"

"स्वादिष्ट है।"

"फिर इतने मंद क्यों दशानन ?"

"कुछ विशेष नहीं श्रद्धेय।"

"हमसे छिपाओगे ?"

"नहीं।"

"ज्ञात करवाओ।"

"विशेष नहीं है।"

"विशेष तो है दशानन।"

"जिज्ञासा की व्यथा है।"

"अति उत्तम ! हम तो भ्रमित हो रहे थे।"

"ऐसा कुछ नहीं है श्रद्धेय।"

"जिज्ञासा में तो अधिक सेवन करना चाहिए।"

"तो और आदेश कर दो विष्णु।" ब्रह्मा ने जल ग्रहण करने के उपरान्त कहा।

"नहीं–नहीं महामहिम ! मैं तो दशानन के लिए.....।"

"अरे विष्णु दशानन युवा है। युवाहृदय सदैव व्यथित रहता है। ऐसी स्थिति में वह मंदगति से ही सेवन करता है। इसमें दशानन अपवाद नहीं है।" ब्रह्मा ने तपाक से विष्णु की बात काटते हुए कहा।

"अत्यन्त स्वादिष्ट अल्पाहार।" महेश ने अपना अल्पाहार समाप्त करके बोला।

ब्रह्मा और विष्णु ने महेश की ओर देखा ! दोनों चकित थे। दोनों ने एक दूसरे को देखा फिर हंसे ! अब महेश चकित थे। उसने दोनों की ओर देखा। फिर दशानन की ओर। दशानन अपने अल्पाहार में व्यस्त था।

सभी हास्यपरिहास्य करते हुए उद्यान में आ गये। मंद-मंद शीतल ब्यार में सूर्य प्रकाश की उष्णता अच्छी लग रही थी। चारों उद्यान में आकर बैठ गये।

आसन पर बैठते हुए विष्णु ने दशानन से कहा—"बताओं दशानन क्यों व्यथित थे अल्पाहार के समय ?"

"श्रद्धेय अनेक प्रश्न है, जो व्यथित कर रहे हैं।"

"जिज्ञासाओं को शान्त करना अत्यन्त आवश्यक होता है।" ब्रह्मा ने समझाते हुए कहा।

"सत्यवचन महामहिम !" महेश तपाक से बोला।

"पूछो दशानन ! क्या जानना चाहते हो ?" ब्रह्मा ने कहा।

"महामहिम ! स्वर्गपुरी से मेरे प्रस्थान की बेला जैसे-जैसे समीप आती जा रही है वैसे-वैसे अनेक जिज्ञासाएँ बलवती होती जा रही हैं।"

"तो प्रस्थान को लेकर चिन्तित हो दशानन ?" ब्रह्मा ने पूछा।

"नहीं महामहिम।"

"फिर क्या कारण है ?" ब्रह्मा बोले।

"महामहिम विगत दिवस महोत्सव में आपने महर्षि एवं ऋषि उपाधियाँ घोषित की। ऋषि के उपरान्त की उपाधि क्या होगी ?"

"अति उत्तम प्रश्न दशानन ! अति उत्तम।" ब्रह्मा बोले ! फिर ब्रह्मा ने महेश और विष्णु की ओर देखा।

"उपऋषि" महेश ने संक्षिप्त सा उत्तर दिया।

"मेरे विचार से ऋषि के उपरान्त उपाधियाँ समाप्त कर देनी चाहिए।" विष्णु बोले।

"क्यों विष्णु ?" ब्रह्मा ने तपाक से पूछा।

"महामहिम स्वगपुरी के उपरान्त अब क्या आवश्यकता है किसी उपाधि की ?" विष्णु तपाक से बोले।

"विष्णु क्या हो गया तुम्हें ! अहम् अच्छा नहीं है। महर्षि और ऋषि सम्मानित पदवियाँ है। उसके उपरान्त हमने सोचा ही नहीं। मगर दशानन के प्रश्न ने हमें विचार करने का अवसर दिया है। भविष्य की उपाधियों को भी सुनिश्चित करना श्रेयस्कर होगा ताकि भविष्य में कोई विवाद न हों।" ब्रह्मा ने गुस्से में कहा।

"क्षमा प्रार्थी महामहिम।" विष्णु ने अपने नेत्र नीचे करते हुए कहा।

"सत्यकथन महामहिम ! बौधिक कार्यों की उपाधियाँ निश्चित होनी ही चाहिए।" महेश ने ब्रह्मा को शान्त करते हुए कहा।

"तुम्हारा क्या विचार है दशानन ?" ब्रह्मा ने गम्भीरता से पूछा।

"महामहिम मैंने अभी तक विचार नहीं किया है। लेकिन इस समय इस विषय पर विचारमंथन आवश्यक है।"

"अत्यन्त सत्यवाचन।" ब्रह्मा बोले।

"महामहिम ! मैं अल्पज्ञानी हूँ। अपने भ्रमण और अनुभव के आधार पर आपसे एक निवेदन करना चाहता हूँ।"

"निःसंकोच कहो दशानन !" ब्रह्मा बोले।

"महामहिम ! अपने भ्रमण काल में मैंने अनेक स्थलों पर दृष्टिगोचर किया है कि नग्नावस्था में जलमग्न होकर सूर्य की आराधना करते मानव और उसी नग्नावस्था में अपने समुदाय को प्रवचन देते हैं। उन्हें क्या सम्बोधन देंगे।"

"अति उत्तम ! विचारणीय प्रश्न है।" महेश ने कहा।

"चिन्तन मनन करने वालों के लिए मेरे विचार से 'चिन्तक' या 'मनक' सम्बोधन होना चाहिए।" विष्णु ने कहा।

"हाँ विचार अच्छा है।" महेश बोला।

"'मुनि' सम्बोधन कैसा रहेगा ?" ब्रह्मा ने पूछा।

"मुनि अर्थात् ?" विष्णु ने पूछा।

"हाँ महामहिम ज्ञात करवायें।" महेश ने सहजभाव से कहा।

"तुमने आत्मबोध किया दशानन ?" ब्रह्मा ने दशानन की ओर देखकर सहजता से पूछा।

"वास्तव में नहीं महामहिम ! आपका अभ्रिपाय ज्ञात नहीं हो सका महामहिम।" दशानन ने कहा।

"महर्षि विषय विशेषज्ञ है। ऋषि विशेषज्ञ है। इसी क्रम में मनन और उनका संचार करने वाले मुनि होंगे। अर्थात् महर्षियों और ऋषियों द्वारा प्रतिपादित विचारधाराओं को अपने-अपने समुदायानुसार मनन करके उनका संचार करने वाले मुनि होंगे। इसमें यह प्रतिबंध नहीं होगा कि वह निर्वस्त्र रहे अथवा सवस्त्र रहें। यह उनकी अभिलाषा, भौगोलिक स्थिति, प्राकृतिक स्थिति, वातावरण, सामुदायिक परिपक्वता आदि पर निर्भर करेगा।"

"अति उत्तम महामहिम !" दशानन ने आत्मसात् करने की मुद्रा में कहा।

"साधु-साधु।" महेश और विष्णु बोले।

"महामहिम विश्व के विभिनन सातों महाद्वीपों पर जो आश्रम स्थापित होने जा रहे हैं उनके प्रमुख को विगत दिवस आपने 'कुलपति' का सम्बोधन दिया था। क्या अन्य उपाधियाँ सुनिश्चित की गई है ?" दशानन ने उत्सुकतावश प्रश्न किया।

"अवश्य दशानन ! अनेक महर्षियों से इस विषय पर विस्तार से विचार विनिमय हुआ।"

"सविस्तार ज्ञात करवायें महामहिम।" दशानन ने निवेदन किया।

"दशानन ! कुलपति महर्षि होंगे। यह तो तुम्हें ज्ञात ही हो गया है। कुलपति महर्षि अपने आश्रम की प्रकृति निर्धारित करेंगे। उसके अनुरूप अनेक ऋषियों को मनोनीत करेंगे। उनके कार्य निर्धारित

करेंगे। उनके कर्त्तव्य निर्धारित करेंगे। पाठ्यक्रम निर्धारित करेंगे। संकाय निर्धारित करेंगे। प्रशासनिक प्रकोष्ठ बनायेंगे। आश्रम व्यवस्था में ऋषि के उपरान्त मुनि नहीं होगे। प्रत्येक संकाय एक ऋषि के अधीन होगा। ऋषि अपने कुलपति महर्षि के प्रति उत्तरदायी होगा।" सभी सुन रहे थे।

"ऋषि अपने संकाय का प्रमुख होगा। शैक्षणिक कार्यानुसार एक प्रधान आचार्य होगा। आचार्य शिक्षण कार्य सम्पन्न करेंगे। प्रत्येक संकाय में आचार्यों की संख्या प्रधानाचार्य, ऋषि और महर्षि मिलकर करेंगे।"

"अति उत्तम व्यवस्था महामहिम !" दशानन ने प्रसन्नतापूर्वक कहा। विष्णु और महेश ने भी सहमति में अपनी गर्दन हिलाई।

"विष्णु प्रशासनिक प्रकोष्ठ की जानकारी दशानन को उपलब्ध करवाओ।" ब्रह्मा बोले।

"आभार महामहिम ! हमने स्वर्गपुरी में त्रिपक्षीय प्रशासनिक व्यवस्था स्थापित की। सर्वप्रथम प्रत्येक प्रकोष्ठ स्तर पर एक प्रकोष्ठ प्रमुख है। प्रत्येक प्रकोष्ठ अपने आकार प्रकार के अनुसार उपप्रकोष्ठों में विभक्त है। प्रत्येक उपप्रकोष्ठ का प्रमुख उपप्रकोष्ठ प्रमुख कहलाता हैं। इन दोनों के अधीन एक सहायक प्रकोष्ठ प्रमुख होते हैं और इसके अधीन आवश्यकतानुसार सहायक होते हैं।" दशानन ध्यान से सुन रहा था।

"इसी व्यवस्था के अनुरूप आश्रम व्यवस्था के अन्तर्गत हमने निर्धारित किया है कि कुलपति महर्षि की सहायता हेतु एक प्रमुख नियुक्त होगा। जिसे आश्रम प्रमुख कहा जायेगा। इसी प्रकार संकाय प्रमुख होगा और तृतीय प्रमुख उपप्रमुख संकाय होगा। इसके अधीन अन्य आवश्यकतानुसार सहायक होंगे।" दशानन ने अपनी गर्दन हाँ में हिलाई।

"महामहिम ! मैं दशानन को ज्ञात करवाना चाहता हूँ कि जिन आश्रमों में प्रयोगशालाएँ स्थापित की जायेंगी वहाँ कि प्रशासनिक

व्यवस्था में प्रयोगशाला का प्रमुख को अधीक्षक प्रयोग कहा जायेगा। प्रयोगशाला के विभिन्न खण्डों के प्रमुख उपअधीक्षक खण्ड प्रयोग होंगे।"

"और इनके सहायक ?" दशानन ने तपाक से प्रश्न किया।

"इनके सहायक नहीं होंगे ! इनके उपरान्त स्पष्ट रूप से इनके विद्यार्थी होंगे।"

"दशानन ! हमारे लिए आश्रम व्यवस्था प्रथम अनुभव है। उसके परिणाम क्या होंगे अभी अज्ञात है। आवश्यकतानुसार उसमें परिवर्तन संभव है। यदि तुम्हारे मस्तिष्क में अन्य विचार है तो ज्ञात करवाओं।" ब्रह्मा स्पष्ट करते हुए बोले।

"महामहिम, रात्रि विश्राम काल में अनेक तथ्य उजागर हुए थे। यदि आप अनुमति दें तो ज्ञात करवाऊँ। मैं तो अल्पज्ञानी हूँ महामहिम पर व्यावहारिक पक्ष के प्रश्नों ने व्यथित कर दिया था।"

"अवश्य दशानन ! चिन्तक विचारक सर्वपक्षीय विचारमंथन करते हैं। ऐसे मंथन निश्चित रूप से शुभफलदायक होते हैं। निःसंकोच हमें ज्ञात करवाओं।" ब्रह्मा ने दशानन का साहस बढ़ाते हुए कहा।

"महामहिम ! ज्ञातव्य है कि सहोदय भ्राता कुबेर के आर्थिक सहयोग से आपने विश्वकर्मा को आदेश देकर आश्रमों के भवनों का निर्माण तो सम्पन्न करवा दिया। मगर यहाँ निवास करने वाले महर्षि, ऋषि, प्रधानाचार्य, आचार्यों, सहायकों, सेवकों और विद्यार्थियों का जीवन निर्वाह कैसे होगा ?"

"दशानन तुमने अति उत्तम प्रश्न किया है। इसके लिए हमने कबीलापतियों, ग्रामप्रमुखों, समुदायप्रमुखों, भूपतियों, वणिकों और राजाओं से सविस्तार विचार विनिमय किया है। तुम्हारी तरह हमें भी प्रारम्भिक काल में ऐसे ही अनेक प्रश्न व्यथित कर रहे थे। अतः इन प्रमुखों और अनेक राजाओं के उत्साहवर्धनात्मक स्वीकृति के उपरान्त ही इतनी विशाल कार्ययोजना को हमने कार्यान्वित करने का साहस किया।" ब्रह्मा ने स्पष्ट किया।

"दशानन हमारे समक्ष एक उत्कृष्ट सुझाव भी आया कि इन आश्रमों में गऊशालाएँ स्थापित की जाये। उनके दुग्ध का विनिमय हो। उससे आश्रमवासी अपनी दैनिक उपयोग की वस्तुएँ विनिर्मित कर सकेंगे।" महेश ने बताया।

"यह सार्थक प्रयास है।" दशानन ने संक्षिप्त उत्तर दिया।

"पर हमने अभी गऊशालाएँ स्थापित करने की स्वीकृति नहीं दी है।" विष्णु ने स्पष्ट किया।

"क्यों श्रद्धेय? इस योजना में क्या त्रुटि है। सारगर्भित है। उत्कृष्ट है। लाभकारी है।" दशानन ने उत्सुकतावश कहा।

"असमानता।" विष्णु बोले।

"अर्थात् श्रद्धेय ?" दशानन तपाक से बोला।

"दशानन ! सम्पूर्ण पृथ्वी पर, सभी सप्त द्वीपों पर पर्याप्त संख्या में गाय उपलब्ध नहीं है। द्वितीय, देवभूमि पर गऊपालक भी सर्वत्र निवास नहीं करते। तृतीयक, दुग्ध उत्पादक विद्रोह कर सकते हैं।"

"क्यों? विद्रोह क्यों ?" दशानन ने जानना चाहा।

"क्योंकि उनकी आय और आजीविका प्रभावित होगी।" विष्णु ने स्पष्ट किया।

"महामहिम आपके क्या विचार है।" दशानन ने जानना चाहा।

"दशानन ! हम सभी ने विचार किया। विष्णु का विचार सत्यता के समीप है। उसका सुनिश्चित समाधान अभी नहीं है।" ब्रह्मा बोले।

"समाधान है महामहिम।"

"क्या है समाधान ! ज्ञात करवाओ दशानन।" विष्णु ने पूछा।

"संख्या वृद्धि।"

"कैसे ?" महेश तपाक से बोले।

"सप्त महाद्वीपों से कुछ गायें स्वर्गपुरी लाई जाये। यहाँ उनका संवर्धन समागम करवाया जाये। पशु-विशेषज्ञों के संरक्षण में प्रजनन

हो और आवश्यकतानुसार आश्रमों में गायें दी जाये। कालान्तर में प्रत्येक आश्रम में पशु प्रजनन प्रकोष्ठ स्थायी रूप से स्थापित किया जाये। जहाँ यह प्रक्रिया निरन्तर चलती रहे। इससे संख्य वृद्धि होगी और प्रजाजातियाँ भी विकसित हो सकेंगी। इससे दुग्ध उत्पादकों का विरोध भी सहन नहीं करना पड़ेगा। यह सम्पत्ति आश्रम की होगी। और यह प्रतिबन्ध भी होगा की आश्रम में जन्मा पशु आश्रम से प्रांगण से बहीर्गमन नहीं करेगा। उसका विनिमय विपणनन नहीं होगा। गुणवत्ता भी स्थापित रहेगी।"

तीनों ने हस्तताल किया। ब्रह्मा अपने आसन से उठे और दशानन के समीप आकर उसके सिर पर हाथ फेरकर आशीर्वाद दिया। बोले–"अन्य से भिन्न है हमारा दशानन। दूरदर्शिता रक्त संचारित है। उत्तम। अति उत्तम। सर्वोत्तम। गर्वशील है तुम्हारा विचार। अनुकरणीय।" विष्णु और महेश की ओर देखकर ब्रह्मा बोले–"सविस्तार समीक्षा के उपरान्त क्रियान्वयन की व्यवस्था कीजिए।"

"अवश्य महामहिम।" विष्णु ने सविनय कहा।

"इसके अतिरिक्त मैं एक अन्य व्यवस्था भी आश्रमों के लिए उत्तम समझता हूँ। दशानन ने हाथ जोड़कर कहा।"

"अवश्य ! कहो दशानन।" ब्रह्मा प्रसन्न मुद्रा में बोले।

"महामहिम ! दैनिक उपयोग के शाक आश्रमों में ही हो ऐसी व्यवस्था होनी चाहिए। इससे शुद्धता बनी रहेगी।"

"उत्तम कथन ! सदैव उपयोगी।" ब्रह्मा ने कहा।

"इसके अन्य अनेक लाभ होंगे महामहिम।"

"वह कैसे दशानन ?" विष्णु ने जानना चाहा।

"श्रद्धेय ! हमारी पृथ्वी की संरचना विविधता लिये हुए है। वातावरण भी भिन्न है। ऋतुएँ भी भिन्नता लिए हुए है। मृदा भी अपना स्वरूप बदलती है। भूमिगत जल के लवण भी भिन्नता लिए हुए है। ऐसे में अलग-अलग मृदा, जल, वातावरण और ऋतुओं में

पौष्टिक शाक उत्पादन के नवीन आयाम हमारे समक्ष आयेंगे। इससे आश्रमों में शोध प्रवृत्ति सदैव बनी रहेगी।"

तीनों ने हस्तताल किया और ब्रह्मा ने तत्काल दशानन को अपने हृदय से लगा लिया। ब्रह्मा ने मुस्कुराकर सहर्ष कहा–"दशानन तुम वास्तव में उत्कृष्ट हो। अद्वितीय हो। कर्मठ हो। सशक्त विचारक हो। मैं चाहता हूँ कि यहाँ से प्रस्थान पूर्व तुम अपनी जिज्ञासाएँ शान्त करो और अपने मूल्यवान प्रस्तावों से हमें अवगत करवाओं।"

"आभार महामहिम ! यह मेरा अनुपम भाग्य है कि मुझे स्वर्गपुरी में आकर आप सभी का सान्निध्य मिला। मेरा भी प्रयास होगा कि जो कुछ यहाँ से शिक्षा लेकर जाऊँ उसे सर्वत्र व्याप्त कर हूँ।" दशानन ने उत्साह से कहा। कुछ अप्सरायें उद्यान में आई और चारों को ऋतुफलरस दिया।

"महामहिम मैं भुवन कोश विद्या के विषय में सविस्तार जानना चाहता हूँ।"

"अवश्य दशानन ! इस विषय में महेश बतायेंगे।" ब्रह्मा ने कहा।

"समस्त अन्तरिक्ष !" विष्णु बोले।

"समस्त अन्तरक्षि? अर्थात् ?" दशानन तपाक से बोला।

"अर्थात्, पृथ्वी, सूर्य, चंद्रमा, अन्य ग्रह, पिंड, अपिंड, अमूर्त है, दृश्य नहीं है सभी भुवन है। यदि हम अपनी पृथ्वी का संदर्भ देखे तो यह भुवन पशुओं का है। औषधियों का है। वनस्पतियों का है। देवों का है। मानवों का है। सभी मानव समुदायों का है। जो भरण-पोषण करता है वह भुवन है।"

"क्या भुवन का वर्गीकरण है।" दशानन ने जानना चाहा।

"अवश्य है ! इसका वर्ग विभाजन है। हम अपनी सृष्टि को त्रि-सप्तकों में विभाजित कर सकते हैं।"

"त्रि–सप्तकों का बतायें।" दशानन बोला।

"अवश्य दशानन ! प्रथम सप्तक में–सप्तद्वीपा:, सप्तसमुद्रा:, सप्तवायव:, सप्तलोका:, सप्तपातालानि, सप्तवरणानि और सप्ताकाश:, सम्मिलित है।"

"अति सुन्दर !" विष्णु बोले।

"द्वितीयक सप्तक में–पर्वत:, नद्य:, सरांसि, वनानि, आकरा:, देश:, और पुराणि सम्मिलित है।"

"और तृतीयक सप्तक में परमपूज्य।" दशानन बोला।

"दशानन तृतीयक सप्तक में–देशविभागा:, उपद्वीपविभागा:, समुद्रविभागा:, आश्वस्त विभागा:, डमरूकमध्यानि, राजशासनानि और–पोतावलरणतीर्थानि सम्मिलित है।"

"श्रद्धेय परमपूज्य सप्तद्वीप कौन से हैं ?" दशानन ने जानना चाहा।

"दशानन तुमने विश्वभ्रमण के समय जम्बु, प्लक्ष, शाल्मलि, कुश:, क्रौंच, शाक और पुष्कर द्वीपों का भ्रमण किया है। ये ही सप्तद्वीप है।"

"आपका आभार ! भ्रमण काल में मैं इनके नाम नहीं ज्ञात कर पाया था। परमपूज्य कृपया सप्त समुद्र के नाम ज्ञात करवाये।" दशानन बोला।

"अवश्य ! हमारे सप्त समुद्र है–लवणोद:, इक्षुरोद:, सुरोद:, धृतोद:, दधिमण्डोद:, क्षीरोद:, स्वादूदक।"

"और परमपूज्य सप्त वायव ?" दशानन तपाक से बोला।

"सप्तवायु है–आवह, प्रवह, संवह, परिवह"

"सप्तलोक के विषय में बतायें।"

"सप्तलोक है–भू:, भुव:, स्व:, मह:, जन:, तप: और सत्यम्।"

"परमपूज्य आपने पाताल कहा था। सप्तपाताल वे क्या है ?" दशानन बोला।

"दशानन हमारी पृथ्वी का निर्माण सप्त परतों में हुआ है। ये ही सप्तपाताल है। इनके नाम है–अतल, वितल, सुतल, तलातल, महातल, रसातल, और पाताल।" विष्णु ने बताया।

"परमपूज्य महर्षिगण वक्तव्य देते हैं इस सम्पूर्ण सृष्टि में ही सम्पूर्ण ज्ञान-वि-ज्ञान निहित है। उसका प्रतिबिम्ब इस पृथ्वी पर उपस्थित है। प्रकृति कृत्य की कृति भी सजीव है।" दशानन ने पूछा।

"सत्यकथन दशानन ! सत्यकथन !" ब्रह्मा ने उत्तर दिया।

"तो हमारी पृथ्वी और उससे सम्बद्ध किसी एक गतिविधि से सम्बन्धित प्रतिरूप ज्ञात करवाइये।" दशानन ने उत्सुकतावश पूछा।

"वराह को जानते हो न ?" ब्रह्मा ने पूछा।

"हाँ, निश्चित ही।"

"देखा है न।"

"अवश्य।"

"वही है पृथ्वी की वायु और भूपिंड का प्रतिरूप। स्थूल शरीर। उसकी श्वसन प्रक्रिया। शूं-शूं की श्वसन ध्वनि। अपना मुख बारम्बार पृथ्वी से रगड़ कर दौड़ना। यह एभूषवराह है।"

"दशानन प्रत्येक लोक में भिन्न वायु है। पृथ्वी की वायु का नाम एमूषवराह है। चंद्रमा के चारों ओर जो वायु गतिमान है वह ब्रह्म वराह है। सूर्य की वायु श्वेत वराह, परमेष्ठी लोक की वायु यज्ञ वराह, और स्वयंभू की वायु को आदि वराह कहते हैं। इन पंच वराह वायु का मूलधर्म मातरिश्वा है।" दशानन उत्सुकता से सुन रहा था।

"जानते हो दशानन अभी तक शोध के उपरान्त यह ज्ञात हुआ कि हमारी पृथ्वी पर एमूषवराह की व्याप्ति लगभग बारह योजन है। अर्थात् बारह योजन भूगर्भ क्षेत्र एमूषवराह की भाँति निरन्तर वृत्ताकार चक्रिक रहती है। यह वायु मृदाकणों को परस्पर संगठित रखती है। उन्हें विनष्ट नहीं होने देती। कल्पना करो दशानन। यदि एमूषवराह न हो तो क्या होगा ?"

"निश्चित ही हमारी पृथ्वी का अस्तित्व समाप्त हो जायेगा।" दशानन ने आत्मविश्वास पूर्वक उत्तर दिया।

"अति उत्तम दशानन ! हमारे भूवैज्ञानिकों ने पृथ्वी से संबंधित अनेक विषयों या कहे समस्त तथ्यों का विस्तृत ज्ञान प्राप्त कर लिया है। पंच तत्व, ऋतुओं के आगमन प्रस्थान की सटिक सूचनाएँ साधारण सा तथ्य लगता है। तुम्हें यह जानकर आश्चर्य होगा दशानन कि हमारे महर्षियों ने ने सूर्य की घ्रूणन गति भी ज्ञात कर ली है। उसका परिक्रमापथ अत्यन्त विशाल है और सूर्य को अपनी प्रक्रिया पूर्ण करने में पच्चीस हजार वर्ष लगते हैं। अपनी मंद गति के कारण सूर्य स्थिर प्रतीत होता है। वह गैसीय पिंड है और उसमें निरन्तर रासायनिक परिवर्तन होता रहता है।" दशानन एकटक देखकर सुन रहा था।

"पृथ्वी के उत्तरायण और दक्षिणायन जाना उसका अयन है। हमारी पृथ्वी सूर्य की परिक्रमा करती है और चन्द्रमा पृथ्वी की परिक्रमा करता है। चन्द्र परिभ्रमण स्वरूप दो पक्ष बनते हैं।"

"इस विषय में एक अन्तिम प्रश्न पूछना चाहता हूँ।"

"हाँ पूछों दशानन।"

"ऋतुकाल की सीमा भी सुनिश्चित है क्या महामहिम ?"

"हाँ, सुनिश्चित है ! प्रत्येक ऋतु 72 दिवसीय होती है। इसमें मध्य के 40 दिवस अपने चरम पर होते हैं और 16-16 दिवस क्रमश: प्राम्भ और अन्त में होते हैं जो ऋतु का शैशव काल और बार्द्धक्य काल है। मध्य के 40 दिवस यदि ग्रीष्म ऋतु के है तो भीषण गर्मी पड़ती है और शरद के है तो अस्थियों को गला देने वाला वातावरण होता है। ओलावृष्टि और हिमवृष्टि इसी समय होती है। ऐसे ही अनेक तथ्य भुवन से सम्बन्धित है। रोचक भी है और भयानक भी।"

"भयानक अर्थात् ?" दशानन ने कहा।

"जलजला।"

"अर्थात्।"

"जब भूगर्भ में ज्वाला भड़कती है तो पृथ्वी में कम्पन होता है। भू-कंपन होता है तो धरातल पर विनाश का तांडव होता है।"

"वास्तव में अत्यन्त रोचक और भयावह है भुवन का इतिहास।" दशानन एक सांस में बोल गया।

"पृथ्वी पर अनेक शोध चल रहे हैं। अतिशीघ्र उनके परिणाम सामने आ जायेंगे।" ब्रह्मा ने स्पष्ट किया।

"महामहिम आपने अभी ज्ञात करवाया कि सूर्य का परिक्रमापथ अत्यन्त विशाल है। संभवतः मानव उसके अंश परिवर्तन को देख ही न पाता हो। इसका अभिप्राय यह है सूर्य मानव जीवन को पूर्णरूपेण प्रभावित करता है।" दशानन ने स्पष्ट करते हुए कहा।

"सत्य विश्लेषण दशानन ! सूर्य किरणें, सूर्य प्रकाश, सूर्य ग्रहण अर्थात् सूर्य की सभी कलायें मानव के सम्पूर्ण जीवन को प्रभावित करती है। इस प्रवृत्ति को दृष्टिगोचर करते हुए सूर्य उपासना का प्रावधान किया है।" ब्रह्मा ने कहा ! दशानन चौंक गया। उसने पहले तीनों की ओर देखा फिर कहा-

"सूर्य उपासना? उस अग्निपिण्ड की उपासना? महामहिम सूर्य का ताप इतना अधिक है कि ग्रीष्म काल में मानव संकट ग्रस्त होता है। फिर उसकी उपासना? ज्ञात नहीं हो पाया आपका प्रसंग ?"

ब्रह्मा दशानन की ओर देखकर मुस्कुराये। उसके समीप आये उसके कंधे थपथपाकर बोले-"दशानन सूर्य उपासना से अभिप्राय अत्यन्त वैज्ञानिक और रहस्यपूर्ण है।"

"अत्यन्त रुचि पूर्ण सविस्तार ज्ञात करवायें।" दशानन ने निवेदन किया।

"'सूर्य आत्मा जगत स्तस्थुषश्च' अर्थात् सूर्य विश्व का आधार हैं। जंगम, स्थावर, दोनों सूर्य के अधीन है। उससे संचालित है। इसे दो अयन पृथ्वी की सूर्य परिक्रमा के कारण होते हैं। दोनों ही अयनों

में स्वास्थ्य की दृष्टि से सूर्य उपासना सर्वश्रेष्ठ है। प्रातः काल सूर्योदय से पूर्व निंद्राभंग करके जागना, स्नान करना। तदोपरान्त सूर्य के दर्शन करने से नेत्र विकार दूर होता है। प्रातः कालीन सूर्य की किरणें त्वचारोग निदान करती है। रंगपद्धति भी सूर्य प्रकाश से ही संभव है। सूर्य योगपद्धति सम्पूर्ण शरीर को विकार मुक्त करती है। सूर्य योग विद्या दीर्घायु प्रदान करती है।" दशानन कौतुहल से भर गया।

"दशानन, स्वस्थ जीवन प्रगति को गति प्रदान करता है। मानव के लिए स्वस्थ रहना महत्त्वपूर्ण कारक है। मणिरत्न है। स्वस्थ मानव अपने प्रत्येक कार्य को उत्साहपूर्वक सम्पन्न करता है। सूर्य चेतना प्रदान करता है। मार्गदर्शन करता है। प्रेरणादायी है। इसकी उपासना प्रथम प्रहर में इसके सम्मुख होती है और द्वितीय तथा तृतीय प्रहर में सूर्य के विपरीत अपनी मेरू को सूर्य के सम्मुख करके उपासना करनी चाहिए।" ब्रह्मा ने स्पष्ट किया।

"उपासना अर्थात् उप-आसन अर्थात् समक्ष आसन लगाकर बैठना। वास्तव में 'उपासना' कितनी सार्थक वैद्य पद्धति है। आप महान् है–महामहिम! धन्य हैं।" दशानन उत्साह से बोला।

"वास्तव में दशानन सूर्य सम्पूर्ण है। हमारे जीवन में भी सम्पूर्णता का भाव सूर्य ही लाता है। इसी कारण उसकी उपासना हमारे जीवन का मूल उद्देश्य होना चाहिए। उसी का अनुसरण करके मैं, विष्णु और महेश अति दीर्घायु का सुख भोग रहे हैं। सूर्य स्नान, सूर्य उपासना, तरल पदार्थों का सेवन, आदर्श तापमान आदि ऐसे वैद्यवर्धक उपाय है जो पूर्ण स्वस्थ जीवन के लिए आवश्यक है।" ब्रह्मा ने स्पष्ट किया।

"महामहिम जब आप सूर्य उपासना करते हैं तो मौन रहते हैं तो मौन साधना भी स्वस्थ्यवर्धक है ?" दशानन ने जानना चाहा।

"मौन द्वारा ही साधक जीवन्मुक्त की श्रेष्ठ कोटि को प्राप्त होता है।" विष्णु ने स्पष्ट किया।

एक अप्सरा ने आकर निवेदन किया कि शाकाहार तैयार है। चारों शाकाहार हेतु कक्ष में प्रस्थान कर गये।

अपने कक्ष में प्रवेश करते ही दशग्रीव आश्चर्यचकित हो गया। सम्पूर्ण शयन कक्ष पुष्प मालाओं से सुसज्जित था। पुष्प गुच्छ आकर्षक रूप से विभिन्न स्थानों पर रखे हुए थे। शर्यांक पर भी पुष्पांकित कपास निर्मित चादर थी। सुगंध से शयन कक्ष आच्छादित था। मंद-मंद प्रकाशपुंज से शयन कक्ष प्रकाशमान हो रहा था। यह सब देखकर दशग्रीव का हृदय प्रफुल्लित हो गया। उसका काम जागृत हो गया। अभी तक प्रसन्न मुद्रा में आसन पर बैठा ही था कि पाँच-सात अप्सरायें मुस्कुराती हुई कक्ष में प्रविष्ठ हुई। दो अप्सराओं के हाथों में मृणपात्र थे।

सभी ने दशग्रीव को घेर लिया। दोनों ने दशग्रीव की ओर मृणपात्र प्रस्तुत किया। केसर युक्त दुग्ध था मृणपात्रों में। दशग्रीव ने दुग्धपान किया। सभी अप्सरायें दशग्रीव के चरणों में आसन लगाकर बैठ गई।

अप्सरा वाणी में आग्रहपूर्वक निवेदन किया–"अतिथि आपके प्रस्थान काल से पूर्व हम सभी आपसे ज्ञानवर्धन करना चाहती है। कृपया हमारा मार्ग दर्शन करें।"

"श्रेष्ठ ! अति श्रेष्ठ अप्सराओं।"

"सर्वप्रथम हमें गणनाओं का ज्ञान दीजिए अतिथि ?" अप्सरा मधु ने कहा।

"अवश्य।"

सभी अप्सरायें एकाग्र होकर दशग्रीव की बातें सुनने लगी।

"एकः, सूर्य एकः है,"

"द्वितीयः, सूर्य एवं चंद्र जी मुख्य देव है,"

"तृतीयः, त्रि महान् मानव है–ब्रह्मा, विष्णु और महेश,"

"चतुर्थः, चार दिशाएं है–पूर्व, पश्चिम, उत्तर और दक्षिण,"

"पंचमः, पंचतत्व है—पावक, अग्नि, समीर, जल और क्षिती,"

"षष्ठम्ः, षष्ठ ऋतुएँ हैं—हेमन्त, शिशिर, वसन्त, ग्रीष्म, वर्षा और शरद,"

"सप्तमः, सप्तसागर है—क्षीर, दधि, धृत, इक्षु, मदिरा और लवण," इसके साथ-साथ सप्त पाताल और सप्तलोक है।

"अष्टम्ः, अष्ट योग है—यम, नियम, आसन, प्राणायाम, प्रत्याहार धारणा, ध्यान और समाधि।"

"नवम्ः, नवग्रह है—पृथ्वी, मंगल, शुक्र, बृहस्पति, बुद्ध, वरुण, शनि, अरुण और यम।"

"और दशम् ?" अप्सरा आरोही ने तपाक से कहा।

"मैं स्वयं।"

सभी सुनकर हंसे।

"वास्तव में चतुर्थ दिशाओं का नवीन वर्गीकरण दशम श्रेणी के अन्तर्गत स्थापित हुआ है। ज्ञात कीजिए—पूर्व, पश्चिम, उत्तर, दक्षिण के साथ-साथ—ईशान, नैऋत्य, वायव्य, अग्नि, आकाश एवं पाताल।"

"अति उत्तम ! अति उत्तम।" सभी एक साथ बोलीं।

"आप यौन क्रीड़ा में पारंगत कहे जाते हैं। उस विषय में ज्ञान दीजिए ?" अप्सरा कामिनी बोली।

"किसने कहा।"

"हमें गुप्त सूत्रों से ज्ञात हुआ है।"

"असत्यवचन है।"

"आपके साथ सभाग्य विशेष रुचिपूर्ण होता है।"

"यौन क्रीड़ा पूर्णतया आत्मीय क्रीड़ा है।"

"अवश्य।"

"नारी अधिक सुख भोगती है।"

"निश्चित ही।"

"नर तो क्रियागत रहता है।"

"अवश्य।"

"यौन सुख का चरम विशेष अनुभूति देता है।"

"कब ?"

"जब नर और नारी एक साथ स्खलन करते हैं।"

"नारी भी?"

"निश्चित ही।"

"क्या नारी स्खलन आवश्यक है ?"

"सृष्टि का नियम यही है।"

"अनुभव की पुष्टि कैसे होती है।"

"जब नारी शरीर शिथिल हो जाता है।"

"और नर।"

"दोनों की स्थिति समान होती है।"

"एकान्त आवश्यक है ?"

"अवश्य ! यही गुण पुरुष और पशु में भेद करता है।"

"प्रथम प्रयास कौन करें ?"

"सामान्यतः नर ही प्रथम प्रयास करें।"

"क्यों अतिथि।"

"प्रकृतिजनित स्वभाव के अनुरूप।"

"अर्थात्।"

"नारी मर्यादा श्रृंगार के अधीन होती है।"

"मर्यादा श्रृंगार ?"

"नारी नेत्र निवेदन करके मर्यादा में रहती है।"

"जब नारी प्रथम प्रयास करे तब ?"

"उसका उन्माद कहा जायेगा। मगर.....।"

"मगर क्या? कामिनी तपाक से बोली।"

"अपने प्रियतम के अतिरिक्त अन्य के साथ नहीं।"

"क्या यौन उन्मुक्त है।"

"अभी तक।"

"भविष्य में ?"

"कह नहीं सकते।"

"यौन क्रीड़ा की स्वतंत्रता होनी चाहिए ?"

"अवश्य ?"

"प्रणय निवेदन ?"

"समानार्थी है ?"

"यदि यौन क्रीड़ा स्वतंत्रता है तो हम अप्सराओं पर प्रतिबंध क्यों ?"

"विशेष प्रयोजनार्थ।"

"विशेष प्रयोजनार्थ, अर्थात् ?"

"आप अप्सराओं का जन्मविशेष एवं नवीन प्रक्रिया का परिणाम है। प्रयोग परीक्षण अपूर्ण है।"

"विस्तार से ज्ञात करवायें अतिथि।"

"प्रसव पीड़ा को न्यूनतम करके प्रसूति जल में।"

"इसका अभिप्राय ?"

"नवीन वैद्य प्रयोजन है।"

"सर्वत्र ?"

"संभवतः सर्वत्र हेतु परीक्षण अन्तिम रूप धारण कर रहा है।"

"ज्ञात परिणाम ?"

"अनुपम सौन्दर्य, रोगमुक्त काया, मृदुल स्वभाव, संस्कारशील और संयमित जीवन।"

"क्या हमें प्रेम का अधिकार है ?"

"अवश्य होना चाहिए।"

"क्या यौन क्रीड़ाओं के लिए सूर्यास्त और सूर्योदय के मध्य

का काल सुनिश्चित है ?"

"आवश्यक नहीं।"

"अधिकांश यही काल प्रयुक्त होता है, क्यों ?"

"सूर्योदय नवीनता का प्रतीक है। यह कर्म का प्रतीक है। सूर्य प्रकाश में सर्वकर्म सम्पन्न हेतु श्रेष्ठ है।"

"यौन क्रीड़ा भी तो कर्म है ?"

"अवश्य।"

"तो उपेक्षित क्यों ?"

"उपेक्षित नहीं सपेक्षित है।"

"अर्थात्।"

"मानव अपने कार्यों को सापेक्ष रूप में देखता है। उसके सहायक होते है। एकान्त का अभाव रहता है।"

"यदि एकान्त हो तो ?"

"संभव है।"

अप्सरा वाणी ने अप्सरा कामिनी की ओर मुस्कुराकर देखा। कामिनी ने अपने नेत्र और मुख नीचे झुका लिया। दशग्रीव ने दोनों की ओर देखा। मुस्कुराकर अप्सरा वाणी बोली–"अतिथि को विशिष्ट अनुभव है।"

सभी अप्सराएँ हंसी। दशग्रीव उनकी ओर देखता रह गया। अप्सरा तृप्ति ने पूछा–"दोनों की सहमति आवश्यक है क्या अतिथि ?"

"अवश्य। यौन क्रीड़ा के लिए पुरुष और स्त्री की सहमति अति आवश्यक है।"

"विषम परिस्थिति में ?"

"बलपूर्वक सत्कार निदंनीय है अप्सरा तृप्ति।"

"सत्कार अर्थात् ?"

"नारी द्वारा प्रणय निवेदन स्वीकार करने का अभिप्राय उसका

सत्कार ही हुआ न। असीम सुख तो नारी ही भोगती है न। पुरुष तो अन्त तक क्रियाशील रहता है।"

"सत्यकथन अतिथि। यदि आपका प्रणय निवेदन कोई भी नारी अस्वीकार करती है तो बलपूर्वक सत्कार अशोभनीय ही होगा। उसकी सर्वत्र निंदा ही होगी।" अप्सरा सुलक्षणा ने पुष्टि की।

"समर्पण भाव के साथ नारी सदैव प्रस्तुत होती है। उसके समर्पण का सदैव आदर होना चाहिए।" दशग्रीव ने बताया।

"क्या नारी बलपूर्वक सत्कार करने में सक्ष्म है ?"

"यौन क्रीड़ाओं के संदर्भ में तो नहीं।" दशग्रीव ने हंसकर उत्तर दिया।

"अप्सरा रति आप भी कैसी बात करती हैं। अभी अतिथि ने ज्ञात करवाया था कि हम नारियाँ मर्यादितभाव से ओत-प्रोत रहती है। ऐसी स्थिति में नारी बलपूर्वक सत्कार कैसे कर सकती है ?" अप्सरा कामिनी तपाक से बोली।

"कर सकती है।" दशग्रीव तपाक से बोला।

"कर सकती है? अर्थात्? अप्सरा कामिनी ने आश्चर्य से पूछा।"

"इतना आश्चर्य क्यों अप्सरा कामिनी ?" दशग्रीव ने पूछा।

"कैसे संभव है ?"

"कैसे संभव नहीं है अप्सरा कामिनी ?" दशग्रीव ने तपाक से पूछा। अप्सरा वाणी को ओर देखकर दशग्रीव ने कहा–"अप्सरा वाणी आपके क्या विचार है ?"

"संभवतः नहीं।" अप्सरा वाणी ने संक्षिप्त उत्तर दिया।

दशग्रीव ने अप्सरा सुगंधा की ओर संकेत किया। अप्सरा सुगंधा ने अपनी ग्रीवा हिलाकर कहा–"ज्ञात नहीं है अतिथि।"

"अप्सरा मणिका।" दशग्रीव ने पूछा।

"दोनों ही स्थिति हो सकती है।"

"अप्सरा रति आपका विचार।" दशग्रीव ने पूछा।

"अतिथि संभव है।"

"कैसे ?"

"बलपूर्वक सत्कार अनेक प्रसंगों में संभव है। सर्वप्रथम अल्पाहार के समय, द्वितीयक शाकाहार के समय, तृतीयक रात्रिभोज के समय। इसके अतिरिक्त आत्मसम्मान के प्रसंग में, भ्रमण हेतु, बलपूर्वक आलिंगन, विपत्ति के समय इत्यादि।" अप्सरा रति ने स्पष्ट किया।

"अति उत्तम कथन अप्सरा रति। नारी बलपूर्वक सत्कार अपनी मर्यादा में रहकर कर सकती है। उसके अनेक रूप हो सकते है। वात्सल्य, किशोर, युवा, और वृद्धावस्था में इस सत्कार के प्रसंग भिन्न हो सकते हैं। पर इस युग में यौन सम्बन्ध के लिए नारी द्वारा किसी भी पुरुष का बलपूर्वक सत्कार किया गया हो, ऐसा कोई प्रकरण मेरे समक्ष नहीं आया। मेरी अपनी विचारधारा के अनुसार भविष्य में भी संभव नहीं होगा।" दशग्रीव ने स्पष्ट किया।

"भविष्यवाणी कर रहे है आप ?" अप्सरा इला ने कहा।

"कतिपय नहीं ?"

"आपका कथन त्रुटिपूर्ण भी हो सकता है।" अप्सरा सुगंधा बोली।

"संभवत: नहीं।"

"कैसे? उसका आधार क्या है ?" अप्सरा वाणी ने पूछा।

"शारीरिक संरचना।"

"संभवत: आपका कथन सत्य हो।" अप्सरा रति ने कहा।

"नारी आकर्षित कर सकती है। मैत्री कर सकती है। प्रणय निवेदन कर सकती है। मनोभाव प्रकट कर सकती है। प्रेम कर सकती है। द्वेषभाव रख सकती है। तटस्थ रह सकती है। अमित्र हो सकती है। सम्बन्ध विच्छेद कर सकती है। आदर कर सकती है। अनादर कर सकती है। मृदुल संभाषण कर सकती है। परिस्थितिवश

अप्रिय वार्तालाप कर सकती है। विपत्ति सह सकती है। विपत्ति में पुरुष को बंधित कर सकती है।.......सभी स्थिति उसे स्वीकार्य है.. .....पर बलपूर्वक सत्कार नहीं कर सकती। यह शाशवत सत्य है। विधि का विधान है। इसलिए नारी महान् है।" दशग्रीव ने आत्मगर्व से स्पष्ट किया।

हर्षित हृदय से सभी अप्सराओं ने हस्तताल किया।

"अतिथि महोदय, एक प्रश्न और पूछना चाहती हूँ। मगर आप परिहास मत कीजियेगा।" अप्सरा रति ने हल्की मुस्कान के साथ कहा।

"हाँ-हाँ कहो रति। मैं परिहास नहीं करूँगा।" दशानन के कहने के अंदाज को देखकर सभी हंस पड़े।

"कहो-कहो। रति कहो। निश्चिन्त होकर कहो। अभय होकर कहो।" दशानन ने गंभीर स्वर में कहा।

"महोदय रति सम्बन्ध स्थापित करते समय में अनुज किसे होना चाहिए?"

"अनुज अर्थात्?"

"अवस्था अनुसार महोदय।" रति ने स्पष्ट किया।

"रति! जहाँ तक मेरा अनुभव है, ऐसा कोई अवसर मेरे समक्ष नहीं आया जिसमें अवस्था को लेकर कोई द्वन्द्व हुआ हो। द्वन्द्व न तो वैचारिक और न शारीरिक।"

"साधारणतया नियम क्या कहता है?" वाणी ने तपाक से पूछा।

"अप्सरा वाणी ऐसा कोई नियम मुझे ज्ञात नहीं है और संभवतः ऐसा कोई नियम अस्तित्व में है ही नहीं।"

"आपके कहने का तात्पर्य है कि अवस्था कोई अर्थ नहीं रखती?" रति ने प्रश्न किया।

"अवस्था महत्त्वपूर्ण है।"

"वह कैसे? यही तो हम ज्ञात करना चाहते हैं?" रति ने तपाक से कहा।

"अप्सरा रति! प्राकृतिक संरचना के अनुसार एक नारी को रति हेतु तब परिपक्व्य माना जाता है जब उसका ऋतुकाल प्रारम्भ हो गया हो। इससे पूर्व उसे बाल्यकाल था किशोर अवस्था में ही रखा जाता है। सामान्यतः कोई भी मानव ऋतुचक्र से पूर्व किसी भी बालिका के समागम करने का इच्छुक नहीं होता।.........आप सभी अपने प्रथम रति स्मरण कीजिये। आपको मेरे कथन की पुष्टि हो जायेगी।"

"आपका कथन सत्य है।" अप्सरा वाणी बोली। सभी ने अप्सरा वाणी से सहमति जताई।

"और नर के विषय में आपके विचार क्या है?" रति ने अगला प्रश्न किया।

दशानन ने अप्सरा रति की ओर देखा और मुस्कुराया। बोला– "अप्सरा रति! इस प्रश्न का उत्तर अत्यन्त कठिन है। वास्तविकता यह है कि मेरे पास इस प्रश्न का सटिक उत्तर है ही नहीं। नारियों की भाँति इसका कोई निश्चित ऋतुचक्र भी नहीं है। मैं अनेक समुदायों से भेंट करता रहता हूँ। उनके वरिष्ठ एवं योग्य वृद्धजनों से विभिन्न विषयों पर विचार–विमर्श भी करता रहता हूँ मगर इस विषय पर कभी कोई विमर्श नहीं हुआ।"

"आपका अनुभव क्या कहता है?" अप्सरा कामिनी ने हल्की मुस्कान के साथ पूछा।

"आपको प्रथम अनुभव कब हुआ?" अप्सरा रति बोली।

"उस काल नारी आपसे अवस्था में अनुज थी या अग्रज?" अप्सरा सुगंधा बोली।

"प्रथम रति प्रसंग दिवसकाल में था या रात्रिकाल में?" अप्सरा वाणी ने पूछा।

"स्वीकृति थी या नहीं?" अप्सरा तृप्ति ने जानना चाहा।

दशानन जोर से हंसा। सभी आश्चर्यचकित हो गयीं। एक दूसरे का मुख देखने लगी। दशानन अपने आसन से हंसते हुए खड़ा हुआ और गवाक्ष के समीप जाकर ठहर गया। वह हंसे जा रहा था। उसने गवाक्ष पर अपनी पीठ टेकी और पैरों की कैंची बनाकर अपने दोनों हाथों का अलबेटा लगाकर हृदय के समीप रखकर हंसी रोकते हुए अप्सराओं की ओर देखकर बोला–"हिम पर्वत शृंखलाओं की भाँति प्रश्न शृंखलाएँ। मैं इसके लिए तत्पर नहीं था अप्सराओ।" फिर हल्की सी मुस्कुराहट के साथ बोला–"किन्तु सभी प्रश्न अत्यन्त महत्त्वपूर्ण और सारगर्भित है। साधु-साधु।"

सभी अप्सरायें एकटक सम्मोहित-सी उसे देख रही थी। दशानन का मुख गम्भीर हो चुका था। अप्सरा रति को अनुभव हुआ कि उसने यह प्रसंग छोड़कर गलती कर दी है। अप्सरा रति क्षमाभाव के साथ बोली–"अतिथि महोदय, मेरी त्रुटि है। मैं क्षमा प्रार्थी हूँ। मुझे व्यक्तिगत प्रसंग प्रारम्भ नहीं करना चाहिए था।"

"नहीं-नहीं, मेरा कुछ नहीं है अप्सरा रति। तुमने कोई त्रुटि नहीं की है। अपितु मेरा प्रथम रति प्रसंग अत्यन्त रोचक है। तुम सभी ज्ञात करोगी तो तुम्हारा मनोरंजन भी होगा और ज्ञानवर्धन भी।"

"तो ज्ञात करवाइये न।" अप्सरा तृप्ति तपाक से बोली।

"निश्चित ही ज्ञात करवाता हूँ। जब भी वह प्रसंग प्रारंभ नहीं करना चाहिए था।"

"तो ज्ञात करवाइये न।" अप्सरा तृप्ति तपाक से बोली।

"निश्चित ही ज्ञात करवाता हूँ। जब भी वह प्रसंग मेरे मस्तिष्क में आता है तो मुझे ग्लानि भी होती है और परिहास भी उत्पन्न होता है।" दशानन को खांसी आ गयी। रति ने तुरंत दशानन को जलपात्र दिया। दशानन जलग्रहण करने के उपरान्त पुनः अपने आसन पर विराजमान हुआ। गहरी सांस लेकर बोला–

"तो सुनों। घटना उस समय की है जब मेरा अध्ययन काल समाप्त होने वाला था। उसमें एक पक्ष शेष था। मैं सूर्यास्त से पूर्व आश्रम में उपस्थित होने के लिए आतुर था। शीघ्र अति शीघ्र पहुँचना चाहता था। उसी समय मुझे एक युवती ने मार्ग में स्नेहपूर्ण सम्बोधन दिया। मैं ठहर गया। वह युवती आश्रम में हमारी वरिष्ठ थी। विगत दो सत्र पूर्व उसका अध्ययन पूर्ण हो चुका था।.........उसने अपने निवास में में आमंत्रित किया।"

"आपने निमंत्रण स्वीकार किया?" वाणी ने तत्परता से जानना चाहा।

"विवश हो गया था।"

"अर्थात्?" रति ने पूछा।

"अत्यन्त कमनीय, मादकतापूर्ण आग्रह, सुडौल मांसल युक्त काया..........उसके भाव पूर्ण निमंत्रण को अस्वीकार करना सौन्दर्य का अपमान जैसा प्रतीत हुआ। अतः विवशतावश स्वीकार करना पड़ा।"

"अति सुन्दर।" सुगंधा बोली।

"तदोपरान्त?" रति ने मुस्कुराकर पूछा।

"श्रेष्ठ स्वागत सत्कार। सुगंधित सोमरस से उसने स्वागत करते हुए निवेदन किया–"दशग्रीव मैं आसक्त हूँ।" मुझे आश्चर्य हुआ।"

"मैंने सहजता से कहा–आप अग्रजा है।"

"तो क्या हुआ?"

"अवस्था महत्त्वपूर्ण होती है।"

"आसक्ति नहीं।"

"शिष्टाचार अनुमति नहीं देता।"

"निवेदक को आपत्ति नहीं।"

"व्यवहार कुशल नहीं होगा।"

"निवेदन का अपमान होगा।"

"विलम्ब होगा।"

"किसे?"

"निश्चित ही मुझे।"

"तुम श्रेष्ठ शिष्य हो। विलम्ब दण्डनीय नहीं होगा।"

"ज्ञात है।"

"तो रति अग्नि को शान्त करो दशग्रीव।"

"अभिभावक गण का आगमन..........।"

"नहीं होगा।" तत्परता से युवती बोली।

"इसके उपरान्त उस युवती ने मेरे समक्ष अपने उरोज वस्त्रहीन कर दिये और मुझे आलिंगनबद्ध कर दिया। उसका शरीर रति अग्नि में तप रहा था। उसकी रति अग्नि का स्पर्श करते ही मेरी कामाग्नि भी प्रज्जवलित हो गयी।"

"श्रेष्ठ अतिथि। श्रेष्ठ।" रति ने तत्परता से मुस्कुराकर कहा।

सभी अप्सरायें हंस पड़ी।

"संवाद तो पूर्ण होने दो।" सुगंधा बोली।

"क्षमा सुगंधा। क्षमा।" हंसते हुए रति बोली।

"ज्ञात करवाये अतिथि।" सुगंधा बोली।

"रति सम्बन्धों से अनभिज्ञा था। युवती मार्गदर्शन करती रही। मैं उस काल आश्चर्य चकित हुआ जब युवती ने ज्ञात करवाया कि यह उसका प्रथम संभोग है। तब कामाग्नि कर ज्वर तीव्र था।......हस्त मैथुन, मुख मैथुन, शरीर पर मुख स्पर्श आदि अनेक क्रीड़ाएँ उसने की और फिर मुझे प्रेरित किया। उस पल स्वभावगत मुझ कुछ भी अन्यथा प्रतीत नहीं हुआ।........एकान्तवास। निर्भय। रति क्रीड़ा का प्रथम अनुभव मेरे लिए उत्साहवर्धक था। किन्तु.........।" दशानन शान्त हो गया।

"किन्तु क्या? वाणी ने तत्परता से पूछा।"

"वाणी मेरी वाणी भी उस पल शान्त हो गयी थी। आश्चर्यात्मक

भय मुख पर अंकित हो गया।"

"क्यों अतिथि?" रति ने जानना चाहा।

"प्रथम प्रवेश पर योनि मार्ग से रक्तस्राव दृष्टिगोचर हुआ।"

"ओह, यह स्वाभाविक प्रक्रिया है।" रति बोली।

"आज ज्ञात है। किन्तु उस पल अज्ञान था।"

"तो आपने रति क्रीड़ा त्याग दी?" वाणी ने प्रश्न किया।

"चाहता था पर युवती ने मुस्कुराकर कहा–निश्चित रहो। यह रक्तस्राव स्वाभाविक है।.........भययुक्त रतिक्रीड़ा प्रारंभ की। पल–पल रोमांच तीव्र हुआ और हम दोनों एक साथ स्खलित हुए।"

"श्रेष्ठ अतिथि। अतिश्रेष्ठ। यही तो रति का स्वर्णिम सुखानंद अनुभूति है।" वाणी तीव्रता से बोलती चली गयी। "प्रथम संभोग में यह सुखद अनुभूति सभी को प्राप्त नहीं होती। आप अत्यन्त भाग्यशाली हो।"

सभी अप्सरायें वाणी की व्याख्या सुनकर हंस पड़ी।

"इसके उपरान्त वरिष्ठ नारी से संभोग नहीं हुआ। सदैव कनिष्ठा के साथ ही।"

"अतिथि आपने ज्ञात करवाया था कि आपको ग्लानि हुई। क्यों अतिथि ऐसा क्यों हुआ?" रति ने जानना चाहा।

"ग्लानि तत्कालीन थी। अज्ञानतावश। प्रथम अनुभव भययुक्त था। आश्रम हेतु विलम्ब हो रहा था। मस्तिष्क में तत्परता थी और वह युवती परमसुख हेतु शनैः शनैः रति का आस्वादन करने की इच्छुक थी।"

"उसके उपरान्त उस युवती से पुनः भेंट नहीं हुई?" सुगंधा ने सहजतापूर्ण पूछा।

"नहीं। मैं उस मार्ग गया ही नहीं।"

सभी ने हस्ताल किया।

"सुस्पष्ट विचार है आपके।" अप्सरा रति ने कहा।

"पता नही भविष्य में आपसे पुनः भेंट होगी या नहीं। आपसे इतना महत्त्वपूर्ण ज्ञानपूर्ण, तथ्यपरक वार्तालाप का संयोग पुनः होगा या नहीं सभी कुछ काल सम्मत है।" अप्सरा वाणी ने धीरे से कहा।

"ऐसा मलिन विचार क्यों अप्सरा वाणी ?" दशग्रीव ने पूछा।

"स्वर्गपुरी से पलायन हो रहा है। उदासीन वातावरण में एकाकीपन सदैव सुखद नहीं होगा अतिथि।" अप्सरा वाणी बोली।

"पलायन श्रेष्ठ है अप्सरा वाणी।"

"कैसे ?"

"पलायन का अभिप्राय एकान्तवास कदापि नहीं है। यह तो सम्पूर्ण पृथ्वी के लिए सुखद संदेश है। सभी नवीन जीवन पद्धति को अपनायें क्या यह स्वर्गपुरी के लिए सुखद अनुभूति नहीं होगी? क्या आप सभी नहीं चाहती कि पृथ्वी पर सुख शान्ति स्थापित हो? पलायन का अभिप्राय होगा आप सभी के सेवाभाव की ख्याति। प्रशंसा, त्याग, तपस्या, समर्पण, सौहार्द, प्रगति। आप सभी को महर्षियों और ऋषियों का सुदूर क्षेत्रों में, राष्ट्रों में, सप्तद्वीपों में स्वर्गीय संस्कृति के विस्तार का स्वागत करना चाहिए। निःसन्देह यह स्वागत योग्य है।"

"अतिथि आपके संभाषण से सुखद अनुभूति हुई। हमारा धैर्य पुनः वापस आया है।" अप्सरा तृप्ति बोली।

"ज्ञातव्य है कि आपने सम्पूर्ण पृथ्वी का भ्रमण किया है। कृपया हमें बतायें पृथ्वी पर कौन कहाँ निवास कर रहा है? उनकी पीढ़िया कैसी है ?" अप्सरा कामिनी ने पूछा।

"अवश्य अप्सरा कामिनी। अवश्य। आप सभी अत्यन्त जिज्ञासु है।"

"आपके साथ समागम का प्रतिफल है।" अप्सरा वाणी बोली।

सभी हंसते है ! अप्सरा तृप्ति वहाँ से उठकर जाती है और एक मृणपात्र उष्ण दुग्ध लेकर तत्काल ही वापस आती है। दशग्रीव दुग्धपान

करता है।

"ज्ञात करवाइये अतिथि।" अप्सरा तृप्ति ने दशग्रीव से मृणपात्र अपने हाथों में लेकर बोली।

"हमारी इस देवभूमि के समीप जो द्वीप है सर्वप्रथम मैं उनके नाम बताता हूँ।"

"स्वागतम् अतिथि।" सभी ने एक साथ कहा और रम गई दशग्रीव के समक्ष।

"अंग द्वीप, यवद्वीप, मलयद्वीप, शंखद्वीप, आन्ध्रालय द्वीप, कुशद्वीप, वाराहद्वीप, मुझे अतिप्रिय है।"

"हम आपको प्रिय नही है ?" अप्सरा रति ने व्यंग्य किया तो सभी हंस दिये।

"आप सभी सर्वप्रिय है। मैं अद्वितीय नहीं हूँ।" मुस्कुराकर दशग्रीव ने कहा।

"अतिप्रिय होने का कारण ?" अप्सरा वाणी ने पूछा।

"यहाँ मेरे पितामह एवं परिवारगण निवास करते हैं।"

"क्या ये ही सप्तद्वीप है? अप्सरा तृप्ति ने जानना चाहा।"

"नहीं।"

"तो ज्ञात करवाइये।" अप्सरा सुगंधा बोली।

"कहते हैं स्वयंभुव मनु ने दो पुत्रों प्रियव्रत और उत्तानपाद को सम्पूर्ण पृथ्वी सौंप दी थी।"

"अच्छा ! सम्पूर्ण पृथ्वी दोनों पुत्रों में विभक्त कर दी ?" अप्सरा वाणी ने आश्चर्य से कहा।

"नहीं अप्सरा ! उन्होंने निवास हेतु दी। मगर प्रियव्रत ने अपने दस पुत्रों में पृथ्वी बांटी थी।"

"श्रेष्ठ !" अप्सरा कामिनी बोली।

"प्रियव्रत ने अपने ज्येष्ठ पुत्र अग्नीघ्र को जम्बूद्वीप सौंपा। इस

जम्बूद्वीप को प्रियव्रत पुत्र अग्नीध्र ने अपने नौ पुत्रों में विभक्त कर दिया। अग्नीध्र के ज्येष्ठ पुत्र नाभि को हिमवर्ष अर्थात् इस हिमालय से अरब समुद्र तक की भूमि प्राप्त हुई।"

"अच्छा हमारी इस भूमि के प्रथम स्वामी नाभि थे।" अप्सरा रति ने कहा।

"ऐसा माना जाता है। पुष्ट नहीं है।"

"और शेष भूमि पर ?" अप्सरा रति ने पूछा।

"एक भूखण्ड का नाम है–'पर्शिया।' इसके चार खण्ड थे। उन्होंने सुग्द, मरु, वखधी और निशा के नाम से जाना जाता है।"

"अति सुन्दर !" अप्सरा वाणी ने कहा।

"इनके समीप थे हिरात और वक्रित नामक राष्ट्र ! कभी पर्शिया पर प्रियव्रत शाखा के स्चारोचिष मनु के वंशज शासन किया करते थे।"

"अतिथि ! स्वायंभुव मनु तो हमारे पूर्वज थे न।" अप्सरा रति ने बीच में रोककर पूछा।

"निश्चित ही, हम सभी स्वायंभवु मनु को अग्रज है।"

अप्सरा वाणी ने मुस्कुराकर रति की ओर देखा और बोली–

"हम सभी में श्रेष्ठ ज्ञानी है।"

"रति है न ?" अप्सरा सुगंधा ने व्यंग्य किया।

सभी हंस पड़े।

"आप सभी श्रेष्ठ अप्सरायें है। सदैव हंसमुख प्रवृत्ति वाली।" दशग्रीव मुस्कुराकर बोला।

"जीवन में मृदुलता हो तो सभी अपने है। अन्यथा अमित्रों की कमी नहीं। अप्सरा वाणी बोली।"

"श्रेष्ठ कथन ! यहाँ के स्वामी जानन्तपति महाराज अत्यरति– चक्रवर्ती कहे जाते थे।........पर्शिया के पूर्व दिशा में सत्यगिदी नामक एक राष्ट्र था। कभी इसे सत्यलोक भी कहा जाता था। ....सत्यगिदी

के समीप सुमेरू के निकट बैकुण्ठधाम था। ....आपने संभवतः तपस्वी विकुण्ठा का नाम सुना होगा।"

"संभवतः हाँ, एक बार।" अप्सरा रति ने कहा।

"तपस्वी विकुण्ठा और इनके पुत्र वैकुण्ठ इसी भूप्रदेश के थे। वैकुण्ठधाम इन्हीं की राजधानी नगरी थी।"

"श्रेष्ठ कथन अतिथि।" अप्सरा वाणी बोली।

"पूर्वज ज्ञात करवाते हैं कि चक्रवर्ती अत्यराति के एक भ्राता थे–मन्यु। मन्यु ने 'सुषा' नामक एक नगर बसाया था। कालान्तर में इस 'सुषा' नगरी को 'मन्युपुरी' भी कहा जाने लगा। मेरे पिताश्री ने ज्ञात करवाया था कि यह नगरी पृथ्वी पर सबसे प्राचीन नगरी थी।"

"हमारी स्वर्गपुरी से भी प्राचीन।" अप्सरा कामिनी तपाक से बोली।

"निश्चित ही स्वर्गपुरी से भी प्राचीन ही नहीं बल्कि अति प्राचीन।"

"अति उत्तम !" अप्सरा रति ने कहा।

"चक्रवर्ती अत्यरति के तृतीय भ्राता थे 'उर'। उर ने कुशद्वीप पर अपना आधिपत्य स्थापित किया। इसे उरखेगल प्रदेश कहा गया। उरमिया प्रदेश भी है। उर वंशियों ने उर, पुर और वन नामक तीन राज्य स्थापित किये।"

"अत्यन्त उलझन भरा इतिव्रत है।" अप्सरा वाणी बोली।

"पर रोचक है।" अप्सरा कामिनी तपाक से बोली।

"चक्रवर्ती अत्यरति के चतुर्थ भ्राता थे पुर ! पुर ने पुरसिया नगर स्थापित किया। ......चक्रवर्ती अत्यरति के पंचम भ्राता थे–तपोरत। इन की भूमि तपोरिया कहलाई।"

"रोचक और ज्ञानवर्धन है इतिवृत्त।" अप्सरा सुगंधा बोली।

"पर्शिया के उत्तर दिशा में कश्यप समुद्र है। पर्शिया के पश्चिम

दिशा में अरमीनिया नामक भूमि है। यहाँ हिमपर्वत शृंखलाएँ है। इन्हीं हिमपर्वतों से विशाल नदी शतुल उद्गामित होती है। इस नदी में नाविक नौका से संचालन का आनन्द लेते हैं।"

"नौका अर्थात् ?" अप्सरा रति ने पूछा।

"नौका अर्थात् एक ऐसा काष्ठ निर्मित वाहन जो केवल जल में ही गतिमान हो सकता है। नदी और समुद्र की यात्रायें इसमें बैठकर की जा सकती है।"

"अति उत्तम ! अति उत्तम।" अप्सरा रति बोली।

"साधु-साधु।" सभी अप्सराओं के मुख से निकला।

"पूर्वज ज्ञात करवाते हैं कि इस शतुल नदी पर एक नगर था। समृद्धशाली नगर।"

"क्या अब नहीं है ?" अप्सरा सुगंधा बोली।

"ज्ञात नहीं।"

"श्रेष्ठ।"

"एक भूखण्ड का नाम है मद्र। यह भूखण्ड हमारी स्वर्गपुरी के सुदूर उत्तर पूर्व में उपस्थित है। कहते हैं यहाँ हिम बहुतायत में होती है।"

"हाँ मैं एक रोचक तथ्य ज्ञात करवाना चाहता हूँ। प्रलय काल में मन्यपुरी और उसके समीपवर्ती क्षेत्र नष्ट हो गये। जलमग्न हो गये। तब वरुण ने इस क्षेत्र का जीर्णोद्धार किया।"

"अच्छा वरुण प्रभु।" अप्सरा रति तपाक से उच्च स्वर में बोली।

"आप को ज्ञात है। आप परिचित है।" दशग्रीव ने पूछा।

"हमारे अतिथि थे। महामहिम के भ्राता समान है।" अप्सरा रति ने स्पष्ट किया।

"उन्हीं वरुण ने यहाँ अमरानामक राष्ट्र निर्मित किया अमरावती

नायक पुरी सुषा के अवशेषों पर निर्मित की। कालान्तर में इसे इलावर्त भी कहा गया। इसके समीप क्षीर सागर है।"

"अति उत्तम अतिथि।" अप्सरा वाणी ने कहा।

"एक प्रदेश है उत्तर कुरू–यहाँ त्वष्टा नामक विश्वकर्मा का आधिपत्य था। सूर्य नामक राजा आदित्यपुर में शासन करता था। इसका अत्यन्त विशाल भूखण्ड पर शासन चलता था। इसकी तीन और राजधानी पुरी थीं। इनके नाम है–कश्यप नगर, इन्द्रवन, और भण्डार।"

"अत्यन्त रोमांचक वृतान्त।" अप्सरा कामिनी ने कहा।

"दैत्य हिरण्यकाशिपु ने अपनी एक नयी राजधानी नगरी बसाई। उसका नाम रखा–'हिरण्यपुर'। इन दैत्यों ने अपना आधिपत्य कश्यप समुद्र से लेकर हिरात, हरम, कुंज, खुरासन, गलदमन, शंकारा, इक, शाकटारिया, वशपुर, कश आदि तक कर लिया था। इसके अतिरिक्त नागों का विशाल भूखण्ड पर आधिपत्य था।"

"नाग अत्यन्त भयानक होता है। अप्सरा रति तपाक से बोली।"

"थलचर नाग नहीं मैं नाग नामक एक दैत्य वंश की कथा बता रहा था।" दशग्रीव ने स्पष्ट किया। इतना सुनकर सभी अप्सरायें जोर से हंसी और अप्सरा रति झेंप गयी।

"अतिथि रात्रि का प्रथम प्रहर समाप्त होने वाला है। विश्राम का समय हो गया है। अप्सरा कामिनी ने कहा।"

"एक अत्यन्त रोचक तथ्य ज्ञात कीजिए। आप सभी प्रति संध्या सूर्यास्त देखते हैं ?" दशानन ने प्रश्नवाचक वक्तव्य दिया।

सभी ने एक साथ कहा–"अवश्य।"

"हमारी इसी पृथ्वी पर एक स्थान ऐसा भी है जहाँ सूर्यास्त होता ही नहीं है।"

"क्या ?" अप्सरा रति तपाक से बोली।

"अद्‌भुद।" अप्सरा कामिनी बोली।

"ऐसा संभव है ?" अप्सरा वाणी ने आश्चर्य से पूछा।

"निश्चित ही ! अप्सराओं ! यह स्थान काकेशस पर्वत कहा जाता है। यह स्थल तपस्या हेतु सर्वश्रेष्ठ है। मैं यहाँ पंच दिवस रहा। अत्यन्त रमणीय स्थल है।"

"निश्चित ही अद्‌भुद अतिथि।" अप्सरा कामिनी बोली।

"अप्सरा रति आप कहाँ विचरण करने लगी।" दशग्रीव ने प्रश्न किया।

"रति को रति का व्यथा है।" अप्सरा सुगंधा मुस्कुराकर तपाक से बोली।

"वहाँ आप सदैव रति क्रीड़ा रत रह सकती है।" दशग्रीव ने हंसकर कहा। सभी अप्सराएँ भी हंसी और हस्तताल गूंज उठा।

"इसका अभिप्राय यह हुआ कि हमारी पृथ्वी अनेक आश्चर्यों से पूरिपूर्ण है। सभी ओर रोचक तथ्य है।" अप्सरा सुगंधा बोली।

"निश्चित ही अप्सरा सुगंधा।" दशग्रीव ने कहा।

"क्या हम कभी इस अनुपम अद्‌भुद पृथ्वी का भ्रमण कर पायेंगे ?" अप्सरा वाणी ने पूछा।

"अवश्य।" आप सभी महामहिम से निवेदन कीजिए। वे आप सभी के लिए इतना तो कर ही सकते हैं। आप सभी उनकी इतनी सेवा करती है उनसे निवेदन कीजिए। "दशानन ने सुझाव दिया।"

"यह प्रस्ताव श्रेष्ठ है।" अप्सरा वाणी ने सहर्ष कहा। सभी के मुख पर कांति छा गई है। रात्रि अधिक हो गयी थी। सभी की आंखों से नींदे जा चुकी थी। सभी को आनन्द आ रहा था। दशग्रीव अप्सरा रति के उभरे हुए उरोजों को देख रहा था। उसकी कामाग्नि जागृत हो रही थी। उसने अपने नेत्रों से सभी अप्सराओं की ओर देखा। पर अप्सरा रति के वृत्ताकार उभरे हुए उरोजों से कामपीड़ित की जो मादक दशग्रीव को मिल रही थी। वह अन्य अप्सराओं के उरोजों में नहीं थी। वह अपनी यौनक्रीड़ा की उत्तेजना को रोक नहीं पाया।

"आओ, पर्यंक पर चले सभी।"

"सभी ?" आश्चर्य से अप्सरा कामिनी बोली।

"हाँ, क्या कोई आपत्ति है ?" दशग्रीव ने तपाक से कहा।

"अतिथि ! यह तो नवीन प्रयोग हो जायेगा।" अप्सरा रति बोली।

"हम सत्य युग के साक्षी नहीं है। हम तो नवीनता के साक्षी है। सदैव नवीन करने का प्रयास करना हमारी नियति है तो यौन क्रीड़ाओं में नवीनता क्यों नही। कब तब पुरातन परम्पराओं का अनुसरण करते रहेंगे। एक नवीन प्रयोग, नवीन प्रयास करने में क्या आपत्ति है ?" दशग्रीव सहज भाव से बोला।

"आपत्ति नहीं है अतिथि मगर ....।" अप्सरा वाणी ने कहा।

"मगर क्या वाणी ?"

"संभव नहीं होगा।"

"क्या संभव नहीं होगा वाणी ?"

उसने संकोचवश कहा–"संतुष्ट करना।"

"अर्थात् हम पांच है। ऐसे में क्या आप हम पांचों को एक साथ संतुष्ट कर पायेंगे ?" अप्सरा वाणी ने पूछा।

"यही तो अनुपम प्रयोग होगा।"

"आपको रूष्ट भी नहीं देख सकते और आप असंभव को संभव नहीं कर सकते। आप हमारे अतिथि है। असफल होते भी आप को हम देख नहीं सकते।" अप्सरा रति ने अनुविनय करते हुए कहा।

"असफलता से आपका अभिप्राय क्या है रति ?"

कक्ष में शान्ति छा गई। पाचों अप्सरायें एक दूसरें को देखने लगी। किसी की समझ में नहीं आया कि वह दशग्रीव को कैसे समझायें की पाँचों के साथ रति क्रीड़ा संभव नहीं है। साहस करके अप्सरा कामिनी ने सहज भाव से कहा–"अतिथि ! यह नियम

विरुद्ध है।"

"कैसा नियम कामिनी अप्सरा।"

"आप ही ने ज्ञात करवाया था कि यौन क्रीड़ा नर-नारी का एकान्तवास है। यही नियम है न ?" अप्सरा कामिनी ने समझाया।

"ज्ञात है कामिनी !" दशग्रीव तपाक से बोला।

"आप अति वीर्यवान् है। शक्तिशाली है। ज्ञानवान है। उत्साही है। परिस्थिति अनुरूप कार्य करने में सक्ष्म है ....।"

अप्सरा अपना वक्तव्य पूर्ण कर पाती उससे पूर्व की दशग्रीव बोला-"सत्यकथन रति। आज की मादक परिस्थितियों के अनुरूप ही मैं तुम से नवीन प्रयोग हेतु आग्रह कर रहा हूँ। उन्मुक्त वातावरण है। सुगंधित कक्ष है। यौवनांगाएँ हमारे समक्ष उपस्थित है। स्वर्गीय भूमि है और क्या चाहिए यौन क्रीड़ा हेतु। आओ मिलकर यौन क्रीड़ा का नवीन स्कन्ध रचें। सम्पूर्ण विश्व हमारे नवीन स्कन्ध से सदैव हमें स्मरण करेगा। 'इसमें संकोच कैसा ?"

संकोच नहीं था। विरोध नहीं था। दुविधा नहीं थी। हृदय प्रफुल्लित था। उमंग थी। तरंग थी। मादकता थी। उत्तेजना थी। यौवन था। उनके समक्ष वीर्यवान भी था, पर थी तो केवल प्रतीक्षा।

दशग्रीव आलिंगन करें।

.......और इसी मौन में कब यौन क्रीड़ा प्रारम्भ हो गयी कोई भी समझ नहीं पाया। पांचों अप्सरायें दशग्रीव के संग यौन क्रियाओं में लिप्त हो गयीं।

आलस्य था।

मुखकांति नहीं थी ! नेत्र अपलक थे।

यौवन का उन्माद क्षीण था।

तीनों ने अपना-अपना मूल्यांकन किया। एक दूसरे-तीसरे को प्रश्नवाचक संकेतों से देखा।

नितान्त शान्त।

अल्पाहार में व्यस्त दशग्रीव।

"दशानन"–ब्रह्मा बोले ! दशग्रीव चौंका उसने चौंककर केवल इतना कहा–"हूँ"–और अल्पाहार में व्यस्त हो गया।

वैद्य चरक उपस्थित हुए। उन्होंने दशग्रीव की नाड़ी परीक्षण के उपरान्त आश्चर्य से उसकी ओर देखा। भावशून्य दशग्रीव।

चिन्तित ब्रह्मा।

अधीर विष्णु और विस्मृत महेश।

शान्त वातावरण।

वैद्य चरक उठे और कक्ष से चले गये। ब्रह्मा और विष्णु वैद्य चरक के इस व्यवहार से आश्चर्य चकित।

महेश स्तब्ध।

तीनों ने एक दूसरे को देखा।

दशग्रीव शान्त भाव से नेत्र बन्द करके पर्यंक पर अधलेटे था।

ब्रह्मा ने महेश को संकेत किया। महेश कक्ष से बाहर गये। तब तक वैद्य अदृश्य हो गये थे। महेश ने चारों ओर खोजा। अन्तः में स्वर्गवास से बाहर आये तो देखा वैद्य का एक सहायक रथ पर आरूढ़ होकर तीव्रगति से रूग्णालय की ओर जा रहा था। स्वयं वैद्य अपने सहायक के साथ स्वर्गवास के विशेष औषधि उद्यान की ओर जा रहे हैं।

महेश ने उन्हें रोकने के लिए अपना हाथ उठाया मगर फिर कुछ सोचकर हाथ नीचे कर लिया। कुछ पल चिन्तन मनन करने के बाद महेश भी विशेष औषधि उद्यान की ओर बढ़ गया।

उद्यान के द्वार पर महेश को उद्यानपाल ने रोक लिया।

"परमपूज्य ! प्रवेश प्रतिबंधित है।"

"क्यों ?"

"वैद्य विशेष का आदेश है।"

"कारण ?"

"अज्ञात है परमपूज्य।"

"दण्ड के भागी बनोगो।" महेश ने गुस्से में कहा।

"स्वीकार्य है परमपूज्य।"

"द्वारा खोलों।"

"क्षमा प्रार्थी हूँ। मेरा निवेदन है परमपूज्य।"

"अपनी मर्यादा में रहो उद्यानपाल।" महेश ने कड़क कर कहा।

"मर्यादित ही हूँ परमपूज्य।"

"अवहेलना कर रहे हो।"

"नहीं परमपूज्य।"

"आदेश की अवहेलना नहीं तो क्या है ?"

"इस समय आदेश नहीं जीवन मृत्यु प्रमुख है।"

"जीवन मृत्यु अर्थात्।" महेश ने आश्चर्य से पूछा।

"अतिथि जीवन मृत्यु के मध्य हैं।"

"अपने कथन का तात्पर्य ज्ञात है न।"

"जी ! जैसा वैद्य विशेष ने आदेश दिया आपको ज्ञात करवाया।"

"ऐसा कैसे हो सकता है ?"

"अज्ञात है परमपूज्य ! वैद्य विशेष ही ज्ञात करवा सकते हैं।"

उद्यानपाल और महेश वार्तालाप कर ही रहे थे कि वैद्य विशेष अपने शिष्य के साथ कुछ जड़े, शाखाएँ, छाल, मूल, पुष्प नवांकुर और पर्ण लेकर आये। उद्यान पाल ने द्वार खोला। महेश एक ओर हो गये।

"पद की गरिमा अहम् होती है परमपूज्य।"

"ज्ञात है वैद्य विशेष।"

"उद्यान पाल ने अपनी गरिमा पूर्ण तत्परता से निभाई है।"

"पर प्रवेश पर अनावश्यक प्रतिबंध ?"

"मेरे आदेश पर।"

"क्यों वैद्य विशेष।"

"विशेष प्रायोजनार्थ।"

"अर्थात्।"

"छायायुक्त वातावरण अपरिहार्य।"

"अर्थात्।"

"एकत्रित सामग्री विशेष की औषधियगुणात्मक विशेषता के कारण।"

"स्पष्ट कीजिए।"

"आवश्यकता नहीं।"

"क्यों ?"

"जीवन महत्वपूर्ण है प्रश्नवार्ता नहीं।"

"अतिसघनरूग्णता का कारण।"

"धैर्य रखिये।"

"मैं अधीर हूँ। वैद्य विशेष मेरा ज्ञात करना आवश्यक है। अतिथि है वह स्वर्गपुरी में।"

"तत्काल मेरा रूग्ण है। उपचार मेरी प्राथमिकता है।"

तभी रूग्णालय से औषधि लेकर वैद्य विशेष का सहायक आ गया। अपने दोनों सहायकों को आवश्यक आदेश देकर वैद्य विशेष स्वर्गवास में चले गये।

महेश हतप्रभ।

अतिथि रूग्णावस्था में कैसे आ गया। विगत दिवस तो वह पूर्ण स्वस्थ था। रात्रिकाल में क्या हुआ जो अचानक जीवन-मृत्यु का प्रश्न सामने आ गया। यदि अतिथि दिवंगत हो गया तो स्वर्गपुरी पर से विश्वास उठ जायेगा सभी का। दुर्भावना जागृत हो जायेगी। समुदायों में। अभी तक किसी भी अतिथि के साथ ऐसा नहीं हुआ।

स्वर्गवास की सभी अप्सराएँ अतिथि की स्थिति से अनभिज्ञ नहीं थी।

"आशंका निर्मूल नहीं थी।" अप्सरा वाणी बोले।

"अति उत्साह का परिणाम है यह।" अप्सरा रति ने कहा।

"हम सभी तो मर्यादित थे।" अप्सरा कामिनी बोली।

अप्सरा सुगंधा कक्ष में आई। उसने बताया वैद्य औषधि ले आये है। चूर्ण और गंध युक्ति तैयार कर रहे हैं।

"रूग्णता का कारण? अप्सरा वाणी ने सुगंधा से जानना चाहा।"

"अज्ञात है अप्सरा वाणी।"

"वैद्य विशेष ने ज्ञात नहीं करवाय ?" अप्सरा रति ने पूछा।

"नहीं अप्सरा रति।"

"तुम लोग व्यथित न हो। कारण रात्रि क्रीड़ा नहीं है। अन्य कारण है।" अप्सरा वाणी ने गहरी सांस लेकर कहा।

"अतिथि कक्ष में चले।" अप्सरा रति ने प्रस्ताव रखा।

"प्रवेश प्रतिबंधित है।" अप्सरा सुगंधा ने बताया।

"प्रतीक्षा करो।" अप्सरा वाणी बोली।

"कब तक महेश ?" ब्रह्मा चिन्तित होकर बोले।

"अज्ञात महामहिम।"

"हमें अतिथि कक्ष से बाहर क्यों कर दिया गया ?" विष्णु ने पूछा।

"अज्ञात श्रद्धेय।" महेश ने गहरी सांस लेकर कहा।

"वैद्य विशेष का मौन चिन्ता का विषय है विष्णु।" ब्रह्मा बोले।

"हमारी भी तो चिन्ता यही है। वैद्य विशेष का मौन क्यों है ?" महेश बोले।

दो प्रहर के उपरान्त वैद्य विशेष अतिथि के कक्ष से बाहर आये। तीनों ने वैद्य को घेर लिया।

"वैद्य विशेष अतिथि.....?"

ब्रह्मा के कथन का पूर्ण होने पूर्व की कहा–"चिन्ता की बात नहीं है महामहिम।"

"रूग्णावस्था का कारण।" विष्णु ने जानना चाहा।

"प्रतीक्षा कीजिये।" वैद्य विशेष ने कहा।

"हमारी परीक्षा मत लीजिये वैद्य विशेष।" महेश ने गुस्से में कहा।

"शान्त रहो महेश। यह समय ऐसे कथनवाचन का नहीं है।" ब्रह्मा ने समझाते हुए कहा।

"आप समझ नहीं रहे है महामहिम। स्वर्गपुरी के मान सम्मान का प्रश्न है। विश्वव्यापी समुदाय प्रश्न करेगा। क्या उत्तर देंगे? आपने विचार किया? प्रतिष्ठा पर प्रश्नचिन्ह् लग जायेगा महामहिम।"

"परमपूज्य मेरे रहते आप निश्चित रहिये। वैसे भी अतिथि स्वयं इस रूग्णावस्था के विषय में कभी भी वाचन नहीं करेगा।" वैद्य विशेष ने शान्त सहजभाव से कहा।

"फिर आप हमें विस्तार से बतायें।" महेश बोला।

"अभी प्रतीक्षा करनी होगी। इससे अधिक अभी मैं मौन ही रहूँगा।" वैद्य ने कहा और अपने सहायकों के साथ वहाँ से चले गये। कुछ पग चलने के उपरान्त वैद्य विशेष मुड़े और बोले–"अतिथि अर्धमुद्रा में है। उन्हें विश्राम की अत्यन्त आवश्यकता है। संध्याकाल मेरे आगमन तक प्रतीक्षा कीजियेगा।" इतना कहकर वह चले गये।

तीनों स्तब्ध।

"हमें अतिथि को शीघ्र यहाँ से प्रस्थान करवा देना चाहिये।" महेश ने शान्ति भंग करते हुए कहा।

"कतिपय नहीं।" ब्रह्मा ने शान्त भाव से कहा।

"क्यों महामहिम ?" विष्णु ने पूछा।

"पूर्ण स्वस्थ्य होने तक दशानन प्रस्थान नहीं करेगा।" ब्रह्मा ने कहा।

“सत्यकथन महामहिम।” विष्णु बोले।

“पर क्यों ?” महेश ने प्रश्न किया।

“महेश बालक की भाँति व्यथित मत हो। अतिथि हमारा उत्तरदायित्व है। यदि रूग्णावस्था में हमने प्रस्थान करने दिया तो प्रतिष्ठा धूमिल हो जायेगी। तुम उसके स्वभाव से पूर्णतः परिचित हो।” ब्रह्मा ने शान्त भाव से कहा।

“क्षमाप्रार्थी हूँ महामहिम।” महेश धीमें से बोले।

“यह काल शान्तिपूर्वक विचार करने का है। फिर वैद्य विशेष के संध्याकाल आगमन तक प्रतीक्षा करनी होगी। उनसे वास्तविकता ज्ञात करने के उपरान्त ही हम अन्तिम निर्णय ले पायेंगे महेश।” ब्रह्मा ने स्पष्ट किया।

“महामहिम गंध विशेषज्ञ उपस्थित है।” द्वारपाल ने आकर बताया।

“उपस्थित करो।” ब्रह्मा बोले।

“गंध विशेष ज्ञाता क्यों महामहिम ?” महेश ने जानना चाहा।

“आज इतने व्यथित क्यों हो महेश ?” ब्रह्मा ने पूछा।

“पता नहीं महामहिम।” महेश ने संक्षिप्त उत्तर दिया।

“अतिथि कक्ष पुष्प सज्जा से सुशोभित है। संभवतः पुष्प सुगंध रूग्णता का कारण हो ?” ब्रह्मा ने स्पष्ट किया।

“चरणवंदना महामहिम, श्रद्धेय, परमपूज्य।” आगंतुक ने चरण वंदना की ओर खड़ा हो गया।

“क्या ज्ञात हुआ ?”

“सब सामान्य है।”

“श्रेष्ठ।”

“पुष्प और सुगन्ध श्रेष्ठ है।”

“अति उत्तम।”

“पुष्प गुच्छ और पुष्प शृंखला अखण्डित है।”

"सर्वोत्तम।"

"पुष्प कीट विमुक्त है।"

"कर्ण प्रिय।"

"रूग्णावस्था का कारण नहीं है।"

"आप प्रस्थान कीजिए।"

आगंतुक ने प्रस्थान किया। द्वारपाल ने अन्य के आगमन की सूचना दी। आगंतुक कक्ष में आया।

"महामहिम दुग्धकर्ण विष मुक्त है।"

"अति उत्तम।"

एक के बाद एक विषय विशेषज्ञ आये।

"भोज्य पदार्थ त्रुटिहीन थे महामहिम।"

"सर्वोत्तम।"

"स्नानागार में सोम के अंश नहीं है।"

"अति श्रेष्ठ।"

"ज्योतिपुंज में मूर्छांश नहीं है।"

"श्रेष्ठ।"

"ग्रहन क्षत्र श्रेष्ठ है महामहिम।"

"अति उत्तम।"

"कक्ष में अतिरिक्त मृदांश नहीं है।"

"अति उत्तम।"

"गवाक्षवस्त्र सुव्यवस्थित है और गवाक्ष भी।"

"श्रेष्ठ।"

"अवांच्छित प्रवेश भी नहीं हुआ रात्रि में।"

"सर्वोत्तम।"

"मृणपात्रों पर अतिरिक्त आधार चिन्ह् नहीं है।"

"श्रेष्ठ।"

विष्णु और महेश आगंतुकों और ब्रह्मा के वार्तालाप सुनकर

आश्चर्यचकित थे। उनकी समझ में नहीं आ रहा था कि यह सब क्या हो रहा है। दोनों ने एक दूसरे की ओर देखा मानों पूछ रहे हो–'क्या हो रहा है।' तभी एक और आगंतुक आया–

"महामहिम क्षमाप्रार्थी हूँ।"

"अभय।"

"अतिथि के रात्रिकालीन वस्त्रों पर केश पाये गये हैं।"

"केश ?"

"जी महामहिम।"

"तात्पर्य ?"

"अज्ञात।"

"अतिथि के भी दीर्घ केश पुंज है।"

"क्षमाप्रार्थी महामहिम। अतिथि के केश से भिन्न है। और.... ....।"

"वाक्यपूर्ण करों।"

"नारी केश है।"

"अप्सरा के होंगे।"

"अप्सराओं के।"

"तात्पर्य ?"

"अनेक अप्सराओं के।"

"निश्चित कथन ?"

"प्राप्त केशांशों की प्रकृति भिन्न है।"

"इसका अभिप्राय ?"

"परिस्थितिवश।"

"स्पष्ट कीजिए ?"

"आलिंगन।"

"केवल आलिंगन ?"

"संभवतः महामहिम।"

"प्रस्थान।"

आगंतुक चला गया। ब्रह्मा ने विष्णु और महेश की ओर देखा। उन दोनों के मुख भावशून्य थे। नेत्र संकेतों से दोनों ने ब्रह्मा से जानना चाहा। यह क्या हुआ। दोनों मौन।

"इस मौन का कारण ?" ब्रह्मा ने विष्णु और महेश की ओर देखकर पूछा।

अपने आसन से उठते हुए विष्णु बोले–"महामहिम ! अनैतिक और अनुचित व्यवहार।"

ब्रह्मा ने महेश की ओर देखा।

"मैं श्रद्धेय से सहमत हूँ। ....पर, बिना मूल्यांकन के नहीं। इसके कारण अवश्य ज्ञात करने होंगे। अप्सराओं से ऐसा व्यवहार अपेक्षित नहीं है– महामहिम। वह सब मर्यादित है। वचनबद्ध है।"

"क्या ऐसा करना उचित है ?" ब्रह्मा ने तपाक से पूछा।

"अनुचित क्या इसमें।" महेश ने पूछा।

"संदेह वह भी भी अपनों पर ?" ब्रह्मा ने कहा।

"प्रश्न अपने या परायें का नहीं है। महामहिम प्रश्न व्यवस्थाओं का है। मर्यादाओं का है। प्रतिष्ठा का है और विधि विधान का भी है।" महेश उच्च स्वर में बोला।

"कौन–सा विधि विधान महेश ?" विष्णु ने तपाक से पूछा।

"क्या तात्पर्य है। श्रद्धेय आपका ?" महेश ने बोला।

"आवेश में वार्तालाप उचित नहीं है महेश।" ब्रह्मा ने सहज भाव से कहा।

"क्षमाप्रार्थी श्रद्धेय।" महेश ने अपने मस्तक से स्वेद पौंछा और तेज कदमों से जाने लगा।

"उपासन महेश।" ब्रह्मा बोले।

महेश ठहर गया। मुड़ा। ब्रह्मा की ओर देखा और बोला–

"महामहिम ! मैं आप दोनों का हार्दिक सम्मान करता हूँ। मेरा तात्पर्य श्रद्धेय को मानसिक कष्ट देना नहीं था।" महेश ने हाथ जोड़े और अपने नेत्रों में अभर आये अश्रु कणों को पौंछा।

"महेश समय की आवश्यकता है हम शुद्ध हृदय से विचार विमर्श करें। उन विषयों, उपविषयों और सूक्ष्मतम् तथ्यों पर विचार करें कि अन्ततः ऐसी अनियन्त्रि स्थिति उत्पन्न हुई तो क्यों? उसके पार्श्व कारणों पर चिन्तन करे। ऐसा भविष्य में पुनः न हो उसके लिए विधि सम्मत व्यवस्था करें।"

"महामहिम का कथन विचारणीय है महेश।"

"उचित कथन श्रद्धेय ! मैं स्वगत अधिकांश हो गया था।"

"महामहिम ! महेश का कथन भी उचित प्रतीत होता कि हमें अप्सराओं से भी वार्तालाप करना चाहिए।"

"निःसन्देह विष्णु। संध्याकाल उपरान्त अवश्य करेंगे।"

द्वारा पार्श्व से अप्सरा सुगंधा ने सारा वार्तालाप सुना ! उसने अपनी अन्य सखाओं से सम्पूर्ण वृतान्त सुनाया।

"यह तो अक्ष्मय अपराध हो गया।" अप्सरा वाणी ने कहा।

"क्या हम दण्ड के प्रतिभागी होंगे।" अप्सरा रति ने पूछा।

"संभव है।" अप्सरा वाणी ने संक्षिप्त उत्तर दिया। कक्ष में अभूतपूर्व शान्ति छा गई। सभी के मुख मलिन हो गये। किसी की समझ में नहीं आ रहा था कि क्या किया जाये? निदान किसी के पास नहीं था। समस्या विकराल हो गयी थी।

"मेरे मस्तिष्क में एक निदान आया है।" अप्सरा सुगंधा बोली। सभी ने चौंक कर उसकी ओर देखा। उसने अपने नेत्र वृत्ताकार घुमाकर कहा–"संभवतः हमारी योजना कारगर सिद्ध हो जाये।"

"ज्ञात करवाओ सुगंधा।" अप्सरा वाणी बोली।

"अप्सरा वाणी महामहिम प्रिय है। हम सभी में ज्येष्ठ भी है

आप हमारी प्रतिनिधि बने। हम सभी महामहिम के समक्ष प्रस्तुत हो और अप्सरा वाणी शीघ्र वृतान्त का सत्यकथन कहें।"

"सुगन्धा तुमने अभी ज्ञात करवाया कि महामहिम ने हमारे साथ वार्ता का समय संध्याकाल निश्चित किया है।"

"निश्चित ही ! महामहिम ने ऐसा ही श्रद्धेय और परमपूज्य से कहा है।"

"वह हमसे तत्काल भेंट नहीं करेंगे।" अप्सरा वाणी ने स्पष्ट किया।

"प्रयास तो किया जा सकता है।" अप्सरा सुगंधा तपाक से बोली।

"प्रस्ताव श्रेष्ठ है अप्सरा वाणी।" अप्सरा रति बोली।

"स्वीकारोक्ति दीजिए।" अप्सरा कामिनी ने कहा।

"हम पूर्व संध्याकाल भेंट करके सत्यभाषण करेंगे तो हमारा पक्ष प्रबल होगा।" अप्सरा रति ने सुझाव दिया।

"उचित है ! प्रस्थान करते हैं।"

स्वर्गवास में अप्सराओं का आवागमन निर्बाध था। सदैव।

अचानक सभी अप्सराओं को मंत्रणा कक्ष पाकर तीनों चौंक गये। सभी अप्सरा पंक्तिबद्ध खड़ी हो गयी। ग्रीवा नीचे थी। दोनों हाथ आगे बंधे हुए थे। अप्सरा वाणी एक पग आगे बढ़ी। प्रणाम किया। विनम्र निवेदन किया– "महामहिम ! आपसे विनम्र निवेदन है आज्ञा दीजिए।"

"कहो वाणी।" ब्रह्मा बोले।

"क्षमाप्रार्थी है हम सभी।"

"अभय हो।"

"रात्रि प्रकरण के प्रसंग में वार्ता है महामहिम।"

"नि:संकोच कहो।"

"अभिनव प्रयोग एवं नवीन सिद्धांत प्रतिपादित करने का प्रयास

था।"

"अभिनव प्रयोग ?" अर्थात्।

"अप्राकृतिक यौन क्रीड़ा ?" महेश तपाक से बोला।

"कदापि नहीं परमपूज्य।"

"सविस्तार प्रकरण कहो।" ब्रह्मा बोले।

अप्सरा वाणी ने निःसंकोच, शब्द सम्पूर्ण विवरण बताया। सभी अप्सरायें सावधान खड़ी थी। मूर्ति स्वरूप। शान्त। मौन। सम्पूर्ण विवरण सुनने के उपरान्त ब्रह्मा, विष्णु, महेश शान्त थे। स्तब्ध।

"सुना महेश ! यह है सत्यवाचन का साहस।" ब्रह्मा बोले।

"समाधान ज्ञात हुआ न महामहिम।" महेश ने कहा।

"निश्चित ही महेश।" विष्णु बोले।

"परिणाम क्या रहा वाणी।" ब्रह्मा ने पूछा।

"मेरा निवेदन है कि सभी से पूछा जाये।"

"श्रेष्ठ ! सर्वप्रथम सुगंधा तुम बताओं।"

"महामहिम ! ....।" संकोचवश कह नहीं पाई।

"अभय हो ! निसंकोच कहो। तुम हम तीनों के साथ समागम कर चुकी हो। संकोच कैसा ?" ब्रह्मा ने उत्साहवर्धन करते हुए कहा।

"यौन क्रीड़ा पूर्व गतिविधियाँ उत्साहवर्धक थी।"

"उपरान्त नहीं।"

"जी।"

"श्रेष्ठ ! कामिनी अपना अनुभव ज्ञात करवाओ।"

"सामूहिक क्रीड़ा आनन्ददायी नहीं थी।"

"श्रेष्ठ !" अप्सरा संध्या।

"उत्साहवर्धक था पर सुखद नहीं।"

"अति उत्तम ! अप्सरा रति तुम तो पारंगत मानी जाती हो। निश्चित ही तुम्हारा अनुभव भिन्न होगा। ज्ञात करवाओ।"

"महामहिम ! पूर्व निर्धारित विधि विधान ही स्वीकार्य है। स्वगत अनुभव है–प्रथम रत में नर का वेग प्रचण्ड होता है किन्तु वह शीघ्र की–स्खलित हो जाता है। इसके बाद जब द्वितीय बार रत होता है तो उसका वेग मंद हो जाता है। वह दीर्घकाल तक ठहरता है। तब स्खलित होता है।"

"अति उत्तम रति ! ....और नारी ?" ब्रह्मा ने पूछा।

"नारी नर के विपरीत होती है। प्रथम रति में उसका वेग मंद होता है और दीर्घकाल तक ठहरती है। दूसरी बार नारी का कामवेग तीव्र हो जाता है। और वह शीघ्र की स्खलित होती है।"

"अति उत्तम रति।"

"किन्तु महामहिम ! सामूहिक रति में यौन सुख क्षीण हो जाता है। नारियाँ मर्दन से शीघ्र उत्तेजित हो जाती है और उसकी कामवासना, सुख, आनन्द, लालसा, ललक, लक्ष्यहीन प्रतीत होने लगती है। एक नर और नारियाँ, यौन क्रीड़ा के लिए उपयुक्त नहीं है। वीर्य स्खलन कभी भी कहीं भी होने की संभावना रहती है। यह सुखद अनुभूति नहीं है महामहिम।"

"अति उत्तम।"

"विनम्र निवेदन है महामहिम विगत शीघ्र प्रकरण प्रयोग स्वीकार न किया जाये।"

"तथास्तु ! वाणी अपनी प्रक्रिया ज्ञात करवायें।"

"महामहिम ! प्रसंगवश विगत रात्रि अतिथि प्रस्ताव हम सभी के लिए नवीन संदर्भ था। उसने निवेदन किया था और हम सभी ने शंकित भाव से स्वीकार किया था। उत्साह और अतिथि के बारम्बार आग्रह ने हम सभी के हृदय में उत्सुकताभाव का संचार किया। उस काल ऐसा प्रतीत हो रहा था कि अतिथि कामपीड़ा से ग्रसित नहीं बल्कि कामव्यसन से अधिक पीड़ित है। किसी नर के लिए यह अवस्था श्रेयस्कर नहीं है। ......यह परम्परा विधि विधान का स्वरूप

धारण न करें यही विनती है। प्रत्येक नर की शारीरिक क्षमता समान नहीं होती। यह धारणा समुदाय के लिए स्वस्थ यौन समागम के लिए श्रेष्ठ नहीं है। अति काम क्रीड़ा मृत्यु का कारण भी बन सकती है। अपमान का कारण बन सकती है। प्रतिष्ठा नष्ट हो सकती है। कुनबा–कबीला अपना अस्तित्व खो सकते हैं। व्याभिचार बढ़ जायेगा। अराजकता सर्वत्र व्याप्त हो जायेगी। इति।"

"अति उत्तम ! श्रेष्ठ। परिवक्व्य कथन वाणी !.........दशानन का अन्मि विचार ?"

"अज्ञात है महामहिम ! दो प्रहर की काम लिप्सा उपरान्त अतिथि अर्धमूर्च्छावस्था की स्थिति में प्रतीत हो रहे थे पर विश्राम हेतु तैयार नहीं थे। हम सभी तृप्त हो चुके थे। मधुपान के उपरान्त अतिथि पर्यंक पर विश्राम हेतु उपस्थित हुए और हम अपने–अपने कक्ष में।. ....संभवत: रति पूर्ण रात्रि अतिथि के पास ही थी।"

"रति अतिथि की प्रक्रिया ज्ञात हुई तुम्हें।"

"नहीं महामहिम ! सभी अप्सराओं के जाने के उपरान्त मैं और अतिथि निन्द्रा विलिन हो गये थे। सूर्योदय पूर्व में अतिथि कक्ष त्याग कर अपने स्नानागार में प्रस्तुत हो गयी थी। कक्ष त्याग के समय अतिथि गहरी निंदा में थे।"

"आप सभी अपने कक्ष में प्रस्थान करें। आवश्यकता हुई तो आमंत्रण भेजेंगे।" ब्रह्मा बोले।

"महामहिम ! अतिथि की रूग्णावस्था ?" अप्सरा रति ने साहस करके पूछा।

"स्वास्थ लाभ है।" ब्रह्मा ने संक्षिप्त उत्तर दिया।

सभी अप्सरायें अपने–अपने कक्ष में चली गई।

"स्वर्गीय मृदा का प्रभाव देखा आपने ?" विष्णु ने प्रश्न किया।

"प्रत्येक मानव यहाँ प्रयोग धर्मी बन जाता है।" महेश ने उत्तर दिया।

"प्रयोगधर्मी बनना आश्चर्यजनक कृत्य नहीं है। सर्वप्रथम विषय के न्यूनतम सापेक्ष को ज्ञात करना अत्यन्त आवश्यक है। यह तथ्य ज्ञात होना भी आवश्यक है। अब बिना विचारे जो करे वह भविष्य काल पश्चाताप पाये।"

"प्रणाम महामहिम ! किस को पश्चाताप होगा ?" वैद्य विशेष ने मंत्रणा कक्ष में प्रवेश करते हुए कहा।

"स्वागतम् वैद्य विशेष।" ब्रह्मा बोले।

"पश्चाताप् उसी का होगा जो पूर्व विचार करके अपने अभियोजन को क्रियान्वित करेगा।" विष्णु ने स्पष्ट किया।

"सत्यकथन श्रद्धेय।"

"वैद्य विशेष अतिथि का स्वास्थ्य कैसा है। आपने निरीक्षण किया।" ब्रह्मा ने पूछा।

"आइये अतिथि कक्ष में चलें।" वैद्य विशेष बोले।

सभी अतिथि कक्ष की ओर प्रस्थान कर गये।

अतिथि कक्ष में वैद्य विशेष के दो सहायक पहले से ही उपस्थित थे। दशग्रीव पर्यंक पर बैठा था। सभी के आगमन पर उसने प्रणाम किया।

"अब स्वास्थय कैसा है दशानन?" ब्रह्मा ने कक्ष में प्रवेश करते ही पूछा।

"पहले से अच्छा हूँ महामहिम।"

चारों पर्यंक के सामने रखे आसनों पर बैठे।

अपने सहायक की ओर देखकर वैद्य ने कहा—"अन्तिम चूर्ण दिया।"

"जी अभी कुछ पल पूर्व।"

"श्रेष्ठ।"

"वैद्य विशेष अब हम रूग्णावस्था का कारण ज्ञात कर सकते हैं क्या ?" विष्णु ने सादर पूछा।

दशग्रीव की ओर देखकर वैद्य विशेष बोले–"अतिथि सभी आपके रूग्ण होने का कारण ज्ञात करना चाहते हैं? क्या आप उचित समझते हैं ?"

दशग्रीव मौन था।

स्तब्ध।

अपेक्षित नहीं था वह प्रशन। उसने सोचा–ज्ञात करवाता हूँ तो भी हानिकारक है और नहीं करवाता हूँ तो भी। गुप्त रखना संभव नहीं है। असमंजस था।

"आप शान्त क्यों है अतिथि ?" वैद्य ने पूछा।

दशग्रीव ने अपनी ग्रीव ऊपर करके ब्रह्मा की ओर देखा और बोला– "महामहिम ! एक धूर्तापूर्ण प्रयोग करने का प्रयास किया था विगत रात्रि।"

"कैसा प्रयास दशानन ?" महेश ने तपाक से पूछा।

"पश्चाताप से ग्रसित हूँ परमपूज्य।"

"पश्चाताप करने वाले श्रेष्ठ होते हैं दशानन।" विष्णु ने कहा।

"नि:संकोच वाचन करो दशानन। हम सभी तुम्हारे हितैषी है। मित्रवत् है।" ब्रह्मा ने हौसला बढ़ाते हुए कहा।

"परमकृपा महामहिम। स्वर्गपुरी में किसी का भी अहित कभी नहीं हो सकता। जहाँ ज्ञानपुंज कण-कण में समाहित हो वहाँ श्रेष्ठ जन ही निवास करते हैं।"

"तुम धैर्यवान हो। ज्ञानवान हो। अपना तथ्य पूर्ण रूपेण प्रस्तुत करने में सक्षम हो। फिर इतनी विस्तृत भूमिका की आवश्यकता नहीं है।" ब्रह्मा ने समझाया।

"महामहिम ! यौवन के उन्माद में पथ से विमुख हो गया था। सोचा था एक नवीन प्रयोग सार्थक परिणाम प्राप्त करेगा पर विफलता प्राप्त हुई। यह मेरी प्रथम विफलता है महामहिम।"

"अक्षम्य भी है। उत्साह में किया गया कार्य पूर्व साधना के कभी भी सफल नहीं होता। यह इस प्रयास से सीखा। यदि गत रात्रि प्रकरण पूर्व उसके परिणाम पर चिन्तन किया होता तो संभवतः मैं वह प्रयास करता ही नहीं।"

"तो परिणाम क्या है तुम्हारे प्रयास का ?" ब्रह्मा ने जानना चाहा।

"निश्चित परिणाम यही है कि यौन क्रीड़ा एकान्तवास में केवल एक नर-नारी हेतु ही प्रासंगिक है। किसी नर के लिए सामूहिक सहवास न तो संभव है और न उचित। इसके दुष्परिणाम ही होंगे। सुखदी स्थिति कभी-भी नहीं हो सकती। ऐसा प्रयास करना भी नहीं चाहिए।"

महेश स्वर्गपुरी के मार्गों पर अकेले निकल पड़ा था।

सूर्य आकाश में मध्यस्थ था।

सूर्य प्रकाश का ताप मध्यमगति बढ़ रहा था।

प्रत्येक स्वर्गवासी आश्चर्य चकित था।

सदैव रथारूढ़ रहने वाला उनका परमपूज्य आज पगवाही कैसे हो गया। सभी प्रणाम करते।

महेश एकाग्र अग्रसर हो रहा था।

मनन-चिन्तन।

मार्ग के समीप वह पुष्पवाटिका में प्रवेश कर गया। वहाँ नाना प्रकार के पुष्प सम्पूर्ण वातावरण को मनमोहक बना रहे थे।

नितान्त एकान्त वाटिका।

वाटिका में चहलकदमी करते हुए वह एक स्थान पर ठहर गया। प्रकृति का अनुपम आहार उसके समक्ष था।

शूल युक्त सुगन्धि पुष्प खिले हुए थे। अनेक कलियाँ अपने यौवन को प्राप्त करने को आतुर थी। मंद-मंद प्यार में पुष्प लहरा रहे थे।

तो क्या भविष्य भी इस शूल युक्त पुष्प की भाँति होगा। बाधाएँ होंगी। उन्हें पार करना होगा। विपत्तियों को झेलना होगा। मगर विश्वास कैसे दृढ़ होगा ? गुप्त योजनाएँ कैसे सिद्ध होंगी। क्या स्वप्ना को अकेले भेजना उचित होगा? इस तथ्य को नकारा जा सकता ह? क्या यह उचित अवसर है? क्या प्रयास सार्थक होगा? क्या करूँ क्या न करूँ यह महेश की समझ में नहीं आ रहा था।

"चरण वंदना परमपूज्य।"

महेश अपने विचार समर में मग्न था।

"चरण वंदना परमपूज्य।"

महेश तत्काल से अनभिज्ञ था।

"चरण वंदना परमपूज्य।"

उच्चतीव्र घोष वाक्य सुन महेश चौंक। उसने पार्श्व में देखा।

मौन ! शान्त।

स्वप्ना करबद्ध प्रणाम मुद्रा में खड़ी थी।

"आप व्यथित क्यों है परमपूज्य।"

"भविष्य अंधकारमय प्रतीत हो रहा है स्वप्ना।"

"अर्थात् परमपूज्य ?"

"स्वप्ना तुम्हारा स्वप्न विवरण अत्यन्त रोचक है। प्रमाणित है। पर .....।"

"पर क्या परमपूज्य ?"

"स्वप्न ! क्रियान्यन में अनेक बाधाएँ दृष्टिगोचर प्रतीत हो रही है।"

"कैसी बाधाएँ ?"

"गुप्त शंकाएँ स्वप्न।"

"गुप्त शंकाएँ? अर्थात् ?"

"स्वभावगत।"

"आपको मेरे स्वभाव से .....।"

"नहीं-नहीं।" महेश तपाक से बोले।

"आप निश्चिन्त रहें।"

"निश्चिन्तता ही तो चिन्ता का विषय है।"

"मैं आपका अभिप्राय नहीं समझी परमपूज्य।"

"स्वप्ना! परिवर्तन सदैव सुखद होगा इसकी कोई प्रत्याभूति नहीं है।"

"मैं आपको प्रत्याभूति देती हूँ परमपूज्य।"

"अति उत्तम।"

"परमपूज्य परिस्थित्तियाँ जब विपरीत होती है तो सदैव सम्बन्ध ही सहायता करते हैं।"

"श्रेष्ठ स्वप्ना। मगर सफलता के पथ सदैव समतल नहीं होते। शूलरूपी बाधाएँ भ्रमित करती है।"

"आत्मविश्वास भ्रमित होने नहीं देता।"

"अति उत्तम।"

"परमपूज्य ! पर्वतश्रृंखलाओं से उद्गामित होने वाली जलयुक्त नदियाँ किसी से यह ज्ञात नहीं करती कि उनका अन्तिम लक्ष्य समागम के लिये कितने योजन दूर है।"

"सत्यकथन स्वप्ना।"

"प्राकृतिक या मानव जनित बाधाओं से भयभीत होकर वह नदियाँ अपना प्रवाह नहीं रोकती। सदैव प्रवाहित रहना उनकी नियति है।"

"तो भविष्य सुरक्षित मान लिया जाये ?"

"कर्म तुला असत्य नहीं दर्शाती परमपूज्य।"

"निश्चित ही सम्बन्ध अनमोल होते हैं उन्हें तुला की आवश्यकता नहीं होती स्वप्ना।"

"आशाएँ सम्बन्धों को बल प्रदान करती है जो उसे अपनी निर्धारित लक्ष्य की प्राप्ति में सहायक होती है।"

"काल अदृश्य होता है मगर उसका दृश्य अवश्य परिलच्छित होता है।" महेश ने स्पष्ट किया।

"परमपूज्य ! जो पुष्प हमने अपने लिये नियुक्त किये है उसमें शूल रक्तरंजित भी हो तो भय कैसा।"

"निश्चित ही स्वप्ना ! जो आपकी पीड़ा देखकर प्रसन्नता का भाव रखते है उनसे घृणा मत करों क्योंकि वह जानते है कि आप उनसे श्रेष्ठ है।"

"सत्यकथन परमपूज्य ! आपने सदैव स्मरण करवाया है कि जिनमें अकेले पथवाहिन बनने की ललक होती है उनके पार्श्व में असंख्य सह पथ वाहिन स्वतः ही अनुचर हो जाते हैं।"

"जीवन में लक्ष्य तो प्राप्त हो ही जाते है मगर संभवतः वह प्राप्त नहीं होते जिन्हें हम हृदय में विशेष स्थान देते हैं।"

"आप भयमुक्त रहिये परमपूज्य। मेरी किसी से ईर्ष्या नहीं है। किसी से द्वेष नहीं है। मुझे अपना लक्ष्य ज्ञात है। जिसे प्राप्त करने में मैं सक्ष्म हूँ।"

"मैं जानता हूँ तुम सक्ष्म हो। यदि तुम अपना पार्श्वकाल देखोगी तो अनुभव मिलेगा। भविष्य में आशाएँ मिलेगी। बायें कर में सत्य है और दायें कर में परमसत्य है जब यह अनुभूति होने लगे तो आत्मविश्वास पूर्ण व्यवहार मिलेगा।" महेश ने समझाया।

"मैं अभिमान को अपने मस्तिष्क में कभी भी स्थान बनाने नहीं दूंगी और स्वाभिमान को सदैव जीवित रखूंगी। मुझे ज्ञात है परमपूज्य कि अभिमान काल बनकर ग्रसित कर लेगा और स्वाभिमान कभी भी काल को अकाल प्रस्तुत नहीं करेगा। अकाल और काल के मध्य ही उन्नति, प्रगति, लक्ष्य और परमसुख निवास करता है।"

"मैं तुम्हारे मनोभाव से संतुष्ट हूँ स्वप्ना ! एक तथ्य सदैव स्मरण रखना स्वप्ना-स्वप्न वह नहीं होते जो पर्यंक पर्यन्त निंद्र में आते हैं वरन् स्वप्न वह होते हैं तो पर्यंक तब जाने नहीं देते। वह भेद

स्वजनों में हैं स्वप्ना ! स्वजन वह होते हैं जो अन्तिम यात्रा में आते हैं वरन् स्वजन वह होते है जो आपको अपने अन्तिम लक्ष्य की प्राप्ति में सहायता करने आते हैं।"

"मुझे आपका स्नेह प्राप्त है। मैं अपने प्रयास में अवश्य सफल रहूंगी।"

"तथास्तु स्वप्ना ! सफल होने के लिए तुम्हें स्वतः ही पग आगे बढ़ाना है उसके उपरान्त तुम्हारी सफलता तुम्हारे पार्श्व में तुम्हारे असंख्य अनुचरों की पंक्तियाँ स्वतः ही बन जायेंगी।"

"लक्ष्य साधक इसकी चिन्ता नहीं करते परमपूज्य।"

"निश्चित, सत्य कथन स्वप्ना। विजयी भव। सुनिश्चित है प्रस्थान।"

स्वप्ना चरण वंदना करके चली गयी। महेश संतुष्ट हुए।

आज स्वर्गपुरी में चारों ओर हर्षोल्लास था।

मुख्य द्वार पुप्प सज्जित था।

मार्ग पूर्ण स्वच्छ थे।

सुदृढ़ सुरक्षा व्यवस्था थी।

मुख्यद्वार के समीप उच्चस्थ मंच सुशोभित था। रथ पंक्तिबद्ध मंच के समीप आ रहे थे। सुरक्षाकर्मी उन्हें सुव्यवस्थित पंक्तिबद्ध करने में सहायता कर रहे थे।

सभी रथों के अग्रभाग पर श्वेत धवल ध्वजा लगी थी। सारथि उत्साहित थे। नरियाँ, बालक, वृद्ध रथों में आरूढ़ थे। नारियों के नेत्र अश्रुपूर्ण थे तो वृद्धजन अपने नेत्रों में भविष्य का चित्र बना रहे थे। बालक पर्यटन की सुखद अनुभूति के लिए लालायित थे।

महर्षि आशान्वित थे।

ऋषियों में संकल्पित उल्लास था।

अनुचर अर्ध शंकाओं से ग्रस्त थे।

स्वर्गवासी द्रवित हृदय से मुख्यपथ पर अपनों के पलायन की प्रतीक्षा कर रहे थे। मिली जुली प्रतिक्रियाएं थी।

काल शक्ति के समक्ष सभी नतमस्तक थे।

शंख ध्वनि हुई।

विशेष सुसज्जित चार रथ मुख्य द्वार के मंच पर आकर रूके।

आकर्षक पोशाकों में ब्रह्मा, विष्णु, महेश और दशग्रीव अपने-अपने रथों से उतरकर मंचासीन हुए।

"सभी विशिष्ट जनों का स्वागत है।" उद्घोषक बोली।

हस्ताल हुआ। हर्ष ध्वनि से सम्पूर्ण वातावरण गूंज उठा।

"आज इस सूर्य को साक्षी मानकर एक ऐसी व्यवस्था का शुभारम्भ होने जा रहा है जिसको सदैव इस पृथ्वी पर स्मरण रखा जायेगा। इसके लिए अविलम्ब मैं महामहिम को सादर आमन्त्रित करती हूँ।" उद्घोषक अप्सरा वाणी ने अपने करबद्ध करके निवेदन किया।

हस्तताल और हर्षध्वनि हुई।

"आज सत्य युग समाप्त हुआ।"

हस्तताल हुआ और देर तक हर्ष ध्वनि स्वर्गपुरी के मुख्य द्वार पर गूंजती रही। वहाँ उपस्थित जनसमूह नृत्य करने लगा। पुष्प वर्षा होने लगी। शंख ध्वनि गूंजने लगी। हस्तताल रूकने का नाम नहीं ले रहा था। ब्रह्म कुछ और कहला चाह रहे थे। मगर हस्तताल और हर्षध्वनि के कारण वह बोल नहीं पा रहे थे।

मंचस्थ विष्णु, महेश और दशग्रीव मुस्कुरा रहे थे। नृत्य हो रहा था। सभी प्रफुल्लित थे। यदि उदास थे तो वे जो स्वर्ग में ही रहने के लिए विवश थे। विवशता उन्हें वहाँ रहने की नहीं थी। अपने साथियों के वहाँ से प्रस्थान के कारण वे उदास थे।

ब्रह्मा ने अपार जन समूह को शान्त रहने के लिए अपना हाथ

उठाया। मगर उमंग से भरा जन-समूह अपने हर्षोल्लास को प्रदर्शित करने में व्यस्त थे।

"महामहिम ! उल्लास अपने शीर्ष पर है।" विष्णु धीमें से बोले।

"आज इन्हें मत रोकिये।" महेश बोले।

"महामहिम ! आपकी अनुमति हो तो मैं आपकी सहायता करूँ ?" दशग्रीव ने धीमें से कहा। ब्रह्मा ने कुछ पल प्रतीक्षा की। उसके उपरान्त दशग्रीव को संकेत किया।

दशग्रीव अपना आसन छोड़कर खड़े हुआ।

अपार नृत्यरत जनसमूह धीमे-धीमे शान्त हुआ। एक दूसरे को संकेत करके सभी शान्त होने का आग्रह कर रहे थे।

दशग्रीव ने अपना हाथ हवा में लहराया।

हस्तताल हुआ। रथों के पार्श्व में नृत्य अभी भी चल रहा था।

"आभार।" दशग्रीव बोला।

पुनः हस्तताल हुआ।

"महामहिम ने अपना सम्पूर्ण जीवन पृथ्वी के भविष्य को सुंदर, सुखद और शान्तिपूर्ण बनाने में समर्पित कर दिया। अपने वर्तमान को भावी पीढ़ी के लिए त्याग दिया। युगों तक तपस्यारत रहकर आज वह जिस स्थान पर आ गये है वह केवल सत्ययुग का समापन नहीं वरन् आज से एक नवीन युग का सूत्रपात हो रहा है। जिसे मैं उद्घोष करूंगा त्रेतायुग।"

हस्तताल हुआ।

"त्रेतायुग।"

सम्पूर्ण स्वर्गपुरी में उद्घोष हुआ-दीर्घायु भवः

"त्रेतायुग"

"दीर्घायु भवः"

इसकी अनुगूंज सम्पूर्ण हिमवृत्त में हुई। पुनः हस्तताल, पुष्पवर्षा और शंख ध्वनि गूंज उठी।

हस्तताल करते हुए विष्णु उठे और दशग्रीव को अपने हृदय से लगा लिया।

ब्रह्मा जड़।

महेश विस्मृत।

हर्षोल्लासपूर्ण स्वर्गपुरी।

प्रसन्नचित् विष्णु।

"यह कैसी उद्घोषणा।" महेश ने धीमें से पूछा।

"परमपूज्य भविष्य यदि सत्ययुग के विषय अपनी विशेष पहचान बनायेगा तो केवल आप तीनों महामानवों के प्रयासों के कारण। यदि आज एक युग समाप्त हो रहा है तो निश्चित ही आज नवीन युग का भी सूत्रपात होना चाहिए।"

"श्रेष्ठ कथन!" विष्णु ने दशग्रीव की पीठ थपथपाकर कहा।

दशग्रीव अपने हाथ जोड़कर ब्रह्मा के समीप आया और चरण वंदना करके बोला–"महामहिम ! मैं अपने उत्साह को रोक नहीं पाया। क्षमाप्रार्थी हूँ। आप आज जिस नवीन व्यवस्था का सूत्रपात कर रहे हैं वह निश्चित ही एक नवीन युग का द्योतक है। जिसके कर्णधार आप तीनों है प्रभु।"

"अति उत्तम दशानन। एक नवीन शब्द प्रभु। अर्थात् ?" विष्णु हर्षित होकर बोले।

"अर्थात् अनुष्ठान भवति।"

हस्तताल और हर्षध्वनि गूंज उठी।

"नवीन अनुष्ठान के अधिष्ठातृ, अधिष्ठायक, अधिष्ठित, भावी अधिष्ठेय, ही नहीं वरन् आप अधियज्ञ है। अधिपुरुष है अधिनाथ है। अतः नवीन युग त्रेतायुग ही प्रतिष्ठित होगा आप तीनों के प्रशस्त जीवन सिद्धांत का साक्षी बनेगा भविष्य।"

ब्रह्मा के नेत्रों में अश्रु आये। उसने दशग्रीव को अपने हृदय से लगाया। महेश ने अपने अश्रु पौंछते हुए कहा–"दशानन तुम स्वर्गपुरी का ऋण यही प्रदान करक उऋण हो जाओगे यह कल्पना तो मैंने कभी की ही नहीं थी।"

"ऋण और उऋण का तो प्रश्न ही नहीं परमपूज्य।" दशग्रीव ने कहा।

"यह आस्था है महेश।" विष्णु बोले।

"यह आस्था और अनास्था का भी प्रश्न नहीं है श्रद्धेय।"

सभी मौन।

स्तब्ध।

अनुत्तरित।

समस्त स्वर्गपुरी में शान्ति छा गई।

"ऋण, उऋण, आस्था, अनास्था, श्रद्धा, विश्वास, तपस्या, उपासना जैसे शक्तिशाली शब्द आज भी आप त्रिमहामानव के समक्ष अत्यन्त सूक्ष्म है। शक्तिहीन है। आज आपके समक्ष महानता का द्योतक है। मैं भविष्यवक्ता नहीं हूँ मगर यह पूर्ण विश्वास के साथ कह सकता हूँ कि त्रेतायुग में आप तीनों 'प्रभु' शब्द से ही सम्मानित होंगे। संचारित होंगे। इति !"

हस्तताल और हर्ष ध्वनि के मध्य अपार जनसमूह ने उद्घोष किया–"त्रेता युग दीर्घायु भवः।"

"स्वर्गपुरी चिरंजीवी भवः"

"महामहिम, श्रद्धेय और परमपूज्य दीर्घायु भवः।"

ब्रह्मा ने श्वेत धवल, जो एक दण्ड में सुशोभित था उसे हवा में लहराया। पुष्पवर्षा हुई। शंख ध्वनि हुई।

मुख्य द्वार के पट खोल गये।

प्रथम रथ ने चलना प्रारम्भ किया। वह मार्गदर्शक सुरक्षाकर्मियों का था।

महर्षि अपने-अपने रथों पर खड़े होकर महामहिम का अभिवादन कर रहे थे। चारों हाथ हिलाकर उनका अभिवादन स्वीकार कर रहे थे।

महर्षियों के रथ के बाद ऋषियों के रथों का चालन प्रारम्भ हुआ।

इसके उपरान्त उनके सहायकों के रथ निकले।

परिजनों के रथ वस्त्र कुट्टिम थे।

काष्ठकुट्टिम रथों में परिजनों का समान था।

अन्त में सशस्त्रबल जो सम्पूर्ण यात्रा के लिए उत्तरदायी था।

अन्तिम रथ का प्रस्थान हुआ।

शंख ध्वनि हुई।

मुख्यद्वार के पट बंद कर दिये गये।

चारों विशिष्ट अपने-अपने रथों में आरूढ़ होकर स्वर्गवास की ओर प्रस्थान कर गये।

अभूतपूर्व शान्ति।

स्वर्गवासी मौन।

अपने-अपने निवास की ओर मंद गति से चलने लगे।

रंग शाला पुष्प सज्जित थे। आदेशानुसार सभी गवाक्ष खोल दिये गये थे। पर्दे हटा दिये गये थे। प्रकाशपुंज मध्यम थे। श्वेत धवल चादरें थी। उन पर आस्तरण था। अनेक प्रकार के उपधान थे। आकार प्रकार के मृण पात्र सुशोभित थे। आसव पात्र भी यथास्थान थे।

आपस में वार्तालाप करते हुए ब्रह्मा, विष्णु, महेश और दशग्रीव रंगशाला में प्रविष्ठ हुए।

"अति सुंदर।" विष्णु रंगशाला में प्रवेश करते ही बोले।

"सत्य विष्णु, परन्तु ....।"

"परन्तु क्या महामहिम ?" विष्णु ने पूछा।

"आज प्रसन्नता भी है और अप्रसन्नता भी।"

"अवसर ही ऐसा है। नियति भी है।" विष्णु बोले।

ब्रह्मा विष्णु की बात सुने बिना ही गवाक्ष की ओर चले गये। वहाँ से सम्पूर्ण स्वर्गपुरी के दर्शन हो रहे थे। शुक्लपक्ष था। चांद के प्रकाश में सम्पूर्ण स्वर्गपुरी रजत आवरण से परिपूर्ण होती प्रतीत हो रही है। सभी आवास स्पष्ट दृष्टिगोचर हो रहे है। प्रकाशपुंज व्यार में झिलमिलाते प्रतीत हो रहे है। मार्गों पर आवागमन शोभनीय लग रहा था। मगर आज उतने प्रकाशपुंज प्रकाशित नहीं थे जितने इस रंगशाला से सदैव दृष्टिगोचर होते थे।

चारों इस उदासीन स्वर्गपुरी के दर्शन कर रहे थे। इस दशनाभुति के लिए वह मानसिक रूप से तैयार नहीं थे। उन्हें ऐसे दृश्य की आशा नहीं थी। जो समक्ष था उसके दर्शन से अपने आप वह रोक नहीं पाये थे।

अप्सरा वाणी ने आग्रहपूर्वक कहा–"आसन ग्रहण कीजिये महामहिम।"

"अवश्य।" संक्षिप्त उत्तर देकर ब्रह्मा घुमे और विष्णु सहित महेश और दशग्रीव को संकेत करके आसन ग्रहण करने को कहा। चारों ने यथा स्थान ग्रहण किया।

अप्सराओं ने आसव और खाद्य पदार्थ प्रस्तुत किया।

दशग्रीव ने आसव पात्र हाथ में उठाकर कहा–"आज का आसवपान युग द्वि को समर्पित है।"

"प्रभु कहो दशानन, प्रभु।" विष्णु मुस्कुराकर कहा।

"प्रमुदित।" दशग्रीव ने आसव पात्र हाथ में उठाकर कहा।

तीनों ने आसव पात्र हाथ में लेकर एक साथ कहा–"प्रमुदित–प्रमुदित।"

एक घूंट हलक से उतारने के उपरान्त महेश बोले–"आज स्मरणीय दिवस रहा।"

"कह सकते है।" विष्णु बोले।

"आज प्रथम अवसर था जब मैंने स्वर्गवासियों को इतना प्रफुल्लित देखा।" ब्रह्मा आसवपात्र रखे हुए बोला।

"इसका तात्पर्य यह भी है कि वह अपने आप को बंधनग्रस्त अनुभव करते रहे हो ?" विष्णु ने कहा।

"एक व्यवस्थापक के मुख से यह कथन शोभा नहीं देता।" महेश ने तपाक से उत्तर दिया।

"विष्णु ने चौंककर महेश की ओर देखा। मुख पर गुस्सा भी था। उनके मुखाकृति को भाप कर तत्काल महेश ने स्पष्टीकरण दिया–"श्रद्धेय शान्त ! मेरा अभिप्राय वह नहीं था जैसा आप सोच रहे हैं। क्षमाप्रार्थी हूँ। मैंने जो अनुभव किया वही कहा।" विष्णु बोले।

"वास्तविकता यह है कि विष्णु की कथन में आसव की सी सुगंध आ रही है।" ब्रह्मा बोले।

"अर्थात् महामहिम ?" महेश ने कहा।

"महेश पाषाण–से विधि विधान निश्चित रूप से कष्टकारी होते है। यह आभास आज उनके प्रस्थान काल में हुआ।"

"अनुचित भी तो नहीं है विधि–विधान।" विष्णु बोला।

"अनुचित...........उचित अनुचित का ज्ञान तो मुझे नहीं है। व्यवस्थाओं को व्यवस्थित करने के लिए जो आवश्यक था वही किया। हो सकता है परिजनों के लिए कुछ विधि–विधान पाषाण स्वरूप हो।"

"संभव है महामहिम।" विष्णु ने कहा।

"परिजनों पर ऐसे विधि–विधान कहाँ लागू थे।" महेश तपाक से बोला।

"निश्चित ही ....।"

इस वार्तालाप को सुनकर दशग्रीव उन्मनस् हो गया था। उसने ब्रह्मा की बात बीच में काटकर बोलना–"महामहिम ! इस मनमोहक

पुष्पासज्जित रंग शाला में प्रसन्नता का भाव होना चाहिए। यह काल इस तर्क वितर्क का नहीं है।"

"सत्यवचन प्रभु !" विष्णु ने मुस्कुराकर कहा।

इतना सुनकर सभी जोर से हंस पड़े और देर तक हंसते रहे।

"सत्यवचन श्रद्धेय, सत्यवचन।" महेश ने हंसते-हंसते कहा।

"विष्णु तुम भी...........। वास्तव में .... विशेष ही हो ....कथन-प्रकथन में प्रवीण। ....तुम्हें तो ....नवीनता अत्याधिक ....। ब्रह्मा हंसता है।"

आसव का सुस्वाद दौर चलता रहा।

"महामहिम प्रभु।"

सभी हंसे। जोर से हंसे।

"क्षमाप्रार्थी हूँ।"

"आओ वाणी। प्रस्थान प्रतिबंधित।" ब्रह्मा बोला।

"आभार ! आप को........।"

तपाक से ब्रह्मा बोला-"सभी को बुलाओं। यहाँ हमारे समक्ष बैठाओं"

इतना सुनकर अप्सरा वाणी चौंक गयी। केवल इतना ही मुख से निकला-"जी।"

प्रथम अवसर था।

आसव सम्मेलन के समय सभी अप्सराओं को आमंत्रण।

सभी उपस्थित हुई।

"आज आप सभी कैसा अनुभव कर रहीं है। ब्रह्मा ने अपना आसव पात्र हाथ में उठाते हुए पूछा।"

"विषय परिवर्तन कीजिए महामहिम।" वाणी ने सहजभाव से कहा।

"क्यों वाणी ?" ब्रह्मा ने तपाक से पूछा।

"यह प्रथम अवसर नहीं है आपके समक्ष।"

"प्रथम अवसर नहीं है? अर्थात्? दशग्रीव ने आसवपात्र रखते हुए तपाक से पूछा। उसका आसवपात्र गिरते-गिरते बचा।"

ब्रह्मा ने तिरछी चक्षु से देखा।

विष्णु मुस्कुराये।

"होता है—होता है। अक्सर ऐसा होता है।" महेश ने घूंट भरकर कहा।

सभी अप्सरायें मुस्कुराई।

"प्रथम अवसर हम सभी नहीं थे।" वाणी बोली।

"सविस्तार बताओं।" दशग्रीव ने कहा।

"महामहिम ज्ञात करवायेंगे।" अप्सरा वाणी ने कहा।

"नहीं-नहीं। वाणी तुम श्रेष्ठ वाचक हो। कथा वाचक।" ब्रह्मा ने आसव के प्रभाव से झूमते हुए कहा।

"आभार महामहिम।"

"सविस्तार ज्ञात करवाओ वाणी।" विष्णु ने कहा।

"प्रथम प्रस्थान स्वर्गपुरी से नहीं हुआ था।"

"अर्थात् ?" दशग्रीव चौंका।

"उस काल स्वर्गपुरी का निर्माण कार्य चल रहा था और गंगा नदी का भू-अवतरण हो चुका था। ....तब हिमाद्री के उत्तर दिशा में त्रिमानव गंगा उद्गम स्थल के समीप निवास किया करते थे।"

"अति उत्तम वाणी।" महेश बोले।

"गंगा प्रवाह निर्बाध रहे इसके लिए सुरक्षार्थ और अभियांत्रिकी हेतु अनेक गढ़ निर्मित किये थे। उस स्थल को गढ़-वलय कहा गया। वहाँ भी अपार प्राकृतिक सम्पदा थी।"

"तुम कैसे जानती हो यह सब। तुम थी ही नहीं तब।" दशग्रीव ने तपाक से पूछा।

"महामहिम के साथ हम सभी वहाँ भ्रमण करने गये थे।"

वाणी ने स्पष्ट किया।

"अति उत्तम।"

"महामहिम ने ज्ञात करवाया था। वहाँ का प्रकृति का अनुपम उपहार अद्वितीय है। सब सम्पूर्ण पृथ्वी के विभिन्न भूखण्डों पर शोध, अनुसंधान, परीक्षण, प्रयोग और अन्वेषण में अनेक मानव प्रयासरत थे। उन सभी को एक स्थान पर एकत्र करके एक निश्चित विधि-विधान के तहत जीवन सिद्धांत विकसित करने की परिकल्पना की थी महामहिम ने। उसमें श्रद्धेय और परमपूज्य ने अथक प्रयास किये थे। महर्षि अगस्त्य के दिशा-निर्देशन में सभी कुछ सफलतापूर्वक सम्पन्न हुआ। स्वर्गपुरी निर्मित हुई।"

"अत्यन्त दूरदर्शी है महर्षि अगस्त्य।" विष्णु बोला।

"अप्सरा वाणी यदि महर्षि अगस्त्य के दिशा-निर्देशन में कार्य सम्पन्न हुए तो वह यहाँ क्यों नहीं करते ?" दशग्रीव ने उत्सुकतावश पूछा।

"अतिथि उस युग में हिमवृत से अनेक जन विश्व के अनेक भू-भागों पर जाकर बस गये थे। इसलिए नहीं कि इस पर्वतीय क्षेत्र में कार्य अवसर कम थे या आजीविका के संसाधन नहीं थे। अपार भूमि थी। अनेक रोचक और सैद्धान्तिक कार्य सम्पन्न हुए थे। उन्हीं का परीक्षण अन्य भूखण्डों की ललक और लालसा ने महर्षि अगस्त्य के शिष्यों ने यहाँ से पलायन किया। आपने जिन सप्तद्वीपों की विस्तृत जानकारी हमें दी थी। अतिथि, उन सभी सप्तद्वीपों पर महर्षि अगस्त्य के शिष्य ही सर्वप्रथम गये थे। कालान्तर में समुदायगत विकृतियों के कारण द्वेष और समर की परिस्थितियों से मुक्त रखना आवश्यक था।"

यह पूर्व वृतान्त है। आपने जानना चाहा है कि महर्षि अगस्त्य इस स्वर्गपुरी में प्रवास हेतु क्यों नहीं आये ?........अतिथि उन्होंने अपना गुरुत्व उत्तरदायित्व पूर्ण किया। वह चाहते थे कि देवभूमि का

नैऋत्य भी प्रकाशित हो। यही कारण है कि त्रिमहामानव को स्वर्गपुरी में विधिवत् प्रवेश करवा कर महर्षि अगस्त्य ने गढ़-वलय से ही नैऋत्य हेतु प्रस्थान किया।

अप्सरायें आसव आपूर्ति कर रही थी। दशग्रीव एकाग्र होकर सम्पूर्ण वृतान्त रुचिपूर्ण सुन रहा था। उसके लिए यह एक अत्यन्त रोचक कथानक था। उसका ध्यान आसव की ओर कम और कथानक की ओर अधिक था।

दशग्रीव आसव प्रभाव से मुक्त हो गया था।

"इतना ही भव्य प्रस्थान समारोह था वह भी।" दशग्रीव ने जानना चाहा।

"संभवतः नहीं। वह प्रस्थान समारोह एक गुरुवर का था। भव्य मगर साधारण, सामान्य और अश्रुपूर्ण। उस प्रस्थान समारोह में नृत्य, उमंग, उत्साह नहीं था। गुरुवर के साथ अनेक शिष्य, शिल्पी, विश्वकर्मा, कृषक, नर-नारी, बालक, वृद्ध, औषधि विशेषज्ञ, मार्ग दर्शक, सुरक्षाकर्मी, आधुनिक अस्त्र-शस्त्र, लिपिकार, चित्रकार, विशेषज्ञों सहित पाषाण शिल्पी और महर्षि के प्रिय जन गये थे।"

"अति उत्तम।" दशानन से कहा।

"एक आश्चर्यजनक घटना का भी विवरण ज्ञात करवाया था महामहिम ने।"

"आश्चर्यजनक घटना? ज्ञात करवाइये।" दशग्रीव उत्सुकता से अपना आसन बदलकर बोला।

"वह घटना परमपूज्य महेश से सम्बन्धित है।"

"अर्थात् ?"

"गंगा नदी को भू-अवतरण में एक विशेष अभियन्ता, भू-ज्ञाता, परमकुशल वि-ज्ञानी, कुशल अभियांत्रिकी यन्त्र निर्माता, आदर्श पुरुष, प्रकृति प्रेमी के कुशल दिशा-निर्देशन की भूमिका थी।"

"सर्वोत्तम ! वह महापुरुष और परमपूज्य ने संयुक्त रूप से

हिमक्षेत्र के उस गुप्त स्थल को ज्ञात किया था जहाँ पर्वतगर्भ में अमृत स्वरूपा जल है। समुद्र मंथन से वहीं अमृत प्राप्त हुआ था।" विष्णु बीच में बोले थे। "अब विस्तार से कहो वाणी।"

"आभार श्रद्धेय ! अतिथि इस समय वह महापुरुष कहाँ निवास करते हैं। यह कहना संभव नहीं है। यह भी कहना संभव नहीं है कि आप कभी उनके दर्शन कर पायेंगे या नहीं।"

"यह तो आत्मग्राही कथन नहीं है। हार्दिक आघात है। ....उचित है.....नाम तो ज्ञात करवायें। दशग्रीव ने कहा।"

"शिव।"

दशग्रीव आश्चर्य से बोला–"शिव।"

"परिचित हो ?" विष्णु ने तपाक से पूछा।

"नहीं परिचित तो नहीं हूँ परन्तु..........।" दशग्रीव सोचते हुए बोला।

"परन्तु क्या दशानन ?" ब्रह्मा ने अकस्मात् पूछा।

"महामहिम नाम सुना–सुना सा लगता है।.......पर कहाँ...... यह स्मरण नहीं।"

"स्मरण करो दशग्रीव।" ब्रह्मा बोला।

"अवश्य महामहिम। स्मरण आते ही आपको ज्ञात करवाऊंगा। इस समय तो अप्सरा का कथानक रुचिकर है।"

"निश्चित ही दशानन।" ब्रह्मा बोला।

"अतिथि शिव का वास्तविक नाम 'शः' था। शिव नाम तो महामहिम का प्रदत्त है।"

"सुरुचि अप्सरा वाणी। अति सुन्दर।" दशग्रीव बोला।

"'शः' के अथक प्रयासों से अत्यन्त विशाल, पर्वत गर्भगृह में अदृश्य जलराशि को भूमण्डल पर अवतरित करना संभव हुआ। उसके इस अद्वितीय कार्य से महामहिम अत्यन्त प्रसन्न थे। शः अत्यन्त साधारण सा दिखने वाला बलिष्ठ, दीर्घकेश शिखाओं वाला त्रिनेत्र

युवा है।"

"त्रिनेत्र। अर्थात् ?" दशग्रीव ने तत्परता से कहा।

"हाँ अतिथि ! त्रिनेत्र। महामहिम ने ज्ञात करवाया था कि 'शः' अन्तर्मुखी था। सर्वज्ञाता और भविष्यवक्ता भी था। हम सभी अपनी द्विनेत्र शक्ति से दृष्टिवान है मगर वह त्रिनेत्र दृष्टवान था। उसका तृतीय नेत्र जब जागृत होता था। तब वह भविष्य में होने वाली घटनाओं की विस्तृत जानकारी देता था। एकदम सटीक। सत्य।"

"नहीं-नहीं ऐसा संभव नहीं है। आज तक कोई भी बालक त्रिनेत्री जन्मा ही नहीं इस पृथ्वी पर।"

"पूर्ण वृतान्त तो ज्ञात करो दशानन।" विष्णु तपाक से बोला।

"अतिथि ! 'शः' को अपनी इंन्द्रियों पर अद्वितीय नियंत्रण है काया-वि-ज्ञानियों के अनुसार मानव शरीर में पंचइन्द्रियाँ सदैव तत्पर रहती है और एक सुसुप्त अवस्था में।"

"अति उत्तम संदर्भ ! चिरस्मरणीय।" दशग्रीव ने तपाक से कहा। अप्सरा रति ने आसवपात्र की ओर संकेत किया। दशग्रीव ने एक दृष्टि आसव पात्र पर डाली और अप्सरा रति की ओर देखकर कहा-"ज्ञान आसव के समक्ष यह तरलीय आसव तुच्छ है। सुस्वाद भी नहीं है तुच्छ है। ज्ञान आसव का नशा इससे कहीं अधिक है।"

ब्रह्मा, विष्णु, महेश मुस्कुराये।

रति मुख पर कुटिल मुस्कान आ गई।

मुस्कुराते हुए अप्सरा वाणी बोली-"सुसुप्त इन्द्री को जागृत करना कठिन साध्य है। इसके लिए कठिन तपस्या और त्याग की आवश्यकता होती है। तब जाकर यह इन्द्री जागृत हो पाती है। यही त्रिनेत्र है जो 'शः' के पास है।"

"इसकी पुष्टि कैसे होगी ?" दशग्रीव ने जानना चाहा।

"'शः ने स्वर्गपुरी स्थापना की भविष्यवाणी की थी। आपके

आगमन का पूर्व कथन भी।"

"फिर उसने सम्बन्ध विच्छेद क्यों कर दिये ?" दशग्रीव ने पूछा।

"यह तो स्मरण नहीं।"

"और विशेष घटना ?"

"अतिथि ! महामहिम ने 'शः' को नवीन नाम दिया या शिव।"

"अति सुन्दर यह आपने पूर्व ज्ञात करवाया था।"

"महामहिम की हार्दिक अभिलाषा थी कि महेश उस नाम को धारण करें। महामहिम 'शिव' नामक एक उपाधि बनाना चाहते थे; परन्तु परमपूज्य ने स्वीकार नहीं किया।"

"ऐसा क्यों परमपूज्य।" दशग्रीव ने परमपूज्य की ओर देखकर पूछा।

परमपूज्य पर आसव का प्रभाव आ गया था। उसी स्थिति पर वह बोला–दश–न–न, अपना अस्तित्व बदलना उचित नहीं लगा मुझे।

"दशानन ! वास्तविकता में ज्ञात करवाता हूँ।" ब्रह्मा ने कहा।

"अवश्य महामहिम।"

"तत्कालीन अति उत्तम, श्रेष्ठ और अद्वितीय अभियांत्रिकी का अद्‌भुत परिणाम गंगा नदी का कार्य कष्ट साध्य था। युगान्तर प्रयासों के उपरान्त यह कार्य सम्पन्न हुआ। 'शः' और महेश ने अथक परिश्रम किया था। गंगाजल सम्पूर्ण पृथ्वी तत्वों से युक्त है। उसका मूल्य प्राणवायु (ऑक्सीजन) से भी अधिक है। कोई भी मानव प्राणवायु की कमी सह सकता है। मगर जल बिन उसका अस्तित्व संकट में हैं"

"निश्चित ही महामहिम।" दशानन ने पुष्टि की।

"गण मुक्ति आवश्यक थी।"

"अर्थात् ?" दशानन तपाक से बोला।

"दशानन इस अद्वितीय कार्य के सम्पादन में भागीरथ के असंख्य अभियन्ता, उपअभियन्ता, कनिष्ठ अभियन्ता, कुशल भू-ज्ञानी, कुशल शिल्पी, अर्धकुशल शिल्पी, सहायक एवं अन्य स्वयं सेवकों ने अपनी आहुति दी थी। उनका उद्धार आवश्यक था। गंगद्वार से सागरपर्यन्त तक गंगा को लेकर जाना था। 'शः' के निवेदन से असंख्य गणों के श्रद्धा-सुमन हेतु विस्तृत भूमि की आवश्यकता थी। अतः एक उपयुक्त स्थल गंगद्वार के उपरान्त खोजा गया। वहाँ इक्षु की बहुतायत थी।"

"इक्षु अर्थात्।" दशानन ने पूछा।

"बांस प्रजाति का एक पौधा, जिसका तरल सुस्वाद और मिष्ठानपूर्ण होता है। उससे अनेक मिष्ठान निर्मित भी होते हैं।"

"श्रेष्ठ कथन महामहिम किन्तु एक प्रश्न है?"

"अवश्य दशानन।"

"क्या भगीरथ का इक्षु नामक पौधे से समीपी सम्बन्ध रहा है?"

"अति उत्तम प्रश्न। दशानन यह एक विस्तृत गाथा है। तुम महर्षि अगस्त्य से इस विषय में चर्चा करो। वे सविस्तार कहेंगे।"

"श्रेष्ठ महामहिम।"

"इक्षु के पौधों को भूमि से हटाया गया। यहाँ एक कूप बनाया गया। अतिथि ! यह भूमिगत जलस्रोत हेतु प्रथम कृत्रिम प्रयास था।"

"वहाँ भूमिगत जलस्रोत का आवश्यकता क्यों पड़ी ?" दशग्रीव ने जानना चाहा।

"तर्पण हेतु ! उस स्थान पर अन्य जल स्रोत नहीं था और असंख्य गंगा वीरों की मुक्ति करनी थी। यहाँ असंख्य वीरों के शव थे। शः और महेश में वैचारिक मतभेद नहीं प्रारम्भ हुआ।"

"क्यों? तर्पण में विवाद कैसा ?" दशग्रीव ने उत्सुकता से पूछा।

"हमारी पुरातन् परम्परानुसार मृत काया को भूमि के आंचल में रखने की रही है। ऐसी वैज्ञानिक मान्यता पुरातन काल से सर्वसम्मत रही है कि हमारी काया पंचतत्व से निर्मित है और मृदा एक तत्व है। अतः मृदागत करने से मुक्ति प्राप्त होती है। मृदा में उपस्थित नाना प्रकार के कीटों को भोजन भी प्राप्त होता है।"

"सत्यकथन अप्सरा वाणी। अपनी परम्पराओं का निर्वाहन करना हम सभी का परम कर्त्तव्य है।" दशग्रीव ने स्पष्ट किया।

"निश्चित ही परम्पराओं का निर्वाहन करना हमारा परमकर्त्तव्य है परन्तु शः का मत था कि इस कार्य हेतु अधिक भूमि की आवश्यकता पड़ती है। यदि हम शवाधान के स्थान पर अन्तिम संस्कार अग्नि से करें तो श्रेष्ठ होगा।"

"अति उत्तम मत ! अति उत्तम।" दशग्रीव ने कहा।

"शः का मत परमपूज्य को मान्य नहीं था। परमपूज्य की मान्यता थी कि कृषि कार्य की भूमि को त्यागकर शवाधान की व्यवस्था हो। पर शः का मत था कि समुदायों की संख्या शीघ्रता से बढ़ रही है। उसके लिए कृषि कार्य हेतु अत्यधिक भूमि की आवश्यकता होगी। भविष्यगत योजनाएँ अभी से नहीं बनाई गई तो अधिकांश भूमि शवाधानात्मक हो जायेगी। प्रत्येक समुदाय अपने पूर्वजों, सहृदयी, परिजनों के शवाधान भूमि पर अपना अधिकार मानेंगे। उस समय युद्धक स्थिति पुनः समक्ष होगी।"

"शः दूर दृष्टा हैं। शुभकामनाओं के पात्र हैं। यही विचार मंथन हमारी सभ्यता का स्वर्णीम इतिवृत्त होगा। ऐसे ही दूर दृष्टाओं की आवश्यकता है–अन्ततोगत्वा क्या शः और परमपूज्य में सहमति बनी।" दशग्रीव ने पूछा !

"सहमति ?" अप्सरा वाणी मुस्कुराई। अपने परमपूज्य की ओर देखा और बोली–"परमपूज्य विजयी हुए। उन असंख्य गंगापुत्रों

के लिए शवाधान बन गये। गण मुक्ति स्थल से पूर्व दिशा की ओर गंगातट पर ही एक स्थान पर 'आहार' की व्यवस्था की गई।"

"आहार? अर्थात् ?" दशग्रीव ने पूछा।

"आहार अर्थात् महाभोज का आयोजन किया गया। उसमें भी स्वर्गपुरी के वर्तमान निवासियों में से अधिकांश उपस्थित थे। महर्षियों, ऋषियों और भू-वैज्ञानिक महाभोज में सम्मिलित हुए। यह अद्वितीय महाभोज था।"

"अत्यन्त रोचक प्रसंग। मगर शः के अन्तर्धान होने का कारण ज्ञान नहीं हो सका।" दशग्रीव ने कहा।

"आहार के उपरान्त गंगा पथ निर्बाध रूप से अग्र सारित हुआ। द्वितीय मतभेद यमुना नदी के साथ संगम को लेकर हुआ।"

"पुनः शः ?" दशग्रीव तपाक से बोला।

"नहीं अतिथि शः नहीं अपितु ....।"

"अप्सरा वाणी का कथन रोककर तपाक से पूछा–अपितु, एक अन्य मत उपस्थित हो गया ?"

"दशानन ! गंगा अवतरण इस पृथ्वी पर अद्‌भुद आभियान्त्रिका का अद्वितीय निदर्श है। उसमें किसी अन्य नदी का संगम उचित प्रतीत नहीं हो रहा था। अतः मेरा मतभेद स्वाभाविक था। गंगाजल पूर्ण रूपेण सहस्त्र भूतत्वों से परिपूर्ण है। उस जल में अन्यन्त्र जल संगम हानिकारक हो सकता है। परन्तु शः को मेरा मत स्वीकार्य नहीं था। उनका मत था कि गंगाजल में जो भूतत्वों समावेशित है वह इतने शक्तिशाली है कि उसमें अन्यत्र जल प्रतिक्रिया नहीं कर सकता। गंगा जल पवित्र है और पवित्र ही रहेगा।"

"अत्यन्त सारगर्भित शब्द परमपूज्य।"

उस कक्ष में उपस्थित सभी दशग्रीव की ओर आश्चर्यपूर्ण नेत्रों से देखने लगे। दशग्रीव ने आसवपात्र उठाया और एक सांस में पी गया। उसे नहीं ज्ञात था कि उसके वक्तव्य के उपरान्त सभी देख रहे

है। उसमें आसव पात्र रखा और मुख वस्त्र से मुख प्रच्छालन के उपरान्त उसने देखा कि सभी उसे प्रश्नवाचक नेत्रों से देख रहे हैं। उसने अपने बायें ओर देखा तो महामहिम, श्रद्धेय और परमपूज्य उसकी ओर हेय दृष्टि से देख रहे है। महेश ने अपने विशाल नेत्र वृत्ताकार घुमाकर संकेत में पूछा–'क्या अभिप्राय है तुम्हारा ?'

दशग्रीव को अपनी भूल ज्ञात हुई। उसने सभी की ओर देखा और बोला–"क्षमाप्रार्थी हूँ। हृदयघात की अभिलाषा नहीं थी। वास्तव में मेरा अभिप्राय था शब्द 'पवित्र' अत्यन्त सारगर्भित है। आप सभी शाब्दिक ज्ञान को पुंज है।"

"तथ्यों को भ्रामक बनाने में श्रेष्ठ हो दशानन।" ब्रह्मा बोला।

"वास्तविकता आपको ज्ञात करवाई महामहिम। पुनः क्षमाप्रार्थी हूँ।"

"वाणी शेष कथानक का वाचन करो।" विष्णु बोला।

"जी श्रद्धेय ! अन्ततः गंगा और यमुना का संगम हुआ। गंगा जल अभी नदीपथ में प्रवाहित नहीं था। अतः यमुना पूर्व उत्खनन कार्य रोका गया। इसके उपरान्त यमुना नदी के समान्तर गंगा पथ का उत्खनन प्रारम्भ हुआ। पथ निर्माण कार्य निर्बाध था। अभी कुछ योजन ही कार्य सम्पन्न हुआ था कि शः और परमपूज्य के समक्ष अत्यन्त विकट समस्या आ गई।........सघनवन था सूर्य प्रकाश भी पृथ्वी पर दुर्लभ था। इस सघनवन में दी नदियाँ प्रवाहित थी।"

"अत्यन्त मनोरम दृश्य रहा होगा उस सघन वन का।"–दशग्रीव ने कहाँ।

"सत्यकथन दशानन ! वह स्थान आनन्दकानन था। कश् था। विष्णु ने स्पष्ट किया।"

"अर्थात् श्रद्धेय ?" दशग्रीव ने जानना चाहा।

"दशानन ! उस सघन वन में अद्‌भुत शान्ति थी। परम सुख की अनुभूति प्राप्त होती है उस वन में। सघन था पर दूर से देखने पर

उसकी एक अद्वितीय ज्योति दृष्टिगोचर होती थी। वह दिव्य सघनवन आज भी मेरे नेत्रों में साक्षात् निवास करता है। उस सघनवन को विच्छेदन करने के पक्ष में नहीं थे शः। महेश उस सघन का विच्छेदन करना चाहते थे। यही मतभेद था। इस कारण दीर्घ अवधि तक कार्य बाधित रहा।" विष्णु ने बताया।

"यह तो अत्यन्त दुःखद प्रसंग था।" दशग्रीव बोला।

"अप्रासंगिक तथ्यों को कौन स्वीकार करेगा।" महेश बोला।

"शः का कथन प्रासंगिक था महेश।" ब्रह्मा ने कहा।

"स्पष्ट ज्ञात करवाये।" दशग्रीव ने कहा।

"अतिथि ! समस्या विकट थी। महामहिम ने ज्ञात करवाया था कि उस सघन वन में जो नदी प्रवाहित थी उसे सर्वप्रथम वरुण देव ने दृष्टिगोचर किया था। महामहिम ने उस नदी को वरुण देव के नाम पर वरुणा प्रचलित किया था। वरुण देव ने उसी सघनवन में एक अन्य कृष्णा जलधारा के दर्शन किये थे। उसे महामहिम ने उसकी अस्सी नाम दिया था। अस्सी का कृष्ण जल धारा अत्यन्त दूषित था। शः उस अस्सी जलधारा का शोधन करना चाहते थे। उनका मत था कि सघन वन के वृक्षपर्णों से ही जल शुद्ध किया जा सकता है। पर. ......सहमति नहीं हुई। एक प्रातः जब शिविर में अन्तिम निर्णय होना था, तब ज्ञात हुआ कि शः वहाँ नहीं है। उनका शिविर शः विहिन था। उनके अस्त्र–शस्त्र, यंत्र आदि वहाँ नहीं थे। सघनवन के उपरान्त शः ने गंगापथ का उत्खनन प्रारम्भ करवा दिया था ताकि समय का सद्उपयोग हो सके।"

अभूतपूर्व शान्ति छा गई।

दशग्रीव ने सभी को देखा।

ब्रह्मा ने आसवपात्र रखा।

"मेरे जीवन का अत्यन्त दुःखद पल था।" महेश ने कहा और

आसवपात्र उठाकर एक साथ सम्पूर्ण आसव पी गया।

"दु:खद नहीं, वह महान् यान्त्रिक कार्य का कृष्ण दिवस था महेश। हठ् की पराकाष्ठा थी। तुमने प्रासंगिक तर्क को आप्रासंगिक बना दिया था।" ब्रह्मा ने स्पष्ट किया।

"श: एक अत्यन्त श्रेष्ठ अभियन्ता और प्रकृति ज्ञाता था।" विष्णु ने समझाया।

"हठ् धर्मिता का परिणाम क्या रहा श्रद्धेय ?" दशग्रीव ने पूछा।

"परिणाम।" आसव का एक घूंट लेने के बाद विष्णु ने दशग्रीव को ज्ञात करवाया–"श: के विश्वस्त अभियन्ताओं ने गंगापथ परिवर्तित कर दिया।"

"परिवर्तिक कर दिया? अर्थात् ?" दशग्रीव ने तपाक से पूछा।

"गंगापथ उसके उद्गम स्थल की ओर परिवर्तित कर दिया गया।"

"असंभव ! श्रद्धेय यह तो असंभव कार्य था।"

"सत्यकथन दशानन ! महामहिम ने श: समर्थित अभियन्ताओं को समझाया कि गंगापथ ऊर्ध्वगामी नहीं हो सकता। गंगाजल पर्वत शृंखलाओं में पुन: ले जाना संभव नहीं है। इसे तो सागर में ही समागम करना है। उनकी समझ में आया। तब तक गंगाजल उस सघनवन तक प्रवाहित हो चुका था। अत: शीघ्रतावश गंगापथ सागर तक पूर्ण हुआ।"

"श्रेष्ठ ! अन्त सर्वोत्तम तो सर्वत्र सर्वोत्तम।" दशग्रीव ने कहा।

"आज गंगाजल निर्बाध सागर से समागम कर रहा है। तुम्हें आश्चर्य होगा दशानन, कालान्तर में श: ने सघनवन पहुँचकर अपना अपूर्ण कार्य सम्पन्न किया। वरुणा और अस्सी जल प्रवाह का विधिवत् संगम गंगा नदी ने करवाया।" विष्णु ने स्पष्ट किया।

"और अग्निदाह से अन्तिम संस्कार की विधि की क्या परिणीति

रही ?" दशग्रीव ने पूछा।

"शः ने उस सघनवन में मोक्ष प्राप्ति का श्रेष्ठ चलन प्रारम्भ किया। उस सघनवन भूमि में शवधान संभव नहीं था। अतः मोक्ष हेतु अन्तिम संस्कार अग्नि द्वार ही मान्यता को प्राप्त हो गया।"

"अति उत्तम ! अति उत्तम श्रद्धेय।"

"शः को खोजने के प्रयास वास्तव हुआ ही नहीं। उसे मेरा कोटि-कोटि आशीर्वचन है। वह जहाँ भी हो सुखमय जीवन में रहे।" ब्रह्मा ने कहा।

"गंगा जल मस्तष्कधार्य है। उसकी पवित्रता सदैव रहे। मेरी ऐसी कामना है।" दशग्रीव ने अपने दोनों हाथ जोड़कर कहा।

"सत्यकथन दशानन ! वह चिरकाल तक पवित्र रहेगी।" ब्रह्मा ने कहा।

"महामहिम इस आसव प्रसंग में हम सभी एक तथ्य को भूल रहे है।"

"वह क्या वाणी ?" ब्रह्मा ने पूछा।

"आज एकाष्टका है।"

"अति उत्तम वाणी अति उत्तम। स्मरण था पर अन्य प्रसंगों के कारण स्मरणहीन हो गया।" ब्रह्मा ने कहा।

"एकाष्टक क्या है परमपूज्य ?" दशग्रीव ने आश्चर्य से पूछा।

"दशानन, एकाष्टका दिवस हमारी सृष्टि के प्रकाशित होने का दिवस है। महामहिम इस दिवस को नवसंवत्सर का शुभारंभ मानते हैं।" विष्णु ने स्पष्ट किया।

"और आज प्रातः एक नवीन संवत्सर युग का भी शुभारम्भ हुआ है।" दशग्रीव ने मुस्कुराकर कहा। "अति उत्तम ! सर्वोत्तम।" दशग्रीव ने अपने आप को नृत्य मुद्रा में अभिनित करके कहा।

सभी हंसे पड़े।

रात्रि का द्वितीय प्रहर प्रारम्भ हो गया था। आसव सम्मेलन समाप्त होने का नाम ही ले रहा था। दशग्रीव की उत्सुकता बढ़ती जा रही थी। प्रश्न पर प्रश्न किये जा रहा था। अप्सरा वाणी के आग्रह पर वार्तालाप समाप्त हुआ। सभी ने रात्रि भोज किया और अपने-अपने शयन कक्ष में चले गये।

महेश अपने शयन कक्ष में था। उसके नेत्रों से नींद कहाँ गई। वह जान नहीं पाया। उसके मस्तिष्क में श: को लेकर मंथन चल रहा था। अप्सरा स्वप्ना और श: में समानताएँ थी। तो क्या श: जीवित है? तो कहाँ है? किन कार्यों को सम्पादित कर रहा है? क्या आज उसका प्रसंग संयोगवश था या फिर पूर्व सूचना है? पूर्व सूचना है तो उसका तात्पर्य क्या है? क्या मेरा अस्तित्व संकटग्रस्त है? क्या स्वर्गपुरी की ओर आकृष्ट है? यदि है तो परिवर्तनों का सैलाब आ जायेगा। महामहिम को वह प्रिय है। श्रद्धेय भी स्नेह दृष्टि रखते है। ऐसे ही असंख्य प्रश्न महेश का विचलित कर रहे थे।

सूर्योदय कब हुआ महेश को ज्ञात नहीं हुआ।

तीव्र ध्वनि हुई।

महेश चौंका।

नींद से जागा। उसने अपने चारों और देखा। एक मृणपात्र खंडित हो गया था। वह तीव्रता से उठा। अपने केश ठीक किये। जल से मुख प्रच्छालन किया।

दर्पण देखा।

नेत्र रक्तवर्णीय थे।

उत्तरीय लिया और तीव्र गति से स्वर्गवास से बाहर आया।

रथारूण हुआ।

रथ स्वर्गपुरी के अनेक मार्ग से निकला।

“ठहरो !” महेश उच्चस्वर में बोला।

सारथि ने रथ रोका।

महेश रथ त्यागकर तीव्र गति से अनेक पग चलने के उपरान्त अपने बाईं ओर की वीथी में मुड़ गया।

महेश एक द्वार पर पहुँचा। इधर–उधर देखा और द्वार खटखटाया।

अन्दर से आवाज आई–"कौन ?"

"तत्काल द्वार खोलो।"

"आई ! ठहरो"

द्वार खुला।

"इतना बिलम्ब क्यों ?"

"स्नानागार में थी। श्वेत धवल वस्त्रों में पानी से भींगी हुई मादकता का नियंत्रण देर ही अप्सरा स्वप्ना ने कहा। उसे देखकर महेश विचलित हो गया। भींगे हुए लम्बे केशों से टपकती जल की बूंदें। मस्तक पर पुष्प पंखुड़ियों के सदृश्य ओस की बूंदे। मदमाती काया। श्वेत वस्त्र से नियंत्रण देते वृत्ताकार उन्नत उरोज। गुलाबी सी काया। पतली कमर और पूरी काया से आती चंदन की सुगंध से महेश मदहोश हो गया। वह उस नवयौवना के यौवन को देखता ही रह गया। यह प्रथम अवसर था जब महेश ने अप्सरा स्वप्ना को इस रूप में देखा था।"

मुग्ध।

उत्तेजना।

जागृत कामवासना को वह रोक नहीं पाया। इससे पूर्व की वार्तालाप का क्रम प्रारम्भ होता उसके अप्सरा स्वप्ना को अपनी बाहों में भर लिया और नवातुर युवक की भाँति अधरों को अपने अधरों से जकड़ लिया। अधर चुम्बन से उपरान्त उसने तीव्रता से अप्सरा की सम्पूर्ण काया पर चुम्बनों की झड़ी लगा दी।

"अतुलनीय मादकता है।"

"आपका प्रताप है परमपूज्य।"

"मैं अपने आप को रोक नहीं पाया स्वप्ना।"

"आपका आलिंगन और काम क्रीड़ा परम सुखदायी थी।"

"स्वप्ना काम वासना कर्त्तव्यनिष्ठा और परायण से विमुख कर देती है। मैं जिस प्रायोजन से तुम्हारे पास आया था। वह तुम्हारे मादक नियंत्रण के समक्ष क्षीण हो गया।"

"आदेश कीजिए परमपूज्य।"

"तत्काल प्रस्थान करना है।"

"कहाँ ?"

"लक्ष्यपूर्ति हेतु।"

"जैसा आप कहें।"

"तत्काल।"

"वस्त्र धारण और प्रसाधन उपरान्त।"

"अवश्य।"

लगभग एक और प्रहर समाप्त होने जा रहा था। महेश को एक-एक पल युग समान लग रहा था। वह कक्ष में उद्विग्न सा ठहल रहा था। उसे नहीं मालूम था कितना और समय लगेगा। संध्यापूर्व अप्सरा स्वप्ना को अपने गन्तव्य तक पहुँचना आवश्यक था। वह जानता था कि रात्रि के तृतीय प्रहर तक जागने के कारण ब्रह्मा और विष्णु अभी विश्राम की अवस्था में होंगे। अतः यह उचित अवसर है। स्वप्ना का प्रस्थान अज्ञात रहेगा।

"शीघ्रता करो स्वप्ना।"

"परमपूज्य आई।"

"अवसर महत्वपूर्ण है।"

"आई परमपूज्य।"

"शालीनता और यौवन की मादकता का मिश्रित रूप आवश्यक है।"

"स्वीकार्य है।"

"विलम्ब मत करो।"

दूसरे कक्ष में श्रृंगार कर रही अप्सरा स्वप्ना ने कहा–"श्रृंगार शेष परमपूज्य।"

कुछ पल उपरान्त अप्सरा स्वप्ना जब अपने प्रसाधन कक्ष से निकलकर आई तो महेश उसे देखते ही रह गया। केश विन्यास। केशों में माल्य ग्रथंन, कानों में कर्णपत्र भङ्ग, केशों के मध्य मस्तष्क पर स्वर्णाभूषण, अधरों पर रक्तमयी बाली, ग्रीवा में स्वर्णाभूषण, भुजाओं पर आकर्षक आलेख्य, मनमोहक अंतरीय, सुंदर उत्तरीय, कायबंध, स्वर्ण मेखला, कंगन, शिरोभूषण, नखाभूषण तक सुसज्जित अप्सरा स्वप्ना को जैसे ही आलिंग्न हेतु महेश आगे बढ़ा अप्सरा ने हाथों सें संकेत करके उसे रोका। निवेदन किया–"काम वासना विवेकशून्य कर देती ही परमपूज्य।" वह मुस्काई।

दोनों हंसे।

रथ तीव्रगति से यानपट्टन की ओर बढ़ा।

अन्तरिक्ष भवन में प्रवेश करते ही अन्तरिक्ष प्रमुख चौंक कर बाहर आये।

महेश का स्वागत किया।

"तत्काल यान आवश्यक है।"

"पूर्व सूचना नहीं थी परमपूज्य। विलम्ब होगा।"

"विलम्ब ?"

"प्रायोजन स्पष्ट नहीं था।"

"आपातयान की स्थिति ?"

"शीघ्र उपस्थित होगा। अन्तिम परीक्षण तक विलम्ब होगा।"

"शीघ्रता से करो।"

"आप विशिष्ट अतिथि कक्ष में आसनग्रहण करें।"

महेश और अप्सरा स्वप्ना कक्ष में पहुँच गये।

"तत्पर्ता से कार्य सम्पन्न करना है स्वप्ना।"

"आप निश्चिंत रहिये।"

"यान सारथि तुम्हें वहाँ छोड़कर स्वर्गपुरी को प्रस्थान करेगा।"

"जी उचित है।"

"वहाँ अकेले ही सम-विषम स्थितियों का मूल्यांकन करके उचित निर्णय लेना होगा।"

"मेरा प्रयास सार्थक होगा।"

"मुझे विश्वास है।"

"आपका प्रताप है मेरे साथ।"

"सदैव रहेगा।"

"परमपूज्य ! यान तत्पर है अन्तरिक्ष गमन हेतु।" अन्तरिक्ष प्रमुख ने आकर बताया। तीनों विशिष्ट अतिथि कक्ष से उठे और यान की ओर प्रस्थान कर गये।

महेश ने यान सारथि को आवश्यक दिशा-निर्देश दिये।

अप्सरा स्वप्ना यान में आरूढ़ हुई और यान तीव्र गति से उत्तर पश्चिम दिशा की ओर अन्तरिक्ष में क्षितिज पर्यन्त चला गया।

महेश स्वर्गवास में अपने शयन कक्ष में पर्यंक पर आकर विश्रामरत हो गया।

विस्तृत पाषाण, विशाल सर और दलदल के मध्य शंकुधारी सघनवन के ऊपर यान ने एक परिक्रमा की और विशाल पाषाण के दक्षिण पश्चिम धरातल पर उतरा। अप्सरा स्वप्ना को उतार कर यान शीघ्रता से पुनः अन्तरिक्ष गमन कर विलुप्त हो गया।

अप्सरा स्वप्ना ने अपने चारों ओर देखा।

जनरहित स्थल।

शीतल ब्यार।

अप्सरा उत्तर पश्चिम की ओर गई।

अन्तरिक्ष रंग का विशाल सर।

उसमें जल चर विहार कर रहे थे।

अप्सरा स्वप्ना वहाँ से उत्तरपूर्व की ओर चली। पाषाण उच्चस्थ था। कुछ पग उपरान्त ठहरती है फिर चलती।

एक योजन भी पूरा नहीं चली थी कि उसे सामने से आते देख अनेक अस्त्रधारी ठहर गये।

अप्सरा स्वप्ना उनके समक्ष पहुँची।

एक अस्त्रधारी ने कहा–"सुन्दरी अपना परिचय दो।"

"मैं एक अपृहत कन्या हूँ।"

"क्या यान से यहाँ आई हो ?"

"अपहरणकर्त्ता ने यान से इस निर्जन स्थल पर छोड़ दिया।"

"तुम ऋषि कन्या हो ?"

"नहीं अस्त्रधारी।"

"क्या चाहती हो।"

"शरण।"

"आओ ! हमारे साथ चलो।"

"आभार।"

"आवश्यकता नहीं।"

"क्यों अस्त्रधारी ?"

"तुम्हारे भाग्य का निर्णय हमारे परमआराध्य करेंगे।"

"परमआराध्य? कौन है परमआराध्य ?"

"अधिक संभाषण नहीं सुन्दरी। शान्तिपूर्वक हमारे साथ चलो।" अस्त्रधारी ने गरज कर कहा।

उत्तरपूर्व दिशा में जाने के बाद अन्यन्त मनोरम दृश्य था। काष्ठ निर्मित अनेक भव्य आवास। जिनके चारों ओर काष्ठ सुरक्षा प्रकोष्ठ। उनके मध्य में एक विशाल भव्य आवास। जिसके चारों ओर पुष्प वृक्ष और पौधे थे। उन पर सुगंधित पुष्प मनमोहक थे।

इस आवासीय संघ के पूर्व दिशा में पाषाण की ढाल उपरान्त विस्तृत विशाल समतल भूमि है। इसे देखकर ऐसा प्रतीत होता है मानों इस समतल भूमि को अनेक प्रयासों के उपरान्त आवश्यक उद्देश्य हेतु निर्मित किया गया है। इस भूखण्ड पर दूब सुशोभित थी। चारों ओर काष्ठ प्रकोष्ठ और पश्चिम दिशा में उसका मुख्यद्वार था। उस काष्ठ प्रकोष्ठ के प्रांगण में अनेक यंत्र थे। काष्ठ निर्मित थे। इसमें एक यंत्र गगनचुम्ती प्रतीत होता था।

अप्सरा उन अस्त्र धारियों के साथ चलते-चलते यह अनुपम दृश्य देख रही थी। आवासीय संघ दूर था। इस समय वह उस पाषाण की सबसे उपरी सतह पर थी। वहाँ उसने दक्षिण पश्चिम दिशा में एक कूप देखा।

"यह कूप है न।"

"हाँ ! तुम्हें ज्ञात है ?"

"इससे भूमिगत जल उत्सर्जित करते हैं ?"

"निश्चित ही।"

"तुम्हें कैसे ज्ञात है। यह तो अन्यत्र नहीं है।"

"अपहरणकर्त्ता ने ज्ञात करवाया था।"

"अब अपने पग रोककर चलना। ढलान है।"

तीव्र ढलान पर पग स्वतः ही तीव्र हो गये। पर अप्सरा संयम के साथ तीव्रपग से उतर रही थी। उसे पर्वतीय क्षेत्र में आवागमन की आदत थी पर यह पाषाण अत्यन्त कठोर और स्पष्ट था। सीधा ढाल उसने प्रथम बार देखा था। अत्यन्त संयम के साथ वह समतल पर पहुँची।

आवासीय संघ समीप था। उसका मुख्य द्वार पूर्व दिशा की ओर था उसके समक्ष अत्यन्त सुन्दर सर था। जिसमें निर्मल जल और उसमें मत्स्य क्रीड़ा के स्पष्ट दर्शन हो रहे थे। सुव्यवस्थित मार्ग और मार्ग के दोनों ओर मृणपात्रों में पुष्प पौधे लगे थे। इन मृणपात्रों में

केवल पुष्प ही नहीं अपितु खाद्य फल भी अति सुन्दर लग रहे थे। इनमें छोटे-छोटे रक्तवर्णी वृत्ताकार फल, कण्ठस्थ नीलवर्णी फल, दूबवर्णी लम्बवत् फल आदि अनेक प्रकार के फल वातावरण को मनमोहक बना रहे थे।

जैसे-जैसे मुख्यद्वार समीप आ रहा था वैसे-वैसे मृणपात्रों की संख्या बढ़ती जा रही थी और उसमें नाना प्रकार के फल सुशोभित हो रहे थे। मुख्यद्वार अत्यन्त विशाल था। उस पर अनेक रंगों के ध्वज लहरा रहे थे। मुख्यद्वार के सामने चौरस समतल स्थान था। बायें ओर की भित्ति के ठीक उल्टे तीरनुमा चिन्ह् था। अप्सरा स्वप्ना के लिए यह आश्चर्य का विषय था।

मुख्यद्वार पर एक निश्चित स्थान पर अप्सरा स्वप्ना के साथ आये अस्त्र ठहर गये। एक अस्त्रधारी ने अप्सरा को संकेत करके मुख्यद्वार के एक गवाक्ष के समीप जाने को कहा।

गवाक्ष के समीप एक अन्य अस्त्रधारी उपस्थित था। गवाक्ष के कपाट खुले थे। अंदर कक्ष में एक मानव ने अप्सरा से कहा–"अपना परिचय दो।"

"अपृहत कन्या हूँ।"

"कहा से ?"

"आन्ध्रालय से।"

"ये कहाँ है ?"

"सागरपार।"

"यहाँ कैसे पहुँची ?"

"यान द्वार।"

"यान ?" कैसा यान।

"अन्तरिक्ष यान।"

"किसका था ?"

"ज्ञात नहीं।"

"अपहरणकर्त्ता कौन था ?"

"अपरिचित।"

"ऋषि कन्या हो ?"

"नहीं।"

"राजकन्या हो ?"

"नहीं।"

"वंश कौन सा है ?"

"ज्ञान नहीं।"

"यहाँ आने का उद्देश्य ?"

"आपको अभी ज्ञात करवाया था कि अपहरणकर्त्ता यान से यहाँ परित्याग करके चला गया।"

"तू ऋषि कन्या नहीं है। राजकन्या नहीं है। वंश ज्ञात नहीं है किन्तु ये स्वर्णाभूषण तेरे पास कहाँ से आये ?"

"अपहरणकर्त्ता ने उपहारस्वरूप दिये।"

"अति सुन्दर ! अत्यन्त दयावान है वह मानव।"

"षोडशी पर सभी दया प्रदर्शित करते हैं।"

"तेरी अभिलाषा क्या है ?"

"शरण चाहिए।"

"तू ठहर ! मैं परमआराध्याक्ष से अनुमति लेकर आता हूँ।"

गवाक्ष के बाहर उपस्थित अस्त्रधारी ने संकेत करके भित्ति के साथ बने चबूतरे पर बैठने को कहा। अप्सरा स्वप्ना वहाँ बैठ गई।

आवागमन हो रहा था।

उसने देखा केश रहित शिखायुक्त नवयुवक श्वेत अधोवस्त्र धारण करके हाथों में भोजपत्र पुस्तिकाएँ लेकर आवागमन कर रहे हैं। यहाँ का वातावरण अत्यन्त अद्‌भुत दृष्टिगोचर हो रहा है। ऐसा प्रतीत हो रहा है मानों वह स्वर्गपुरी में कथा सुन रही हो।

यह दृश्य तो उसने कभी स्वप्न में भी नहीं सोचा था। अनेक

कन्याएँ श्वेत अधोवस्त्र धारण कर भोजपत्र पुस्तिकाएँ हाथों में लेकर आवागमन कर रहीं थी। वह आश्चर्यचकित थी। उसे समझ नहीं आ रहा था कि अन्ततः यहाँ क्या होता है। ये युवा नर–नारी किस उद्देश्य पूर्ति के लिए यहाँ है।

गवाक्ष के समीप अस्त्रधारी ने संकेत करके अप्सरा स्वप्ना को गवाक्ष पर बुलाया। स्वप्ना वहाँ पहुँची।

"आओ संघ में प्रवेश करो।"

अप्सरा स्वप्ना उस अस्त्रधारी के साथ चली। पर उसने देखा कि जिस अस्त्रधारी के साथ वह जा रही है, उसका स्थानापन्न अन्य शस्त्रधारी ने किया था। अप्सरा स्वप्ना ने इस घटना को सामान्य रूप से देखा था।

सुरक्षा कक्ष में एक नारी ने अप्सरा स्वप्ना का शारीरिक परीक्षण किया। उरोजों को दबाकर देखा। सुरक्षा नारी ने अत्यन्त तीव्रता के साथ अपना दायां कर कायबंध में डालकर योनि स्पर्श किया कि अप्सरा स्वप्ना आश्चर्यचकित हो गयी। इसके उपरान्त कृष्णवर्णीय एक लघु आकारीय हस्तलाधव यंत्र से–अप्सरा स्वप्ना के आभूषणों का परीक्षण किया। मगर जैसे ही मस्तक आभूषण का परीक्षण किया वैसे वह यंत्र एंक केश शूल से चिपक गया। उस केश शूल को सुरक्षा नारी ने अपने पास रख लिया।

"यह मेरे केशबंध की शूल पुष्टि है। इसके अभाव में केशबंध अनुपयोगी है। यह शूल दे दो।"

"नहीं ! यह संभव नहीं है। मुझे अपना केशबंध भी दे दो।"

"फिर मेरे केश........?"

"परीक्षण के उपरान्त मिलेगा।"

स्वप्ना ने केशबंध दे दिया।

"आओ मेरे साथ प्रस्थान करो।" अस्त्रधारी ने कहा।

अप्सरा स्वप्ना के केश मन्द ब्यार में लहराने लगे थे उस

आवासीय संघ की वीथियाँ अधिक चौड़ी नहीं थी।

"यहाँ रथ नहीं है।"

"..............."

"मेरे प्रश्न का उत्तर नहीं दिया तुमने।"

".............."

"क्या मौन धारण कर रखा है ?"

"हमें आगन्तुक के प्रश्नों के उत्तर देने का अधिकार नहीं है।"

"क्यों ?"

"प्रश्न मत कर। शान्तिपूर्वक अनुसरण कर।"

अप्सरा स्वप्ना मौन धारण करके उसका अनुसरण करती रही। एक भव्य आवास के द्वार पर जाकर अस्त्रधारी ठहर गया। वहाँ द्वार पर उपस्थित सुरक्षाकर्मी से अस्त्रधारी ने कहा–"आगन्तुक है। सूचना दो।"

सुरक्षाकर्मी का सहायक भवन में गया। वापस आया और अप्सरा स्वप्ना को लेकर भवन में प्रविष्ट कर गया।

एक विशाल सुसज्जित कक्ष में अप्सरा स्वप्ना को आसन दिया गया। अत्यन्त आकर्षक काष्ठ निर्मित प्रकाशपुंज कक्ष में चारों भित्तियों पर थे। पुष्प गुच्छ कलात्मक कृष्णवर्णीय मृणपात्र में सुशोभित थे। आकर्षक आसंदी थी। कक्ष के मध्य में कलात्मक धरातलवस्त्र सुशोभत था। अप्सरा स्वप्ना कक्ष को देखने में व्यस्त थी।

"जल ग्रहण करो।" एक कन्या ने आकर आग्रह किया।

अप्सरा स्वप्ना ने जल ग्रहण किया।

"आओ हमारे समीप आसन ग्रहण करो।"

"नहीं मुझे अध्ययन करना है।"

कन्या शीघ्रता से चली गयी।

अप्सरा स्वप्ना मुस्कुराती रही।

अपने दो सहायकों के साथ परमआराध्याक्ष अतिथि कक्ष में

उपस्थित हुए। अप्सरा स्वप्ना उन्हें देखकर खड़ी हुई और करबद्ध प्रणाम किया। परमआराध्याक्ष ने बैठने का संकेत किया।

"तुम्हारा विवरण ज्ञात हुआ।"

"आभार।"

"परमआराध्य अनुसंधानशाला में व्यस्त है। उनके आगमन पश्चात् ही तुम्हारे विषय में अन्तिम निर्णय होगा। उनके आगमन तक तुम्हें अतिथि कक्ष में विश्राम की अनुमति दी जाती है।"

"आभार।"

अप्सरा स्वप्ना अस्त्रधारी के साथ अतिथि भवन गई और वहाँ उसे एक कक्ष दे दिया गया।

आकर्षक कक्ष।

व्यवस्थित, सुखदायी, विशाल, पर्यंक, आसंदी एवं अन्य उपयोगी वस्तुएँ उस कक्ष में शोभायमान थी।

मृणपात्र में जल, कलात्मक ज्योतिपूंज, कलात्मक काष्ठ मूर्तियाँ, एवं अन्य मनमोहक वस्तुएँ वहाँ देखते ही बनती थी।

अप्सरा स्वप्ना एक-एक वस्तु को रुचिपूर्ण देख रही थी। तभी उसने रेखाओं से बना एक चित्र देखा। उसे ज्ञात नहीं हो सका कि यह रेखांकित चित्र है या अभियान्त्रिक प्रारूप। वह उसके समक्ष खड़ी थी और ज्ञात करने का प्रयास कर रही थी।

सूर्य, पृथ्वी और चन्द्रमा तो उसने ज्ञात किये मगर इन तीनों कीरेखाओं के माध्यम से क्या संबंध स्थापित किया था यह ज्ञात करना उसके लिए संभव नहीं था। सूर्य, पृथ्वी, चंद्रमा के अतिरिक्त अन्य वृत्ताकार ग्रहों को भी उसमें दर्शाया गया था। रेखाओं से सभी ग्रहों के मध्य सम्पर्क स्थापित किया गया था। चित्र आकर्षक था। मनमोहक था।

"सुन्दरी, अल्पाहार ग्रहण करें।" एक अनुभवी नवयुवती ने कक्ष में प्रवेश करते हुए कहा।

अप्सरा स्वप्ना चौंकी।

उसने मुड़कर देखा।

"यह चित्र अत्यन्त आकर्षक है।"

"जी ! आप अल्पाहार ग्रहण करें सुन्दरी।"

"परमआराध्य शीघ्रातिशीघ्र उपस्थित होने वाले हैं।" एक अन्य कन्या ने कक्ष में प्रवेश करते ही कहा।

"सुन्दरी आप तत्काल अल्पाहार ग्रहण करें।"

अतिथिभवन में सम्मेलन कक्ष।

"तुम्हारे विषय में ज्ञात हुआ।" कक्ष में अप्सरा स्वप्ना के प्रवेश करते ही परमआराध्य ने उसकी ओर देखकर कहा। "आसन ग्रहण करो।"

अप्सरा स्वप्ना ने आसन ग्रहण किया।

"तुम्हारा परिचय वास्तविक नहीं है।"

"असत्य नहीं है परमआराध्य।"

"औचक आगमन स्वतः ही होता है अज्ञानतावश नहीं।"

"..............."

"जिस अन्तरिक्ष यान से तुम यहाँ आई हो वह पुनः उत्तर दिशा की ओर प्रस्थान कर गया जबकि आन्ध्रालय यहाँ से दक्षिणपूर्व में अवस्थित है।"

"प्रस्थान अज्ञात है।"

"तुम्हारा श्रृंगार और वस्त्र विन्यास तुम्हारे अप्सरा होने का संकेत करता है।"

इतना सुनकर अप्सरा स्वप्ना आश्चर्यचकित हो गयी। असत्य भाषण के माध्यम से वह परमआराध्य को विचलित ही कर रही थी।

संकट अपरिहार्य हो रहा था।

समाधान सत्यवाचन था।

"किस विचार मंथन में हो ?"

"आपका कथन सत्य है। मैं अप्सरा हूँ। अप्सरा स्वप्ना।"

"अति सुन्दर।"

"क्षमाप्रार्थी हूँ।"

"अभय।"

"विश्राम करों। निर्भय रहो। सुरक्षित हो।"

इतना कहकर परमआराध्य प्रस्थान कर गये।

परमआराध्य के आकर्षक रूप को देखकर अप्सरा स्वप्ना हृदय को पराजित कर चुकी थी। हृदयगति तीव्र हो चली थी। उरोज वृत्ताकार ग्रहण कर चुके थे। नासिका से उष्ण वायु प्रवाहित होने लगी थी। कामांग उत्तेजित हो गये थे। कामग्नि और विरह परस्पर विरोधी हो गये थे। नेत्र आशान्वित थे।

"आप कुशल से है सुन्दरी।" अतिथि भवन की स्वागत कन्या बोली। अप्सरा स्वप्ना चौंकी। कामातुर नेत्रों ने स्वागत कन्या को देखा।

मौन।

स्तब्ध।

"आइये विश्राम कक्ष हेतु प्रस्थान कीजिए।"

रात्रि का प्रथम प्रहर समाप्त होने को था।

अप्सरा स्वप्ना अपने कक्ष में पर्यंक पर बैठी थी।

मध्यय ज्योति पूंज के मध्य तीव्र मंथन अप्सरा स्वप्ना को विचलित कर रहा है। अप्रिय संवाद से मुक्ति मिल गयी पर क्या अप्रिय घटना से भी मुक्ति मिलगी? जीवित रहेगी? स्वर्गापुरी के दर्शन पुनः हो पायेंगे? सूर्योदय होगा इस रात्रि के उपरान्त? परमआराध्य का व्यवहार तो आत्मीय था पर कहीं उसके पार्श्व में कुटिल कृत्य तो नहीं? किसी के स्वभाव की परीक्षा कैसे की जाये? स्वर्गपुरी में सुरक्षा व्यवस्था थी। वहाँ भय नहीं था। परन्तु अपरिचितों के साथ

........? यह प्रथम अवसर अत्यन्त गोपनीय, रहस्यमय और आतिथ्य.

....?

द्वार पर ध्वनि हुई।

अप्सरा स्वप्ना भयग्रस्त हो गई।

भयवश बोली–"कौन ?"

"द्वार खोलो सुन्दरी।"

"परिचय दो।"

"स्वागत कन्या।"

"अप्सरा स्वप्ना ने कंपित हाथों से द्वार खोला।"

"प्रस्थान करना है।"

"हैं ?"

"भयमुक्त रहो सुन्दरी।"

"तत्काल प्रस्थान है।"

"हाँ, तत्काल।"

"कहाँ ?"

"धैर्य रखो।"

वस्त्र विन्यास और केशविन्यास करके अप्सरा स्वप्ना उपस्थित हुई।

शुक्लपक्ष की रात्रि। रात्रि में चन्द्रमा रजत भाँति प्रकाशमान था। समीपवर्ती सघनवन से वन्यपशुओं की करकश ध्वनियाँ वातावरण को और भयावह बना रही थी। अधिकांश आवासों के प्रकाशपुंज भी शान्त होकर विश्राम कर रहे थे। उनकी अग्नि भी रजत प्रकाश का आनन्द लेने हेतु शान्त हो गयी थी। शीतल ब्यार काया को स्पर्श करके सुखद अनुभूति का अनुभव करवा रही थी। इस शीतलता से अपने आप को सुरक्षित करने हेतु अप्सरा स्वप्ना ने अपना उतरीय तन पर आवरण कर लिया।

स्वच्छ सर्पिलाकार वीथियाँ। ढलानयुक्त वीथियाँ उस स्थान

पर समाप्त हुई जहाँ एक लघु आकार का सर था। निर्मल जल युक्त सर में चन्द्रमा रजत आभूषण-सा प्रतीत हो रहा था।

"ठहरो।"

अप्सरा ठहर गयी।

स्वागत कन्या सर के बाईं ओर स्थित आवास में प्रवेश कर गई।

आवास में प्रकाशपुंज प्रज्ज्वलित थे।

उस पर सुरक्षाकर्मी था।

चन्द्रमा प्रकाशमान था।

मगर, भय मुक्त नहीं हो पा रही थी अप्सरा स्वप्ना।

वन्य पशुओं की करकश ध्वनि कर्ण समीप अनुभव हो रही थी।

आभास, अभी वन्य पशु अहिंसक होकर अप्सरा स्वप्ना पर आक्रमण करेगा।

एक-एक पल सहस्त्र युग सा प्रतीत हो रहा था।

भयावह अनुभूति और शीतलता दोनों अहिंसक हो रही थी।

स्वागत कन्या को आवास से आता देख भय क्षीण हुआ।

"आओ।"

अप्सरा स्वप्ना ने उसका अनुसरण किया।

प्रवेश द्वारा के उपरान्त पुष्पित दुर्बायुक्त उद्यान।

सुगंधित वातावरण।

मुख्य द्वार में प्रवेश किया। कलात्मक मुख्यद्वारा और उसके पट चिरस्मरणीय। अभूतपूर्व शान्ति।

विशालकक्ष के पूर्वोत्तर में सोपान। भव्य, सुसज्जित आसन व्यवस्था। पुष्पकलश। अनेक प्रकार के मृणपात्र।

स्वागत कन्या सोपानों पर चढ़ने लगी। अप्सरा स्वप्ना अनवरत अनुसरण करती रही।

प्रथम तल। उच्च अर्ध चंद्रकार शिखरयुक्त द्वितीय तल का आसन। प्रथम तल की भितियों पर वन्य जीवों की मुखाकृतियाँ सुशोभित थी। मृणपात्रों में वृक्षों की शाखायें थी। पीपलीपर्ण बंदनवार निर्मित थे।

स्वागत कन्या ने प्रथम तल पर पूर्वोत्तर दिशा की ओर बने कक्ष की ओर संकेत किया। प्रवेश का संकेत।

स्वागत कन्या वापस चली गयी।

अप्सरा ने कक्ष के पट खोले।

"निर्भय प्रवेश करो सुन्दरी।"

अप्सरा स्वप्ना ने भयमुक्त पद कक्ष में रखा। कक्ष में किसी के दर्शन न करके भय आक्रान्त हो गया।

"पट बंद कर दो सुन्दरी।"

आदेश का पालन कर अप्सरा ने अपने बाईं ओर देखा। कोई गवाक्ष से अन्तरिक्ष को देख रहा है।

"अभय रहो।"

अप्सरा स्वप्ना पुनः अचंभित हुई।

"आसन ग्रहण करो।"

अप्सरा को किसी वस्तु से ठोकर लगी। पात्र गिरते-गिरते बचाया उसने।

"अत्यन्त श्रेष्ठ।"

"हूँ" अप्सरा के मुख से निकला।

"विहंगमदृश्य। अद्भुत। ऐसे दृश्य युगान्तर में ही दर्शनीय होते हैं।"

परमआराध्य ने काष्ठ परखनली को गवाक्ष से कक्ष में लाकर उसे यथास्थान रखा और अप्सरा स्वप्ना को देखा।"

"आप ?" अप्सरा स्वप्ना के मुख से अनायास ही निकला।

"मेरे अतिरिक्त तुम्हें रात्रिकाल में किसी अन्य का निमंत्रण

नहीं मिलेगा सुन्दरी। भयमुक्त रहो। उन्मुक्त रहो।"

"आभार परमआराध्य।"

"स्वर्गपुरी में सर्वत्र कुशल क्षेम तो है न ?"

"मैं आपका अभिप्राय ....।"

उसका वाक्य पूर्ण होने से पूर्व ही परमआराध्य जोर से हंसा।

"तुम्हारा आगमन सुनिश्चित था अप्सरा स्वप्ना।"

अपना नाम सुनकर वह आश्चर्यचकित हो गयी। उसका मुख खुला का खुला ही रह गया।

अवाक् ! स्तब्ध ! अनुत्तरित।

"आश्चर्यचकित हो ?"

"............."

"अज्ञान हो ?"

"..............."

"स्वप्नदृष्टा हो ?"

"................"

"परन्तु भविष्य दृष्ट नहीं हो। लक्ष्य प्राप्त करने में सक्षम हो। परन्तु परिणाम से अनभिज्ञ हो। कथानक ज्ञात है परन्तु विषय वस्तु अज्ञात है। साहसी हो परन्तु दुःसाहस कर नहीं सकती। महेश की प्रिय हो।"

इतना सुनकर अप्सरा स्वप्ना परमआराध्य के चरणों में शाषटंग हो गई। उसके नेत्रों से अश्रु प्रवाहित हो गये।

परमआराध्य ने उसकी भुजाओं को पकड़कर कहा–"उपस्थ स्वप्ना।"

अप्सरा उसके चरणों में बैठ गई। उसके कपोलों से अश्रु पौंछते हुए परमआराध्य बोला–"तुम्हारा स्थान चरणों में नहीं। किसी भी सहृदय मानव के हृदय में सदैव रहेगा। आओ। हमारे समीप बैठो।"

स्वप्ना समीप बैठ गई।

"मैं समागम को आतुर नहीं हूँ।"

"मैं उपस्थित हूँ। तत्पर हूँ।"

"आवश्यकता नहीं है।"

"कारण ?"

"विशेष नहीं।"

"आप प्रथम ही होंगे जो कामातुर नहीं है इस एकान्तवास में।"

"स्वप्ना ! कामक्रीड़ा सर्वप्रमुख नहीं है।"

"अर्थात् ?"

"प्रथमतः हृदय विजित् करना श्रेयस्कर होता है। अन्यथा यह कर्म बलात्कार होगा।"

"पूर्ण सहमति उपरान्त भी।"

"वह समागम पूर्ण सुखानुभूति नहीं देता।"

"आपका कामक्रीड़ा सिद्धांत भिन्न है परमआराध्य।" अप्सरा स्वप्ना ने आश्चर्य से कहा।

"सत्यकथन स्वप्ना।"

"हम अप्सराओं के लिये यह अनुपम है।"

"स्वप्ना ! प्रवृत्ति-प्रधान होने के कारण यह अज्ञान, माया, अविद्या आकर्षक का मूल होने के कारण सृष्टि का उत्पादक तत्व है। किन्तु निवृत्ति प्रधान होने पर यह ज्ञान, विद्या, विवेक का हेतु भी है।"

"श्रेष्ठ विश्लेषण।"

"स्वप्ना ! मेरे लिए मेरा कर्त्तव्य प्रथम है। सर्वोपरि है। मैं अपने कर्त्तव्य को सर्वोपरि निर्धारित करता हूँ उसके पश्चात् अन्य सुरुचिपूर्ण कार्य। इस एकान्तवास का तात्पर्य केवल कामक्रीड़ा नहीं है। मेरा स्वगत मत है कि सर्वप्रथम मनोभाव की सहमति और स्वस्थ वातावरण कामक्रीड़ा हेतु अत्यन्त आवश्यक है।"

"सत्यवचन।"

"काम के लिए काल सदैव तत्पर है किन्तु कर्त्तव्य हेतु काल निश्चित। वह अनिश्चित नहीं हो सकता। तुम्हारे आगमनपूर्व में अन्तरिक्ष स्थिति ज्ञात कर रहा था। अद्‌भुत दृश्य था।"

"आपका कर्त्तव्यनिष्ठ है।"

"निश्चित ही।"

"यह तो श्रेष्ठतम सिद्धांत है।"

"तुम्हें आश्चर्य होगा यह ज्ञात करके कि तुम अपने स्वप्न में जिस के दर्शन करती थी मैं वहीं हूँ।"

"आश्चर्य परमआराध्य। आश्चर्य। मैं तो कल्पना भी नहीं कर सकती।"

परमआराध्य उठे और मृणपात्रों में आसव लेकर आये।

"लो स्वप्ना। इसे ग्रहण करो।"

"आभार आपका।"

"संभवतः तुम अनभिज्ञ हो स्वप्ना इस तथ्य से कि मैं और महेश एक साथ हिमवंत में एक अन्वेषण हेतु थे। गंगा से परिचित हो ?"

"आप शः है ?" अप्सरा स्वप्ना ने आश्चर्य से कहा।

शः मुस्कुरा दिये।

स्वप्ना ने चरणस्पर्श किये।

"विजयभवः।"

"महामहिम ने आपके विषय में सम्पूर्ण वृतान्त ज्ञात करवाया था। अत्यन्त रोचक किन्तु ....।"

"किन्तु क्या स्वप्ना ?"

"क्षमाप्रार्थी हूँ–हृदय विदारक।"

शः जोर से हंसे।

स्वप्ना स्तब्ध। आश्चर्यचकित।

अपनी हंसी रोक शः ने कहा–"महामहिम भी अन्तन्त रोचक है। कथावाचन में अद्वितीय है। स्वप्ना ! वास्तव में वह प्रकरण सिद्धान्तपरक था हृदय विदारक तो महामहिम ने बना दिया।"

"सिद्धांतपरक अर्थात् ?"

"धैर्य रखो स्वप्ना। धैर्य रखो।"

"रोचक कथनों के लिए कर्ण धैर्यवान नहीं होते न।" दोनों जोर से हंसे और अपने-अपने आसव पात्र खाली किये।

वार्तालाप इतना रोचक था कि सूर्योदय की प्रथम बेला आकाश में प्रकाशित हो गयी।

शः का अनुसंधान प्रांगण। पश्चिम मुखी द्वार। अप्सरा स्वप्ना ने मुख्यद्वार पर अंकित शब्द उच्चारित किया–"वेधशाला।" उसने शः की ओर देखा।

"वेधशाला अर्थात् अन्तरिक्ष अध्ययन केन्द्र।"

"अति उत्तम।"

"प्रवेश करो।" शः ने संकेत करके कहा।

"प्रथमतः आप।"

"नारी प्रथम।"

"आराध्य प्रथम।"

दोनों हंसे। उनके सहायक मुस्कुराये।

दोनों ने एक साथ अपने-अपने बायें पग प्रवेश द्वार में रखे।

दुर्वायुक्त विशाल प्रांगण। काष्ठ निर्मित अनेक यंत्र। स्वप्ना की जिज्ञासा को भांपते हुए कहा–"सर्वप्रथम स्तुति।"

काष्ठ निर्मित मंच पर शः और स्वप्ना खड़े हुए। उनके समक्ष वेधशाला के नवयुवक युवतियाँ। श्वेतधवल अधोवस्त्र और उत्तरीय धारण किये हुए थे। सभी के मस्तक श्वेत वस्त्र से आच्छादित थे।

सभी ने करबद्ध मुद्रा ली और एक स्वर में उच्चारित करना

प्रारम्भ किया–"ऊँ" (दीर्घस्वर युक्त उच्चारण)

ऊँ त्र्यम्बकं यजामहि सुगन्धिं पुष्टिवर्धनम्।
ऊर्वारूकमिव बंधनान् मृत्योर्मुक्षीय मामृतात्।।

सभी ने नौ बार स्तुति की।

एक-एक करके सभी युवा अनुसंधानकर्त्ताओं ने श: के चरण स्पर्श किये। युवतियों ने चरण वंदना की। श: ने विजयभव:, आयुषमान भव: का आशीर्वचन कहे। सभी अपने-अपने अनुसंधान प्रकोष्ठों में प्रस्थान कर गये।

एकान्त हुआ।

"परमआराध्य इस स्तुति का आश्रय ज्ञात करवायें।" अप्सरा स्वप्ना ने कहा।

इस स्तुति का आश्रय है–"तीनों दृष्टियों से युक्त रूद्रदेव की उपासना हम करते हैं। वे द्वेष जीवन में सुगन्धि एवं पुष्टि अथवा संरक्षक सत्ता का प्रत्यक्ष बोध करवाने वाले हैं। जिस प्रकार पका हुआ फल डण्ठल से अलग हो जाता है। उसी प्रकार हम मृत्यु भय से मुक्त हो, किन्तु अमरत्व से दूर न हो, साथ ही यहाँ अर्थात् भव बन्धन से मुक्त हो जाएँ और वहाँ स्वर्गीय आनन्द से नहीं।"

"तृतीय दृष्टियों से, अर्थात् ?"

"तीनों काल अर्थात् भूत, वर्तमान और भविष्य।"

"अति उत्तम।"

"इस स्तुति के पार्श्व में एक अत्यन्त रोचक कथा भी है स्वप्ना।"

"क्षमाप्रार्थी परमआराध्य, एक शंका का निवारण कीजिए।"

"कहो स्वप्ना।"

"स्तुति के ऋचाकार कौन हैं ?"

"कथा ज्ञात करते ही तुम्हारी शंका का समाधान हो जायेगा।"

"अत्यन्त रोचक। बात करवाइये।"

स्वप्ना ज्ञात करो–"सघनवन प्रकरण सर्वविदित हो गया था। वरुणा नदी और अस्सि धारा के गंगा में विलय और सघनवन का विनाश युक्ति संगत नहीं था। वरुणा नदी में स्वच्द निर्मल जल प्रवाहित था। मगर अस्सी जलधारा कृष्णमयी थी। उस जलधारा का शुद्धिकरण आवश्यक था। समाधान निकलता न देख मैंने वरुणा नदी तट पर स्थित अभियन्ता शिविर त्याग दिया।"

"यह तो ज्ञात है।"

"महर्षि वसिष्ठ को जब प्रकरण ज्ञात हुआ तो वह विचलित हो गये। मैं गंगापथ का निरीक्षण करते हुए वापस आ रहा था। जिस स्थल पर मोक्ष उपरान्त आहार का आयोजन हुआ था उससे कुछ योजन ही आगे बढ़ा था कि गण मुक्ति स्थल पर महर्षि वसिष्ठ आते दिखलाई दिये। गणमुक्ति स्थल पर ही एक वृक्ष के नीचे हमारा वार्तालाप हुआ। अत्यन्त व्यथित थे। वह मेरे मत से सहमत थे। उनका आग्रह था कि मैं अद्वितीय अभियान्त्रिक की कार्य के समापन तक उसमें सम्मिलित रहूँ। गंगा और सागर का सम्मेलन मेरी ही उपस्थिति में हो। गंगा सागर समागम अत्यन्त रोचक होगा। उसका अवलोकन अवश्य करें। मैं भी महर्षि वसिष्ठ के विचारों से अभिमत था।"

"आपने महर्षि वसिष्ठ का आग्रह स्वीकार्य क्यों नहीं किया परमआराध्य ?"

"कार्य सिद्धांत अनुमति नहीं दे रहा था। मेरे लिए उनका आग्रह स्वीकार्य करना संभव नहीं था। मैंने अपना कार्य सम्पन्न किया था। वरुणा नदी के सघनवन के उपरान्त गंगापथ का निर्माण कार्य अपनी उपस्थिति में प्रारम्भ करवा दिया था।"

"यह आपकी दूरदर्शिता का परिणाम था।"

"उचित व्याख्या। आभार।"

"इसमें आभार कैसा परमआराध्य। सत्य तो सत्य होता है।"

"अवश्य। किन्तु मेरे लिए अपने सिद्धांतों से समझौता करना संभव नहीं था। मैं अपने स्वार्थ हेतु नहीं वरन् जनकल्याणार्थ कार्य

का संपादन कर रहा था। इस सिद्धांत पर मैं आज भी अडिग हूँ।"

"यह तो वंदनीय तथ्य है। सर्वोत्तम कथन है।"

"यही तर्क मैंने महर्षि वसिष्ठ को दिया था। स्वप्ना मैंने तर्क दिया था यदि वह कार्य स्वार्थवश होता तो संभवत् पुनः उस महायज्ञ में सम्मिलित हो जाता है। किन्तु जनकल्याणार्थ था। अतः मेरा पुनः वापस लौटना उचित नहीं था। महर्षि वसिष्ठ का तर्क था कि हम सभी जनकल्याणार्थ कार्यों के सम्पादन में संलग्न है। जनमानस को एक वि-ज्ञानी जीवन पद्धति प्रदान करने के लिए संकल्पित है। हमें अपना अहम् भी त्यागना होगा।"

"आपने क्या प्रति उत्तर दिया परमआराध्य ?"

"सिद्धांत और अहम् दोनों विपरीत है। उनमें साम्य नहीं है। सिद्धांत विज्ञान परक है। उसमें सर्वजनहित संरक्षित है। प्रकृति सम्मत है। उसका विरोध क्यों? अस्तु, अहम् ही मेरे लिए प्रमुख होता तो मैं महेश को अपना सहायक नियुक्त करता। हिमगत विशाल स्तर को मैंने अपने अनुसंधान से ज्ञात किया था। मैं स्वयं सक्ष्म था उस पवित्रजल को भू-अवतरण हेतु। गंगा शब्द भी मेरी ही व्युत्पत्ति है। गंगापथ मैंने ही निर्धारित किया था। गंगासर अनुसंधान हेतु एक विशेष यंत्र मैंने ही निर्मित किया। उस यंत्र निर्माण में मेरे अनेक सहायकों ने मेरी सहायता की। विशेष रूप से पर्वतराज की पुत्री और मेरी अर्धांगिनी पार्वती ने न केवल त्रिशूल निर्माण में अपना बहुमूल्य योगदान दिया अपितु उसके उपयोग का सिद्धांत भी विकसित किया। वास्तविकता यह है कि मेरी अर्धांगिनी के आग्रह पर ही मैंने उस क्षेत्र का भ्रमण किया था जहाँ वास्तव में हिमगत अपार जलराशि है। पार्वती ने अनेक बार उस क्षेत्र में जलकुम्भी के दर्शन किये थे। जल की उपलब्धता हिमगत है या नहीं यह परीक्षण करने हेतु पार्वती ने अनेक प्रयास किये। उसे सफलता नहीं मिली। यह सब विवाह पूर्व के प्रकरण है, विवाह उपरान्त उसने मुझे ज्ञात करवाया। हम दोनों

मानसरोवर से उस स्थान आये जहाँ जलकुम्भी निर्मित होती थी। वहाँ हमने मृत मत्स्य भी देखीं। वह ऐसी प्रतीत हो रही थी कि अभी गत दिवस ही उनकी मृत्यु हुई हो। जबकि वास्तविकता यह थी कि वह मृत मत्स्य एक युग से मृत थी। तब हमें ज्ञात हुआ कि हिम प्रकृति की सर्वाधिक जीवन्त और महत्त्वपूर्ण तत्व है। उसके आंचल में जीवित या मृत तत्व युगों तक अपना अस्तित्व सुरक्षित रख सकता है। उस मत्स्य का विच्छेदन करने पर ज्ञात हुआ कि हिमावरण के कारण मृत मत्स्य का बाह्य आवरण अत्यन्त कठोर हो गया था। पाषाण के समान। पाषाण उत्खनन यंत्र से अत्यन्त परिश्रम के उपरान्त उस मृत मत्स्य का बाह्य आवरण छेदन करने में सफलता मिली। जब उसे द्वि खण्डों में विभक्त किया तब ज्ञात हुआ कि मृत्युकाल में उसके उदर की जो स्थिति रही होगी वही हमें ज्ञात हुई। उसके उदर में एक मृत शिशु मत्स्य अपने मौलिक रूप में थी। रक्त वाहिनियाँ रक्तपूर्ण थी। अन्य अंग भी पूर्ण सुरक्षित थे।"

"अत्यन्त रोचक परमआराध्य।"

"स्वप्ना ! हमारा उत्साह हिमशिखर की भाँति उच्चतम शीर्षस्थ हो गया। मैंने और पार्वती ने निश्चय किया कि हम हिमवंत में जाकर निवास करेंगे। वहीं अनुसंधान और अन्वेषण करेंगे कि सम्पूर्ण हिमवृत्त हमारे लिए कार्य क्षेत्र था। हमने मुजवन्त शिखर को अपना स्थायी आवास हेतु निश्चित किया।"

"वहीं से सोमलता सर्वप्रथम प्राप्त हुई थी परमआराध्य ?"

"निश्चित वहीं स्थान। वहाँ से सम्पूर्ण श्रृंखला पर आवागमन सहज है। अनेक शिखरों पर सदैव दृष्टि बनाये रखना सरल है। वहाँ प्राकृतिक गुफाएँ अत्यन्त सुरक्षित और वातानुकूलित है। मुजवन्त से अनेक अनुसंधान करते हुए हम इस निष्कर्ष पर पहुँचे की इस हिम श्रृंखला का अस्तित्व असंख्य युगों पूर्व हुआ। असंख्य युग पूर्व हिमवन्त

के स्थान पर सागर रहा होगा। प्राकृतिक परिवर्तनों के कारण पृथ्वी के धरातल पर मेरू सरिखा लम्बवत् पाषाणखण्ड आकाशमार्गी हो गया है। सम्पूर्ण हिमवन्त की प्रकृति और प्रवृत्ति भिन्न है। हमने अनेक स्थान पर उत्खनन किया। वहाँ की मृदा का परीक्षण किया। उसमें विभिन्न तत्व समावेशित है। उनका अनुपात भी भिन्न है। वहीं मृदायुक्त पर्वत शिखर और श्रृंखला है, तो कहीं पाषाण युक्त। कहीं कठोर पाषाण है तो कहीं निर्मल समतल है।निर्माणकाल की विखण्डन श्रृंखला है तो कहीं प्राकृतिक गुफाएँ है। कहीं शिखर सपाट–समतल है तो कहीं शूलाकार। कहीं हिमयुक्त शूलधारी शिखा है तो कहीं शूलधारी शिखर पर हिम अपना निवास स्थापित ही नहीं कर पाती। अनेक पाषाण रजत समान प्रकाशित है तो अनेक शिखर कुरूप हैं।"

"अत्यन्त अनुपम विश्लेषण।"

"स्वप्ना मैं और पार्वती ने आधुनिक मान प्रणाली के स्थान पर पग–पग योजन की योजना को मूर्तरूप दिया। अपने जीवन को अनेक बार मृत्यु के समीप दृष्टिगोचर किया है। उस जलयुक्त क्षेत्र के लिए भटके हैं हम। हिम जन्तुओं से अपनी सुरक्षा कैसे की हमने उसका कथानक अत्यन्त भयावह है। उस पल को आज भी स्मरण करके रोम–रोम शूल भाँति प्रतीत होता है। ऐसे भयावह अनुभवों का साक्षी हूँ मैं।"

बदरवन हमारे लिए वरदान सिद्ध हुआ। ग्रीष्म ऋतु बदर का स्वादिष्ट सेवन आज भी रोमांचित कर देता है। सस्वर प्रवाहित होती एक जल धारा प्रेरणा स्रोत बनी। हमने वहीं अपना प्रथम यंत्र अन्वेषित किया जिसे पार्वती ने नाम दिया त्रिशूल। अर्थात् त्रि–शूल एक दण्ड।

"अति सुन्दर।"

"उस त्रि–शूल ने हिमवंत में सम्पूर्ण अनुसंधान ने अत्यन्त महत्त्वपूर्ण भूमिका संपादित की।"

"उसकी कार्यप्रणाली ज्ञात करवाइये न।"

"वह छिद्रयुक्त काष्ठ से निर्मित किया गया। वृत्ताकार आकृति। त्रि-शूल उर्ध्वय अवस्था में थे। मध्य शूल त्रिकोणमिति पर निर्मित किया गया और उसमें वायु के आवागमन हेतु छिद्र निर्मित थे। दायें और बायें शूल अर्धचंद्राकार आकृति एक-एक छिद्र बनाये गये। हिम में छिद्र करके त्रि-शूल को हिमगत करके जल-प्रवाह की ध्वनि ज्ञात करने का प्रयास किया जाता था। हिम की विशेषता होती है कि यदि उसमें छिद्र कर वायु प्रवाह की व्यवस्था की जाये तो वह दूसरे छिद्र से प्राणवायु की भाँति प्रतिक्रिया करता है। कालांतर में आवश्यकतानुसार उसमें यान्त्रिक परिवर्तन करके उसे समृद्ध बनाया गया।"

"क्या वह प्रत्येक स्थल पर उपयोगी है ?"

"नहीं। वह केवल हिमाद्रि क्षेत्र में ही उपयोगी है।"

"अति श्रेष्ठ यान्त्रिक प्रणाली।"

"वह यहाँ मेरे निवास में सुरक्षित है। संध्याकाल उसके दर्शन संभव होंगे।"

"श्रेष्ठ ! आप हिमवंत के विषय और रोचक तथ्य ज्ञात करवाइयें।"

"स्वप्ना यह संयोग ही है कि त्रि-शूल आकारानुसार ही गंगा जल स्रोत।"

"अर्थात् परमआराध्य ?"

श: मुस्कुराये। फिर बोले—बदर क्षेत्र में त्रि-शूल की प्रेरणा मिली। केदार में हिमगत जल होने की सूचना ज्ञात हुई और सत्यपथ में हिमगत विशाल सर होने की पुष्टि हुई।

"परमआराध्य केदार और सत्यपथ के विषय में ज्ञात करवाये।"

"स्वप्ना केदार वह स्थल होता है। जहाँ भूमि जल युक्त हो। पग मृदा और जल के मिश्रण में रहे। ऐसा ही क्षेत्र इस पाषाण क्षेत्र

के निम्न भाग में चहूं ओर है।"

"और सत्यपथ ?"

"यह नाम मैंने दिया है।"

"इसका अभिप्राय।"

"वह हिमयुक्त स्थल जिसके पार्श्वभाग में हिमगत विशाल स्तर है। यदि हम सत्यपथ की ओर मुख करके खड़े हो जाये तो बायें ओर केदार और दाईं ओर बदर है। इन दोनों के मध्य शीर्ष में है सत्यपथ।"

"आप महान् है परमआराध्य ! महान है।"

"प्रशंसा हेतु आभार।"

"आप महर्षि वसिष्ठ से वार्तालाप का प्रसंग ज्ञात करवा रहे थे।"

"श्रेष्ठ स्वप्ना ! यह सविस्तार मैंने महर्षि वसिष्ठ को ज्ञात करवाया। उन्हें भी यह सब सविस्तार ज्ञात नहीं था। उन्हें आश्चर्य हुआ। मैंने कहा महर्षि मैंने तब भी अपना अहम् प्रदर्शित नहीं किया। उन्होंने कहा–आप अहम् के धनी है परन्तु उसके उपरान्त भी आप अपने कर्त्तव्य को निष्ठापूर्वक पूर्णता प्रदान करने में संलग्न थे। निश्चित ही आप सिद्धांतपरक है। सिद्धांतवादी है। स्वप्ना ! महर्षि ने निवेदन किया कि वे मेरे लिए तत्काल एक ऋचा प्रस्तुत करना चाहते हैं और तब उसी गण मुक्ति स्थल पर यह ऋचा कहीं जो तुमने सुनी थी।"

अप्सरा स्वप्ना ने स्वगत ऋचा कही–

"त्र्यम्बकं यजामहे सुगंधिं पुष्टि वर्धनम्।" उसे यह पंक्ति स्मरण थी। श: ने उसे सम्पूर्ण किया–

ऊर्वारूकीम बन्धनां मृत्योर्भुक्षीय मातृतात:।

"त्र्यम्बकं यजामहे सुगन्धिं पतिवेदन्।

ऊर्वारूकमिव बन्धनादितो मुक्षीय मामुतः।"

हस्तताल करके अप्सरा स्वप्ना बोली–"श्रेष्ठ ! अति उत्तम। सर्वोत्तम परमआराध्य।"

"महर्षि वसिष्ठ ने करबद्ध निवेदन किया कि निश्चित ही आपको मुजवन्त की ओर प्रस्थान करना चाहिए।"

"और आप यहाँ आ गये।"

"तीक्ष्म बुद्धि बल।"

दोनों हंसे।

शः ने अपनी वेधशाला का भ्रमण करवाया। अनेक यंत्रों के विषय में सविस्तार ज्ञात करवाया। रासायनिक परीक्षण केन्द्र, आयुध निर्माण और परीक्षण केन्द्र, भौतिक केन्द्र, अन्तरिक्ष केन्द्र, जलशोधन केन्द्र, मृदा केन्द्र और उपग्रह केन्द्र का भ्रमण करवाने के बाद शः स्वप्ना के साथ पुनः उद्यान में आ गये।

काष्ठ निर्मित सोपानयुक्त वर्तितप्ररोह पर चढ़े। व्यध्व में स्वप्ना शुक्तस्वर बोली–"हर्तृ परमआराध्य।"

शः ठहरे ! मुड़कर देखा। स्वप्ना की हृदयगति तीव्र थी। मस्तक पर श्वेद बूंदे स्पष्ट थी।

"उद्वेग स्वप्ना उद्वेग।"

"अम्बरपथ सदृश्य।"

"अभिनिवेशिन् स्वप्ना।"

"पृथुल।"

दोनों हंसे।

स्वप्ना शीर्ष स्थान पर पहुँची।

"सोपानः भाषा परिष्कृतः।"

"अपभ्रंश युक्ति।"

"निश्चित ही।"

"सोपान नहीं समुन्नद्ध है।"

"स्वप्नाप हमारी भाषा अपभ्रंशगत हो गई है। शुद्धता और क्लिष्टता विलुप्त हो गयी है। ये सोपान हृदयधात समान अनुभव होते हैं और कष्ट काल में मानव शुद्धता का दास स्वत: ही बन जाता है।"

गहरी सांस लेकर अप्सरा स्वप्ना ने उस काष्ठ वेधशाला के शिखर पर खड़े होकर चारों ओर देखा। चारों ओर सघनवन ही दिखलाई दे रहा था। दूरस्थ अनेक पाषाण खण्ड दृष्टिगोचर हो रहे थे। उसने उत्तर दिशा की ओर संकेत करके पूछा–"परमआराध्य वह दूरस्थ पाषाणखण्ड भी निवास योग्य है।"

"श: स्वप्ना की अज्ञानता पर हल्की मुस्कान के साथ बोले–नहीं, ऐसा नहीं है। इस क्षेत्र को आत्मसात् करने से इस की भौगोलिक स्थिति ज्ञात करना अत्यन्त आवश्यक है।"

"क्षमाप्रार्थी हूँ। अज्ञानता वश अपने उत्साह को भी रोक नहीं पाई।"

"उत्साह में सदैव त्रुटियाँ कर ही देता है मानव।"

"सत्यकथन।"

"स्वप्ना! यहाँ से चहुंओर जो सघनवन दृष्टिगोचर हो रहा है वह शंकूधारी वन है। सम्पूर्ण क्षेत्र केदार है। इसका विस्तार अत्यन्त विस्तृत है। पूर्व दिशा में पलबल नामक विशाल सर है और उत्तर दिशा में अम्बुसर तक विस्तृत है केदार। इसके उत्तरपूर्व में यमुना नदी प्रवाहित है जिसकी अनेक धाराएँ इस पाषाणप्रस्थों की ओर आती है और पुन: यमुना में मिल जाती है।"

"आपने पाषाण प्रस्थों शब्द का प्रयोग किया। इसका तात्पर्य क्या है ?"

"उत्त दिशा में लघु आकारीय पाषाणप्रस्थ है। उसके चारों ओर पर्णिन् वृक्षों की बहुतायत है, और जल क्षेत्र भी विशाल है। उसे

पाषाण पर्णप्रस्थ सम्बोधित करते हैं।"

"अति सुन्दर।"

"पूर्व दिशा की ओर जो तुम्हें पर्वतनुमा शिखर दृष्टिगोचर हो रहा है वह भी अत्यन्त सघनवन से आच्छादित है। वहाँ बाघ भी पूर्वकाल में निवास करते थे ऐसी मान्यता है। उसे पाषाण बाघप्रस्थ कहा जाता है।"

"क्या अब बाघ नये पये जाते हैं ?"

"संभवतः नहीं।"

"अति उत्तम"

"दक्षिण पूर्व कहें या पूर्वांश कोण में एक विस्तृत पाषाण क्षेत्र है। वह उपमहाद्वीप सदृश्य प्रतीत होता है। इसके चाहुंओर विस्तृत जलराशि है और अनेक जलमग्न लघु पाषाण शिख है। इसे पाषाण उपप्रस्थ कहते हैं।"

"श्रेष्ठ।"

"पश्चिम दिशा में एक अद्‌भुत पाषाण क्षेत्र है। सूर्योदय काल में इसके खण्ड-खण्ड पाषाण स्वर्ण की भाँति प्रतीत होते हैं। इस क्षेत्र में प्राकृतिक पाषाण निर्मित जलकुण्ड है तो प्रातःकाल की बेला में अत्यन्त मनमोहक लगता है। उसे पाषाण स्वर्णप्रस्थ कहा जाता है।"

"अति सुन्दर ! और जहाँ आपने अपनी वेधशाला निर्मित की है उसे क्या जाता है ?"

"पूर्वकाल में यह पाषाण क्षेत्र खण्डप्रस्थ के नाम से जाना जाता था। मगर मैंने इसे नाम दिया है इन्द्रप्रस्थ।"

"इन्द्रप्रस्थ अर्थात् ?"

"स्वप्ना चन्द्रमा को इन्दु भी कहते हैं और इन पांचों प्रस्थ को संयुक्त रूप से खण्डप्रस्थ कहा गया है। यही लोक प्रचलित है।"

"आपने पुनः नामकरण किया है अतः कोई विशेष प्रकरण

अवश्य होगा।"

"इससे पूर्व इस खण्डप्रस्थ से सम्बन्धित अन्य महत्त्वपूर्ण रोचक तथ्य ज्ञात नहीं करना चाहोगी?"

"अवश्य परमआराध्य! परन्तु उससे भी पूर्व मेरी एक जिज्ञासा का निवारण कीजिए।"

"कहो स्वप्ना।"

"इस काष्ठ वास्तु का मर्म ?"

परमआराध्य मुस्कुराये ! बोले–गंगा अवतरण आभियान्त्रिकी काल में विश्वकर्मा मय ने निवेदन किया था–'एक अद्भुत, वास्तु अभियान्त्रिकी की कलात्मक बहुउद्देशीय मेरूदण्ड आकृति निर्माण का अवसर दीजिएगा।' मैंने तथास्तु कहकर उसके उत्साहवर्धन को इस लक्ष्य तक अग्रसारित कर दिया था। खाण्डवप्रस्थ आगमन के उपरान्त विश्वकर्मा मय को आमन्त्रित किया। अपनी वेधशाला के विचार को प्रकट किया। एक गहन विचार मंथन के उपरान्त इस आकृति को निर्मित किया विश्वकर्मा मय ने।

"विश्वकर्मा मय अत्यन्त कुशल भवन निर्माता है। स्वर्गपुरी का निर्माण भी उन्होंने ही किया था।"

"मेरूदण्ड का प्रस्ताव महामहिम के समक्ष भी प्रस्तुत किया था। किन्तु उस विचार मंथन सभा में मैंने ही विरोध किया था क्योंकि वह उपयुक्त स्थान नहीं था। हिमवन्त पर मेरूदण्ड औचित्यहीन था। सिद्धान्तविहिन था। तर्क संगत नहीं था।"

"ऐसा क्यों परमआराध्य ?"

"ऋतु सम्मत नहीं था वह स्थान इस प्रमेय हेतु।"

"इसका उद्देश्य ?"

"मानव मेरू के समानाकृति का निर्माण अन्तरिक्ष की–गतिविधियों का अध्ययन करने हेतु किया गया। प्रत्येक ग्रह के अध्ययन हेतु उसकी निश्चित दिशा निर्धारण कर प्रवाहमय निर्मित

किया गया है और इस भवन को नाम दिया मेरूदण्ड वेधशाला।"

"किन्तु परमआराध्य इस महान् कृति में एक त्रुटि दृष्टिगोचर होती है।"

शः को अत्यन्त आश्चर्य हुआ। उसने चौंक कर स्वप्ना की ओर देखा। शः को यह आशा नहीं थी स्वप्ना की अज्ञानता धूर्तपूर्ण स्तर तक पहुँच जायेगी।

असहनीय।

धुवनरत स्वप्ना।

ध्वजमङ्ग ज्ञान।

"हवृ वह मेरूदण्ड नहीं तुम्हारा ज्ञान है।" शः अत्यन्त रौद्र स्वर में कहा।

रौद्रवाणी

रक्तमयी नेत्र

"दृढ़ानुताप परमआराध्य।"

"अक्षम्य स्वप्ना।"

दृष्टकष्ट

"तनुसंचारिणी होने का अभिलाषा यह नहीं कि स्वर सती भी होगी।"

कंपित स्वर।

दु:खासिका।

प्रत्यारब्ध।

अपने आप संयमित करते हुए शः बोला–"स्वप्ना ! अति उत्साही सदैव विनाशक होता है।"

"करबद्ध क्षमाप्रार्थी हूँ।"

"सार्थकता सदैव स्वागत योग्य होती है परन्तु अज्ञानता अक्षम्य है।"

"भविष्य में पुनर्वृति नहीं होगी।"

"श्रेष्ठ.......स्वप्ना पृथ्वी अपने अक्ष पर घूर्णनन करती है और एक ओर कुछ अंश झुकी हुई है। उसी के अनुरूप इस काष्ठ मेरूदण्ड को निर्मित किया गया है।"

"अति सुखद परमआराध्य।"

"यह निर्माण हिमवंत क्षेत्र में अनुकूल वातावरण न मिलने के कारण संभव नहीं था। मेघ रहित आकाश। सभी ऋतुएँ। सूर्य प्रकाश। आद्रता रहित वातावरण अति आवश्यक है।"

"श्रेष्ठ ! आप श्रेष्ठ इस क्षेत्र की पूर्वगाथा के संदर्भ में अन्य तथ्य ज्ञात करवाना चाहते थे।"

"अति उत्तम स्मरण शक्ति।"

"आभार।"

"सर्वेक्षण विशेषज्ञों के अनुसार इस खण्डप्रस्थ सघनवन के पाषाण प्रस्थों पर अति पूर्व कालीन आदि मानव के निवास के साक्ष्य प्राप्त हुए है। संभवतः अनेक पाषाणप्रस्थों प्राकृतिक गुफाओं में आदि मानव निवास करता होगा। यह अब सर्वविदित है कि आदि मानव ने प्रवाहित जल स्रोतों के समीप ही अपना जीवनयापन है सघनवन में फल प्रदत्त वृक्षों की बहुतायत रहीं होगी। जिसका सेवन वे करते होंगे।"

"वर्तमान में फल प्रदत्त वृक्ष नहीं है क्या ?"

"प्राकृतिक परिवर्तन के काल खण्ड में संभवतः फल प्रदत्त वृक्ष गुप्त होते चले गये जिसके परिणामस्वरूप यह क्षेत्र आदि मानव रहित हो गया।"

"सत्यवचन।"

"स्वप्ना ! सर्वेक्षण विशेषज्ञ साक्ष्यों के आधार पर ही अपना वक्तव्य देते है जो लोक विचार बनते है। अनेक तर्क ऐसे है जिन्हें हम वर्तमान में स्वीकार नहीं करते परन्तु यह हमारा भ्रम है।"

"क्यों परमआराध्य ?"

"पूर्वकाल में स्थापित मान्यताएँ परम्पराएँ अवश्य रहती है। जिनके साक्ष्य क्षेत्र में सदैव सुरक्षित रहते है। उन्हें ही खोज कर सर्वेक्षण विशेषज्ञ प्राप्त साक्ष्यों के आधार पर पूर्वकाल की मान्यताओं की पुष्टि करते है। इसमें सर्वेक्षणकर्त्ता मृणपात्रों के अवशेष, काष्ठ कृतियों के निर्देश, उत्खनन से प्राप्त अवशेष, अन्न दानें फल के विनष्ट अवशेष आदि अनेक तथ्यों का अध्ययन करके अपना अभिमत स्पष्ट करते हैं।"

"सत्यकथन।"

"प्रालेय के कारण नदियों में जलराशि अधिक हो जाती है और इस कारण आदि मानवों को अपना स्थान परिवर्तन करना पड़ता है। इसे हम जल प्रलय भी कह सकते है। जल प्रलय अत्यन्त भयानक होती है। वह स्मृति पटल पर दु:खद स्मृतियाँ छाप देती है। इस क्षेत्र में भी ऐसा भी हुआ होगा। इस कारण यहाँ केदार का सविस्तार हुआ और कालखण्ड ने यहाँ अनेक ऐसे साक्ष्य सुरक्षित कर दिये जो सर्वेक्षणकर्त्ताओं के लिए उत्साह का कारण बने।"

"क्या सर्वेक्षणकर्त्ता निष्पक्ष भाव से अपना वक्तव्य देते हैं।"

"श्रेष्ठ प्रश्न स्वप्ना। सर्वेक्षण कर्त्ताओं को निष्पक्ष होकर अपना कार्य संपादित करें ऐसी आशा सभी को होती है किन्तु अनेक ऐसे मत भी प्रकाशित हुए है कि उन्होंने निष्पक्षतापूर्वक अपना कार्य सम्पादित नहीं किया है। यह उचित नहीं है।"

"संभवत: सर्वेक्षणकर्त्ता तथ्यों के प्रति पूर्वाग्रहों के कारण न्याय न करते हो।"

"सत्यकथन स्वप्ना ! इसके साथ-साथ अनेक सर्वेक्षणकर्त्ता अपने पूर्वजों को श्रेष्ठ सिद्ध करने का असफल प्रयास करते हैं। अन्य संस्कृतियों से प्रभावित रहते हैं। उनके कथन में पुष्टि का प्रयास नहीं करते। तुलना नहीं करते। वैचारिक मतभेद में अपने मत को तुच्छ सिद्ध करते हैं। अपुष्ट तथ्यों को स्वीकार करते हैं। परिश्रम से

भय रखते हैं।"

"ऐसे सर्वेक्षणकर्त्ता का बहिष्कार होना चाहिए।"

"निश्चित ही होना चाहिए। किन्तु अभी हम सभी अपने-अपने शोध-अनुसंधान सर्वेक्षण-परीक्षण-अन्वेषण में व्यस्त है। भविष्य में वह अवसर भी अवश्य आयेगा जब त्रुटिपूर्ण, अपुष्ट और संदेहात्मक तथ्यों को बहिष्कृत किया जायेगा। उनका तिष्कार्य होगा।"

"ऐसा विधि विधान अत्यन्त आवश्यक है अन्यथा भविष्य अंधकारमय हो जायेगा।"

"सत्यकथन ! इतिवृत्त भ्रान्तिमूलक होगा और सत्य सदैव अज्ञात रहेगा।"

"परमआराध्य ! आपने ज्ञात करवाया कि महर्षि वसिष्ठ ने उक्त स्तुति की रचना करके आपके प्रति आभार व्यक्त किया। क्या इस स्तुति को आप विशेष नाम देंगे ?"

"महामृत्युजंय मंत्र।"

"अत्यन्त सुन्दर।"

"ज्ञातव्य है कि महर्षि वसिष्ठ ने आग्रह किया मैं पुनः अपने निवास प्रस्थान करूँ। मगर महामृत्युजंय मंत्र की रचना के उपरान्त, उसका महत्त्व आत्मसात करके मैंने निश्चय किया कि–मैं अपने शेष शोध अनुसंधान को सर्वप्रथम पूर्ण करूँ। इसके लिए यह स्थान मुझे श्रेष्ठ प्रतीत हुआ। उपयुक्त परिस्थितियाँ। बाधा रहित क्षेत्र। अपने सहयोगी को अर्धांगिनी को यहाँ लाने के लिए प्रस्थान करवाया। कुशल कनिष्ठ अभियन्ताओं को यंत्र, तंत्र, मंत्र को सुरक्षित लाने हेतु प्रस्थान करवाया।"

"इस क्षेत्र को आपने कैसे खोजा ?"

"महर्षि वसिष्ठ ने ही ज्ञात करवाया था। यहाँ से गण मुक्ति सरल और आहार स्थल समीप ही है।"

"दर्शन की अभिलाषा है।"

"अवश्य।"

"आभार।"

शः ने सम्पूर्ण वेधशाला में भ्रमण करवाया। संध्या काल दोनों पुनः शः के आवास पर पहुँच गये।

सोमरस और आसव का मिश्रित पेय शः ने अप्सरा स्वप्ना को प्रस्तुत किया। अनेक विषयों पर गहन विचार विनिमय हुआ। रात्रि भोज सम्पन्न होने के उपरान्त विशेष रूप से सुसज्जित शयनकक्ष में जब अप्सरा स्वप्ना ने प्रवेश किया तो उसकी कामाग्नि स्वतः ही जागृत हो गयी। उसने कामदुधा धारण कर रखे थे। उसे प्रतीक्षा थी कामभोगलिप्सु शः की। कामवल्लभ प्रफुल्लित थे। उसने उस कक्ष में देख कामोद्दीपक रेखाचित्रों ने उसकी कामाउमंग तीव्र कर दी थी। धीमें से शयन कक्ष के पट बंद होने की ध्वनि अप्सरा स्वप्ना का सुनाई दी। उसने मुड़कर देखा।

आलिंगनबद्ध शः और स्वप्ना।

खण्डवन पाषाण इन्द्री वेधशाला में अप्सरा स्वप्ना को रहते हुए एक पक्ष पूर्ण हो गया था। दूसरे पक्ष के भी दो दिवस हो गये थे।

तृतीय दिवस।

अनेक प्रश्न।

उत्सुकता।

"परमआराध्य आप विगत दिवस चंद्रमा से संबंधित अनेक विशेष तथ्य ज्ञात करवाना चाहते थे किन्तु ....?"

"किन्तु परन्तु मत करो स्वप्ना। स्पष्ट वक्ता बनों। सुस्पष्ट कहो निष्कपट रहो।"

"स्तनमर्दन प्रारम्भ करके आप वि–ज्ञान की विकल्पित धारा में प्रवाहित हो गये थे और रति की तीव्रता ने विषय को परिवर्तित कर दिया था।"

शः मुस्कुराये ! बोले–"चतुर ! अति चतुर स्वप्ना। स्तनमर्दन

की अभिलाषा किसने व्यक्त की थी ?"

दोनों हंसे।

"स्वप्ना ! तुम मेरे विषय में पूर्ण तथ्यों को ज्ञात करना चाहती हो।"

"निश्चित ही !" मुस्कुराकर बोली।

"स्वप्ना ! चन्द्रमा उपग्रह मेरी ही नहीं अपितु आदिकाल से आदि मानव की जिज्ञासा का केन्द्र रहा है। आज भी अनेक आदि मानव समुदाय चंद्रमा से भय रखते हैं। अनेक मान्यताएँ है कि हमारी पृथ्वी चंद्रमा की प्रक्रिया करती है। ग्रहण उसका उग्ररूप है। उसकी उग्रता हमारे लिए हानिकारक है। अत: वह सदैव वंदनीय है उसकी सदैव आराधना करनी चाहिए। ऐसे ही अनेक तथ्य है जो आज प्रचलित है।"

"श्रेष्ठ"

"इन्हीं निर्मूल अवधारणों को वास्तविकता का परिधान ज्ञात करने हेतु मैंने यहाँ 'चंद्र अभियान' नामक परियोजना का शुभारम्भ किया।"

"क्या-क्या ज्ञात किया आपने ?"

"सर्वप्रथम मैंने अनुभव किया कि मानव स्वभावगत चंद्रमा के समान है। हमारा मस्तिष्क चंद्रमा के सदृश्य ही कार्य करता हे।"

"अर्थात् ?"

"शान्त, एकाग्र, सदैव प्रकाशित, जिज्ञासु, उदिग्न, उदासीनता, उग्र, कल्पना, आदि अनेक मानव स्वभाव की कलाएँ मानव मस्तिष्क को प्रभावित करती है। मानवस्वभाव भी चंद्रकलाओं की भाँति सदैव गतिशील रहता है।"

"नर और नारी सभी ?"

"निश्चित ही ! कतिपय मेरा अपना अनुसंधान और अन्वेषण कहता है कि पूर्ण चंद्रकला दिवस और रात्रि में संभोग करना श्रेष्ठ सुखकारी होता है और नारी उस दिवस ही गर्भधारण करती है तो

श्रेष्ठ और गौरवर्णीय सन्तान उत्पत्ति होती है।"

"श्रेष्ठ और कृष्ण चंद्रकला अवसर पर ?"

"विक्षिप्त सन्तान की संभावना सदैव रहती है। उस रात्रि या दिवस समागम भी सुखदायी दृष्टिगोचर नहीं हुआ। कष्ट होता है। विरक्ति अनुभव होती है। नर नारी दोनों की मात्र एक कर्म मानकर रति को पूर्ण करते हैं।"

"श्रेष्ठ अन्वेषण परमआराध्य। इसके अतिरिक्त ?"

"इसके अतिरिक्त अन्तरीक्षिय परिणाम है।"

"ज्ञात करवाइये न ?"

"अति जिज्ञासापूर्ण प्रवृत्ति स्वप्ना।"

"आप जैसे अति ज्ञानी का सान्निध्य मेरे लिए गौरवशाली है। ज्ञान असीमित है।"

"सत्यकथन स्वप्ना। ज्ञान दान महादान। जानती हो अग्नि इसे भस्म नहीं कर सकती है। जल डूबों नहीं सकता। पवन दूरस्थ नहीं कर सकती। जिज्ञासा विस्तार करती है। सूर्य-चंद्र प्रकाश इसे प्रकाशित करता है। प्रकाशपुंज सदैव ज्ञान को मूर्तरूप में स्थापित रखता है।"

"अति ज्ञानवर्धक विश्लेषण।"

"चंद्रमा का अपना स्वयं का प्रकाश नहीं है।"

"अर्थात् ?"

"वह सूर्य के प्रकाश से प्रकाशित होता है।"

"अभूतपूर्व ! चिरस्मरणीय।"

"सूर्य स्थित है।"

"ज्ञात है।"

"पृथ्वी सूर्य की परिक्रमा करती है।"

"ज्ञात है।"

"पृथ्वी की परिक्रमा करता है चंद्रमा।"

"सत्य ?"

"अक्षरतः सत्य स्वप्ना।"

"श्रेष्ठ ! अभिनव ज्ञान। नूतन उपलब्धि।"

"इस परिक्रमा के परिणामस्वरूप सूर्य प्रकाश में पृथ्वी अवरोध उत्पन्न करती है।"

"इसका परिणाम ?"

"अर्ध चंद्रकलाएँ।"

"और पूर्ण चंद्र दर्शन एवं कृष्ण चंद्र दर्शन ?"

"पृथ्वी अपने अक्ष पर सदैव घूर्णनरत रहती है।"

"आपने ज्ञात करवाया था। स्मरण है।"

"इस अक्षियघूर्णन परिक्रमा के परिणाम स्वरूप पक्ष परिवर्तन होता है और हमें पूर्ण चंद्र दर्शन और कृष्ण चंद्र दर्शन की अनुभूति होती है। अपनी परिक्रमा परिधि में जब विशेष स्थिति बनती है तब ग्रहण होता है।"

"विशेष स्थिति? ग्रहण? दोनों सविस्तार ज्ञात करवाइये।"

"विशेष स्थिति से तात्पर्य है कि पृथ्वी सूर्य की परिक्रमा करते-करते एक ऐसी स्थिति निर्मित करती है जब सूर्य पृथ्वी की परिक्रमा के मध्य आ जाता है। तब चन्द्रग्रहण होता है ऐसी ही एक स्थिति बनती है तो चंद्रमा पृथ्वी और सूर्य के मध्य आता है तब सूर्य ग्रहण होता है।"

"अद्‌भुत ज्ञान ! अद्‌भुत परमआराध्य।"

"इस ज्ञान को सर्वत्र उपलब्ध करना मेरी प्राथमिकता है।"

"यह तो अति युगान्तकारी पग होगा। भ्रान्तियाँ समाप्त होंगी।"

"इसके अतिरिक्त मेरा अन्वेषण यह भी कहता है कि चंद्रमा के धरातल पर प्रचुरमात्रा में जलराशि है और सूर्य प्रकाश का प्रतिबंध इसी जलराशि से प्रतिकीर्ण होकर शीतलता से प्रकाशित होता है।"

"आपकी महानता चिरस्मरणीय रहेगी और युग युगान्तर तक अद्वितीय होगी।"

"यह मेरा कर्त्तव्य है स्वप्ना। प्रसिद्धि की लालसा नहीं है।"

"आपके द्वारा प्रदत्त ज्ञात अत्यन्त रोचक, सारगर्भित, अद्वितीय नवीन और जनकल्याणकारी है। एक जिज्ञासा और परमआराध्य।"

"अवश्य ! बताओं क्या जिज्ञासा है ?"

"यदि चंद्रमा पर प्रचुर मात्रा में जलराशि है तो वहाँ जीवन भी होगा ?"

"अति उत्तम प्रश्न स्वप्ना। जिज्ञासु होने के साथ तीक्ष्र्ण बुद्धिबल की स्वामिनी भी हो।"

"आपसे सत्संग का प्रभाव है।"

"श्रेष्ठ।"

"दोनों हंसते हैं।"

"यह प्रश्न मेरे मस्तिष्क में भी कौंध रहा था। उस जिज्ञासा को शान्त करने के लिए हम सभी प्रयासरत है। अभी पुष्टि नहीं हुई है।"

"क्या आशा है ?"

"निःसन्देहा आशाएँ सदैव बलवती होती है।"

अपह्न भोजन का समय हो गया था।

दोनों ने भोजन ग्रहण किया।

संध्याकाल।

उद्यान में शः और अप्सरा स्वप्ना बैठे वार्तालाप में गगन थे। तभी वहाँ उनके सामने से एक सर्प निकल गया। उस सर्प को देखकर शः ने कहा–

"स्वप्न तुम्हें इस सर्प से संबंधित रोचक तथ्य ज्ञात करवाता हूँ।"

"अवश्य।" उसने कौतुहलवश कहा।

"पूर्वकाल की गाथा है। जब मैं और महेश हिमवन्त का सर्वेक्षण कर रहे थे। अत्यधिक युवा थे। शौर्यवान् ! वीर्यवान ! बाहुबली। अभियन्ताओं के दल-बल के साथ सर्वेक्षण में व्यस्थ थे। हमें ज्ञात था कि हम नाग बाहुल्य क्षेत्र के समीप है। स्वप्ना ! नाग भी ऐसे कि

अपनी श्वसन शक्ति से सम्पूर्ण मानव को निगल जाये। दो–दो योजन विस्तार वाले सर्प। वृक्षों से आलिंगनबद्ध। भयावह फूंकार। अनेक सर्प तो पंचफनधारी। विभिन्न रंगों वाले। साधारण मानव को देखते ही हृदय गति रूक जाये। भयानक, भयद, भयकृत, भयजनक, भयदाय, भयविह्वल करने वाला, भयातुर, भयार्त, और भयस्थानगत और क्या कहूँ उस क्षेत्र को। सभी विशेषण सभी विश्लेषण भयक्रान्त थे। सूर्यास्त होने को था। अग्र दिशा में गमन उचित नहीं था। विवशता थी। वहीं शिविर लगाया। रात्रि विश्राम किया। रात्रि का अन्तिम प्रहर समाप्त होने वाला था। तीव्र ध्वनि से निन्द्रा भंग हुई। असंख्य अस्त्रधारी, वहाँ हमारे चहुँओर घातक अस्त्रों के साथ उपस्थित थे। मैंने महेश को जगाया। उसने शिविर से देखा। उसके साथ अग्नि शस्त्र था। उसने हम सभी की सुरक्षार्थ अग्निास्त्र प्रयोग किया। पल भर में असंख्य नागवीर मृत हो गये। असंख्य नाग हमारी ओर अपने फर्न उठाकर भस्म करने को आतुर हो गये। कलिष्ठ अभियन्ता भयाक्रान्त थे। सभी कंपित थे।"

"परमआराध्य विवरण संक्षिप्त करें। मैं भी भयाक्रान्त हूँ। अप्सरा स्वप्ना ने डरते हुए कंपित स्वर में कहा।"

"महेश सर्पवशीकरण का ज्ञाता था। उसने सर्पराज नाग को अपने वश में किया और उसके विषदन्त विच्छेद करके उसे अपनी ग्रीवा में डाल लिया। यह दृश्य हम सभी के लिए अत्यन्त भयावह था। महेश बोला–"निर्भय रहो।" मगर हमारा भय हमारे शिरोधार्य था। कंपन क्षीण नहीं हो रहा था।"

"परमश्रद्धेय भी महान् है।"

"उस काल जीवन का अन्त हमारे नेत्रों में आज भी दृश्यवान रहता है। जब भी उस घटना को स्मरण करता हूँ कंपित हो जाता हूँ। अभी हम सभी अपने आप को सामान्य स्थिति में लाने का प्रयास कर रहे थे तभी नागवंशीय राजा अपने सैन्यबल के साथ हमारे समक्ष

उपस्थित हुए। क्षमा याचना मुद्रा में।"

"अति उत्तम ! यह तो अत्यन्त उत्तम स्थिति थी।"

"निश्चित ही ! नागराज को यह आशा नहीं थी कि नाग सर्प बाहुल्य क्षेत्र का कोई और भी अधिपति बन सकता है। सर्पराज को महेश की ग्रीवा में लिपटा देख नागराज को अत्यन्त आश्चर्य हुआ था। वह स्तब्ध था और जो विषधारी नाग हमारी ओर आक्रान्त मुद्रा में थे वह भी अब शान्त हो भूमि पर थे।"

"वास्तव में अत्यन्त संकटकालीन स्थिति थी। यदि परमश्रद्धेय ने अपनी ग्रीवा में नाग न लपेटा होता तो विनाश निश्चित था।"

"सत्यकथन स्वप्ना ! इसके उपरान्त हमें नागराज ने अपने राज प्रासाद में आमंत्रित किया। अतिथि सत्कार किया।"

"इस वृतानत को परमश्रद्धेय ने कभी ज्ञात नहीं करवाया।"

"अवसर नहीं मिला होगा।"

"संभवत: ऐसा ही रहा होगा।"

"ऐसे ही अनेक दृष्टान्त है जो स्मृति पटल पर अंकित है।"

"अन्य रोचक दृष्टान्त ज्ञात करवाइये।"

"संध्याकाल निकट है स्वप्ना ! दृष्टान्त विस्तृत है। उन्हें आगामी दिवस हेतु संरक्षित करते हैं।"

"सूर्यास्त प्रारम्भ हो गया था। परमआराध्य के शिष्यगण अपने-अपने आवास की ओर लौटने लगे थे। मंद कौलाहल उनके आवागमन की उपस्थिति ज्ञात करवा रहा था। अप्सरा स्वप्ना यह सब देखने सुनने को आतुर रहती थी।"

किन्तु खण्डवन स्थित इन्द्रप्रस्थ में भिन्न अनुभव था। मानव पदचाप और वार्तालाप से उपजी मंद ध्वनि भी उसके लिए आकर्षक का केन्द्र बन गयी थी। वह अपने आप को रोक नहीं पाई और परमआराध्य के आवास के प्रथम तल पर पहुँच गयी। अत्यन्त मनोरम दृश्य था।

"अवलोकनार्थ ?"

अप्सरा स्वप्ना में एकाग्र थी। अलौकि दृश्य था। युवक एवं युवतियाँ वार्तालाप करते हुए अपने-अपने निवास की ओर अग्रसर हो रहे थे। एक अत्यन्त रोचक दृश्य उसने देखा।

युवक युवतियाँ अपने आवास द्वार के समीप आते ही ठहरते और आलिंगन करते। जिसका निवास होता वह उसमें प्रवेश करता और जिसका नहीं होता वह अपने निवास की ओर अग्रसर हो जाता।

"अवलोकनार्थ स्वप्ना।"

वह चौंकी ! उसने मुड़कर देखा। परमआराध्य थे।

"आप ?"

"मैं अक्सर यहाँ आकर अपने अपने शिष्यों के आचरण का परीक्षण करता हूँ।"

"अति उत्तम परमआराध्य ! आप भी दूरदृष्टा है। त्रिनेत्रधारी है।"

"कथोपकथन में अत्यन्त कुशल हो स्वप्ना।"

"परमआराध्य और परमश्रद्धेय का जिसे सान्निध्य मिलता हो; समागम का अवसर सदैव तत्पर रहता हो वह वाकपटुता में पारंगत तो होगी ही।"

स्वप्ना ने कामुकता नेत्रों से शः की ओर देखा।

दानों हंस पड़े।

मुख्य द्वार की ओर देखकर स्वप्ना तत्परता से बोली-"परमआराध्य यह सेवक क्या लेकर आया है।"

"जिज्ञासाओं की धनी हो तुम।"

अप्सरा स्वप्ना मुस्कुराई।

शः का अनुसरण किया।

पाकशाला।

आगंतुक ने दुर्वा सादृश्य लताये रखी।

यह सब स्वप्ना दृष्टिगोचर कर रही थी।

अन्य सेवक ने जल प्रच्छालन के उपरान्त उन लताओं को विखंडित किया।

स्वप्ना ने शः की ओर देखा।

निःशब्द अवलोकन।

एक पाषाण खण्ड पर उन लता खण्डों को रखा और एक अन्य लघु पाषाण खण्ड से उस पर घात किया। लता लगाकर घात से चटनी की भाँति हो गयी। सेवन ने उसे अपने दोनों हाथों को लिया और मृणपात्र के ऊपर हाथों को दबाया। उसका रस मृणपात्र में एकत्र किया। यह क्रिया वह उस समय तक करता रहा जब तक सम्पूर्ण लतायें समाप्त नहीं हो गयी और उनका रस मृणपात्र में एकत्र नहीं हो गया। इसके उपरान्त सेवक ने उस पाषाण पर अनेक प्रकार के फलों को उसी प्रकार अन्य लघु पाषाण से कुचला और रस मृणपात्र में एकत्र किया। उसमें अन्य मसालें मिलाये।

"ज्ञात हो गया स्वप्ना ?"

"किन्तु इसकी उपयोगिता और परिचय तो ज्ञात करवाइये ?"

शः मुस्कुराये।

"लताओं को सोम कहते हैं इसके रस को सोमरस कहते हैं।"

"इसे ग्रहण करने से शक्तिवान और वीर्यवान हो जाता है मानव ?"

"नहीं स्वप्ना। ऐसा नहीं है।"

"फिर क्यों सेवन करते हैं इसका ?"

"शिथिलता दूर करता है यह।"

"श्रेष्ठ ! मदहोश भी करता है न।"

शः की ओर देखा और हंस पड़ी।

दोनों विश्रामकक्ष में आ गये।

"सोम से जुड़ी एक रोचक कथा ज्ञात करना चाहती हो ?"

"अवश्य।"

"इसकी खोज आदिकाल में हुई थी। यह सर्वत्र नहीं पाया जाता। हिमवन्त पर्वत श्रृंखला के अधिक जलराशि वाले क्षेत्र में इसकी उत्पत्ति हुई। महामहिम ने सर्वप्रथम इसका सेवन अपने हिमवन्त भ्रमणकाल में किया था। उसकी उपयोगिता ज्ञात की। निर्माण विधि और प्राकृति उपयोगिता ज्ञात करने के उपरान्त इसके इन्दु की उपयोग की अनुमति प्रदान की।"

"इन्दु अर्थात् ?"

"रस ! सोमजल तरल। सोमतरल इत्यादि जो तुम कहना चाहो।"

"सोम ही क्यों कहते हैं इसे ?"

"अर्थात् ?"

"पूर्वमतानुसार यह लता सोम की भाँति प्रकाशित रहती है।"

"अर्थात् ?"

"चंद्रमा की रजत प्रकाश की भाँति।"

"रात्रिकल में ?"

"संभवतः अंधकारमय वातावरण में भी।"

"श्रेष्ठ।"

"यह लता अधिक जलराशि में सहज उत्पन्न होती है और वृक्षारोहण नहीं करती। पृथ्वीं पर ही विकसित होती है। अनेक स्थानों पर यह पीले और रक्तवर्णीय भी दृष्टिगोचर होती है।"

"संभवतः परिपक्व होने की स्थिति में ऐसी प्रतीत होती हो।"

"संभवतः ! मेरे निवास स्थल के समीपवर्ती क्षेत्रों में सोमलता बहुतायत में उत्पन्न होती है। इसे सुरक्षित, संरक्षित और सदैव उपलब्धता बनाये रखने के कारण महामहिम ने इसके लिए उपाय किये।"

"अन्य मत भी स्पष्ट कीजिए।"

अन्य मतानुसार–"आदिकाल में सोमनायक मानव समुदाय ने अज्ञानतावश इसका सेवन किया था। परिणाम स्वरूप अनेक आदि

मानव मृत्यु को प्राप्त हुए। पूर्णचन्दं दर्शन रात्रि थी। क्रोधवश जीवित आदिमानवों ने सोमलता को उसने इसके रस पान किया। कुछ पल उपरान्त उसमें चेतना जागृत हो गयी। इससे सोम समुदाय हर्षोल्लास हुआ और सभी ने इसके रस को ग्रहण किया। रूग्णावस्था के सभी आदि मानवों को दिया। इससे उनमें चेतना जागृत हुई। उन्हें जीवन प्राप्त हुआ। कहते है इसी कारण इस वन्यलता का नाम सोमलता पड़ गया।"

"यह विश्लेषण अधिक उचित प्रतीत होता है।"

"एक अन्य मत भी है।"

"ज्ञात करवाइये परमआराध्य।"

"कहते है आदिकाल में यह वन्यलता सोमनामक पर्वतश्रृंखला के अधोभाग में सघनवन में सर्वप्रथम दृष्टिगोचर हुई। कालान्तर इस सोमशिखर की समीपवर्ती श्रृंखलाओं को सुमेरू नाम दिया गया।"

"आपका मत क्या है परमआराध्य ?"

"मैंने कभी विचार नहीं किया।"

दोनों हंसे।

"आप इसके संरक्षण हेतु बता रहे थे कि महामहिम ने अनेक उपाय किये वह ज्ञात करवाइये।"

दोनों का वार्तालाप चल रहा था। एक सेवक ने दो मृणपात्रों में सोमरस प्रस्तुत किया।

"स्वर्गपुरी में इसकी उपयोगिता अधिक थी। महर्षि, ऋषिगण एवं अन्य इसका उपयोग करने लगे थे। आवश्यकता अधिक थी। इसके लिए इसे पूर्णरूपेण संरक्षित करना आवश्यक हो गया था। महामहिम के आदेश पर सोभ आदिवासी समुदाय को ही इसका उत्तरदायित्व सौंपा गया।"

"निश्चित ही वह तत्पर थे। इसके साथ-साथ पृथुवैन्य से भी इसकी परिष्कृत कृषि की विधियाँ खोजने के लिए आग्रह किया

गया। उन्होंने अथक प्रयास करके हिमवन्त की सुदूर उत्तर पश्चिम पर्वत शृंखलाओं को इसके कृषि उत्पादन हेतु अति श्रेष्ठ घोषित किया। एक दल गठित किया गया। वर्षा ऋतु से पूर्व सोम जड़ युक्त लताओं को उस क्षेत्र में रोपड़ हेतु प्रेरित किया गया।"

"उसका परिणाम कैसा रहा ?"

"सफलता प्राप्त हुई। आज वहाँ उत्कृष्ट प्रजाति की सोमलता का उत्पादन होता है। वह क्षेत्र पूर्णरूपेण प्रतिबंधित कर दिया गया है। कोई भी मानव, मानव समूह का प्रवेश पूर्वानुमति के संभव नहीं है। विशेष अनुमति के उपरान्त उस पर्वत क्षेत्र में प्रवेश संभव है।"

"अति गोपनीय ?"

"निश्चित ही।"

"इसकी आवश्यकता क्यों पड़ी ?"

"यह उत्पादन केवल स्वर्गपुरी के निवासियों के लिये था।"

"क्या मैं उस क्षेत्र का भ्रमण कर सकती हूँ ?"

"कतिपय कभी नहीं।"

"यह तो अन्याय है ?"

"न्याय महामहिम ही कर सकेंगे।"

"अर्थात् महामहिम की अनुमति से संभव है ?"

"निश्चित ही।"

"क्या कहकर अनुमति लूँ ?"

"अर्थात् ?"

"उस क्षेत्र का नाम ?"

"इन्दु पर्वत शृंखला।"

"श्रेष्ठ।"

"इन्दु पर्वत शृंखला में कहाँ खोजोगी ?"

"यह भी आप बात करवाईये न।"

"इन्दु पर्वत शृंखला अत्यन्त विशाल है। उसके एक क्षेत्र में ही

सोमलता का कृषि कार्य होता है।"

"उस स्थान को क्या कहते हैं ?"

"वह स्थान इन्दुकुश कहलाता है।"

"कुश से क्या अभिप्राय है परमआराध्य ?"

"कुश का अभिप्राय–'सम्पन्न, कल्याणकारी, प्रगल्भ।' इसका पूर्ण तात्पर्य है–जहाँ सोमलता का उत्पादन विधिपूर्वक सम्पन्न होता है जो कल्याणकारी है।"

"श्रेष्ठ ! अतिश्रेष्ठ। मैं अवश्य भ्रमण करना चाहूँगी।"

"निःसन्देह वह रमणीय स्थल है।"

"परमआराध्य सेवक जिन सोमलताओं को संध्याकाल लाया था उसका उत्पादन खाण्डव वन में ही होता है ?"

"नहीं ! सोमलता शीतोष्ण लता है। उसका उत्पादन हिमवंत की पर्वत श्रृंखलाओं में ही संभव है।"

"अतः यह लतायें सुदूर इन्दुकुश से आयातित है ?"

"निःसन्देह स्वप्ना ! मेरे लिए विशेष अनुमति है।"

"महामहिम को ज्ञात है कि आप यहाँ निवास करते हैं ?"

"कतिपय नहीं। मैं सर्वत्र भ्रमणशील रहता हूँ, यही ज्ञात है उन्हें।"

"श्रेष्ठ।"

"क्या ?"

"सोमरस।"

"अति उत्तम।"

दोनों ने रात्रि भोज का आनन्द लिया और रात्रि के द्वितीय प्रहर में रतिरत हो गये।

सूर्योदय हुआ।

अप्सरा अलसाई सी उठी।

नित्यकर्म के उपरान्त अल्पाहार लिया।

सेवक ने ज्ञात करवाया कि आज द्वितीय प्रहर से पूर्व परमआराध्य से भेंट करना संभव नहीं है।

स्वप्ना स्तब्ध।

मौन।

चिन्तन निरन्तर तीव्र गति से गतिशील।

निर्धारित कालखण्ड व्यतीत होने वाला है। अनेक तथ्यों से आत्मसात हुआ। ज्ञान-वि-ज्ञान, तर्क-वितर्क, भ्रान्यिाँ समाप्त हुई। नवीन–अनुभूतियाँ हुई। ज्ञान वर्धन हुआ। नवीन यौन क्रीड़ायें भी ज्ञात हुई। भौगोलिक ज्ञान का विस्तार हुआ। अन्तरिक्षीय उपलब्धियाँ प्राप्त हुई। चन्द्रमा से संबंधित आश्चर्य जनक तथ्य ज्ञात हुए। स्वप्न में जो देखा था वह अपूर्ण-सा था? उसके आने का उद्देश्य पूर्ण नहीं हुआ था। अपूर्णता के साथ वह कैसे प्रस्थान करेगी? परमश्रद्धेय की योजना कैसे फलिभूत होगी? स्वर्गपुरी की प्रतिष्ठा अप्रतिष्ठित हो जायेगी? क्या मैं कहीं और प्रस्थान करूँ? किन्तु इस क्षेत्र की भौगोलिक स्थिति का भी तो ज्ञान नहीं है मुझे। असमंजस की स्थिति से निकलने का कोई तो उपाय होगा? विचार करना होगा। स्थिति सामान्य बनानी होगी। यौवन के प्रेमी तो है ही परमआराध्य। रति क्रियाओं में भी पारंगत है। उसी पाश में बंधन करना होगा। मगर परमआराध्य अत्यन्त सतर्क और चतुर है। मनोभाव ज्ञाता है। त्रिनेत्रधारी है। उन्हें किसी भी पाश में बंधन करना संभव है? जब वह मेंरे आगमन का औचित्य ज्ञात कर सकते है और स्वर्गपुरी के सभी तथ्यों से परिचित है तो क्या मेरा कोई भी प्रयास सफल होगा? क्या सब कुछ नियति पर ....? नहीं नहीं। यह मेरी शिक्षा नहीं है। मुझे शिक्षित किया गया है कि कर्म करो। परिश्रम से भय मत करो। विपरीत परिस्थितियों को अपने अनुकूल बनाओं। धैर्य रखो और अधीर मत हो। विजय स्वतः ही तुम्हारी वंदना करेगी। प्रस्थान करते समय परमपूज्य ने यही संदेश दिया था कि–" धैर्य ही तुम्हारा आभूषण है। उसे सदैव धारण किये

रहना। यही तुम्हें लक्ष्य प्राप्त करवायेगा।" किन्तु मुझे धैर्य की परीक्षा देनी पड़ेगी इसकी आशा नहीं थी। वास्तविकता मेरे समक्ष है। उसे नकारा नहीं जा सकता। सफल हुई या विफल इसका मूल्यांकन तो परमपूज्य ही स्वर्गपुरी में करें।

"मूल्यांकन तो हो चुका स्वप्ना।"

अप्सरा अपने विचार मंथन के मध्य सार्थक ध्वनि सुनकर वह चौंकी।

आश्चर्यचकित।

मौन।

उसने द्वारा की ओर देख।

शून्यता या मतिभ्रम या ध्वनि भ्रम।

नेत्र शंकित।

मस्तिष्क भाव शून्य।

अपने भ्रम को निर्मूल सिद्ध करने हेतु उसने अपना आसन त्यागा। वह द्वार के समीप पहुँचने ही वाली थी कि शः ने कक्ष में प्रवेश किया। उनके साथ एक मानव भी था। आकर्षक मुखाकृति। दीर्घ कृष्णवर्णीय केश। अधोवस्त्र से झांकती मांसल दीर्घ जंघाएँ। उत्तरीय से नारीत्व सदृश्य आग्रभाग। कण्ठ में रूद्राक्ष की माला मस्तक पर चंदन तिलक।

किवन्तमूर्ण।

"आश्चर्यचकित ?"

अपुष्ट शब्दों में बोली–"न–हीं, परम–आ–राध्य।"

"वास्तव में तुम्हारा मूल्यांकन तो प्रथम दृष्टया तुम्हारे आगमन पर ही हो गया। तुम्हारे आगमन का उद्देश्य उसी पल ज्ञात हो गया था। मैंने संकेत भी दिया था मगर ....अस्तु।" अपने साथ लाये युवक की ओर संकेत करते हुए शः कहा–"यह तुम्हारी यात्रा का लक्ष्य।"

"अर्थात् परमआराध्य ?"

"जिसकी खोज में महेश ने तुम्हें यहाँ भेजा है।"

"..........।"

"कलिप्रिय।"

"कलिप्रिय अर्थात्?"

"इनका परिचय।"

"अत्यधिक मादक परिचय।" अप्सरा स्वप्ना ने हंसकर कहा।

"तथास्तु।" श: ने तपाक से कहा।

सभी हंसे।

तीनों कक्ष में बैठकर वार्तालाप में व्यस्त हो गये।

"स्वर्गपुरी को कलिप्रिय की अत्यन्त आवश्यकता है। इन्होंने सम्पूर्ण पृथ्वी का भ्रमण किया है और समुदाय प्रमुखों में उत्तम छवि है। महामहिम के लिए अत्यन्त उपयोगी सिद्ध होंगे। स्पष्ट वक्ता है। साहसी है। निर्भय है। वाचाल है। तीक्ष्र्ण बुद्धिबल के स्वामी है। विवेकशील है। सर्वजन प्रिय है। अत: कलिप्रिय है।"

"अति उत्तम स्वभावगत विश्लेषण है।"

"यह तो केवल एक पक्ष है। इनका द्वितीय पक्ष अत्यन्त सारगर्भित है।"

"ज्ञात करवाइये।"

"स्वप्ना ! कतिप्रिय कुशल अभियन्ता है। कुशल यान संचालक है। वाद्ययंत्रवादक है।"

"वाद्ययंत्रवादक ?" स्वप्ना आश्चर्य से तपाक से बोली।

"है न विपरीत स्वभाव ?" श: मुस्कुराकर बोले।

"निश्चित ही परमआराध्य। आभियान्त्रिकी और वाद्ययंत्रवादक दोनापें की विपरीत दिशाएँ है।" स्वप्ना बोली।

"किन्तु इन्होंने दोनों में सामंजस्य बैठाया है।"

"कैसे ?" स्वप्ना तपाक से बोली।

"इसका विवरण तो कलिप्रिय ही देंगे।"

दोनों ने कलिप्रिय की ओर देखा।

"आभार परमआराध्य।" अपने दोनों करों को जोड़कर प्रणाम की मुद्रा में करके बोला–"परमआराध्य में गुरुवर है। सदैव परमआराध्य रहेंगे। अप्सरा स्वप्ना मैं अत्यन्त साधारण मानव हूँ। सदैव वन्यगामी। निष्कलंक। प्रकृति प्रेमी। किशोरावस्था से पूर्व ही अपने जनक और जानकी को मृत्यु का वरण करते देखा। असहाय। अकाण्ड। अकस्मात् भ्रमण। अकल्प। अकिंचन। मेरे जैसे अकिंचित्कर को परमआराध्य ने अपनाया। ज्ञात नहीं अज्ञात गुण धर्मी को क्यों अपनाया। सैदव ऋणी रहूँगा। अपने गुरुवर का और यदि महामहिम ने अपने चरणों में शरण दी तो उनका भी।"

"यह आपकी कर्मशीलता का ही परिणाम है। महामहिम आपको सहृदय स्वीकार करेंगे।" अप्सरा स्वप्ना ने धैर्यपूर्वक कहा।

"प्राकृतिक अकस्मात् भ्रमण ही मेरा प्रिय प्रारब्ध था। उसी को आत्मसात् करके गुरुवर ने संभवतः शरण दी।" कलिप्रिय के नेत्रों से अश्रुधारा बहने लगी। शः ने उसे ढाँढस बंधाया।

"सत्यवचन कलिप्रिय। तुम्हारी प्रकृतिप्रियता ही मेरे लिए संदेश था। तुम्हारा परिश्रम, कर्त्तव्य परायणता, लग्न और अपार जिज्ञासापूर्ण स्वभाव तुम्हारी उन्नति का कारक बना। ज्ञातव्य है स्वप्ना ! कलिप्रिय ने स्वतः ही अन्तरिक्ष विषय में अनेक अन्वेषण किये और हम सभी को ज्ञात करवाया कि अन्तरिक्ष संवेदनशील नहीं है। अन्तरिक्ष में वार्तालाप संभव नहीं इसके लिए कलिप्रिय ने ध्वनि तरंगों के अभिनव प्रयोग किये। इन ध्वनि तरंगों की गति अति तीव्र थी। सूर्यप्रकाश से भी तीव्र।"

"अति सुन्दर ! श्रेष्ठ।" अप्सरा स्वप्ना बोली।

"प्रारम्भ में मेरे लिए इसका अनुसंधान अविश्वसनीय और अकल्पनीय था। प्रयोग परीक्षण के उपरान्त विश्वास हुआ। इसके उपरान्त कलिप्रिय ने अपना अधिकांश काल ध्वनि तरंगों के अन्वेषण

पर ही व्यय किया। इनके द्वारा दो अति कारगर वाद्य यंत्र निर्मित है।"

"दर्शन करवायें उन वाद्य यंत्रों का।" अप्सरा स्वप्ना ने उत्सुकतावश कहा।

"तत्काल संभव नहीं है।"

"स्वप्ना दोनों वाद्ययंत्रों की विशेषता यही है कि वह काष्ठ निर्मित है और मृत पशुओं का चर्म उनमें प्रयुक्त हुआ है।" शः ने बताया।

"यह तो निश्चित ही अद्‌भुत होगा।"

"निश्चित ही ! उसमें से एक वाद्ययंत्र कलिप्रिय स्वयं प्रयोग में लाते हैं जिसे ये जीवातन्त्रु कहते है। मनमोहक ध्वनि तंरगे कर्ण प्रिय लगती है। इसे कलिप्रिय सदैव धारण करते हैं। वास्तव में वह वाद्ययंत्र ही इनकी विशेष परिचय का द्योतक है।"

"रोमांचित हूँ परमआराध्य। मेरा धैर्य परीक्षण मत कीजिए।"

"वेद्यशाला प्रांगण में तो परीक्षण ही होता है स्वप्ना।"

सभी हंसे।

"और द्वितीय वाद्य यंत्र ?" अपनी हंसी रोकते-रोकते स्वप्ना ने पूछा।

"अपने नैर्ऋत्य भ्रमण काल में महर्षि अगस्त्य का सान्निध्य आपको प्राप्त हुआ। नैर्ऋत्य क्षेत्र भी प्राकृतिक उपहारों से परिपूर्ण है। कलिप्रिय के अनुसंधानात्मक नेत्रों में आतुरता थी। ध्वनि तरंगों के प्रियतम ने यहाँ भी अपने लिए ऐसा वृक्षाशेष खोज ही लिया जिससे एक नवीन वाद्ययंत्र निर्मित कर लिया। उसका प्रथम प्रदर्शन महर्षि अगस्त्य के समक्ष किया। महर्षि के आग्रह पर कलिप्रिय वह नवीन वाद्ययंत्र महेश को भेंट करने के इच्छुक है।"

"परमपूज्य अति प्रसन्न होंगे।" अप्सरा स्वप्ना ने प्रसन्नतापूर्वक कहा।

"एक समस्या थी कलिप्रिय के समक्ष।"

"आपके सान्निध्य में निवास करने वाले को समस्या? यह तो एक हास्यस्पद स्थिति है।" अप्सरा ने आश्चर्यजनकपूर्ण कहा।

"वास्तविकता यही थी स्वप्ना।"

"थी ?............अब तो नहीं है न ?"

"निश्चित नहीं है।"

"अर्थात् ?" अप्सरा स्वप्ना ने आश्चर्य से पूछा। "समस्या थी भी और नहीं है। कैसा व्यंग्य है यह परमआराध्य।"

"कुशल बुद्धि कौशल स्वप्ना। अभाव ....पूर्व परिचय का अभाव एक अभियन्ता का स्वर्गपुरी में प्रवेश संभव नहीं था। ...... भेंट तो कल्पनीय थी स्वप्ना।"

"सत्यकथन परमआराध्य। अत्यन्त सुरक्षित है स्वर्गुपरी।"

"यह समस्या थी।"

"और मेरे आगमन से समाप्त हो गयी।"

"आगमन से नहीं आमंत्रण से।"

"आमंत्रण से ?" आज परिहास दिवस का आयोजन तो नहीं है क्या ?

"स्वप्ना मैंने विचार किया कि अपने आगमन के पश्चात् से तुम प्रत्येक दिन अत्यनत गूढ़ तथ्यों को आत्मसात करती रही हो। रहस्यात्मक तथ्य सदैव कर्ण प्रिय नहीं होते है। कभी-कभी परिहास होना चाहिए।"

तीनों हंसे।

"जब तुम्हारे ओंठ मुस्कुराहट में खुलते है तो दन्त श्रृंखला अत्यन्त शोभनीय होती है। कपोल के रक्तकण प्रफुल्लित हो जाते है। नेत्रों से रतिरस का आमन्त्रण मिलता है। कर्णिकाएँ कहती प्रतीत होती है—प्रारम्भ हो जाओ। दीर्घकेश बंधन को आतुर हो जाते हैं।"

"आप भी परमआराध्य। अवसर की मर्म को तो ......।" हसंते हुए कहा और हंसने लगी।

गम्भीर होकर श: ने कहा–"स्वप्ना हमारा जीवन हास्य परिहास्य विहिन हो चला है। वास्तव में एक युग व्यतीत हो गया हास्य व्यंग्य के सम्मेलन को। आज अनुभव हुआ। अवसर है। लाभान्वित हुआ जाये।"

"निश्चित ही परमआराध्य।" अपनी हंसी पर रोक लगाते हुए बोली।

"स्वप्ना ! वास्तविकता यही है कि अपनी त्रिनेत्र शक्ति का उपयोग करते हुए मैंने कलिप्रिय के संकल्प को पूर्ण करने हेतु तुम्हें स्वप्न दिया स्वप्ना। यही प्रयास तुम्हारे नाम परिवर्तन का कारण बना। तुम श्वेता से स्वप्ना हो गयी।"

"आश्चर्य परमआराध्य।" स्वप्ना तपाक से बोली। सभी समीकरणों के सूत्रधार आप है और उधर परमपूज्य अकारण ही व्यथित है।

"स्वप्ना इस लोक में मोक्ष का मार्ग नारी के अभाव में संभव नहीं है। नारी केवल संभोग की वस्तु नहीं है। जन्मदात्री नहीं है। स्नेह मूर्ति नहीं है। ममत्व की देवी नहीं है। सखा नहीं है। वियोग कारक नहीं है। वह मोक्षदात्री है। प्रेरणादात्री है। संस्कारवाहिनी है। वंशवाहिनी है।"

अप्सरा स्वप्ना के नेत्रों में अश्रु आ गये। वह आसन छोड़कर खड़ी हो गयी। अश्रु पौंछे। कलिप्रिय के नेत्र भी नम हो गये। वह भी आसन छोड़कर खड़ा हो गया। दोनों ने दीर्घकाल हस्ताताल किया।

श: स्तब्ध।

मौन।

आश्चर्यचकित।

अपने नम नेत्रों से अप्सरा बोली–"अति सुन्दर विश्लेषण। इससे अधिक सार्थक विश्लेषण नारी का हो नहीं सकता। धन्य है आप, धन्य है। एक वि-ज्ञान ज्ञाता के अतिरिक्त आप एक सरल

हृदय, भावुक और भाषाविद् भी है।"

"सत्यकथन स्वप्ना ! मेरे जैसे अनुसंधानी मानव के लिए यह सब सरल नहीं था। मेरे लिए मेरा सिद्धांत प्रिय था। उसके साथ सम नहीं था मेरे शब्दकोश में। स्वर्गपुरी से, महामहिम से, परमश्रद्धेय से, महेश से, महर्षियों से, ऋषियों से, किसी से भी कोई द्वेष नहीं था न है और न रहेगा। सिद्धांत सम रहित रहे यही प्रयास था। कलिप्रिय मुझे श्रेष्ठ और अतिप्रिय है। महर्षि अगस्त्य का आग्रह सार्थक हो और उनके समक्ष धूमिल हो जाती। मानवीय संबंधों, संवेदनाओं और सौहार्द से अपूर्ण मुझ जैसे मानव की यह अग्नि परीक्षा थी। अपने त्रिनेत्र बल का प्रयोग मेरे लिए परिहार्य बन गया जो स्वीकार्य नहीं था पर संभव था। अतः तान्त्रिक बनना पड़ा। स्वप्न साकार करने के लिए तान्त्रिक शक्तियों का प्रथम प्रयोग सफल रहा। तभी मैंने ज्ञात किया कि हम कितने ही संस्कारवान क्यों न हो जाये। विधि विधान क्यों न रच लें। सामाजिक, सामुदायिक, साम्प्रदायिक, समानतावादी, सामंजस्यवादी, सामवादी, नीतिपरक, नियमपरक, निषेधपरक, सिद्धांत क्यों न विकसित कर लें। ऐश्वर्य, शौर्य, भव्यतापूर्ण जीवन क्यों न व्यतीत कर लें। सब व्यर्थ है। इस मानव ज्योति से मोक्ष प्राप्ति का मार्ग नारी के आँचल से होकर ही जाता है। स्वप्ना! मेरा हृदय भी उन सभी से सम्मिलन के लिए व्यथित हो जाता है अनायास ही। किन्तु मैं अपने सिद्धांत का तिर्ष्कार त्याग नहीं पाता हूँ। मोक्ष मुझे भी चाहिए। महामहिम ने ज्ञात करवाया। था कि प्रकृति का विधि विधान है। कि जो इस पृथ्वी पर जन्मा है उसकी मृत्यु निश्चित है, मैं निष्कलंक मोक्ष प्राप्त करना चाहता हूँ।" इतना कहकर श: अश्रुपूर्ण हो गये। हृदय व्यथित हो गया।

अप्सरा स्वप्ना और कलिप्रिय असमंजस में थे।

दो पल उपरान्त स्थिति सामान्य हुई।

"परमआराध्य आप सामान्य है?" कलिप्रिय ने मृणपात्र में

जल देते हुए कहा। श: ने जल ग्रहण किया। गहरी श्वसन लेकर श: ने अप्सरा स्वप्ना की ओर देखा।

"आप विश्राम कीजिए।"

"नहीं । मैं सामान्य हूँ।"

"इन सभी तथ्यों के मध्य आप ने वाद्ययंत्र के विषय में ज्ञात ही नहीं करवाया।" अप्सरा स्वप्ना ने विषय परिवर्तन करते हुए कहा।

"अति उत्तम स्वप्ना। कलिप्रिय ने अपने नैर्ऋत्य भ्रमण के काल में जिस वाद्ययंत्र का निर्माण किया वह अत्यन्त आकर्षक है। आकार में लघु है। एक हस्त में लेकर उससे मधुर ध्वनि प्रस्तुत की जा सकती है। अस्तु वह हस्त वाद्ययंत्र है।"

"अति सुन्दर। लघु आकारीय वाद्ययंत्र। अभी तक तो प्राकृतिक रूप से प्राप्त शंख ही देखा सुना था। अब दो-दो वाद्ययंत्र, वह भी हस्तनिर्मित। श्रेष्ठ। अति श्रेष्ठ। इसको क्या नाम दिया तुमने कलिप्रिय ?" अप्सरा स्वप्ना ने पूछा।

"पणव।" कलिप्रिय ने संक्षिप्त उत्तर दिया।

"अति सुन्दर।" अप्सरा ने स्वगत कहा–'पणव'। अति सुन्दर।

"स्वप्ना हम कल प्रस्थान करेंगे।" श: ने कहा।

"अति उत्तम।"

"प्रस्थान पूर्व एक तथ्य और ज्ञात करवाना चाहता हूँ स्वप्ना।"

"अवश्य परमआराध्य।"

"खण्डप्रस्थवन से अन्य स्थान पर प्रस्थान मार्ग तुम्हें ज्ञात नहीं है।"

"त्रिलोकी, त्रिनेत्री, त्रिगुणी, त्रिकालदर्शी, क्या सम्बोधन दूं आपको ?" स्वप्ना बोली।

श: मुस्कुराये। बोले–"ज्ञात करना चाहती हो न ?"

"आपकी श्रद्धा है।" मुस्कुराकर अप्सरा स्वप्ना तपाक से बोली।

"अप्सरा स्वप्ना ! जिस पाषाण खण्ड पर तुम उपस्थित हो वह पूर्वरूपेण अपार जल राशि से प्रतिबंधित है। यहाँ से अन्यत्र प्रस्थान का केवल ही संकरा मार्ग है। वह भी अत्यन्त सघनवन से आच्छादित है। केदार से होकर जाना होता है। उसे ज्ञात करने हेतु मार्ग संकेत अंकित है। अज्ञानी नहीं जा सकता।"

"प्राकृतिक रूप से अत्यन्त सुरक्षित स्थल।" अप्सरा स्वप्ना ने कहा।

"निश्चित ही स्वप्ना।"

"परमआराध्य ! एक शंका का निवारण कीजिये।"

"ज्ञात है क्या है तुम्हारी शंका?"

"महान आश्चर्य।"

"पार्वती अपने पितृ निवास पर है। प्रसव हेतु।"

"अति श्रेष्ठ।"

"यहाँ प्रसव का उचित प्रबंध नहीं है। अतः ऐसी समस्या का समाधान यही है कि प्रसवार्थ गर्भवती नारी को उसके पितृ पक्ष या पति पक्ष निवास प्रस्थान करवा दिया जाये।"

"यह तो विकट समस्या है।"

"स्वर्गपुरी द्वारा प्रचारित-प्रसारित जल प्रसूति को अत्यन्त सुरक्षित माना जाता है। पीड़ा रहित। सहजता और सरलता से। किन्तु लोकप्रिय हो चुकी यह विधि प्रत्येक स्थल पर संभव नहीं है। इसके सर्वाधिक उपयुक्त सदैव प्रवाहित जल होता है। अर्थात् नदी उपयुक्त है। जहाँ नदी नहीं है वहाँ प्राणी सर का प्रयोग भी करने लगे है। इसके लिए आवश्यक है सर के जल में प्रवेश करने के उपरान्त न्यूनतम नाभि तक जल हो।"

"लोकप्रियता तो है किन्तु चिरकार तक स्थिर रह पायेगी यह विधि ?" अप्सरा स्वप्ना ने जानना चाहा।

"परिणाम अज्ञात है। युगान्तर उपरांत संभवतः संभव नहीं होगा।"

शः ने कहा।

विसर्जन।

सूर्योदय हुआ।

परमआराध्य के निवास पर सम्पूर्ण वेधशाला के सदस्य उपस्थित थे। सभी के हस्तपुष्पगुच्छ लिये थे। कलिप्रिय शः के निवास पर प्रस्तुत हुआ। सभी ने उसका स्वागत किया। पुष्पगुच्छ दिये। प्रणाम किया। उसके विभाग सहयोगियों ने आलिंगन किया। अपने प्रिय के आगमन और प्रस्थान के समय सभी आलिंगनप्रेम प्रकट करते थे। नारी में भेद नहीं था। यही परम्परा है यहाँ की।

अप्सरा स्वप्ना स्वागत कन्या के संग वहाँ उपस्थित हुई। काम की साक्षात् प्रतिमूर्ति का अन्तिम दर्शन था वेधशाला वासियों के लिए। इसके उपरान्त उसका आगमन भविष्य में होगा या नहीं कोई नहीं जानता। सभी ने प्रणाम किया। पुष्पगुच्छ दिये।

"आप सभी के स्वागत सत्कार से मैं अत्यन्त हर्षित हूँ। आप सभी का आभार व्यक्त करती हूँ। आप सभी जिन कार्यों में संलग्न वह अद्वितीय है। अनुपम है। अभिनव है। सम्पूर्णता है। कल्याणकारी है। आप सभी चिरायु हों। अपने-अपने कार्यों में सफल हों मैं यहीं कामना करती हूँ। पुनः इस पवित्र स्थल पर पुनः आगमन का अवसर मिलेगा या नहीं मुझे ज्ञात नहीं है किन्तु इतना अवश्य कह सकती हूँ कि कलिप्रिय की भाँति आपमें से अनेक उत्कृष्ट कर्मशील अन्वेषक स्वर्गपुरी में स्थान प्राप्त करेंगे या स्वर्गपुरी द्वारा सम्मानित अवश्य होंगे। इति वार्ताः।"

हस्तताल दीर्घपलों तक होता रहा।

अपना उत्तरीय ठीक करते हुए शः ने अपने सेवक से पूछा–

"यह हस्तताल क्यों सेवक ?"

सेवक इससे पहले उत्तर दे पाता, कलिप्रिय ने कक्ष में प्रवेश करते हुए कहा–"आपके प्रस्थान के भावावेश में सभी वेधशालावासी

निवास के मुख्य द्वार पर उपस्थित है ....प्रणाम गुरुवर।"

"प्रणाम कलिप्रिय। भावावेश तो युक्ति संगत माना जा सकता है परन्तु यह हस्तताल क्यों ?"

"संभवत: अप्सरा स्वप्ना का संभाषण उपरान्त हुआ हस्तताल।"

शः ने मुस्कुराते हुए कहा–"इस कन्या ने अपने स्वभाव से सभी को विजित कर लिया है।"

"नरियाँ विजेता ही होती है सदैव।"

शः ने कलिप्रिय की ओर देखा और बोला–"क्या तुम भी अपना हृदय पराजित कर चुके हो।"

"नहीं गुरुवर।"

"तो फिर इस प्रकार के कथन का औचित्य ?"

"यही तो दर्शन और विपणनन है गुरुवर।"

"अर्थात् ?"

"नारी दर्शन स्वरूपा है और नर विपणनन। क्या भेद है। एक अर्पण है। दूसरा समर्पण। व्याख्यायें अनेक संभव है। मगर सार एक ही है और अन्ततः नर–नारी एक दूसरे के पूरक है। सम्बन्धों की डोर भले निर्मित कर दी गई हो किन्तु उसमें भी एक ही बंधन पवित्र है और सदैव रहेगा। और ....और गुरुवर वह है माँ और सन्तान का सम्बन्ध।"

"सारगर्भित कथनोद्देश्य। माँ और सन्तान एक गरिमा पूर्ण संबंध है। पवित्र है। अटूट है। श्रद्धानवृत्त है। पिता अनके हो सकते है। परन्तु माँ एक ही होती है। वह जननी है। उसके लिए पुत्र और पुत्री समान है। माँ कभी भी भेद नहीं करती। समत्व और ममत्व की पुरोधा होती है माँ।"

कलिप्रिय के नेत्र नम थे। शः ने देखा। विचलित थे उसके नेत्र। कहीं किसी के दर्शन की अभिलाषा थी। नेत्र ज्योति में। नेत्रों में अतल–वितल की गहराईयों को खोजने की ललक थी। शः बोला–

कलिप्रिय "जीवन की मार्मिकता आज तक अज्ञात है। अनेक ऋषियों ने सम्पूर्ण शक्तिबल से जीवन रूपी पथ के सुख दुःख, बाधा, सम्बन्ध, राग-अनुराग जैसे अनेक प्राथमिक तत्वों की परिभाषा स्थापित की। परिणाम शून्य ही रहा। एक स्थापित करता है तो दूसरा महर्षि उस परिभाषा को लेकर अनेक प्रश्न करता है। अपने प्रश्नों के उत्तर देते-देते वह महर्षि एक नयी स्थापना प्रस्तुत करता है। तृतीय महर्षि प्रथम दो मान्यताओं के विपरीत एक नवीन स्थापना का जन्म देता है। यह क्रम अनवरत और रहेगा।"

"और मृत्यु ?" कलिप्रिय ने सहजता से पूछा।

"व्यथित करती है मानव को। स्वाभावगत। परन्तु वह क्षणिक है। कलिप्रिय मृतकाया से सम्पूर्ण संबंध समाप्त हो जाते हैं। मित्रता, अमित्रता, लाभ-हानि, राग-द्वेष, द्वन्द्व-प्रतिद्वन्द्व यहाँ तक की मानसिक और शारीरिक प्रेम भी निर्मोही हो जाता है। मृतकाया को तत्काल पंचतत्व में विलीन करने का प्रयास होता है क्योंकि मानव की चर्म निर्उपयोगी है। उसकी तो चरण पादुकायें भी नहीं बनाई जा सकती। किन्तु तुम मृत्यु को लेकर इतने व्यथित क्यों हो कलिप्रिय ?"

"आज जननी का मृत्युदिवस है और आज ही अपनी कर्म-भूमि को त्यागने का दिवस भी है गुरुवर ?"

"कलिप्रिय ! मृत्यु शाश्वत सत्य है। न तो हम जन्मकाल के ज्ञाता होते है और न मृत्युकाल के, किन्तु कर्म भूमि जिसे तुम माँ स्वरूप सम्बोधित कर रहे हो वह तो सम्पूर्ण पृथ्वी हुई। मात्र एक भूखण्ड नहीं। सम्पूर्ण पृथ्वी माँ है। उसकी सेवा हमारा परम कर्त्तव्य है। उसके निवासियों की सुरक्षा प्रदान करना हमारा ध्येय होना चाहिए।"

"उचित दर्शन गुरुवर।"

"प्रणाम परमआराध्य। चरण वंदान स्वीकार्य करें। कक्ष में प्रवेश करते समय ही अप्सरा स्वप्ना ने कहा।"

"स्वागत है स्वप्ना। तुम्हारी प्रतीक्षारत थे।"

"विलम्ब हेतु क्षमाप्रार्थी हूँ।"

"क्षमा ?" श: मुस्कुराया।

सभी हंसे।

"प्रणाम अप्सरा।" कलिप्रिय हंसते-हंसते बोला।

"चिरंजीवी भव:।" अप्सरा स्वप्ना ने कहा।

प्रतीक्षा।

उत्साह।

अप्सरा स्वप्ना व्यथित थी। प्रस्थान का साधन क्या होगा? कैसे जायेंगे? पथिक रूप में तो यात्रा अत्यन्त कष्टकारी होगी। क्या हमारे साथ सेवक भी जायेंगे? क्या सेवकों की स्वर्गपुरी में प्रवेश की अनुमति प्राप्त होगी? विचारमंथनरत स्वप्ना कल्पनाओं में थीं।

"परमआराध्य प्रस्थान हेतु प्रस्तुत हो।" स्वागत कन्या ने कक्ष द्वार पर उपस्थित होकर कहा।

"प्रस्थान करो स्वप्ना।" श: ने कहा। कल्पनारत स्वप्ना ने सुना ही नहीं।

"स्वप्ना-स्वप्ना।"

"संभवत: निन्द्रामुखी है।" कलिप्रिय ने कहा।

"नहीं कल्पनारत है स्वप्ना। प्रस्थान को लेकर व्यथित है।"

श: ने स्वप्ना को कपोल पर थपकी दी।

स्वप्ना चौंकी।

प्रस्थान का संकत करके श: द्वार की ओर प्रस्थान कर गये।

स्वप्ना ने आसन त्यागा और अनुसरण कर गयी।

मुख्यद्वारा।

अपारजनसमूह।

योग्यता क्रमानुसार मुख्य द्वार पर उपस्थित वेधशालावासियों ने अग्रस्थ श: को प्रणाम किया। चरण वंदना की और पुष्पगुच्छ प्रदान किये।

श: ने मुस्कुराकर अभिवादन स्वीकार किया।

पुष्पगुच्छ ग्रहण किये और उसी पल अपने सहयोगियों को सौंपे।

अन्तिम सहयोगी से अभिवादन के उपरान्त काष्ठाशन पर पहुँचकर महामृत्युजंय स्तुति की। सभी ने एक स्वर में अनुसरण किया। श: ने अपने सहयोगियों को संबोधित करते हुए कहा–"काल सदैव परिवर्तनशील है। हम सभी काल के दास है। ....और काल दास को कभी भी व्यथित नहीं होना चाहिए। जो विगत काल था। वह भी उत्तम था। वर्तमान अति उत्तम है और भविष्यकाल निश्चित ही सर्वोत्तम होगा।.............आप सभी कार्यशील है। कर्त्तव्यनिष्ठ है।...........सत्यपरक है।..............सत्यवादी है।................तो निश्चित ही काल परिवर्तन आपका अहित नहीं कर सकता।..........मैं शीघ्र पुन: यहाँ आपके मध्य रहूँगा। यह विश्वास देकर प्रस्थान करता हूँ। अनूमति दीजिए।"

हस्तताल हुआ।

उद्घोष हुआ।

"परमआराध्य दीर्घजीवी हो–परमआराध्य दीर्घजीवी हो।"

प्रस्थान प्रारम्भ हुआ।

श: का अनुसरण करते हुए सभी प्रस्थान स्थल तक पहुँचे।

विस्तृत पाषाण खण्डप्रस्थ का दक्षिण दिशा स्थित समतल पाषाण खण्ड।

अप्सरा स्वप्ना स्तब्ध।

उसकी मुखाकृति पाषाणमूर्ति की भाँति जड़ हो गयी।

कलिप्रिय अप्सरा स्वप्ना को देखकर मुस्कुराया।

श: ने उसे देखकर कहा–"आश्चर्य चकित हो ?"

"निश्चित ही परमआराध्य। इतना आकर्षक। शोभनीय। अतुलनीय। अद्भुत।"

"यह आकर्षक और कलात्मक यान कलिप्रिय द्वारा निर्मित है। यान्त्रिक प्रणाली भी और वास्तुशिल्प भी।"

"अति सुंदर। अति सुंदर।"

"आओ अपना स्थान ग्रहण करो।"

"अवश्य परमआराध्य।"

दोनों यान में आरुढ़ हुए। उसका द्वार बन्द कर दिया गया। श: सभी का अभिवादन स्वीकार्य कर रहे थे।

अप्सरा स्वप्ना व्यथित थी।

यान ने वायु में गति पकड़नी प्रारम्भ की।

"धरातल-धरातल।" अप्सरा स्वप्ना चिल्लाकर बोली।

श: ने शान्त स्वभाव से पूछा-"क्या हुआ अप्सरा ?"

"कलिप्रिय यान में आया नहीं है ?" उसने कहा।

"तो यान संचालक कौन है ?"

"अर्थात् ?"

"स्वप्ना कलिप्रिय यान का संचालन कर रहा है।"

"कलिप्रिय ?"

"तुम्हें विगत दिवस ज्ञात तो करवाया था।"

"क्षमाप्रार्थी परमआराध्य स्मरण ....।"

श: हंसा। अप्सरा स्वप्ना ने अपना वाक्य रोककर उसको देखा।

उन्मुक्त हंसी।

अचानक श: ने प्रश्न किया-"इस यान के विषय में तुम्हारी क्या प्रतिक्रिया है ?"

"अत्यन्त सुखद अनुभूति है। आसन श्रेष्ठ है। आकाशीय दृश्य स्पष्ट है। अतिरिक्त स्थान भी है।"

"अन्य अनुभूति-अर्धशयन पर्यंक भाँति है आसंदी।"

"और विशेषता ?"

"संचालक प्रकोष्ठ काष्ठ पट से परिपूर्ण है।"

"और दुर्लभ अनुभूति भी है क्या ?"

"विशेष दुर्लभता आकृति हंसानुकृति है।"

"दो प्रमुख दुर्लभ यान्त्रिक विशेषताएँ है स्वप्ना इस यान की। प्रथमत: यह ध्वनि रहित है और द्वितीय–इसकी गति अत्यन्त तीव्र है।"

"यह दृष्टिगोचर नहीं किया था मैंने। ....श्रेष्ठ। सत्यकथन। परमआराध्य। इस यान का नाम क्या रखा गया ?"

"स्वप्ना ध्वनिरहित होने की विशेषता के परिणामस्वरूप मैंने इसे नाम दिया है–नारट।"

"नारट !" अप्सरा स्वप्ना इतराकर कहा।

दोनों हंसे।

"नारट-नारट।" अप्सरा स्वप्ना ने स्वगत कहा।

श: ने सुना। अप्सरा स्वप्ना की ओर देखा मुस्कुराये और नेत्र बंद करके बैठ गये।

रोमांच।

नवीन अनुभव।

ध्वनि रहित यान अर्थात 'नारट'।

द्रुतगामी।

अचानक मधुर या वाद्ययंत्र ध्वनि प्रारम्भ हुई।

उद्घोषणा हुई।

"दिग्दर्शन प्रकोष्ठ में आपका स्वागत है। अप्सरा स्वप्ना।"

"यान में उद्घोषणा।" स्वप्ना बुदबुदाई। अद्भुत। आश्चर्य।

आधुनिक।

"आमन्त्रण है तुम्हारे लिए। प्रस्थान करो स्वप्ना।"

"आप जागृत है।"

"मैं निंद्रा में कब विलीन हुआ था।"

"कम्पन कष्ट का भय है ?"

"निःसंकोच, निर्भय पदचाप करो।"

"आभार।"

संकोचवश आसंदी से खड़ी हुई अप्सरा। दिग्दर्शन प्रकोष्ठ की ओर गई। पट खोला। कलिप्रिय नारद का कुशल संचालन में मग्न था।

संचालक के समीप द्वितीय आसंदी देखकर उसे प्रसन्नता हुई।

पुनः आश्चर्य।

कलिप्रिय ने संकेत करके आसन ग्रहण करने का आग्रह किया।

"हार्दिक अभिनन्दन कलिप्रिय।" अप्सरा स्वप्ना ने बैठते हुए कहा।

"आभार। किन्तु शुभवचन का हेतु।"

"उत्कृष्ट, ध्वनिरहित यान, आकर्षक वास्तुशिल्प, विशाल आकार।" अप्सरा स्वप्ना ने मुस्कुराकर कहा।

"पुनः आभार स्वप्ना।"

"श्रेष्ठ सम्बोधन।"

"अर्थात् ?"

"स्वप्ना, सम्बोधन हेतु।" अप्सरा स्वप्ना ने कामुक मुस्कान के साथ कहा।

"एकान्त में औचित्यपूर्ण।"

"निःसन्देह।"

"आकाश दर्शन कैसा है स्वप्ना ?"

"श्रेष्ठ।"

"हम अर्ध अल्पकाल में स्वर्गपुरी में भूतल स्थित होंगे।"

"श्रेष्ठ ! द्रुतगामी यान के विषय में परमआराध्य ने ज्ञात करवाया था।"

"परमआराध्य की अनुकम्पा का परिणाम है यह अनुकृति।"

"सर्वोत्तम अनुकृति है किन्तु ....।"

"किन्तु क्या स्वप्ना ?" उसकी ओर देखकर कलिप्रिय बोला।

"नाम उचित प्रतीत नहीं हुआ।"

"आपका मत ?"

"ज्ञात नहीं, किन्तु 'नारट' श्रेष्ठ सम्बोधन प्रतीत नहीं हुआ।"

"महामहिम से निवेदन करेंगे।"

"अति उत्तम–अति उत्तर।"

हिम पर्वत शृंखलाएँ प्रारम्भ हो चुकी थी।

"अपने बाईं ओर देखो स्वप्ना।"

स्वप्ना ने देखा।

अत्यन्त मनोहारी दृश्य था।

"वहीं है उत्कृष्ट प्रजातिय सोमलता कृषि क्षेत्र।"

उसने आश्चर्य से पूछा–"आपको स्थल ज्ञात है ?"

"अवश्य।"

"क्या हम अल्पकाल दर्शन हेतु उस ओर आकाशीय भ्रमण कर सकते हैं ?"

"कदापि नहीं।"

"क्यों ?"

"एक अवसर पर उस ओर आकाशीय मार्ग से ही आ रहा था। विमान अपेक्षाकृत कम ऊँचाई पर था। वहाँ के सुरक्षाकर्मियों ने पक्षीघातक यंत्र से पाषाण खण्डों का आक्रमण किया। मैं सतर्क था। अतः अपने यान की तत्काल दिशा परिवर्तन करके द्रुतगामी हो गया।"

"अकल्पनीय।"

"तदोपरान्त गुरुवर से घटनाक्रम कहा। उन्होंने उस क्षेत्र में आवागमन न करने की चेतावनी दी।"

"अत्यन्त सतर्क सुरक्षा व्यवस्था।"

"निश्चित ही।"

"गन्तव्य सुनिश्चित है। आप आसंदी रक्षक बंधन का प्रयोग करें।"

कलिप्रिय ने उद्घोषणा की।

"गुरुवर ! स्वर्गपुरी भूतल पर आरोरणार्थ आसंदी रक्षक बंधन का प्रयोग अनिवार्य है। शुभेच्छा।"

कर्कश ध्वनि हुई।

समीपवर्ती प्राकृतिक दृश्य देखकर स्वप्ना रोमांचित हो गयी।

लघु आकारीय वृक्ष शनैः शनैः अपने मौलिक रूप में आने लगे।

तीव्र ध्वनि हुई और यान भूतल पर स्थापित हो गया।

तत्काल सुरक्षाकर्मियों ने यान को अपने अधिकार में ले लिया।

सशस्त्र सुरक्षा प्रमुख यान के द्वार पर उपस्थित था।

अप्सरा स्वप्ना यान से बाहर आई।

दोनों हस्तबद्ध प्रणाम किया।

परिचय दिया–"मैं आसरा स्वप्ना।"

"स्वागत है आपका।"

"महामहिम के अतिथि भी है यान में।"

"उपस्थित हो।"

शः और कलिप्रिय बाहर आये।

उन्हें देखकर सुरक्षा प्रमुख ने हस्तबद्ध प्रणाम करके कहा– "स्वर्गपुरी में आपका स्वागत है।"

शः सर्वप्रथम यान से उतरे। सर्वप्रथम स्वर्गपुरी की भूमि को मस्तक स्पर्श करके वंदना की। मृदा से मस्तक पर तिलक धारण किया। कलिप्रिय ने भी अपने गुरुवर का अनुसरण किया।

"स्वागत के लिए हार्दिक आभार।" शः ने कहा।

"आइये।"

सभी अन्तरिक्ष भवन की ओर चले गये।

विशिष्ट अतिथि कक्ष में सभी ने विश्राम किया।

"बिलम्ब का कारण ?" अप्सरना स्वप्ना ने सुरक्षा प्रमुख के कक्ष में प्रवेश करते ही कहा।

"क्षमाप्रार्थी हूँ। पुष्टि की प्रतीक्षा है।"

"अर्थात् ?"

"धैर्य रखे आप। आप परिचित है किन्तु आपके साथ आये अतिथियों की पुष्टि आवश्यक है। विधि अनुसार में कार्य बंध हूँ।"

"अभय।" शः ने सहजभाव से कहा।

"आभार।"

सुरक्षा प्रमुख प्रस्थान कर गया।

"अत्यन्त उत्कृष्ट व्यवस्था।" कलिप्रिय ने कहा।

"अति आवश्यक है।"

"मैं भी इस बिलम्ब के लिए क्षमा प्रार्थी हूँ।"

"तुम क्यों स्वप्ना ?" शः ने कहा।

"अनावश्यक बिलम्ब है।"

"नहीं स्वप्ना। पूर्व सूचना के अभाव ऐसा व्यवहार संभव है। अतिरेक व्यथा उचित नहीं।"

"आप अत्यन्त संयमित है परमआराध्य।"

"यहाँ क्या कष्ट है ?"

"कोई नहीं।"

"विश्राम करो। प्रतीक्षा करो। ज्ञातव्य है प्रतीक्षान्त सदैव सुखद होता है आनन्द लो।" शः ने कहा।

कक्ष में अनेक त्वरित सुरक्षा अधिकारी प्रविष्ट हुए।

तदोपरान्त महेश ने प्रवेश किया।

प्रवेश करते ही महेश प्रसन्नता से बोला–"शः। मेरे भ्राता।"

अपने दोनों बाहों को खोल तीव्रगति से महेश शः की ओर बढ़ा। शः भी खड़ा हुआ।

प्रसन्नचित वातावरण।

"कैसा है तू महेश।"

दोनों आलिंगनबद्ध हुए।

दोनों के नेत्र अश्रुपूर्ण।

शः ने महेश की दोनों बाजु पकड़कर उसे शिखा से नख तक दृष्टिगोचर किया। फिर बोला "तू क्षीण हो गया है। तेरे केशबंध लघु आकारीय हो गये है। रूग्ण प्रतीत हो रहा है।"

"तेरे वियोग का परिणाम है। ....और तू तो जैसे महाबली हो गया है।"

"अवस्था प्रभावी है।"

"तू अब तक रूष्ठ है ?"

"होता तो यहाँ आता ?"

"निःसन्देह नहीं।"

"अल्पाहर ग्रहण किया।"

"तेरे द्वार पर है। यहाँ से कोई भी निराश नहीं जा सकता।"

दोनों हंसे।

कलिप्रिय की ओर संकेत करके महेश ने शः से पूछा–

"नवयुवक का परिचय ?"

"कलिप्रिय ! तेरी दीर्घकालीन योजना की अनुकृति।"

"त्रिनेत्र दर्शन।"

दोनों पुनः हंसे।

"स्वागत है कलिप्रिय तुम्हारा स्वर्गपुरी में।"

"हार्दिक आभार परमपूज्य।"

"स्वप्ना यात्रा सफल रही।"

"जी परमपूज्य ! सफलता आपके समक्ष है।"

सभी हंसे।

"आइये प्रस्थान करते है। महामहिम अति प्रसन्न है। आतुर है

भेंट हेतु। परमश्रद्धेय भी है और अन्य अतिथि भी आपके दशनार्थ आतुर है।"

सभी प्रस्थान करते हैं।

दो रथों में आरुढ़ हुए।

एकरथ में अतिथियों की सामग्री।

स्वर्गवास के मुख्यद्वार पर ब्रह्मा, विष्णु ने शः और कलिप्रिय का हार्दिक स्वागत किया।

शः ने ब्रह्मा की चरण वंदना की। ब्रह्मा ने आलिंगन किया।

विष्णु की चरणवंदना के लिए शः जैसे ही प्रस्तुत हुआ उसने शः को आलिंगनबद्ध कर लिया।

"क्षमा प्रार्थी ....।"

ब्रह्मा ने अपने हस्त अंगुल को शः के मुख पर रखकर तपाक से कहा–"युगान्तर को स्मरण मत करो। जो व्यतीत हो गया वह व्युदास हो गया।"

"श्रेष्ठ कथन महामहिम।"

"नवीन बेला है। उसका आलिंगन करो।" ब्रह्मा ने कहा।

"जो आदेश महामहिम।"

सभी मुस्कुरा रहे थे।

"नवयुवक का परिचय दो।"

"महामहिम ये कुशल पारंगत ध्वनितरंग अभियंता है। विशिष्ट यान निर्माता। विशेष वाद्ययंत्र के अनुसंधानकर्ता।"

"अति श्रेष्ठ शः अति श्रेष्ठ।"

"कलिप्रिय।"

"सर्वोत्तम नाम ! कलि–प्रिय–श्रेष्ठ। अतिश्रेष्ठ।" ब्रह्मा ने प्रसन्नभाव से कहा और फिर बोला–"तुम्हारा स्वर्गपुरी में स्वागत है। तुम स्वर्गवास के अतिथि रहोग। आओ स्वर्गवास में प्रवेश करो।"

विश्राम बेला समाप्त हुई।

सूर्यास्त पूर्ण हुआ।

ज्योतिपुंज प्रकाशित हुए।

सुसज्जित रंगशाला। विशेष रूप से सुसज्जित।

नवीन मृण ज्योतिपुंज प्रकाशित थे। गवाक्ष वस्त्र परिवर्तित थे। ऋतुपुष्प से सुसज्जित प्रत्येक भित्ति। प्रथमतः पाषाण मूर्तियों का भव्य प्रदर्शन कलात्मक मृणकृतियाँ। जल युक्त कनक कलश। विभिन्न आकृति के गण्डोपधान। शुक्लांकन चादरें। रजत आसव पात्र। मृणपात्रों में ऋतुफल। पीयूष पात्र। माधवी पात्र। सूपपात्र। मनोहारी व्यवस्था।

रंगशाला के पट खोले। अप्सरा वाणी ने परम्परानुसार सभी का स्वागत किया।

ब्रह्मा, विष्णु, महेश ने नियत स्थान ग्रहण किया। उनके समक्ष शः दशग्रीव और कलिप्रिय का स्थान नियत था। अनेक अप्सरायें सेवार्थ उपस्थित थी।

"सर्वप्रथम परिचय सत्र।" अप्सरा वाणी ने ब्रह्मा की ओर सम्मुख निवेदन किया।

"अवश्य !" ब्रह्मा ने कहा और विष्णु की ओर देखा।

"आज इस रंगशाला में तीन अतिथि उपस्थित है। हम सभी तो परिचित है। किन्तु अतिथि आपस में परिचित नहीं है। मेरा विनम्र निवेदन है कि महामहिम स्वयं परिचय दें।" विष्णु ने निवेदन किया।

ब्रह्म मुस्कुराये।

बोले–"मेरे समक्ष शः उपस्थित है। उनके बायें दशानन और दशानन के वायें कलिप्रिय।"

हस्तताल हुआ।

"दशानन ! शः अत्यन्त कुशल अभियन्ता, प्रकृति विद् और सिद्धांतवादी महामानव है। आपने महेश को दिशा निर्देश प्रदान कर गंगा नदी को अवतरित किया।"

दशानन ने करबद्ध प्रणाम किया। शः ने भी प्रति उत्तर दिया।

"शः ! दशानन ने गणनाओं पुनर्जन्म दिया है।"

"पुनर्जन्म अर्थात् महामहिम ?" शः ने तपाक से पूछा।

"शून्य अर्थात् दशम अंक और दशमलव प्रणाली की खोज करके एक महान् कार्य किया है। इससे असंख्य गणनाएँ करना सहज हो गया है।"

"अति उत्तम दशानन !" शः ने दशानन की पीठ थपथपाई।

"दशानन का मूल नाम दशग्रीव है। इसे दशानन नाम महामहिम ने प्रदान किया है।" महेश ने स्पष्ट किया।

"इससे तो अनेक अपूर्ण कार्य सम्पन्न हो सकेंगे।" शः ने उत्साह से कहा।

"हो सकेंगे नहीं सम्पन्न हो गये हैं। शः।" ब्रह्मा ने तपाक से उत्तर दिया।

"अति श्रेष्ठ महामहिम अति श्रेष्ठ।" शः ने कहा।

"कलिप्रिय अत्यन्त कुशल और पारंगत अभियन्ता है। नवीन वाद्ययंत्र के निर्माता है। यान निर्माता है। वास्तुशिल्पी है और यान संचालन में पारंगत है।"

"अति उत्तम महामहिम।" दशग्रीव बोला।

"अनुमति हो तो आसव वितरण प्रारम्भ करें।" अप्सरा वीणा ने आग्रहपूर्वक पूछा।

"तथास्तु।" ब्रह्मा ने कहा।

ज्योतिपुंजों की ज्योति मध्यम कर दी गई। रजत आसव पात्र प्रस्तुत किये गये।

"परमआराध्य !" आप आसव लेंगे या माधवी। अप्सरा वाणी ने पूछा।

"माधवी ?" शः ने आश्चर्य से पूछा।

"रुचि पूर्ण है। स्वादिष्ट है।" ब्रह्मा ने कहा।

"अवश्य। आज सर्वप्रथम माधवी दें।" शः ने वाणी से कहा।

सभी को आसव और माधवी परोसी गई। ऋतुफल प्रस्तुत किये गये। मेवे प्रस्तुत किये गये। कलिप्रिय ने सूप लिया। वार्तालाप प्रारम्भ हुआ।

"महामहिम एक निवेदन है आपसे।" दशानन ने आसव का घूंठ भरते हुए कहा।

"निःसंकोच कहो दशानन।"

"आप परमआराध्य को नवीन नाम दीजिए।"

"पूर्वकाल में विमोचित किया था।"

"तो ज्ञात करवाइये न।"

"शिव।"

"अति सुन्दर ! श्रेष्ठ।"

विष्णु, महेश, दशग्रीव और कलिप्रिय ने ब्रह्मा जी का समर्थन किया। अप्सराओं ने भी हस्तताल किया।

शः आश्चर्यचकित।

"आज से यही नाम उपयुक्त रहेगा।" दशग्रीव ने कहा।

"शः से अनुमति तो ले लो दशानन।" ब्रह्मा ने मुस्कुराकर कहा।

आसव पात्र हाथ में लेकर दशग्रीव ने शः की ओर देखते हुए कहा–"मेरा आग्रह, मेरा प्रस्ताव अस्वीकार्य नहीं करेंगे। मुझे ज्ञात है।"

"निःसन्देह स्वीकार्य है दशग्रीव।"

सभी हंसे।

साहस करके अप्सरा स्वप्ना ने कहा–"मेरा भी एक निवेदन है–महामहिम।"

"कम्पित अवस्था क्यों है स्वप्ना। निर्भय कहो।" ब्रह्मा ने कहा।

"कलिप्रिय के यान को परमआराध्य ने नाम दिया है–'नारट' इसे भी नवीन नाम दीजिए न।" स्वप्ना ने कहा।

"नारद।"

"अति उत्तम ! अति उत्तम महामहिम।"

"संशोधन ज्ञात भी नहीं हो सकेगा और नाम भी संशोधित हो गया।" ब्रह्मा ने आसवपात्र रखते हुए कहा।

"महामहिम एक निवेदन है आपसे।" विष्णु ने आसव प्रभाव में आसव पात्र को रखते-रखते गिराकर कहा।

"आज अत्यन्त प्रसन्न प्रतीत हो रहे हो।" ब्रह्मा ने मुस्कुराते हुए कहा। "कहो प्रिय कहो क्या निवेदन करना चाहते हो ?"

"आज हास्य परिहास्य ही हो इस सम्मेलन में परिचर्चा नहीं" विष्णु ने कहा।

"युक्ति संगत है।" महेश बोला।

"युगान्तर उपरान्त शिविर सदृश्य रात्रिपूर्व हमारे समक्ष उपस्थित है। अपना प्रियवर उपस्थित हुआ। हम सभी प्रसन्न है। उसमें परिचय. ....।" इतना कहकर विष्णु गहन निंद्रा में विलीन हो गया।

सभी हंस पड़े।

रात्रि के अन्तिम प्रहर आसव सम्मेलन समाप्त हुआ।

सभी अपने-अपने शयन कक्ष को प्रस्थान कर गये।

सूर्योदय हुआ।

स्वर्गपुरी के निवासी अपने नित्यकर्म में संलग्न।

स्वर्गवास निंद्र विलीन।

दिवस का द्वितीय प्रहर हुआ जागरण।

नित्यकर्म से निर्वृत होकर सभी शाकाहार कक्ष में एकत्र हुए।

शाकाहार ग्रहण किया।

विष्णु पूर्ण निन्द्रा के उपरान्त पूर्ण स्वस्थ।

महेश को अल्प आलस्य था।

शिव की काया पीड़ामय थी।

दशग्रीव असहज था।

कलिप्रिय सामान्य

और

ब्रह्मा असहज होकर भी सहज दृष्टिगोचर हो रहे थे।

अप्सरा वाणी ने ब्रह्मा को औषधि लाकर दी। तभी सभी आश्चर्यचकित हुए।

"महामहिम रूग्ण है।" महेश ने आश्चर्य से पूछा।

"ज्वर प्रतीत हो रहा है। कायापीड़ा है। आलस्य अनुभव हो रहा है।" अप्सरा वाणी ने स्पष्ट किया।

"ऐसा क्यों है ?" महेश ने तपाक से पूछा।

"संभवत: अधिक आसवपान से।" अप्सरा वाणी बोली।

"यह प्रथम अवसर था अत्यधिक आसवपान का।" विष्णु ने कहा।

"ऐसा प्रतीत होता है कि सोमलताएँ इन्दुकुश से आयातित थी। उन्हें और अधिक परिष्कृत करने की आवश्यकता है। नवीन प्रजाति और उन्नत प्रकार की सोमलताएँ अत्याधिक प्रभावशाली इन्दुयुक्त है।" ब्रह्मा ने धीमें से कहा।

"अस्तु हम सभी रूग्ण है वाणी।" शिव बोला।

"आप सभी को औषधि लेकर विश्राम करना चाहिए।" अप्सरा वाणी ने कहा। सभी को रूग्णतानुसार औषधियाँ प्रदान की गई।

संध्याकाल।

सभी पूर्णरूपेण स्वस्थ हुए।

उद्यान में एकत्र थे।

वार्तालाप के मध्य कलिप्रिय ने अपने द्वारा निर्मित नवीन वाद्ययंत्र महेश को भेंट किया और अपने वाद्ययंत्र से मधुर ध्वनि तरंगे निकाल कर सभी को सम्मोहित कर दिया।

आज रात्रि आसव सम्मेलन स्थगित कर दिया गया था।

सभी अपने-अपने शयन कक्ष में रात्रि भोज उपरान्त उपस्थित

हो गये थे।

महेश से उपस्थ होकर कलिप्रिय ने महेश की चरण वंदना की।

अपना-अपना स्थान ग्रहण किया।

"कलिप्रिय ! तुम से अत्यन्त गोपनीय तथ्यों पर वार्तालाप करना है।"

"आप आदेश कीजिए परमपूज्य।"

"महामहिम ने नवीन युग का सूत्रपात किया है। दशानन ने उसे सम्बोधन दिया है–त्रेतायुग। तुम्हें त्रेता युग के सभी प्रिय-अप्रिय तथ्यों को महामहिम को ज्ञात करवाना है। यह उत्तरदायित्व केवल तुम्हें सौंपा जा रहा है।"

"इसका औचित्य।"

"त्रेता नवीन प्रयोग है। इसके परिणाम ज्ञात करना अत्यन्त आवश्यक है। यदि यह प्रयास विफल रहा तो इसे सदैव समाप्त कर पूर्वकालिक व्यवस्था में परिवर्तित कर दिया जायेगा।"

"अति उत्तम परमपूज्य। आप निश्चिंत रहे। मेरा प्रयास सदैव सार्थक होगा।"

"तुमसे यही आशा लेकर आया था। ....और हाँ, तुम सदैव अपने कार्य हेतु स्वतंत्र हो। आवागमन अबाधित रहेगा। सर्वत्र।"

"अबाधित अर्थात् ?"

"पूर्वानुमति की आवश्यकता नहीं होगी।"

"आभार, किन्तु एक शंका का और निवारण कीजिए।"

"कहो कलिप्रिय।"

"प्रतिबंधित क्षेत्रों में भी।"

"अवश्य ! वहाँ तुम्हारी उपस्थिति को सहज बनाने की व्यवस्था हो जायेगी। तुम्हारा परिचय प्रेषित कर दिया जायेगा। इतना ही नहीं स्वर्गपुरी के अतिरिक्त परमश्रद्धेय, परमआराध्य और द्वार तुम्हारे आगमन

की सदैव प्रतीक्षा करेंगे। इसके पूर्व सूचना या पूर्वानुमति की आवश्यकता नहीं पड़ेगी।"

"हार्दिक आभार परमपूज्य।"

"प्रत्येक राजवंश में, प्रत्येक महर्षि आश्रम में, प्रत्येक ऋषि निवास में, प्रत्येक समुदाय में, प्रत्येक नगर में, प्रत्येक ग्राम में, प्रत्येक कबीलें में, प्रत्येक भूखण्ड पर, प्रत्येक महासागर-सागर पर तुम सदैव भ्रमणशील रह सकते है।"

"आपके आदेशानुसार ही मैं प्रयास करूँगा। सत्-असत् सभी तथ्यों को महामहिम को ज्ञात करवाने का उत्तरदायित्व सहर्ष ग्रहण करता हूँ।"

"स्मरण रहे किसी को ज्ञात न हो तुम किसके लिए कार्यरत हो।"

"स्वीकार्य है।"

दशग्रीव ने प्रवेश की अनुमति मांगी।

"स्वागतम् दशग्रीव ! यह औपचारिकता क्यों ?" शिव ने कहा।

"रात्रि का प्रथम प्रहर है। शिष्टता अनुमति नहीं देती किसी अन्य के शयन कक्ष में प्रवेश की।"

"आओ आसन ग्रहण करो।"

"आभार परमआराध्य।"

"कहो व्यथित क्यों हो ?"

"व्यथित नहीं अनेक प्रश्न है जो विचलित कर रहे हैं।"

"निःसंकोच कहो दशग्रीव।"

"महत्त्वपूर्ण क्या है ?"

"स्वपोषित सिद्धांत।"

"यह कार्य सर्वमान्य होगा ?"

"अपने सिद्धांत कल्याण कार्य निर्मित करो तो सर्वमान्य होगा।"

"आपको तो ....।"

"नहीं ऐसा नहीं है जैसा तुम ....वास्तव में अपने सिद्धांत पर अडिग था। महेश असहमत था। मेरे जीवन में सम् का स्थान नहीं है अतः स्वतः ही प्रस्थान कर गया।"

"अर्थात् सिद्धांतों का उद्देश्य सर्वकल्याणकारी हो ?"

"निश्चित ही।"

"क्या सिद्धांत विहिन जीवन अकल्पनीय है ?"

"हम और पशुओं-जीव जन्तुओं में भेद करता है। सिद्धांत।"

"उसके आवश्यक उपाय ?"

"अपने उद्देश्य निर्धारित करो। उनका पालन करो। सिद्धांत स्वतः ही तुम्हें इंगित करेंगे अपने अस्तित्व के लिए।"

"ज्ञानवर्धन आवश्यक है ?"

"यह सभ्य प्रवृत्ति को विकसित करता है।"

"सभी के लिए ?"

"निश्चित ही।"

"मैं राक्षस वंश से हूँ क्या मेरे लिए भी ?"

"ज्ञान भेद नहीं करता। जैसे जल सभी के लिए है वैसे ही ज्ञान सभी के लिए है।"

"और वि-ज्ञान ?"

"ज्ञानी हेतु।"

"क्या ज्ञान के बिना वि-ज्ञान ज्ञात करना संभव है ?"

"दुर्लभ है।"

"क्या परमआराध्य ?"

"वि-ज्ञान की आत्मसात् करना।"

"क्या ज्ञान का अन्तिम छोर है वि-ज्ञान ?"

"कतिपय नहीं।"

"क्यों परमआराध्य ?"

"ज्ञान जीवन यात्रा के अवरोध ज्ञात करवाता और वि-ज्ञान उन अवरोधों के रासायनिक और भौतिकिय तत्वों को ज्ञात करवाता है।"

"उसका औचित्य ?"

"जीवन को सुखमय आधार देना।"

"अर्थात् ?"

"दशग्रीव ! महामहिम, परमश्रद्धेय, महेश, मैं स्वयं और अनेक महर्षिगण मानव जीवन को कष्ट रहित, सदैव सुखमयी, स्वास्थ्य और कर्त्तव्य निष्ठ आधार देने के लिए प्रयासरत है।"

"ज्ञात है परमआराध्य। इस विषय पर महामहिम ने विस्तार से विश्लेषण किया है।"

"अति उत्तम।"

"एक निजी प्रश्न।"

"अवश्य।"

"आप त्रिनेत्री है? पारंगत कैसे हो कोई ?"

"अति जिज्ञासु ! श्रेष्ठ अति श्रेष्ठ प्रश्न।"

"क्या मेरे लिए संभव है ?"

"अवश्य ! तुम भी त्रिनेत्री बन सकते हो।"

"अपना शिष्य स्वीकार्य करें परमआराध्य।"

"एक संकल्प ग्रहण करना होगा।"

"अवश्य।"

"त्रिनेत्र एक कल्याणकारक विद्या है। इसका उपयोग स्वार्थ के लिए करना प्रतिबंधित है।"

"स्वीकार्य है ! मैं समस्त असुर समुदाय के कल्याणार्थ इसका प्रयोग करना चाहता हूँ।"

"दशग्रीव तुम्हारा उत्साह और उद्देश्य ज्ञात करके हृदय प्रफुल्लित हुआ।"

"आभार परमआराध्य।"

"दुरूप्रयोग तुम्हारे पतन का कारण भी बन सकता है।"

"मैं अपना पतन स्वतः ही निश्चित क्यों करूँगा।"

"तुम ही नहीं कोई भी यह प्रयास नहीं करेगा।"

"आपको मेरे पर विश्वास है ?"

"आशंकित हूँ।" शिव ने दशग्रीव की ओर देखा। दशग्रीव का केश विन्यास अस्त व्यस्त हो गया था मुख शंकित रेखाओं से पूर्ण हो गया था।

शिव मुस्कुराये।

"भयमुक्त रहो दशग्रीव। मैं तुम्हें अपना शिष्य स्वीकार करता हूँ। संकल्प सदैव स्मरण रहे।"

"आपका हार्दिक आभार।"

दशग्रीव उठा। उसने शिव की चरण वंदना की।

"दशग्रीव तुम्हें तंत्र में पारंगत होने से पूर्व मंत्र में पारंगत होना होगा और दोनों की संयुक्त युक्ति से तान्त्रिक विद्या में पारंगत हो सकोगे।"

"मैं आपको विश्वास दिलाता हूँ कि आपके आदेश का अक्षरतः पालन करूँगा।"

"श्रेष्ठ, अति श्रेष्ठ। ज्ञानवान भवः। तान्त्रिक भवः।"

दशग्रीव ने पुनः चरण वंदना की और प्रस्थान किया।

अप्सरा वाणी के शयनकक्ष में स्वर्गवास की ही नहीं अपितु समस्त स्वर्गपुरी की अप्सराएँ एकत्र थी। सभी अप्सरा स्वप्ना का अनुभव ज्ञात करना चाहती थी।

"तुम्हारा भाग्य प्रबल था स्वप्ना जो तुम्हें स्वर्गपुरी से इतर विश्व दृष्टिगोचर करने का अवसर मिला।" वाणी ने उसके सिर पर हाथ फेरते हुए कहा।

"आभार वाणी।"

"अपना अनुभव सविस्तार बताओं न।" कामिनी बोली।

स्वप्ना को गर्व अनुभव हुआ। उसने कहा–"स्वागत के विषय में विशेष कुछ नहीं है परन्तु सर्तकता पूर्ण थी। अवांच्छनीय प्रवेश नहीं कर सकता।"

"यह तो होना ही चाहिए।" श्वेता तपाक से बोली।

"शिव समागम कब हुआ ?" श्वेता तपाक से बोली।

"अधीर हो रही हो ?" वाणी बोली।

सभी हंस पड़े।

"वह भिन्न विश्व का प्राणी है न, तो अनुभव भी भिन्न ही होगा न वाणी।" सुनयना बोली।

"निश्चित ही।" वाणी ने संक्षिप्त-सा उत्तर दिया।

"उसे भी बोलने दो सखियों।" सुगंधा बोली।

"शिव समागम प्रथम दिवस नहीं हुआ।" स्वप्ना ने कहा।

"आश्चर्य? नर तो सदैव कामुक रहते हैं। अधीर कहते हैं।" साक्षी ने कहा।

"नामरूपेण व्याख्या।" तृप्ति तपाक से बोली।

सभी हंस पड़े।

वाणी ने सभी को शान्त करवाया।

"प्रथम रात्रि परिचय ने मुझे हस्तप्रभ कर दिया था। शिव अन्तर्यामी है। उन्हें पूर्वज्ञात था मैं अप्सरा हूँ। मेरे आगमन का उद्देश्य तक ज्ञात था।"

"चिरस्मरणीय। अद्‌भुत।" स्वर्णा के मुख से अनायास ही निकला। सभी ने उसकी ओर उग्रभाव से देखा। "क्षमाप्रार्थी–क्षमाप्रार्थी।"

"सम्पूर्ण रात्रि वार्तालाप में व्यतीत हो गयी। मैं कामयुक्त थी। किन्तु शिव सहजभाव से वार्तालाप में संलग्न। मेरे परिधान श्रृंगार, यौवन, दीर्घ केशों की मुक्त हृदय प्रशंसा की। मुझे स्पर्श भी किया। मैं आतुर हो उठी। उनका स्पर्श अत्यन्त कामुक था।"

"क्या उपयुक्त स्थान नहीं था ?" वाणी ने पूछा।

"उनके आवास में उन्हीं का शयन कक्ष था।"

"उनकी अर्धांगिनी नहीं थी वहाँ ?" वाणी तपाक से बोली।

"वह प्रसूति हेतु अपने पितृवास में है।"

"श्रेष्ठ ! तदोपरान्त ?" वाणी ने पूछा।

"शिव की मान्यता है कि समागम से पूर्व परिचय और मतैक्य होने से समागम का आनन्द अधिक हो जाता है। अन्यथा बलात् समागम अपराध बोध खिन्नता उत्पन्न करता है।"

"अति उत्तम विचार। है न वाणी।" कामिनी बोली।

"सत्यकथन।" वाणी ने प्रति उत्तर दिया।

"द्वितीय दिवस वेधशाला में व्यतीत हुआ। रात्रिकाल में आसव सम्मेलन।"

"आसव सम्मेलन? अर्थात् तुम्हें भी ....।" सुगंधा तपाक से बोली।

"आश्चर्य क्यों सुगंधा ?" स्वप्ना बोली।

"स्वर्गपुरी में तो अनुमति नहीं है।" सुगन्धा ने स्पष्ट किया।

"विशिष्ट जन के साथ अनुमति नहीं है न ?" वाणी बोली।

"सत्यकथन।" सुगन्धा बोली।

"शिव और मैंने आसवपान किया। एकान्तवास। रात्रिकाल हास्य-परिहास्य हुआ। रात्रि भोज ग्रहण किया। शयन कक्ष में सुगन्धित वातावरण। कलात्मक पर्यंक। आकर्षक चादर। विशेष आकृतियों के गण्डोपधान। आलिंगनबद्ध शयन कक्ष में हम दोनों ने प्रवेश किया। पर्यंक पर आसीन हुए। शिव ने शनैः शनैः मुझे आभूषण मुक्त किया। केश संवारे। केश बंधन किया। शिव ने इसके उपरान्त उत्तरीय अलग किया। कपोल चुम्बन के उपरान्त कंचुकी मेरे तन से हटाई। स्तनमर्दन और उसके उपरान्त अधोवस्त्र से मुक्त करके अनेकानेक यौन क्रीड़ा की। मेरे लिये यह विशिष्ट अनुभव था। प्रथम था। समागन तो उससे पूर्व भी किया मगर यह रति अनुभव सर्वथा भिन्न था। रति क्रीड़ाकाल

सदैव स्मरणीय रहेगा। अंग–प्रत्यंग पर चुम्बन ने रोमांचित कर दिया। अधीरता चरमोत्कर्ष थी। शिव मेरी उत्तेजना बढ़ाते जा रहे थे। मैं पर्यंक पर जल विहीन मत्स्य की भाँति तरंगित थी। हृदयगति अति तीव्र हो गयी थी। तन प्रफुल्लित था और मस्तिष्क प्रतीक्षा की अनुमति नहीं दे रहा था। कामोत्तेजना असहनीय हुई तो मैंने भावावेश आकर शिव को अपनी भुजाओं में जकड़ लिया। आलिंगनबद्ध कर लिया। चुम्बनों की वर्षा कर दी और फिर रति अवस्था प्राप्त की।"

वहाँ उपस्थित सभी अप्सरायें अवरोध रहित तीव्र गामी वक्तव्य से रोमांचित हो गयी। सभी की हृदयगति तीव्र हो गयी। उरोज वृत्ताकार हो गये उरोज कम्पित होने लगे।

"तुमने तो हमें भी कामाग्नि के वश में कर दिया। नर रहित काम क्रीड़ा आनन्दायी हो नहीं सकती।" कामिनी बोली।

"वियोग में ही व्यतीत करनी होगी सम्पूर्ण रात्रि।" सुगंधा तपाक से बोली।

"शिव की भाँति संयमित होना सीखो।" वाणी ने कहा।

"इस कामोत्तेजक विवरण ज्ञात करने के उपरान्त संयम रखना संभव नहीं है वाणी" कामिनी बोली।

"अप्सराओं का समागम न्यायोचित नहीं है।" तृप्ति बोली।

"अकल्पनीय। असंभव। अशोभनीय।" सुनयना तपाक से बोली।

"शीतल जल ग्रहण करो कामोत्तेजना स्वयं समाप्त हो जायेगी।" साक्षी ने जल पात्र की ओर संकेत करते हुए कहा।

स्वागत योग्य विचार था। सभी ने शीतल जल ग्रहण किया और गहरी सांस ली। कुछ पल कक्ष में शान्ति छा गई।

सभी चौंके। एक दूसरे की ओर देखा।

कामाग्नि शान्त हुई।

सभी एक साथ हंस पड़े।

सूर्योदय उपरान्त ब्रह्मा, विष्णु, महेश की आपातकालीन सभा का आयोजन था। मंत्रणा कक्ष में किसी के भी प्रवेश की अनुमति

नहीं थी। शिव को इस आपात सभा की पूर्व सूचना थी। किन्तु विषय वस्तु ज्ञात नहीं थी।

शिव, दशग्रीव और कलिप्रिय उद्यान में थे। वाणी ने वहाँ पहुँचकर निवेदन किया–"परमआराध्य, अल्पाहार में तनिक विलम्ब होगा। क्षमाप्रार्थी हूँ।"

"क्षमादान।" शिव ने मुस्कुराकर उत्तर दिया।

वाणी के वहाँ से प्रस्थान करने के उपरान्त वार्तालाप में लिप्त हो गये।

"महामहिम ! हमारी योजनाएँ साकार रूप धारण कर चुकी हैं। तत्काल और दीर्घकालीन। सफलता अधिक दूरस्थ नहीं है।" महेश ने प्रसन्नतापूर्वक कहाँ।

"अति उत्तम महेश।"

"और तत्काल दीर्घकाल दोनों ही इस स्वर्गपुरी में उपस्थित है। विष्णु ने कहा।"

"निश्चित ही।" महेश बोला।

"अत्यन्त सर्तकता से योजना प्रारूप को अन्तिम प्रारूप देना।" ब्रह्मा बोला।

"आप निश्चिन्त रहिये महामहिम।" महेश ने कहा।

"दोनों विविध विषय पारंगत है। अपने आप में पूर्ण है। उत्साही है। आधुनिकता में विश्वास रखते है। नवीन प्रयासों को प्रोत्साहन देने को आतुर रहते है। स्वर्गपुरी के प्रति आस्थावान है। आप उनके आदर्श है।"

"यह तो शुभ संकेत है।"

"महेश अति विश्वास में तो...........।"

विष्णु के वक्तव्य को बीच में ही काटते हुए महेश बोला–परमश्रद्धेय आप निश्चिन्त रहिये अब तो शिव भी हमारे साथ है। किसी भी अप्रिय घटना की पूर्व सूचना हमें मिल ही जायेगी।

"हूँ, कथन तो तुम्हारा उचित है। फिर भी अत्यन्त सतर्क रहने की आवश्यकता है क्योंकि नवीन युग में असंख्य नवीन तर्क वितर्क हमारे समक्ष आयेंगे। हमारे समर्थक भी होंगे और विरोधी भी। उन सभी में संतुलन–सामंजस्य स्थापित करना अत्यन्त कठिन कार्य होगा।"

"विष्णु सत्य कथन।" ब्रह्मा बोला।

"महामहिम हमारे अतिरिक्त अन्य स्वंयभू भी उत्पन्न होंगे। अपनी विचारधाराओं को श्रेष्ठ सिद्ध करने का प्रयास करेंगे।"

"मैं आपका आशय समझ गया परमश्रद्धेय।"

"स्वर्गपुरी का प्रशासन–शासन अत्यन्त सरल था। एक लघु नगरी की व्यवस्थाओं को व्यवस्थित करने में अनेक समस्याएँ दृष्टिगोचर नहीं हुई। किन्तु अब हमारे समक्ष सम्पूर्ण विश्व जगत है। अनेक विचारधाराएँ है। अनेक समुदाय है। असंख्य नर–नारी है। उनका बुद्धिबल रोधी–प्रतिरोधी जैसी दिशाओं में अवश्य भ्रमित रहता होगा। स्वार्थ कितना प्रबल हो चुका है हमें यह भी ज्ञात नहीं है।"

"आप व्याकुल न हो परमश्रद्धेय।" महेश ने कहा।

विष्णु की ओर ब्रह्मा ने देखा। व्याकुल मुख था। नेत्रों में अस्थिरता थी। मानों उसके नेत्र भविष्य का चलचित्र देख रहे हो।

"विष्णु तुम्हारा उत्तरदायित्व विस्तृत हो रहा है। इस कारण तो व्याकुल नहीं हो। कार्यकाल में वृद्धि हो रही है। इस कारण तो व्यथित नहीं हो।" ब्रह्मा ने मुस्कुराकर कहा।

अपने ऊपर आरोप लगते देख विष्णु सतर्क हुआ। बोला– "नहीं–नहीं महामहिम। मेरा अभिप्राय ऐसा नहीं था। मैं तो महेश को अति उत्साह के परिणाम ज्ञात करवा रहा था।"

"महेश बालक नहीं है विष्णु।"

"निश्चित ही महामहिम।"

"तुम तो व्यंग्य भी नहीं समझते।"

"आपको व्यंगित कर रहे थे महामहिम।"

तीनों हंसे।

"मेरा पूर्ण सहयोग तुम्हारे साथ है महेश। शुभकामनाएँ है। विजयी भवः।"

"आपका हार्दिक आभार महामहिम।"

"व्यवस्थाओं को व्यवस्थित करने में कोई बाधा उत्पन्न नहीं होगी। यह मेरा वचन है।"

"चरण वंदना करता हूँ आपकी परमश्रद्धेय।"

"महेश अब अति शीघ्र अल्पाहार की व्यवस्था करवाओ।"

"आदेश महामहिम।"

महेश कक्ष से चला गया। उसके जाने के उपरान्त ब्रह्मा विष्णु से बोला–"तुम्हारी अनेक शंकाएँ विचारणीय है। उन पर विशलेषण की आवश्यकता है। महेश उग्र स्वभावी है। शिव शान्त स्वभावी है अतः महेश के उग्र स्वभाव को शिव ही शान्त रख सकता है। शिव को स्थायी रूप से स्वर्गपुरी में स्थापित करने की मंत्रणा करनी होगी। उसकी स्वीकृति अत्यन्त आवश्यक है।"

"महामहिम ! हमने महर्षियों को उनकी रुचि अनुरूप ही स्थान निर्धारित करने की अनुमति दी है। प्रथमः हमें उनके स्थानों को सूचीबद्ध करना होगा।"

"उत्तम विचार विष्णु। इससे हमारी अधिकांश समस्याएँ स्वतः समाप्त हो जायेंगी और स्थान विशेष के आधार पर आज्ञाएँ प्रेषित करनी होंगी।"

"निश्चित ही। इससे समुदाय गणना और उनके स्वभाव की विस्तृत सामग्री भी हमारे पास होगी। जीवन सिद्धांत भौगोलिक परिस्थितियों के अनुरूप विकसित हो सकेंगे।"

"तुम इस कार्य को अति शीघ्रता से सम्पन्न करो विष्णु।"

"जो आदेश महामहिम।"

"विजयी भवः।"

"मुझे अनुमति दीजिए।"

"कहाँ ?"

"कार्य प्रारम्भ करता हूँ।"

"अल्पाहार के उपरान्त।"

दोनों हंसे।

अल्पाहार कक्ष में भविष्य की नीतियों का निर्धारण हुआ। सभी को उनके दायित्व सुपुर्द किये गये। शंकाओं का निवास हुआ। दशग्रीव के प्रस्थान का दिवस निर्धारित हुआ।

एक प्रस्ताव महेश ने प्रस्तुत किया। सभी ने सहमति और समर्थन दिया।

प्रस्ताव था एक रंगा रंग महोत्सव आयोजित करने का आयोजन हुआ।

प्रसन्नचित वातावरण ! चहुँओर पीले रंग के पुष्पों की बहार। अनेक प्रकार के सुगंधित मनमोहक पुष्प। सभी वृक्षों पर नवीन पर्ण अंकुरित हो गये थे। आम्रकपोलें शोभायमान थी। स्वर्गपुरी के सभी सर कमल पुष्पों से शोभायमान थे। प्राकृतिक उपहारों से स्वर्गपुरी अद्वितीय लग रही है।

स्वर्गवासियों के लिए प्रथम अवसर है।

स्वर्गवास का विशाल उद्यान जो पूर्वकाल में अति विशिष्ट अतिथियों का साक्षी रहा है, उसे आज महोत्सव हेतु सुसज्जित किया गया है। सभी स्वर्गवासी आमंत्रित है।

रंग महोत्सव।

यही नाम दिया गया है।

उद्यान में नाना प्रकार के सुगंधित पुष्प सुशोभित है। सेवक तत्परता से अपना कार्य सम्पन्न कर रहे है। एक ओर काष्ठ निर्मित मंच है। उस पर छः आसंदी लगाई गई है। शेष उद्यान में अनेक स्थानों पर पुष्प पंखुड़ियाँ और रंगभस्म सुसज्जित है। एक ओर आसव और माधवी के अतिरिक्त इंद्री है। फलरस है। मिष्ठान है। अन्य खाद्य सामग्रियाँ है। मुख्य द्वार पुष्पमालाओं से सुसज्जित है।

अनेक आकार प्रकार के मृणपात्र है। पेय हेतु। अल्पाहार हेतु पर्णपात्र है। सेवक सभी स्थानों पर तत्पर है।

बालक-बालिकाओं हेतु समीपवर्ती उद्यान सुसज्जित है। वहाँ फलरस और नाना प्रकार के मिष्ठान और खाद्य पदार्थ है। बाल्यावस्थानुरूप उनकी क्रीड़ा के लिए अनेक सामग्री है। पुष्प पंखुड़ियों के पात्र है।

अप्सराएँ विशेष परिधान, स्वर्ण आभूषण और अन्य आभूषणों से सुसज्जित हो रही है। स्वर्गवासी भी इस रंग महोत्सव में सम्मिलित होने के लिए लालायित है। वह भी उपलब्ध श्रृंगार प्रसाधनों का उपयोग करके सुन्दरतम दिखना चाहते हैं। विशेष रूप से नरियाँ।

पुरुष वस्त्र नियमित है।

केवल श्वेत वस्त्र।

नारियों के लिए इस विधान में सम्मिलित नहीं किया है। वह स्वतंत्र है। सेवादार पितांबरी परिधान में अत्यन्त आकर्षक दिख रहे हैं। इस रंग महोत्सव में प्रथम बार सेवादारों का उत्तरीय मस्तक पर धारण करवाया गया है। इसे नाम दिया गया शिरोधार्य। शिरोधार्य का शीर्ष भाग मयूरपंख की भाँति सुशोभित है।

महर्षिगण केसरी परिधान में आमन्त्रित है। ऋषिगण हरे रंग में निमंत्रित है। सुरक्षाकर्मी कृष्णवर्णीय वस्त्रों में दर्शनार्थ होंगे। अन्य विशिष्ट अमात्य श्वेत एवं पिताम्बरी परिधानों में सम्मिलित होंगे।

सूर्योदय काल से ही महोत्सव को सफल करने हेतु अप्सरा वाणी मार्ग दर्शन कर रही है।

"प्रात: के प्रथम प्रहर के प्रारम्भ होते ही आप उद्यान का दायित्व ग्रहण कर लेंगे। मैं इस व्यवस्थापन से मुक्त हो जाऊँगी।" वाणी ने उद्यान प्रमुख से निवेदन किया।

"आपने सभी व्यवस्थाओं का सूक्ष्म निरीक्षण कर लिया है न ?"

"सन्तोषप्रद है।"

"हार्दिक आभार ! आप प्रस्थान कर सकती है।"

"उचित है। आप सतर्क रहियेगा।"

प्रथम शंख ध्वनि हुई।

सम्पूर्ण स्वर्गनगरी में प्रथम शंख ध्वनि का अनुसरण हुआ।

स्वर्गवासी अपने-अपने निवास से स्वर्गवास की ओर प्रस्थान करने लगे। मार्ग पर कोलाहल हुआ।

रथ प्रतिबंधित थे।

निर्धारित समय पर सभी आयोजन स्थल पर एकत्र होने लगे। वृद्धजनों को भी विशेष आमंत्रण था। उनके लिए स्वर्गवास की ओर से विशेष पालकियाँ थी। आयोजन स्थल पर वृद्धजनों हेतु आसन आरक्षित थे।

नियत समय पर नव शंख ध्वनि हुई।

नौ शंखों की ध्वनि का प्रथम अवसर था।

ब्रह्मा, विष्णु, महेश, शिव, दशग्रीव और कलिप्रिय स्वर्गवास की समस्त अप्सराओं के साथ रंग महोत्सव उद्यान में प्रविष्ट हुए।

हस्तताल गूंज उठी।

मंचस्थ होकर सर्वप्रथम सभी ने अपने आसन ग्रहण किये।

"आज आप सभी का स्वर्गवास में स्वागत करते हुए मुझे अपार हर्ष हो रहा है। इस रंग का महोत्सव की परिकल्पना परमपूज्य की। यह उत्सव आप सभी को नवीन प्रसन्नता का अनुभव देगा। आप सभी स्वर्गपुरी की समस्त व्यवस्थाओं से मुक्त होंगे। वरिष्ठ कनिष्ठ का भेद नहीं होगा। सभी समान है। नर-नारी समान भाव से महोत्सव में उत्साहवर्धन करें।" अप्सरा वाणी ने ब्रह्मा की ओर देखा। "महामहिम आप सभी को सम्बोधित करें।"

हस्तताल और हर्षध्वनि हुई।

"आज सम्बोधन नहीं अपितु इस महोत्सव को आप सभी वसन्तोत्सव रूप में सदैव हर्षोल्लास से आयोजित करें।" इतना कहकर ब्रह्मा ने अप्सरा कामिनी और सुगंधा की ओर देखा। दोनों वृत्ताकार

मृणपात्र होकर ब्रह्मा के समीप आई। ब्रह्मा ने सर्वप्रथम पुष्पवर्षा की और फिर रंग भस्म उड़ाया।

हस्तताल और हर्ष ध्वनि से सम्पूर्ण वातावरण गूंज उठा।

कलिप्रिय ने मधुर ध्वनि तरंगों से सम्पूर्ण वातावरण को सम्मोहित कर दिया। इसके उपरान्त महेश ने हस्त वाद्ययंत्र और कलिप्रिय की ध्वनि तरंगों से सामंजस्य स्थापित किया। रंग महोत्सव उमंगों से भर गया। कलिप्रिय, महेश की ध्वनि तरंगों में जैसे ही शंख ध्वनियाँ समाहित हुई। हस्तताल और हर्षध्वनि के साथ उद्यान में उपस्थित नदियों ने नृत्य प्रारम्भ कर दिया।

प्रफुल्लित मंचस्थ सभी ने स्वर्गवासियों की ओर पुष्प और रंग भस्म उड़ेल दिया। सभी एक दूसरे पर पुष्प वर्षा करने लगे। रंग डालने लगे। अनेक रंगों की भस्म वहाँ थी। सभी के मुख, केश और वस्त्र अनेक रंगों में हो गये। उमंग और उत्साह था।

सभी ने एक-एक करके मंच पर पहुँचकर पुष्पवर्षा और रंग तिलकर सभी से शुभकामनाएँ प्राप्त की।

आसव, माधवी, फल रस पात्र लिये नृत्य करते स्वर्गवासी अपने आप गौरवान्वित अनुभव कर रहे थे। नारियाँ भी अपनी रुचि अनुसार आसव, माधवी, इंदी ओर फल रस का आनन्द ले रहीं थी।

ब्रह्मा अपने आसन से उठ खड़े हुए। वृद्ध रूग्ण जनों के समीप पहुँचकर पुष्पवर्षा की ओर सभी के मुखपर रंग लगाया।

सभी उमंग और उत्साह का अनूठा संगम था। सेवक तत्परता से कार्य कर रहे थे। किसी वस्तु के समाप्त होने से पूर्व ही सेवक उसकी आपूर्ति कर देते।

बाल्य उद्यान में भी सभी बालक-बालिकायें भी रंग महोत्सव में बाल क्रीड़ाएँ कर के अपना उत्साह प्रदर्शन कर रहे थे।

दिवस द्वितीय प्रहर तक रंग महोत्सव प्रसन्नता, उत्साह, उमंग और पुष्परंग के सभी को प्रफुल्लित करता रहा।

शंख ध्वनि के साथ महोत्सव सम्पन्न हुआ।

सूर्योदय हुआ।

आज दशग्रीव का प्रस्थान समारोह है।

सुसज्जित स्वर्गवास।

मुख्यद्वार पर अप्सराएँ वृत्ताकार मृणपात्र में चंदन, अक्षत, पुष्प, रक्त वर्णीय चूर्ण, घृत, मिष्ठान, रक्षासूत्र और प्रज्ज्वलित द्वीप लिये खड़ी थी।

ब्रह्मा, विष्णु, महेश, शिव, कलिप्रिय और दशग्रीव का आगमन हुआ। ब्रह्मा ने चंदन तिलक किया। अक्षत धारण किया। विष्णु ने पुष्प वर्षा की। महेश ने मिष्ठान का सेवन करवाया। शिव ने दशग्रीव की हस्तकलाई पर रक्षासूत्र बंधन किया और अन्ततः कलिप्रिय ने द्वीपांकन किया।

अप्सराओं द्वारा पुष्पवर्षा के उपरान्त दशग्रीव ने रथ की ओर प्रस्थान करने से पूर्व सभी की चरण वंदना करके दशग्रीव रथ पर चढ़ा।

रथ पर आरूढ़ दशग्रीव से ब्रह्मा ने सहर्ष कहा–"स्वर्गपुरी में सदैव तुम्हारा स्वागत रहेगा। निर्बाध आवागमन सदैव सुरक्षित है। शुभाशीष।"

हस्तबद्ध प्रणाम करते ही दशग्रीव के नेत्र नम हो गये।

अन्तरिक्ष भवन तक शिव साथ आये।

"तेरा भविष्य उज्ज्वल है पुत्र। जा सामर्थवान बन और अपने सहृदयों का उद्धार कर। स्मरण रहे द्वेष, विद्वेष, लालसा, ललक को कभी भी अपना वरण मत करने देना। अभिमान वंश विनाशक न हो जाये स्मरण रखना। मेरे शिष्य हो मर्यादाओं का पालन सदैव करना।"

"शुभेच्छु रहूँगा सदैव।"

दशग्रीव ने चरण वंदना की।

"तथास्तु। विजयी भव । यशस्वी भव।"

दशग्रीव यान में बैठकर अन्तरिक्ष गमन कर गया।

प्रथम सम्बोधन

आन्ध्रालय।

महर्षि विश्रवा का आश्रम।

तृतीय प्रहर।

यान आश्रम के समीपवर्ती समतल पर अवरोही हुआ।

अन्तक्षित में यान को आश्रम की ओर आता देख आश्रम व्यवस्थापक प्रमुख अवरोहित स्थल की ओर अग्रसरित हो गये थे। उनके पीछे आश्रमवासी कौतुहल वहाँ पहुँच गये थे।

गौरवान्वित दशग्रीव यान से उतरा।

आश्रम व्यवस्थापक प्रमुख ने करबद्ध प्रणाम किया।

दोनों आलिंगबद्ध हुए।

"स्वागतम् 'दशम्'"

"आभार प्रमुख। आभार।"

"सब कुशल क्षोभ है ?"

"हाँ, आप सभी कैसे है ?"

"सर्वत्र कुशलम 'दशम्'"

"आइये आश्रम ओर प्रस्थान कीजिए"

"सुप्रस्थानम्।"

दोनों हंसे और आश्रम की ओर चल पड़े। उनके पीछे आश्रमवासी चल पड़े। आश्रमवासी दशग्रीव को दशम् के नाम से सम्बोधित करते थे। अपने मध्य दशम् को पाकर सभी अत्यन्त प्रसन्न थे।

दशम् के आश्रम पहुँचने से पूर्व की अग्रदूत ने दशम के आगमन की सूचना आश्रम में महर्षि विश्रवा को दे दी थी। माँ कैकसी ने तुरन्त पुत्र स्वागत की तैयारियाँ प्रारम्भ कर दी।

वयोवृद्ध महर्षि विश्रवा रूग्णावस्था में थे। अपने पुत्र दशम् के आगमन की सूचना पाकर उनके रूग्ण तन में जागृति हो गयी। वह मुस्कुरायें और पर्यंक पर बैठ गये। सेविका शिष्या ने उनके केश व्यवस्थित किये। कुबेर ने कक्ष में प्रवेश करके पिताश्री को प्रणाम किया।

"दशम् आश्रम प्रांगण में प्रविष्ठ कर चुका है पिताश्री।"

"मैं तत्पर हूँ कुबेर। मेरा उत्तरीय व्यवस्थित कर दो।" आदेश पालन करके जैसे ही कुबेर मुड़ा दूत ने निवेदन किया–

"परमाचार्य 'दशम्' आपके कक्ष में प्रवेश की अनुमति चाहते हैं।"

अपना दायाँ हाथ उठाकर विश्रवा ने कहा–'तत्काल।'

करबद्ध प्रणाम करते हुए दशम् ने कक्ष में प्रवेश किया।

"प्रणाम पिताश्री।"

"सुस्वागतम्।"

"प्रणाम भ्राता श्री।"

"कैसे हो दशम्।"

"आपकी शुभकामनाएँ हैं।"

दोनों भाईयों ने आलिंगन करके अपने प्रेम का प्रदर्शन किया। दशम् ने पर्यंक के समीप जाकर महर्षि विश्रवा ने चरण स्पर्श किये और उनके पास की बैठ गया।

महर्षि विश्रवा के नेत्र नमः हो गये। अपने पुत्र को हृदय से लगाया और दो पल अश्रुओं को प्रवाहित होने से रोक नहीं पाये। कुबेर ने अपने पिता के समीप आकर ढांढ़स बंधाया।

"दशम् के अनुसंधान को स्वर्गपुरी ने प्रमाणिक कर उसे उपयोग

के लिए घोषित कर दिया है। यह आपके लिए, समस्त परिजनों के लिए और सभी आश्रमवासियों के लिए अत्यन्त हर्ष और गौरव का विषय है। हम सभी को दशम् पर गर्व है।"

अपने उत्तरीय से नेत्र पौंछकर विश्रवा ने कहा–"सत्यकथन कुबेर। मेरा जीवन सार्थक हो गया। तुम्हें देवधन रक्षक उपाधि मिली और इसे स्वर्गीय सम्मान। अब मैं निश्चिन्त होकर मृत्यु का वरण कर सकूंगा।"

अपनी ग्रीवा हिलाते हुए दशम् बोला–"पिताश्री ! पौत्र और पौत्र बधु का स्वागत आपकी अनुपस्थिति में कैसे संभव होगा।"

"नहीं दशम् ! अब विश्राम करना चाहता हूँ। सम्पूर्ण जप तप को समर्पित हो गया। अस्थियों में शेष कुछ नहीं है। जीर्णावस्था के अन्तिम काल में है अस्थियाँ।"

"दशम् अभी जाओं माँ से भेंट करके विश्राम करो। रात्रिकाल में तुमसे भेंट करता हूँ।"

"अति उत्तम भ्राता श्री।"

पिता को प्रणाम करके चरण वंदना उपरान्त दशम् दो पग चला ही था कि विश्रवा कुबेर बोले–"कुबेर पुत्र, तुम भी दशम् के संग प्रस्थान करों।"

"किन्तु आप यहाँ............?"

"अब मैं कुशल हूँ।" कुबेर को रोककर विश्रवा तपाक से बोले।

"अति उत्तम।"

सभी हंस पड़े।

माँ की झोपड़ी के द्वार पर पहुँचकर दशम् तीव्र स्वर में बोला–"माँ–माँ।"

कैकसी ने द्वारा खोला। शिष्याएँ वृत्ताकार मृणपात्र लेकर कैकसी संग बाहर आई। कैकसी ने दशम् को देखा। दशम् ने माँ को। उसने

माँ की चरण वंदना की। नम नेत्रों से कैकसी ने दशम् के मस्तक पर चंदन का तिलक किया। मिष्ठान खिलाया। पुष्पवर्षा की। अग्नि को साक्षी बनाया। जल पात्र से द्वार के दोनों ओर जल छिड़का। दशम् के चरणों को जल प्रच्छान के उपरान्त अन्दर प्रवेश करवाया। दशम् माँ के चरणों में आसन लगाकर उनके आँचल में अपना मस्तक रखकर ममता का आनन्द लेता रहा और कैकसी के नेत्रों से अश्रुधारा प्रवाहित होती रही।

कुबेर के नेत्र भी नम हो गये।

शिष्याएँ भी अपने धैर्य को रोक नहीं पाई।

माँ पुत्र का मिलन इससे पूर्व आश्रम में कभी किसी ने देखा नहीं था। जिसने देखा वह अपने आपको रोक नहीं पाया और जिसने श्रवण किया उसके भी नेत्र नम हो गये। अनेक पल इस दृश्य के साक्षी बने।

रात्रि में दोनों भ्राता आसव सम्मेलन में वार्तालाप करते रहे। दशम् ने स्वर्गपुरी के विषय में सविस्तार कुबेर को विवरण श्रवण करवाया। कुबेर हर्षित था। यह आश्रम की प्रतिष्ठा थी। कुबेर ने स्वगत निर्णय लिया की आश्रम में जनसभा का आयोजन किया जाये। उसमें दशम् संबोधन दें। इससे आश्रम की ख्याति दूरस्थ तक जायेगी। शिष्यों की संख्या अधिक हो जायेगी और आय भी बढ़ेगी। कुबेर ने अपना विचार दशम् को ज्ञात करवाया। दशम् सहर्ष स्वीकृति दे देगा। इसकी कल्पना कुबेर ने भी नहीं की थी।

"आभार दशम्।"

"इसमें आभार कैसा भ्राताश्री ! यह तो मेरा परम कर्त्तव्य है। आश्रमकल्याणार्थ सदैव तत्पर हूँ।"

दोनों प्रसन्नतापूर्वक आलिंगनबद्ध हुए।

तोरणद्वार से आश्रम का मुख्य द्वारा सुशोभित था। मुख्यद्वार से सभास्थल तक मार्ग के दोनों और पुष्पमालाएँ सुशोभित थी। मार्ग में

जल प्रच्छालन कर उस पर रक्तवर्णीय मृदाकण आच्छादित किये गये थे। मार्ग में अनेक स्थानों विशाल पात्र रखे गये और जल वितरण हेतु शिष्य उपस्थित थे। कोई भी पथिक, आगंतुक जल ग्रहण किये बिना न रहे यह प्रयास था। "अतिथि जलग्रहण" का स्वर मार्ग में गूंज रहा था।

आश्रम के विशाल भूखण्ड पर यथा योग्य आसन थे। नर नारी सभी को ससम्मान स्थान ग्रहण करने में आश्रम के विद्यार्थी सहायता कर रहे थे। रथ विश्राम स्थल भी निर्धारित किया था। काष्ठ निर्मित मंचस्थ महर्षि और कुलपति विश्रवा के लिए विशेष आसंदी आकर्षक का केन्द्र थी। आगंतुक उस अनमोल कलाकृति को देखकर आपस में वार्तालाप कर रहे थे। तीन अन्य आसन वहाँ सुशोभित थे। सम्पूर्ण मंच ऋतु पुष्पों से सुसज्जिज था। श्वेत चादर पूर्ण चंद्र की भाँति प्रतीत हो रही थी।

मंच के चारों छोर पर मृणपात्रों में पुष्प सुगंध फैला रहे थे। आन्ध्रालय के दूरस्थ क्षेत्रों से भी अनेक नर-नारी इस सभा में आये है। आन्ध्रालय में यह प्रथम अवसर था जब एक आश्रम में इतना विशाल आयोजन आयोजित हो रहा था। सभी साक्षी बनना चाहते थे। एक कुलपति महर्षि के दो पुत्रों का स्वर्गपुरी में सम्मान आन्ध्रालय के लिए भी गौरव का विषय है। सभी दर्शन के इच्छुक थे।

शंख ध्वनि हुई।

सभी आश्चर्यचकित हो गये।

चारों ओर देखने लगे।

हस्तताल और हर्ष ध्वनि हुई।

पुष्प सज्जित पालकी में वयोवृद्ध रूग्ण महर्षि विश्रवा को मंच पर अवस्थित किया गया। उनका अनुसरण कैकसी, कुबेर, दशम् ने किया। शेष परिजनों के आसन की व्यवस्था मंच के समक्ष थी। सभी ने खड़े होकर मंचस्थ का स्वागत किया। सभी ने आसन ग्रहण किया।

"आप सभी का मैं महर्षि विश्रवा पुत्र कुबेर हार्दिक स्वागत करता हूँ। आप सभी ने इस प्रथम सम्मेलन में उपस्थित होकर जो सम्मान आश्रम को प्रदान किया है उसके लिए हम सभी आभारी रहेंगे।"

महर्षि विश्रवा की ओर देखकर कुबेर ने कहा–"अनुमति दीजिये।"

"अनुमति है।"

"आभार कुलपति।"

शंखध्वनि हुई।

हस्तताल हुआ।

"मैं सर्वप्रथम कुलपति और अपने पिताश्री से निवेदन करता हूँ कि वह आशीर्वचन कहें।" कुबेर ने निवेदन किया।

"यहाँ उपस्थित समस्त आन्ध्रालयवासियों का हार्दिक अभिनंदन करता हूँ। ....रूग्ण हूँ। ....अधिक वक्तव्य नहीं दे सकता। वृद्ध हो गया हूँ ....मैं अपने दोनों पुत्रों की अपार सफलता पर हर्षित हूँ। उनकी दीर्घायु की कामना करता हूँ। उनका जीवन भी कल्याणार्थ व्यतीत हो ऐसी कामना करता हूँ।"

महर्षि की हृदय गति तीव्र हो गयी। वे शान्त हो गये।

"पिताश्री रूग्णावस्था में है। मैं उनकी ओर आप सभी का पुनः आभार व्यक्त करता हूँ।"

हस्तताल हुआ। हर्ष ध्वनि सभास्थल पर गूंज उठी।

"इस विशेष सभा का आयोजन दशम् के अनुभव और स्वर्गपुरी में सम्मानित होने के उपलक्ष्य में किया गया है। मैं अबिलम्ब दशम् से निवेदन करूँगा कि वो सभा को सम्बोधित करें।"

दशम् अपने स्थान पर खड़ा हुआ।

"आभार भ्राताश्री।"

उसने सर्वप्रथम अपने पिता श्री की चरण वंदना की।

"दशम अति क्लिशिष्ट भाषा का प्रयोग मत करना। सामान्य जन आत्मसात् नहीं कर पायेंगे। यशस्वी भव पुत्रः।"

"जो आदेश पिताश्री।"

माँ कैकसी की चरण वंदना की।

"चिरंजीवभव दशग्रीव।"

"कुबेर की चरण वंदन की।"

"देवऋषि भवः।"

दशम मुस्कुराया। आलिंगन किया। पीठ थपथपाई।

"प्रिय आन्ध्रालयवासियों ! आप सभी को यथायोग्य प्रणाम। आप कष्टकारी यात्रा के उपरान्त यहाँ उपस्थित है। यह आप सभी का आश्रम के प्रति सम्मान को प्रदर्शित करता है। मैं समस्त आश्रम की ओर से आप सभी का आभार व्यक्त करता हूँ।"

हस्तताल हुआ।

"जन्म और मृत्यु के मध्य जो काल हमें प्राप्त होता है। उसे हम सभी जीवन कहते है। वास्तव में इसका अभिप्राय है वन में रहना। या अन्य शब्दों में कहें तो प्रकृति के साथ रहना। सृष्टि के स्वः निर्मित विधि विधानों का अक्षरतः पालन करना। जो भी प्रकृति विरुद्ध कार्य करेगा उसका अन्त अत्यन्त कष्टकारी होगा। अतः मेरा आप सभी से विनम्र निवेदन है कि आप सभी आज संकल्प लें कि प्रकृति के विरुद्ध कोई भी कार्य नहीं करेंगे। वन में, वन के साथ, वन के लिए अपना सम्पूर्ण जीवन भेंट कर देंगे। वन होंगे तो हम सुरक्षित रहेंगे। यह प्रथम सबक मैंने स्वर्गपुरी निवास मे सीखा। वहाँ पौध शालाएँ विकसित की गई है और लुप्त प्रायः प्रजातियों को पुनः विकसित करने का कार्य हो रहा है। स्वर्गपुरी में मुझे ज्ञात हुआ कि प्रकृति का प्रत्येक पौधा, वृक्ष, पर्ण, छाल, जड़, डालियाँ, फल और पुष्प हमारे स्वास्थ्य हेतु अत्यन्त गुणकारी है।"

हस्तताल हुआ।

"इसके उपरान्त मुझे द्वितीय सबक प्राप्त हुआ मृदा सम्बन्धी, हम अपनी प्रत्येक प्रकार की मृदा की उर्वरकता में वृद्धि कर सकते है। सभी पर्ण जो वृक्षों को छोड़कर भूतल पर होते हैं उनसे विशेष विधि के माध्यम से कृषि कार्य हेतु मृदाखाद्य पदार्थ निर्मित कर सकते हैं। आप भी अपने-अपने क्षेत्रों ऐसा प्रयास कर सकते हैं।"

हस्तताल और हर्ष ध्वनि हुई।

एक मानव जनसमूह से खड़ा हुआ और चिल्लाया "दशम्।" शेष जनसमूह बोल पड़ा "दीर्घजीवी भवः।"

"मेरे लिए यह ज्ञात करना अत्यन्त लाभकारी रहा कि स्वर्गपुरी में अनेक ऐसे शिल्पी भी थे जो प्राकृतिक वस्तुओं से अत्यन्त मनमोहक कला-कृतियाँ निर्मित करने में संलग्न है। यह आपकी आर्थिक विषमताओं को दूर करेगा।"

"आन्ध्रालयवासियों ! आप सभी के लिए आपके पर्यावरण के अनुरूप जीवन पद्धतियाँ स्वर्गपुरी में विकसित की है और एक नये युग का सूत्रपात हुआ है। वह सभी के लिए लाभप्रद होंगी।"

"पंचम तत्त्व, सामूहिक रूप से प्रेभ भाव के साथ निवास करना और अपने समुदाय को श्रेष्ठ स्वीकार करना।"

"षष्ठम्, नारी सम्मान अत्यन्त आवश्यक है। वह हमारी वंशावली की प्रमुख सूत्र है।"

"सप्तम्, सदैव प्रसन्नचित् मुद्रा में अपने कार्यों को सम्पन्न करना। इससे आपके सभी कष्ट स्वतः ही समाप्त हो जायेंगे।"

"अष्ठम्, सदैव नवीन विचारों का स्वागत करने के लिए तत्पर रहना।"

"और, अन्ततः स्वर्गपुरी में प्रथमतः आयोजित वसन्तोत्सव। जब सभी वृक्षों के पर्णमुक्त होने के उपरान्त नवकपोलें विकसित होने लगे तब यह उत्सव सम्पन्न करें। इसके लिए स्वर्गपुरी ने वसन्त की पूर्णचंद्र की तिथि निर्धारित की है। आप सभी भविष्य में इस महोत्सव का आयोजन अवश्य करें। इति वक्तव्य।"

हस्तताल हुआ।

अपार जनसमूह ने उद्‌घोष किया–"दशम् दीर्घजीवी भव:।"

आयोजन सम्पन्न हुआ।

"माँ आपकी अनुमति हो तो मैं मातुल हेतु प्रस्थान करूँ।" दशम् ने माँ कैकसी से निवेदन किया।

"अवश्य दशम्। मेरी भी हार्दिक अभिलाषा है तू वहाँ सभी का कुशलक्षेम ज्ञात कर।"

"माँ क्या भ्राताश्री अपना यान मुझे यात्रार्थ सुपुद्र करेंगे ?"

"संश्य क्यों दशम्।"

"प्रथम आग्रह पर यदि उन्होंने प्रस्ताव स्वीकार नहीं किया तब ?"

"मैं ज्ञात करती हूँ।"

कुबेर वहाँ आया।

"पुत्र, दशम् का आग्रह है कि मातुल प्रस्थानार्थ तुम अपना यान दे दो।"

"अवश्य ! इसमें आग्रह क्यों माँ। मेरा अनुज है इसका भी उसके उपयोग का अधिकार है।"

"आभार भ्राताश्री।" दोनों भाई आलिंगन बद्ध हुए।

"कब प्रस्थान के इच्छुक हो दशम्।"

"प्रात:।"

"अति उत्तम ! मैं यान अभियन्ताओं को निरीक्षण हेतु आदेश देता हूँ।"

कुबेर शीघ्रता से प्रस्थान करता है।

"पुत्र तू व्यर्थ में व्यथित हो रहा था।"

"भ्राताश्री की परीक्षा आवश्यक थी।"

"क्यों दशम्।"

"माँ भ्राताश्री कुबेर स्वर्गवासी की सेवा में है और मुझे स्वर्गपुरी

ने सम्मानित किया है। आतिथ्य प्रदान किया है। दोनों तत्वों में अन्तरिक्ष–भूतल का भेद है।"

"सत्य कथन ! इस प्रसंग पर तो मैंने कभी विचार ही नहीं किया।"

"अब विचार करना होगा माँ।"

"पुत्र, भविष्य में तेरा अपना भी यान होगा। तू चिन्ता मत कर।"

"माँ तेरा आशीर्वचन सत्य होगा।"

"अब तू विश्राम कर प्रातः प्रस्थान करना है।"

सूर्योदय हुआ।

दशम् अपने मातुल से भेंट करने हेतु आश्रम से निकला।

यान परिचालन स्थल पहुँचा।

वहाँ अनेक समुदाय प्रमुख उपस्थित थे।

स्वागत सत्कार हुआ।

एक ने कहा–"दशम् विगत दिवस आपका व्याख्यान श्रवण किया। हम एक नव पद्धति प्रारम्भ करना चाहते हैं।"

"अत्यन्त शुभ संकेत। शुभस्य शीघ्रम। क्या है आपकी नवपद्धति योजना? ज्ञात करवायें।"

"गुरुपुत्र ! हम चाहते हैं कि अपने पर्यावरण संरक्षण हेतु हम अपने पूर्वजों की स्मृति में एक वृक्षारोपण, संरक्षण और सुरक्षण की पद्धति प्रारम्भ करें।"

"अति उत्तम ! अति उत्तम ! श्रेष्ठ पद्धति। कल्याणार्थ ! हृदय प्रफुल्लित हुआ। शुभारम्भ कीजिए।" दशम् ने प्रसन्न भाव से मुस्कुराकर कहा।

दूसरा बोला–"श्रेष्ठ दिवस ज्ञात करवाइये।"

"आप पिताश्री से भेंट करके उनसे ज्ञात कीजिए। वह आपका उचित मार्ग दर्शन करेंगे।"

"अति उत्तम।"

"वृक्ष का चयन कैसे करें ?" तीसरा बोला।

"बंधु, आन्ध्रालय के पर्यावरण में उपयुक्त वृक्ष का चयन करें।"

"श्रेष्ठ दशम्।"

"अग्रज ! अपने ब्रह्मचर्य काल में हमने ज्ञात किया था कि पीपल वृक्ष सर्वोत्तम होता है।"

"बंधु, वृक्ष सभी सर्वोत्तम है। वृक्ष हमारे मित्र है। वह पूर्वाग्रह से मुक्त अपनी सेवाएँ हमें देते हैं। उनका क्रम चक्र निश्चित है। पुष्प फल नियत समय पर देते हैं। अनावश्यक पर्ण और शाखाएँ स्वत: ही त्याग देते हैं।"

"अति उत्तम।"

"आप अपने क्षेत्र, मृदा, पर्यावरण, आवश्यकता और जन कल्याणार्थ वृक्ष का चयन करें। उनका रोपण करें। उनका संरक्षण करें। सुरक्षा करें। प्रतिदिन जल से सींचे। आशा करता हूँ आपकी यह पद्धति प्रिय बनेगी। मेरी शुभकामनाएँ है।"

सभी ने प्रणाम किया।

दशम् यान में उपस्थ हो अन्तिरिक्ष मार्ग में अदृश्य हो गया।

यान गति से तीव्र दशग्रीव के मस्तिष्क में मंथन चल रहा है। बाल्यकाल से ही उसे अपने नाना के प्रति अन्याय का औचित्य समझ नहीं आता था। निष्कासन क्यों? अपराध क्या था नानाश्री का? देवजाति के आदेशों का उल्लंघन? बलशाली होना? अपनी स्वीकृति का विस्तार? विस्तार का तरीका? साधारण से असाधारण होना अपराध है? समानता और समानता का हनन हुआ या नहीं? देवासुर संग्राम अपना रण कौशल नाना सुमाली के लिए घातक सिद्ध हुआ। द्वितीय देवासुर संग्राम काश्यप सागर तट पर अकूत स्वर्ग गुफाओं के कारण हुआ। हिरण्यकश्यपु ने खोजीं थी। अकूत स्वर्ण राशि। उस पर अधिकार

तो हिरण्यकश्यपु का होना ही था मगर देवों ने उसे अपने अधिकार में लेने का प्रयास किया। वह भी छल से, तो निश्चित ही संग्राम होना था। परन्तु इसमें नानाश्री दोषी क्यो? द्वितीय देवासुर संग्राम में हिरण्यकश्यपु मृत्यु को प्राप्त हो गये थे। परिस्थितियाँ हमारे अनुकूल नहीं थी। हिरण्यकश्यपु के पुत्र प्रह्लाद ने देवों से संधि कर ली और देवों ने आश्वासन दिया था कि अब दैत्यों का रक्त पृथ्वी का पर नहीं गिरेगा। वास्तविकता तो नानाश्री से ही ज्ञात होगी।

यान ने एक क्षेत्र विशेष का चक्कर लगाया और भूतल की ओर अग्रसर हुआ।

पाताल भूमि।

दशग्रीव के नाना सुमाली के आधिपत्य वाली भूमि।

नव नामकरण–सुमाली धाम।

भूतल पर हलचल प्रारम्भ हो गयी।

सभी स्तब्ध।

अन्तरिक्ष यान से कौन आगंतुक है? क्या कोई समस्या का आगमन होने वाला है? पुनः संग्राम का निमंत्रण है? अन्तरिक्ष यान में विस्फोटक तो नहीं? इसके आगमन का उद्देश्य क्या है? अनेक प्रश्न सुमाली और उसके सेनानायक के समक्ष थे। सुमाली के आदेश पर अन्तरिक्ष यान को सैन्यबल ने परिक्रमाकृत कर लिया।

सुमाली अपने सेनानायक सहित वहाँ उपस्थित हुआ।

"पुष्पक।" सुमाली ने सेनानायक की ओर देखकर कहा।

"यह तो कुबेर यान है।"

"इसके आगमन का औचित्य ?"

"उपस्थ होने के उपरान्त ही ज्ञात होगा राजन्।"

"ससम्मान स्वागत हो।" सुमाली ने आदेश दिया।

सैन्यपरिधि शिथिल कर दी गई। अस्त्र–शस्त्र विमुक्त क्षेत्र निर्मित किया गया। शस्त्र–अस्त्र बल प्रयोग निषिद्ध कर दिया गया।

अन्तरिक्ष यान ने सुमालीधाम को स्पर्श किया।

घर्षणध्वनि शान्त हुई।

द्वार खुला।

युवक बाहर आया।

हिष्ट पुष्ट। सुग्रीवा। मस्तक पर चंदन तिलक। घुंघराले सुव्यवस्थित दीर्घकेश। मांसल भुजाये। श्वेत वस्त्र। पीतांबरी उत्तरीय। ग्रीवा में मोतियों की दीर्घामाला। आकर्षक चरण पादुकायें। कर्णबंध। भुजाबंद। आकर्षक काया।

सुमाली युवक को देख स्तब्ध।

"कुबेर तो है नहीं यह युवक ?"

"सत्यकथन राजन्।"

"कौन है यह बलशाली युवक ?"

दशग्रीव ने करबद्ध प्रणाम किया और यान से उतर कर अपने नाना सुमाली की चरणवंदना की।

"अपनी परिचय दो युवक।" सुमाली बोला।

दशग्रीव मुस्कुराया। उसे परिहास सूझा।

"चक्रवर्ती हूँ। मेरा अधिनस्थ स्वीकार करो।"

सैन्यबल सतर्क हो गया। दशग्रीव की ओरी अस्त्र-शस्त्र तत्पर हो गये। वह पुनः मुस्कुराया।

"तेरा साहस अक्षम्य है युवक।" सेनानायक तपाक से बोला।

"बिना विचारे जो करे वो पश्चाताप की अग्नि जले।" दशग्रीव ने प्रति उत्तर दिया।

"तेरा तात्पर्य क्या है युवक।" सेनानायक आक्रोश में बोला।

"चक्रवर्ती कभी किसी की चरणवंदना नहीं करता सेनानायक। वह निवेदन भी नहीं करता। सभी उसकी चरणवंदना करते हैं और निवेदन करते हैं।"

"शान्त युवक शान्त।" सेनानायक आक्रोश में बोला।

"तुम्हारा आक्रोश प्रशंसनीय है। इसे सुरक्षित रखो। भविष्य में आवश्यकता पड़ने वाली है इस आक्रोश की।" दशग्रीव ने सहजता से कहा।

"अपना परिचय तो दो युवक।" सुमाली ने पुनः कहा।

"सेनानायक जी ! ज्ञात करवायें चरण वंदन कौन किस की कब करता है।" दशग्रीव ने पुनः एक और प्रश्न कर दिया।

सभी स्तब्ध।

शान्त। मौन।

"युवक के प्रश्न का उत्तर दो सेना नायक।" सुमाली ने उसकी ओर देखकर कहा।

"गुरुश्रेष्ठ की।"

"और ?" दशग्रीव ने पूछा।

"पितामह की।"

"और ?"

"पितामह तुल्य की।"

"और ?"

"पिता की।"

"और ?"

"माँ जाई की।"

"कब-कब ?"

"प्रतिदिन।"

"और ?"

"बाह्य आगमन पर।"

"तो मैं कौन हूँ ज्ञात कीजिए ?"

"शिष्य हो नहीं।"

"उचित।"

"पौत्रतुल्य भी नहीं हो।"

"निश्चित ही नहीं हूँ।"

"पुत्र भी नहीं हो सकते।"

"सर्वदा उचित व्याख्या।"

"दशग्रीव" सुमाली तपाक से बोला।

"नानाश्री आपका नाती दशग्रीव।"

दोनों तपाक से आलिंगनबद्ध हुए। सुमाली के नेत्र नम हो गये। उसकी पीठ थपथपाकर बोला–"मेरा पुत्र। मेरा नाती।"

दशग्रीव की बालिष्ठ भुजाओं को पकड़कर सुमाली बोला– "क्षमाप्रार्थी हूँ दशग्रीव। पहचान नहीं पाया। वृद्ध हो गया हूँ। एक अन्तराल उपरान्त तुम्हें देख रहा हूँ। औचक आगमन। भयभीत था यान देखकर। ....उस पर तुम्हारा परिहास। शंकित हो गया था।" एक श्वास में सुमाली बोला।

अपनी ध्रुता पर सेनानायक भी करबद्ध बोला–"क्षमाप्रार्थी हूँ कैकसी पुत्र।"

दशग्रीव ने अपने उत्तरीय से सुमाली के अश्रु पौंछे। मुस्कुराया।

"मैं आप सभी से परिहास हेतु क्षमाप्रार्थी हूँ।"

"बाल्यावस्था सदैव हृदय में जीवित रखना श्रेष्ठ होता है दशग्रीव तुम्हारा स्वभाव अपरिवर्तनशील है। श्रेष्ठ। आओं निवास ओर प्रस्थान करें।"

रथयात्रा प्रारम्भ हुई।

नानी केतुमती ने द्वाराचार करके अपने नाती का गृह प्रवेश करवाया। मामा प्रहस्त, अकम्पन, विकट, कालिकामुख, घूम्राक्ष, दण्ड, महाबली सुपार्श्व, संह्लादि, प्रहास और भासकर्ण ने भी दशग्रीव को अपने सम्मुख पाकर सुखद अनुभूति हुई। हास्य परिहास का दौर अनेक दिवस चलता रहा।

स्वागत सत्कार क्रमवार चलता रहा।

समस्त सुमाली धाम प्रफुल्लित था।

एक दिवस सुमाली और दशग्रीव ने एकान्त मंत्रणा की।

"नानाश्री ! अब दुर्दिन समाप्त हुए।"

"सत्यकथन दशग्रीव ! तुम्हारे तप और तपस्या ने मेरे पूर्व के स्वप्न को साकार कर दिया है। आज तुम पर गर्व है। जैसा विचार किया था। उससे सर्वोत्तम फल दृष्टिगोचर हो रहा है।"

"नहीं नानाश्री ! पूर्ण परिणाम अभी प्रतीक्षित है।"

सुमाली स्तब्ध हुआ ! चौंककर उसकी ओर देखा। तपाक से बोला–"क्या तात्पर्य है तुम्हारा पुत्र ?"

"नानाश्री ! पूर्वकाल की स्मृतियों के अवशेषों पर नवनिर्माण करना है। आपके साथ हुए अन्याय को पूण्य काल में परिवर्तित करना है। उसके लिए योजनबद्ध कार्य करना होगा।"

"क्या ऐसा प्रयास फलीभूत होगा ?"

"अवश्य नानाश्री।"

"कैसे ?"

"नानाश्री स्वर्गपुरी में अपनी प्रतिष्ठा स्थापित करने के उपरान्त मेरा वहाँ आवागमन निर्बाध रहेगा।"

"अति उत्तम पुत्र।"

"देवगण पूर्वकाल के वैमस्य त्याग चुके है।"

"वास्तव में।"

"नानाश्री ! ज्ञातव्य है कि स्वर्गपुरी ने नवीन व्यवस्थाओं का परिचालन प्रारम्भ मेरी ही उपस्थिति में हुआ था। मैंने ही उसका नामकरण किया था–त्रेतायुग।"

"अति सुन्दर दशग्रीव। चिरस्मरणीय।"

"आभार नानाश्री।"

"त्रेता ! श्रेष्ठ सम्बोधन। ब्रह्मा विष्णु महेश।"

"नहीं नानाश्री।"

"अर्थात् ?"

"यह एक रोचक वृतान्त है। महेश से अधिक तीव्रबुद्धि एक और मानव है।"

"क्या कह रहे हो दशग्रीव ?" सुमाली ने आश्चर्य से पूछा।

"नानाश्री ! आपका आश्चर्यचकित होना स्वाभाविक है। किन्तु वास्तविकता यही है। उन का नाम है शः और महामहिम ने दोनों को संयुक्त पदवी से सम्मानित करके सम्बोधन दिया–शिव।"

"महामहिम कौन दशग्रीव ?"

"ब्रह्मा ! स्वर्गपुरी में सम्मानार्थ उन्हें महामहिम कहते हैं। विष्णु को परमश्रद्धेय। महेश को परमपूज्य और शः को परमआराध्य का सम्बोधन करते हैं। महेश से श्रेष्ठ अभियन्ता है शः आपने अन्तरिक्ष में अनेक उत्कृट अनुसंधान किये है।"

"अति उत्तम, श्रेष्ठ कथन। सार्थक परिवर्तन की ओर अग्रसर हो रहा है मानव।"

"नानाश्री ! नारद नामक वाद्ययंत्र के निर्माता कलिप्रिय नामक एक अभियन्ता को महामहिम ने अपना गुप्तदूत नियुक्त किया है। उससे सदैव सतर्क रहने की आवश्यकता है।"

"क्यों दशग्रीव ?"

"महामहिम सदैव सम्पूर्ण विश्व से सम्पर्क में रहने के इच्छुक है। उन्हें भय है कि जो नवीन व्यवस्थाएँ विश्व को दी है उसके परिणाम सार्थक होंगे या नहीं। कौन विनाश की योजनाएँ बना रहा है कौन नये अनुसंधान कर रहा है? अर्थात् हमारी प्रत्येक सूचनाएँ उन तक तत्काल प्रेषित होंगी। हमे अपनी सम्पूर्ण योजनाएँ अत्यन्त गोपनीय रखनी होगी।"

"यह तो हम सभी की स्वतंत्रता पर घातक प्रहार है।"

"है। किन्तु स्वीकार करना होगा।"

"और वह, क्या नाम बताया था अभी तुमने ?"

"शः।"

"हाँ-हाँ वही। वह हमारे लिए सार्थक होगा या ....?"

तत्परता से दशग्रीव बोला–वह सार्थक विचारशील मानव है। उनके साथ सर्वाधिक महत्त्वपूर्ण तथ्य है कि वह त्रिनेत्रधारी है।

सुमाली को आश्चर्य हुआ। तपाक से बोला–"त्रिनेत्र।"

दशग्रीव हंसा।

सुमाली स्तब्ध।

"नानाश्री चक्षु दो ही है।"

"फिर त्रि-नेत्र।"

"अर्थात् दिव्य दृष्टि। एक कठोर तप के उपरान्त सुसुप्त इंद्री को जागृत कर भविष्य को ज्ञात करने की क्षमता।"

"असंभव। दशग्रीव असंभव।"

"नहीं नानाश्री। शाश्वत सत्य। उनके इसी गुण के कारण मैंने उन्हें अपना गुरु स्वीकार्य किया है।"

"अतिश्रेष्ठ कथन।"

"नानाश्री ! देवों की रणनीति मैंने पूर्णतः ज्ञात कर ली है। उन्हें कब कैसे अपने वश में किया जा सकता है। यह मैं भली भाँति ज्ञात कर चुका हूँ। आप निश्चिन्त रहे। आपके अन्याय का पूर्णरूपेण प्रतिरोध उन्हीं की भाषा में लूंगा।"

"लेकिन एक शंका है मुझे पुत्र।"

"क्या बताइये।"

"तुम्हारे पिताश्री अवरोध उत्पन्न कर सकते हैं।"

"आपकी शंका निर्मूल है नानाश्री ! वे वृद्धावस्था में है। जीर्ण है। हाँ, इतना अवश्य हो सकता है कि वह भविष्य में मेरी नीतियों सहमत न हो। किन्तु अवरोध उत्पन्न नहीं करेंगे।"

"अतिविश्वास घातक हो सकता है दशग्रीव।"

"कदापि नहीं।"

"कैसे कह सकते हो ?"

"नानाश्री ! माता के सेवा सुश्रुवा से पिता अत्यन्त प्रभावित है। उनका ज्येष्ठ पुत्र कुबेर स्वर्गुपरी में सेवारत है। यह पूर्वकाल में उनके लिए सम्मानपूर्वक था। मेरे द्वारा किये गये कार्यों को स्वर्गपुरी से सम्मान मिला। इससे वे गौरवान्वित है। इसी प्रसन्नता का परिणाम थी वह सभा जिसमें दूरस्थ आन्ध्रालय से नर-नारी उपस्थित हुए। मेरे प्रथम सम्बोधन के साक्षी बने।"

"आश्रम में सभा आयोजित की गई।"

"निःसन्देह नानाश्री।"

"यह तो अत्यन्त गौरव की गाथा है।"

"भ्राता कुबेर ने अपना पुष्पक मुझे यहाँ के लिए सहर्ष दिया। केवल एक निवेदन पर।"

"तुम्हारे तप, परिश्रम, एकाग्रता और निष्ठा के सुपरिणाम है यह। सब परिस्थितियाँ तुम्हारे पक्ष में है दशग्रीव। भविष्य उज्ज्वल है तुम्हारा।"

"आपका सहयोग अपेक्षित है।"

"सदैव निर्बाध रहेगा।"

"नानाश्री मेरी हार्दिक अभिलाषा है कि मैं चक्रवर्ती राजा बनूं।"

"तुम्हारा उत्साह तुम्हें अवश्य सफलता दिलवायेगा।"

"आभार ! आपका सार्थक भाव मेरे लिए अमृतवचन है।"

"दशग्रीव क्या आश्रम की भाँति सुमालीधाम में भी हम सम्बोधन का आयोजन कर सकते हैं। प्रथम सम्बोधन।"

"अवश्य ! किन्तु प्रथम सम्बोधन तो हो चुका नानाश्री।"

"वह तो यहाँ से सैंकड़ो योजन दूरस्थ था। महाद्वीप भी अन्य है। अपने मातृकुल में तो तुम्हारा प्रथम सम्बोधन ही होगा न।"

"आपको निराश नहीं करूँगा नानाश्री।"

आज सुमालीधाम के राजप्रासाद के समीपवर्ती भू-भाग को सुसज्जित किया गया। आकर्षक सज्जा थी। पर्ण मालाओं से सुशोभित

सम्पूर्ण परिसर मनोहारी था। राज प्रासाद में प्रयुक्त होने वाले काष्ट निर्मित विशाल पर्यंकों को एक साथ जोड़कर मंच बनाया गया। उस पर श्वेत चादर बिछाई गई। उसके समक्ष आमंत्रित नर-नारियों को पंक्तिबद्ध बैठने में सैन्यकर्मी सहायता कर रहे थे। मंच के दोनों ओर त्रिकोणीय आकार में अमात्य गणों और विशिष्ट अतिथियों के बैठने के व्यवस्था की गई। मंच के समक्ष बाईं ओर का अग्रभाग राजपरिजनों एवं संबंधियों के लिए सुरक्षित था। अपार जन समूह आयोजन स्थल पर उपस्थित हुआ। कोलाहल हो रहा था।

मंच के पार्श्व में सोपान व्यवस्थित थे। उसी सोपान से होकर सेनानायक मंचस्थ हुआ। बोला—शान्त। शान्त। शान्त। राजन उपस्थित हो रहे हैं। सुरक्षा।

उद्घोषणा के उपरान्त सभी शान्त हो गये। सुरक्षाकर्मियों ने अपना-अपना स्थान ग्रहण किया। अनेक रथ सभा स्थल पर पहुँचे। सेनानायक ने सुमाली और दशग्रीव का स्वागत किया। सर्वप्रथम तीव्रता से परिजनों का उनके आरक्षित स्थान पर पहुँचाया गया।

सशस्त्र सैन्य बल ने सुमाली और दशग्रीव को अपनी परिक्रमा में ले लिया।

एक सैन्य बल पगताल करता हुआ मंच की ओर अग्रसर हुआ।

सुमाली और दशग्रीव मंचस्थ हुए।

सैनिकों ने मंच को घेर लिया।

सेनानायक मंच के समक्ष एकल आसंदी पर बिराजमान हुए।

एक सुकन्या मंचस्थ हुई। उसने दोनों को प्रणाम किया।

"समस्त सुमालीवासियों का हार्दिक अभिनन्दन। यह प्रथम अवसर है कि सुमाली में विशाल जनसभा का आयोजन किया गया। इसके औचित्य पर हमारे परम प्रिय राजन प्रकाश डालेंगे। मैं निवेदन करती हूँ। वह अपना सम्बोधन प्रारम्भ करें।" सुकन्या ने कहा।

"सुमालीवासियों मैं मूलरूप से रणवीर हूँ। सम्बोधन से अनभिज्ञ हूँ।"

हस्तताल हुआ। और जयघोष गूंज उठा।

"मित्रों ! हमारे कष्टों का निवारण काल प्रारम्भ हो गया है। मेरी पुत्री कैकसी के ज्येष्ठ पुत्र दशग्रीव से आप सभी परिचित है। उसका बाल्यकाल इसी भूमि पर व्यतीत हुआ। आपने उसे बाल्यकाल में ही देखा था। आज वह युवा हो गया है और उसने अपने तप से हमारे चिर प्रतिद्वन्द्वी देवगण को परास्त किया। उन्होंने दशग्रीव को स्वर्गपुरी आमंत्रित किया। आतिथ्य सत्कार किया। सम्मानित किया। उसे नवीन सम्बोधन दिया–दशानन।"

जयघोष हुआ। हस्तताल हुआ पुष्पवर्षा हुई।

"दशग्रीव के अनुभव हम उसी की वाणी से आत्मसात करेंगे।"

हस्तताल हुआ। सुमाली ने दशग्रीव की ओर देखा। दशग्रीव आसन से खड़ा हुआ।

दीर्घकाल तक हस्तताल और जयघोष होता रहा।

सुमाली और दशग्रीव दोनों एक दूसरे को देखकर मुस्कुराते रहे। सेनानायक ने जनसमूह को शान्त करने का प्रयास किया। सुमाली ने सेनानायक को ऐसा करने से रोका।

"सेनानायक ! युगान्तर उपरान्त हर्षोल्लास इनके सम्मुख आया है। इस हर्ष में अवरोध मत बनों।"

"आदेश राजन्।"

हर्षोल्लास बढ़ता ही जा रहा था। सुमाली ने किसी भी अप्रिय घटना की आशंका को समाप्त करने के उद्देश्य से अपने दोनों हस्त उपर उठाये ! बोला–"शान्त सुमालवासियों शान्त। आप दशग्रीव के सम्बोधन को आत्मसात् करें।"

अपने राजन के निवेदन पर शनैः शनैः अपार जन समूह शान्त हुआ।

"मैं आपके हर्षोल्लास में अवरोध बन गया।"

अपार जनसमूह एक स्वर में बोला–“नहीं आपके सम्बोधन के लिए आतुर है।”

“आभार मातृकुल निवासियों। बाल्यावस्था से आप सभी का स्नेह प्राप्त हुआ है। आज भी प्राप्त हुआ और आशा करता हूँ भविष्य में भी मिलता रहेगा।”

“दशग्रीव आदेश करो हम तुम्हारे साथ है।” जनसमूह का स्वर गूंजा।

“अति उत्तम सुमालीवासियों। अतिशीघ्र तुम्हें आदेश मिलेगा।”

हर्ष ध्वनि गूंज उठी। अनेक नर नारी नृत्य करने लगे।

सुमाली और दशग्रीव मुस्कुराने लगे।

“नानाश्री ! यह तो सम्बोधन सभा के स्थान पर हर्षोल्लास सभा में परिवर्तित हो गयी।”

“यह आशा नहीं थी।”

“मैं इनके इस उत्साह में अवरोध नहीं बनना चाहता। आप का क्या आदेश है ?”

“मेरी अनुमति भी यही है।”

“कुछ परिहासात्मक व्याख्यान से इनका मनोरंजन करके इनकी स्वीकृति लेता हूँ।”

“उचित है दशग्रीव।”

सुमाली और दशग्रीव को आपस में वार्तालाप करते देख जनसमूह अचानक शान्त हो गया। जनसमूह के ही नर नारी अन्य को शान्त करने लगे।

“मेरे प्रश्न का उत्तम देंगे आप सभी ?”

“अवश्य।” अपार जन समूह एक स्वर में बोला।

“मैं आपका प्रिय हूँ ?”

“हाँ।” स्वर गूंजा।

“सदैव मेरे साथ है ?”

"सदैव।"

"मेरा प्रत्येक आदेश स्वीकार्य है ?"

"निःसंकोच।" स्वर उभरा।

"बिना विचार किये ?"

"आप हमारे शुभचिन्तक है।" एक युवक चिल्लाकर बोला। समस्त जनसमूह ने समर्थन किया।

"ब्रह्मचर्य का पालन करेंगे ?"

"अवश्य।"

"नारी सम्मान करेंगे ?"

"अवश्य।"

"कठिन परिश्रम करेंगे ?"

"अवश्य।"

"कर्त्तव्य निष्ठ बनेंगे ?"

"अवश्य।"

"आधुनिकता स्वीकार्य करेंगे ?"

सभी शान्त हो गये। दशग्रीव ने पुनः पूछा—"आधुनिकता स्वीकार करेंगे ?"

सभी शान्त।

दशग्रीव मुस्कुराया।

"नेतृत्व के गुण है तुम्हारे पास दशग्रीव।"

"आभार नानाश्री।"

"उचित अवसर है। वाक्यबाणों का प्रहार कीजिए।"

"सुमालवासियों ! हमारी पुरातन परम्पराओं की जड़े अत्यन्त सशक्त है। उन्हें कोई भी स्पर्श तक नहीं कर सकता। हम भूमि पुत्र है। सशक्त है। हम अपनी परम्पराओं के संरक्षक है। इसके विपरीत आधुनिकता हमारी प्रतिद्वंद्वी नहीं है। अगर आप सभी चाहते है कि हम अपनी पूर्वकालीन असहनीय प्रतिद्वंद्विता के खिलाफ संघर्ष करें।

तो अपनी परम्परागत संस्कृति के साथ आधुनिकता का सम्मेलन करना होगा। भविष्य में वहीं सफल होगा जो काल के अनुसार गतिशील होगा।"

अपार जन समूह एकाग्र होकर दशग्रीव को श्रवण कर रही थी।

"सुमालीयों ! काल किसी की प्रतीक्षा नहीं करता। जो काल का सम्मान करता है उसके जीवन में उपलब्धियों का अकाल नहीं रहता। पुरातन पंथी रेखा के भिक्षुक ही बन रहे हैं। इससे उन्हें वह काल भी परिलच्छित होती है जब कोई भी भिक्षा नहीं देता। तब अत्याधिक बिलम्ब हो चुका होता है। मृत्यु भी साथ छोड़ देती है। जीवन दुर्भर हो जाता है। अपने भी साथ त्याग देते है। रक्त सम्बन्ध अर्थहीन हो जाते हैं। तब हमें अपना भूतकाल स्मरण हो आता है।"

हस्तताल हुआ।

"सुमालीवासियों आधुनिकता उस समय दुष्प्रभावी होता है जब अपने नेत्र मूंद का अनुसरण करते हैं। मेरा मत है कि आधुनिकता के श्रेष्ठतम तथ्यों को अपने अनुरूप ढालकर उसका उपयोग करें तो निश्चित ही हमारा कल्याण होगा। पूर्वकाल में अन्तरिक्ष यान की कल्पना करना तक संभव नहीं था। उसका आविष्कार हुआ आवागमन हुआ। आवागमन सुलभ हो गया। जिनके पास अन्तरिक्ष यान है वह निश्चित रूप से हम से श्रेष्ठ है। इससे भी पूर्व हमारे पूर्वज पगमार्ग से अपनी यात्रा सम्पन्न करते थे। चक्र का आविष्कार हमारे लिए लाभप्रद रहा। रथ से आवागमन तीव्र गामी हो गया। आप विचार कीजिये जब हमारे बालक महर्षियों के सान्निध्य में ब्रह्मचर्य पूर्ण करेंगे तो उनके ज्ञान भण्डार आप सभी के लिए कितने उपयोगी होंगे। नवीन कृषि पद्धति हमारे स्वास्थ्य और सम्पन्नता की प्रतीक बन जायेगी।"

दशग्रीव दो पल के लिए शान्त हो गया।

जन समूह से एक वृद्ध खड़ा हुआ और बोला–"दशग्रीव हम सभी आपके दिशानुसार ही अपना जीवनयापन करेंगे। आपके प्रत्येक आदेश का पालन करेंगे। क्यों साथियों आप सभी इच्छुक है या नहीं।"

जनसमूह से स्वर उभरा–"हम सभी तुम्हारे साथ है।"

"आप सभी का हार्दिक आभार।"

हस्तताल हुआ। हर्ष ध्वनि गूंज उठी।

सुमाली, दशग्रीव और अपने परिजनों के संग राजप्रासाद की ओर प्रस्थान कर गया।

यह दशग्रीव की प्रथम विजय थी। उसी अपने मातृकुल से जो आशायें थी वह बलवती दृष्टिगोचर हो गयी थी। वह प्रसन्न था।

"दशग्रीव ने अपने समुदाय के उत्कर्ष हेतु अत्यन्त प्रशंसनीय कार्य संपादित किया है। हम सभी आभारी है।" एक बोला।

"तुम्हारा कथन उचित है बंधु किन्तु..........?" दूसरा बोला।

"किन्तु क्या?"

"अपना गिद्धराज भी दशग्रीव से कम योग्य नहीं है।"

"सत्य कथन।" पहला बोला।

"मेरा मत है कि हम सभी दशग्रीव से भेंट करके उसके दल में गिद्धराज को सम्मिलित करने की प्रार्थना करें।" तीसरे से सुझाव रखा।

"प्रस्ताव तो उत्तम है।" पाँचवा बोला।

"हमारे विचार विमर्श से दशग्रीव सहमत होगा क्या? दूसरा बोला।"

"तुम्हें संशय है?" पहले ने पूछा।

"हम अल्पसंख्यक है, और हमारे समुदाय में मात्र गिद्धराज ही एकमात्र ऐसा युवक है जिसपर हमें गर्व है।" दूसरा बोला।

"तुम्हारा कथन विचारणीय है।" तीसरा बोला।

"प्रस्ताव प्रस्तुत करने में क्या संशय है?" पाँचवे ने पूछा।

"बंधु अपने गिद्धराज को यान का परिचालन ज्ञान नहीं है।" दूसरे स्पष्ट किया।

"किन्तु इससे गिद्धराज की योग्यता का मूल्यांकन कम तो नहीं होना चाहिए?" चौथे ने सुरापात्र सभी को देते हुए कहा।

"तुम्हारा विचार सर्वथा उचित है किन्तु हम निर्धन जनों के तथ्यों पर दशग्रीव विश्वास करेगा।" दूसरे ने सुरापान करते हुए कहा।

"उचित है। किन्तु मेरे प्रश्नों का उत्तर दो।" चौथा बोला।

"कहो।"

"गिद्धराजा का उपनयन हुआ?"

"हुआ।"

"वह व्यावहारिक ज्ञान रखता है?"

"रखता है।"

"भौगोलिक स्थिति उसे ज्ञात है?"

"ज्ञात है।"

"पक्षी ज्ञान में कुशल है।"

"कुशल है।"

"गिद्धों का सर्वश्रेष्ठ पालक है?"

"पालक है।"

"इसी गुण के कारण उससे गिद्धराज कहते हैं।"

"प्रथमतः प्रश्नों के उत्तर दो। अपना ज्ञान प्रदर्शन मत करो।"

"क्षमा प्रार्थी हूँ।"

"वृक्षों का पूर्ण ज्ञान है गिद्धराज को?"

"है।"

"व्यवहार कुशल है?"

"है।"

"इतने गुण है गिद्धराज में फिर उसका चयन क्यों नहीं करेंगे दशग्रीव।" चौथे ने सुरापात्र उठाते हुए कहा।

सुरापात्र भूमि पर रखते हुए दूसरे मानव ने कहा–"ये गुण साधारण गुण है बंधुओं। दशग्रीव को पारंगत मानवों की आवश्यकता है। अब मुझे ज्ञात करवाओं बंधुओं कि क्या हमारा गिद्धराज कुशल योद्धा है?"

"नहीं।" चौथा बोला।

"युद्ध संचालन का ज्ञाता है?"

"नहीं।"

"अस्त्र-शस्त्र का ज्ञाता है।"

"नहीं।"

"वह क्या उच्चारित करते हैं विक्षण ज्ञान.........।"

"विलक्षण ज्ञान है।" पहले ने स्पष्ट किया।

"उसका ज्ञान है अपने गिद्ध को?"

"आंशिक ज्ञान है।"

"उसका लाभ।"

"संभवत: लाभ तो नहीं है।"

"अत: हमारी प्रार्थना दशग्रीव स्वीकार नहीं करेगा।" द्वितीय ने स्पष्ट किया।

"कथन तो सत्य प्रतीत होता है। हम मात्र पक्षी ज्ञानी है। उनका क्रय-विक्रय करते हैं। दशग्रीव के समक्ष हमारा अस्तित्व ही क्या है। वह बलशाली समुदाय से है। उसके पिता ऋषि है। दोनों ही कुल सम्पन्न है।" तीसरे ने सुरा को हलक से उतारते हुए कहा।

"यह निर्णय हम गिद्धराज पर छोड़ते है।" पहला बोला।

"यह प्रस्ताव उचित है।" तीसरे ने कहा।

"किन्तु गिद्धराजा है कहाँ?" पहले ने पूछा।

"वह किसी गुप्तकार्य से संलग्न है।" दूसरे ने बताया।

"वह अत्यन्त परिश्रमी है।" चौथा बोला।

"निश्चित ही। उसे भी हमारे भविष्य की चिन्ता है।" पहला बोला

"अर्धरात्रि होने को है। विश्राम करते हैं।" दूसरा बोला।

गिद्धराज अपने पिता एवं अपने समुदाय के प्रभावशाली मानवों के साथ दशग्रीव के समक्ष प्रस्तुत हुआ। समुदाय प्रमुख ने गिद्धराजा के विषय में दशग्रीव के समक्ष प्रस्ताव रखा।

दशग्रीव बोला–"निःसन्देह युवा गिद्धराज की योग्यताएँ प्रशंसनीय है किन्तु। मैं उसका प्रशंसक भी हूँ। उसकी उपयोगिता भी ज्ञात है। वह साहसी है। पराक्रमी है। कुशाग्र बुद्धि है। बलिष्ट है। सेवार्थ तत्पर रहता है किन्तु बहेलिया प्रमुख गिद्धराज आधुनिक यान्त्रिक प्रणाली से अनभिज्ञ है। अस्त्र-शस्त्र संचालन में अकुशल है। मेरा मत है कि गिद्धराज को आधुनिक प्रणालियों में पारंगत हो जाना चाहिए। उसके उपरान्त ही मैं उसे अपने दल में सम्मिलित कर पाऊँगा।"

"आभार दशग्रीव।" बहेलिया प्रमुख बोला। "हमारा गिद्धराज आपके आदेश का पालन करेगा।" उसने गिद्धराज की ओर देखा और संकेत किया। वह समझ गया। उसने दशग्रीव को षाष्टांग प्रणाम किया और बोला–"मैं भी आधुनिक प्रणाली में शिक्षित होने का इच्छुक हूँ। किन्तु...........।"

"किन्तु क्या गिद्धराज?"

"आर्थिक विसंगतियाँ बाधा उत्पन्न करती है।" गिद्धराज ने संकोचवश कहा।

"गिद्धराज तुम उसकी चिन्ता मत करो। मैं तुम्हारी पूर्ण सहायता करूँगा। तुम्हें यान संचालन में पारंगत होना होगा।"

"अवश्य।"

"ज्ञातव्य है गिद्धराज कि हम अभी तक यान को आपात स्थिति में भूमि शरण करने में असमर्थ है। यह अत्यन्त आवश्यक

विधा है। इस सम्पूर्ण पृथ्वी पर सभी यान संचालक आपात भू-शरण में पारंगत नहीं है। तुम्हें वृक्षों की प्रवृत्ति और प्रकृति ज्ञात है। उसमें तुम पारंगत हो। यदि तुम यान संचालन में पारंगत हो जाते हो तो आपात शरण हमारे लिए सहज सरल हो सकता है। बिना क्षति और दुर्घटना के हम सभी सुरक्षित पृथ्वी पर आ सकते है।"

"अत्यन्त दूरदृष्टा कथन दशग्रीव।" बहेलिया प्रमुख ने प्रसन्नता पूर्वक कहा।

दशग्रीव ने बहेलिया प्रमुख के दोनों कंधे पकड़कर कहा-"काका मेरा बाल्यकाल आप सभी के सान्निध्य में व्यतीत हुआ है। आप सभी मेरे अपने हैं। मेरा दायित्व है कि आप सभी की सहायता करूँ। आप सभी का अनुभव हमारे सभी के लिए अत्यन्त आवश्यक है। लाभप्रद है। गिद्धराज मेरा दायित्व है। आप सभी निश्चिन्त रहें।"

गिद्धराज दशग्रीव की शरण में आ गया।

"पुत्र, गिद्धराज को अपने दल में सम्मिलित करके तुमने अति श्रेष्ठ कार्य किया है।" नाना सुमाली ने कहा।

"नाना मैं सर्वविषय विशेषज्ञों को अपने दल में सम्मिलित करने का इच्छुक हूँ। यह तथ्य मैंने स्वर्गपुरी से आत्मसात् किया है।"

"सत्यकथन दशग्रीव। बुद्धिबल अत्यन्त प्रबल होता है। उसके समक्ष सभी बल बलहीन है।"

"परमआराध्य के कथनानुसार बौद्धिक बल को जल भिगो नहीं सकता। शस्त्र विच्छेदन नहीं कर सकते। अग्निभस्य नहीं कर सकती। पवन बहाकर नहीं ले जा सकती और भूमि भूमिगत नहीं कर सकती।"

"अति उत्तर कथन।" चिरस्मरणीय।

"नाना ! मेरे लिए यह अत्यन्त आवश्यक है कि पृथ्वी पर जितने भी मानव समूह है उनमें से योग्य नर नारी का चयन करूँ?"

"तथास्तु दशग्रीव। किन्तु यह अत्याधिक परिश्रम पूर्ण कार्य है।"

"स्मरण है। इसके लिए सुनियोजित और अनुशासित कार्य योजना का सम्पादन करना होगा।"

"इस पर विचार किया है क्या तुमने?"

"तत्काल नहीं।"

"फिर कब विचार करोगे?"

"अपने संकल्प क्रियान्वयन से पूर्ण मुझे एक अत्यन्त महत्त्वपूर्ण सम्पन्न करना है।"

सुमाली ने आश्चर्य से पूछा–"क्या दशग्रीव?"

"नाना आपको ज्ञात ही है कि परमआराध्य ने मुझे दशानन की उपाधि से सुशोभित किया है। मैं स्वीकार करता हूँ कि शून्य का आविष्कार अत्यन्त महत्त्वपूर्ण है जिस कारण गणना अंक नवम् से अग्रसारित होकर दशम् तक पहुँचा है और अनेक गणना सूत्र शून्य एवं दशमलव प्रणाली के उपरान्त अपने अन्तिम लक्ष्य तक पहुँचे है किन्तु मेरा ज्ञान और विलक्षण ज्ञान अपूर्ण है। मुझे पूर्ण ज्ञान प्राप्त करना है।"

"किसके सान्निध्य में?"

"परमपूज्य शः और महेश के सान्निध्य में। वस्तुतः शः ने मुझे शिष्यरूप में स्वीकार भी कर लिया है।"

"अति उत्तम दशग्रीव, अति उत्तम।"

"मैं शीघ्र उनके शरणागत होकर पूर्ण ज्ञान करके अपने संकल्प को क्रियान्वित का प्रयास करूँगा।"

"तो विलम्ब क्यों दशग्रीव?"

"विलम्ब नहीं नाना उनके द्वारा प्रदत्त काल में यहाँ से प्रस्थान करूँगा।"

"उचित है।"

"किन्तु इस कालावधि में मैं अपना प्रयास करता रहूँगा। और इस कार्य में आपका सहयोग वांच्छिनीय है।"

"मैं सदैव तत्पर हूँ।"

"माना आप क्षेत्रानुसार मानव समुदायों और उनके प्रमुखों को सूचीबद्ध कीजिये।"

"अति उत्तम दशग्रीव। यह कार्य मैं तत्काल प्रारम्भ कर देता हूँ।"

"आभार नाना।"

"सुमाली ने अथक परिश्रम के उपरान्त सूची बनाई। सुमाली और दशग्रीव ने उस पर विचार मंथन किया।"

"दशग्रीव तुम्हें पूर्व ज्ञात है कि–स्वायंभुव मनु के दो पुत्र और तीन पुत्रियाँ थी।"

"अवश्य मनुपुत्र–प्रियव्रत और उत्तानपाद।"

"अति उत्तम। प्रियव्रत के दस पुत्र हुए।"

"उचित।"

"प्रियव्रत ने अपने ज्येष्ठ पुत्र अग्नीध्र को जम्बूद्वीप पर शासन करने का अधिकार दिया।"

"सत्यकथन।"

"अग्नीध्र ने अपने पुत्रों में जम्बूद्वीप विभक्त कर दिया।"

"ज्ञात करवायें नाना।"

"ज्येष्ठ पुत्र को हिमवर्ष अर्थात् हिमालय से समुद्रपर्यन्त का क्षेत्र दिया।"

"समुद्रपर्यन्त अर्थात्?"

"हिमालय से पश्चिम दिशा की ओर समुद्रपर्यन्त तक का विस्तृत क्षेत्र।"

"अति उत्तम।"

"हिमालय से पश्चिम दिशा की ओर समुद्रपर्यन्त तक का विस्तृत क्षेत्र।"

"अति उत्तम।"

"नाभि के पुत्र ऋषभदेव और नाभि के पौत्र अष्टद्वीप विजित किए।"

"अति उत्तम।"

"प्रियव्रत की शाखा में पैंतीस प्रजापति और चार मनुओं का उल्लेख दन्तकथाओं से प्राप्त है।"

"चार मनु कौन थे।"

"प्राप्त सूचनाओं के आधार पर स्वारोचिष, उत्तम, तामस और रैवत नाम स्पष्ट होते हैं।"

"अन्य महत्त्वपूर्ण सूचनाएँ नाना।"

"दशग्रीव एक अत्यन्त महत्त्वपूर्ण सूचना यह है कि एक प्रलय के कारण काश्यप सागर तट की सम्पूर्ण भूमि जलमग्न हो गयी थी। इस प्रलय में महाविनाश हुआ। मनु के द्वितीय पुत्र उत्तानपाद की शाखा में चाक्षुष मनु से पृथ्वी पर पुनः जीवन आया।"

"अति उत्तम नाना। यह तो अत्यन्त महत्त्वपूर्ण सूचना है।"

"चाक्षुष मनु के पाँच पुत्र हुए।"

"उनके नाम ज्ञात करवाइये?"

"अत्यराति–जानन्तपति, अभिमन्यु, उर, पुर और तपोरत। उर के द्वितीय पुत्र थे अंगिरा।"

"ऋषि अंगिरा?"

"असत्यकथन।"

"सभी चाक्षुष पुत्रों ने सुग्द, भरू, बरवधी, निशा, हरयू और वक्रित साम्राज्यों पर आक्रमण किया। जनश्रुति के अनुसार इन क्षेत्रों पर तत्काल में स्वारोचिष मनु के वंशज निवास करते थे। इन साम्राज्यों को सम्मिलित रूप से सत्यगिदी कहा जाता था। कालान्तर में इसे सत्यलोक भी कहा गया। यही सुमेरू नामक पर्वत भी है।"

"अत्यन्त रूचिकर कथन।"

"दशग्रीव मन्यु या जिसे अभिमन्यु भी कहा जाता है यह दुर्ग अभियन्ता था।"

"अर्थात्?"

"अर्थात् दुर्ग निर्माता।"

"अति सुन्दर।" दशग्रीव स्वगत बोला–दुर्ग विशेषज्ञ।

"इसी मन्यु ने सुषा नामक नगर की स्थापना की। कालान्तर में सुषा नगरी को मन्युपुरी भी सम्बोधित किया गया।"

"सुन्दर कथन।"

"उर वंशियों ने तीन राज्य स्थापित किये, जिन्हें उर, पुर और वन के नाम से जाना जाता है।"

"पुर ने एक नगर स्थापित किया जिसे सभी पुरसिया कहते हैं।"

"ये सभी भ्राता थे न नाना।"

"उचित कथन। मन्यु, उर, पुर और तपोरत के ज्येष्ठ भ्राता थे–अन्य राति जानन्तपति।"

"अति उत्तम। तपोरत के विषय में कहिये।"

"जनश्रुति के अनुसार तपोरत द्वारा स्थापित शब्द तपोरिया कहा जाता है। इसी के राज्य क्षेत्र में देयाबंद पर्वत है। कालांतर में इनके वंशज देयाबंद कहे जाने लगे।"

"आपने अत्यन्त रोचक तथ्य संग्रहित किये हैं नाना।" दशग्रीव मुस्कुराकर बोला।

"दशग्रीव ! स्मरण रहे जानन्तपति अत्यराति के वंशज कालांतर में अर्राट कहलाये और इन्होंने अर्राट प्रदेश विकसित किया।"

"अति रोचक।"

"मैंने पूर्व में ज्ञात करवाया था उर के पुत्र.....।"

"अंगिरा। दशग्रीव तपाक से बोला।"

"अत्यन्त तीक्ष्ण स्मरण शक्ति।"

"अंगिरा का कार्य?"

"अंगिरा द्वारा विजित भूखण्ड के एक खण्ड में तुम–विराजमान को दशग्रीव।"

"अर्थात् कुशद्वीप।"

"सत्यकथन। कभी सम्पूर्ण कुशद्वीप अंगिरा के आधिपत्य था।"

"अति सुन्दर।"

"एक दु:खद प्रसंग यह है कि जल प्रलय में अर्राट वंश समूल नष्ट हो गया और अंगिरा के भयानक संग्रामों ने उसकी प्रतिष्ठा धूमिल कर दी।"

"यह कार्य उचिता नहीं माना। जनकल्याण को प्राथमिकता होनी चाहिए। अपना आधिपत्य सुरक्षित रखना उचित है। किन्तु बल के अहंकार में प्राणघातक प्रहार उचित नहीं है।"

"उचित कथन दशग्रीव किन्तु सम्पूर्ण पृथ्वी पर अपने आधिपत्य के अधिकार को लेकर अनेक संग्राम हुए।"

"मेरा प्रयास ऐसे संग्रामों को रोकना होगा नाना।"

"तथास्तु।"

"अन्य विवरण ज्ञात करवाइये।"

"दशग्रीव, मनुवंश के प्रजापतियों के समाप्त होने के उपरान्त मन्युपुरी उजाड़ हो गयी। अन्तिम प्रजापति दक्ष की पुत्री अदिति के पुत्र वरुण ने मन्युपुरी आया और अपने नानाओं की इसनगरी का जीणोद्धार करके आदित्यों के लिए आवासीय परिसर निर्मित किया।"

"समर्पित भाव यह होता है नाना। हृदय प्रफुल्लित हुआ। समर्पण भाव वाले मानवों से भी परिपूर्ण है पृथ्वी।"

"अवश्य दशग्रीव।"

"अदिति मरीचि के समागम से बारह आदित्यों का जन्म हुआ। इनमें वरुण ज्येष्ठ थे और अन्तिम पुत्र थे सूर्य। सूर्य के वंशज देवभूमि में बस गये और शेष ग्यारह आदित्य सम्पूर्ण विश्व में।"

"नाना वरुण ने जब मन्युपुरी का जीणोद्धार किया तब उसके नाम में कोई परिवर्तन भी किया?"

"दशग्रीव, कालान्तर में इसे इन्द्रपुरी और अमरावती के नाम से सम्बोधित किया गया।"

"अति उत्तम। किन्तु अमरावती क्यों कहा गया?"

"वरुण ने अपने साम्राज्य का नाम अमरदेश रखा। इसी कारण सुषा नगर को अमरावती सम्बोधित किया गया।"

"नाना वरुण को ही देव कहा जाता है न?"

"अवश्य। सत्यकथन। वास्तव में दशग्रीव, प्रलय के उपरान्त सम्पूर्ण क्षेत्र में जलभराव हो गया था। वरुण ने नहरें खुदवाकर अनावश्यक जल समुद्र में पहुँचाया। समुद्र का सीमाबंधन किया। जल को अपने अधिकार में लिया। संभवतः इसी कारण उसे जल उपाधि से सम्मानित। इसके उपरान्त उसने सम्पूर्ण क्षेत्र को कृषि योग्य बनाया और कृषि प्रारम्भ की।"

"अति सुन्दर। अति सुन्दर।"

"तुम्हें आश्चर्य होगा दशग्रीव, कालान्तर यह क्षेत्र मनुपुत्री इलाके नाम पर इलावर्त भी कहा गया।"

"अर्थात् अस्तित्व का संग्राम युगों तक गतिमान रहा?"

"संभवतः।"

"अन्य रोचक तथ्य ज्ञात करवाइये।"

"तुम्हारे परमआराध्य के दो पुत्र हुए–अंगिरा और मृगु।"

"पुनः अंगिरा?"

"आश्चर्य क्यों दशग्रीव? क्या एक नाम के दो मानव नहीं हो सकते?"

"अवश्य, किन्तु प्रथम अंगिरा कृत्य तो..........।"

"किन्तु यह अंगिरा ऋषि हुए।"

"श्रेष्ठ पुनर्वृत्ति नहीं हुई।"

दोनों हंसे।

"इस अंगिरा के पुत्र बृहस्पति देवों के याजक बने।"

"अर्थात् पुरोहित।"

"निश्चित ही।"

"और भृगु?"

"दैत्यपति हिरण्यकश्यप ने अपनी दिव्या को भृगु की अध र्गिनी बनाया।"

"दैत्यपति ने?"

"हाँ क्यों?"

"दैत्यपति हिरण्यकश्यप सम्पन्न था। उसकी अपनी प्रतिष्ठा थी।"

"श्री नाना।"

"दैत्यपति हिरण्यकश्यप का अनुसरण करते हुए दानवराज पुलोम ने अपनी पुत्री पुलौमी भी भृगु को सौंप दी।"

"द्वि अर्धांगिनी? क्या यह अनुचित नहीं था?"

"इसमें अनुचित क्या है। यह परम्परा तो आज भी है।"

"सत्यकथन।"

"भृगु और दिव्या के समागम से जो पुत्र प्राप्त हुआ उसे शुक्र कहा गया। वह दैत्यदानव कुल का याजक नियुक्त हुआ। आज उसे शुक्र काव्य उशना भी कहते हैं।"

"अति उत्तम।"

"शुक्र का पुत्र अत्रि हुआ। अत्रि के पुत्र को चंद्र नाम दिया गया। ऐसा लोकप्रसिद्ध है कि इसी चन्द्र से चन्द्रवंश की उत्पत्ति हुई।"

"एक अन्य नवीन वंश।"

"इसी तरह सूर्यवंश और चन्द्रवंश दो प्रसिद्ध वंशों का अस्तित्व आज है।"

"अति उत्तम नाना।"

"दशग्रीव, भृगु और दव्या से एक अन्य पुत्र और जन्मा। उसे त्वष्टा कहा गया। त्वष्टा का पुत्र अत्यन्त कला प्रेमी था। देवों ने उसके शिल्पीगुण के कारण उसे नाम दिया–विश्वकर्मा। दैत्यों को यह नाम उचित नहीं लगा। दैत्यों ने उसे नाम दिया–भय।"

"नाना पुलोमी की पुत्री के विषय में तो आप मौन है। क्या वह सन्तानविहिन रही।"

सुमाली मुस्कुराकर बोले–"नहीं दशग्रीव। ऐसा नहीं है। भृगु और पुलोमी के समागम से चार श्रेष्ठ सन्ताने हुई।"

"अर्थात् भृगु पुलौमी पर अधिक आसक्त थे।" दशग्रीव हंस कर बोला।

"सुमाली ने मुस्कुराते हुए दशग्रीव को देखा।"

"तुम कोई अवसर व्यर्थ नहीं जाने देते।"

"नाना इस युवावस्था में ऐसे विचार.........।" हंसने लगा।

"दशग्रीव ! अपने नाना की अवस्था का तो सम्मान करो।"

"नाना आप मेरे अग्रज है। पितामह और..........और मित्र भी है।" हंसने लगा।

सुमाली भी अपनी हंसी रोक नहीं पाये।

"कष्ट होने का अभिनय भी अपूर्ण वहा तुम्हारा।"

"रूष्ट हुआ कौन था?"

दोनों पुनः हंसे।

"स्मरण करो दशग्रीव भृगु और पुलौमी के समागम से च्यवन, ऋचीक, जमदग्नि और परशुराम उत्पन्न हुए।"

"नाना ऋषि च्यवन से स्वर्गपुरी में भेंट हुई थी।"

"च्यवन ऋषि तो अत्यन्त वयोवृद्ध हो गये होंगे?"

"श्रेष्ठ वैध है न वह।"

"श्रेष्ठ कथन। अति उत्तम।"

"दशग्रीव ! उत्तर कुरु प्रदेश विश्वकर्मा के आधिपत्य में था। इसी क्षेत्र में त्वष्टा की पुत्री रेणु ने राजधानी नगर 'वन' में दो जुड़वा बालकों को जन्म दिया।"

"नाना रेणु किस की अर्धांगिनी थी?"

"रेणु सूर्य की अर्धांगिनी थी।"

"अति उत्तम। उसके पुत्रों के क्या नाम थे?"

"अश्विनी कुमार ! दोनों विख्यात वैध है।"

"इनके विषय में ज्ञात करवाइये। अर्थात् इनकी ख्याति के विषय में।" दशग्रीव ने स्पष्ट किया।

"सुदास को उनकी नारी सुदेवी प्राप्त करने में सहायता की।"

"अर्थात् नाना?"

"लोकप्रचलित मान्यताओं के अनुसार सुदास वीर्यहीन थे। अत: उनकी अर्धांगिनी उनका त्याग करके अन्यत्र प्रस्थान कर गयी थी। अश्विनी कुमारों ने सुदास का वीर्यवान किया और सुदेवी ने समागम सुख प्राप्त किया।"

"नाना एक तथ्य स्पष्ट कीजिये।"

"कहो दशग्रीव।"

"अश्विनी कुमार तो एक का नाम होगा न?"

सुमाली हंसे।

दशग्रीव स्तब्ध।

"दशग्रीव जब रेणु गर्भवती थी और प्रसव निकट था तब उसने सूर्य के तेजस्वी अश्व का आरोहण किया था। उसके उपरान्त उसे प्रसव पीड़ा हुई और संयुक्त पुत्रों का जन्म हुआ। सूर्य ने दोनों को अश्विनी पुकारा।"

"इसका अभिप्राय हुआ कि उनके नाम भिन्न थे।"

"निश्चित ही दशग्रीव।"

"उनके नाम ज्ञात हुए क्या?"

"अवश्य दशग्रीव। ज्येष्ठ नासत्य और कमिष्ठ पुत्र का नाम था–दस्त्र।"

"अति उत्तम। इनकी प्रसिद्धि के कारण तो इनके मित्र भी असंख्य होंगे।"

"अवश्य। नाम ज्ञान करना चाहते हो मित्रों के?"

"सहर्ष नाना। अधीर हूँ। ज्ञात करवाइये।"

"स्मरण करो। रेमा, बन्दन, कण्व, अन्तक, मज्यु, सुवन्त, पृश्निगु, अत्रि, श्रेर्य, कुत्स, न्यर्थ, वसु, दीर्घश्रवस, औशिज, कक्षीवान, रसा, वृशोक, मान्धाता, भरद्वाजख अतिधिग्व, दिवोदास, कशोजु, तृषदस्यु, वूम्र, उपस्तुत, कलि, पृथुराजर्षि, सपु, मनु, सर्यात्, विमद, आधिग्र, सूयर, ऋतस्तूप, कृशान्, पुरुकुत्स, हव शान्ति, पुरुशान्ति, अन्ध्रश्व, च्यवन आदि गणमान्य सभी उनके मित्र है।"

"श्रेष्ठ कार्य का श्रेष्ठ परिणाम होता है और मित्र भी असंख्य। नाना क्या भविष्य में मेरे भी इतने मित्र होंगे?"

"तुम विशुद्ध प्रयास करोगे तो इससे भी अधिक हो सकते हैं।"

"आपका कथन सत्य हो।" करबद्ध प्रणाम करके दशग्रीव बोला।

"दशग्रीव विवस्वान का एक ज्येष्ठ पुत्र भी था।"

"नाना थे नवीन चरित्र कहाँ से उत्पन्न हो गया।"

"नवीन?" सुमाली आश्चर्य से बोला। "दशग्रीव यह कोई नवीन चरित्र नहीं है। सर्य का अन्य नाम है विवस्वान।"

"आपने पूर्व ज्ञात कहाँ करवाया था?"

"क्षमाप्रार्थी हूँ। स्मरण नहीं रहा।"

"विवस्वान का ज्येष्ठ पुत्र कौन था?"

"यम। वह अपने पिता और माता के उपेक्षित भाव के कारण वह वरुण के पास चला गया। वरुण ने यम को उसके पितृलोक का अधिपति बना दिया। अपर्वत प्रलय में पूर्णतया जलमग्न हो गया था। यहाँ सर्वत्र नरकंकाल थे। यम ने अपने पितृलोक का जीर्णोद्धार करवाया और इसे नाम दिया मृत्युलोक। प्रलय काल में यहाँ के अधिकांश नरनारी मृत्यु को प्राप्त हो चुके थे।"

"अति सुन्दर विश्लेषण।"

"यम ने दक्ष प्रचेतस की दस कन्याओं का वरण कर अपना वंश बढ़ाया। इस प्रकार असुरों ने अपना साम्राज्य विस्तार किया और

वसु, मरु, भानु, घोष, सांध्य, हंस, विश्वकर्मा, मनीषि, द्रविड़, हूण, मंगोल, रमण, धर, हयताल, आदि शाकद्वीपी जातियाँ यम की ही वंशज है।"

"एक तथ्य ज्ञात करवाइये?"

"कहो पुत्र दशग्रीव।"

"यम जातियाँ किस की उपासक है?"

"निश्चित ही सूर्य की। इनके अनुसार कुलदेव सूर्य है।"

"अति उत्तम नाना।"

"दशग्रीव, अब वसु पुत्रों के विषय में ज्ञात करो।"

"वसु पुत्र अर्थात् यम का ज्येष्ठ पुत्र।"

"हाँ, यम पुत्र। वसु के आठ पुत्र माने जाते हैं। इनमें ज्येष्ठ पुत्र था–धर। धर के पुत्र हुए–रुद्र, द्रविड़ और हव्यवाह। वसु का एक पुत्र था–अग्नि। अग्नि का वंश भी महत्त्वपूर्ण है। सूर्य की चार प्रमुख राजधानियाँ हैं–आदित्यपुर, कश्यपनगर, इन्द्रवन और भण्डार। यह सदैव स्मरण रखना दशग्रीव।"

"अवश्य नाना।"

दशग्रीव की नानी कक्ष में आकर बोली–"अपह्न भोजन काल है। भोजन कीजिए तदोपरान्त अपना कार्य।"

दोनों ने नानी की ओर देखा।

मुस्कुराये।

भोजन हेतु प्रस्थान कर गये।

सुमाली आगंतुक से भेंट करने अतिथि कक्ष में चले गये और दशग्रीव भोजन उपरान्त अपने कार्य कक्ष में आकर नाना द्वारा संग्रहीत भोज्यपत्रों का अध्ययन करने लगा।

वह स्वगत बोला–"अति उत्तम। दक्ष की ज्येष्ठ पुत्री दिति थी। उसके नाम से एक अन्य वंश स्थापित हुआ, जिसे हम सभी दैत्यवंश कहते हैं। श्रेष्ठ, वंश। मरीचि और दिति के समागम से चार पुत्र हुए।"

उसने अगला पृष्ठ देखा।

"हूँ, ये हैं चार पुत्र–हिरण्यकाशिपु, हिरण्याक्ष, वज्रांग और अन्ध्रक। ....क्या चार-चार पुत्रों की परम्परा स्थापित हो गयी है। जिसको देखो उसके चार-चार पुत्र हैं। ....हिरण्यकाशिपु के भी चार पुत्र हैं–प्रह्लाद, अनुह्लाद, ह्लाद और संह्लाद। क्या युक्ति है। सभी ह्लाद है। क्या नामों का अकाल हो गया है। ....लीजिये–प्रह्लाद के भी चार पुत्र हैं–आयुष्मान, शिवि, वावकलि, और विरोचन। .... विरोजन अत्यन्त बुद्धिजीवी प्रतीत होता है। उसके एक ही पुत्र हुआ–बलि। अति उत्तम विरोचन भ्राता अति उत्तम। तुम श्रेष्ठ हो। किन्तु तुम्हारा पुत्र बलि अत्यन्त ही नारी प्रेमी प्रतीत होता है। उसने अनेक पुत्र उत्पन्न किये।" पृष्ठ पलटते हुए दशग्रीव स्वगत बोला–"श्रेष्ठ। बलि के ज्येष्ठ पुत्र ने अत्याधिक ख्याति प्राप्त की। बलि के ज्येष्ठ पुत्र बाण का अन्य नाम भी है–महाकाल। ....महाकाल अर्थात् इसने अपने पराक्रम से काल का अकाल नहीं होने दिया। महाकाल क्यों कहा गया इस विषय में नाना ने स्पष्ट विवरण नहीं दिया है। वज्रांग के एक ही पुत्र का उल्लेख है। इस भोजपत्र पर। संभवतः ताकर ही एकमात्र पुत्र हुआ होगा।"

भोजपत्र पलटते हुए दशग्रीव स्वगत बोला–"नाना ने कार्य तो उत्तम किया है। इसका लाभ भविष्य में अवश्य प्राप्त होगा। वंशावली अत्यन्त विस्तृत है किन्तु अध्ययन और स्मरण रखना भी अनिवार्य है। नाना उल्लेख कर रहे हैं कि–हिरण्याक्ष के पुत्रों के ना। अति उत्तम ये भी संभवतः सम्पूर्ण जीवन में पुत्र ही उत्पन्न करने में क्रियाशील रहे हैं। उत्कूर, शकुनि, भूत संतापन, महानाभि, महाबाहु और कालनाभ ये है सभी हिरण्याक्ष के पुत्र।"

कक्ष में प्रवेश करते हुए सुमाली ने दशग्रीव से कहा–"श्रेष्ठ पुत्र। तुम्हें अध्ययन करते देख हृदय प्रफुल्लित हुआ। दीर्घायु भवः।"

"दशग्रीव पुत्र भी ता आपका ही है नाना।" दोनों हंसे।

"नाना मैंने भोजपत्रों के अध्ययन करते समय एक अत्यन्त रोचक तथ्य ज्ञात किया।"

"परिहासपूर्ण तो नहीं है पुत्र?"

"आप स्मरण कीजिए। अत्यन्त रोचक है।" दशग्रीव कुटिल मुस्कान के साथ बोला।

सुमाली ने दशग्रीव को देखा और वो भी मुस्कुराया। बोला–"कहो पुत्र"

"नाना........रोचक तथ्य.........यह है कि अनेक दैत्य राज मात्र पुत्र उत्पन्न करने के उद्योग में ही संलग्न रहे। ऐसा प्रतीत होता है कि उन्हें अन्य कार्य ही नहीं था।" कहकर दशग्रीव जोर से हंसा।

सुमाली ने मुस्कुराकर उसकी ओर देखा मगर स्पष्टीकरण नहीं किया। दशग्रीव हंसता रहा।

"आप मौन धारण क्यों किए हुए हैं नाना।" दशग्रीव ने अपनी हंसी रोकते हुए कहा।

"दशग्रीव। काल परिवर्तनशील है। वह निरन्तर गतिशील रहता है और इस कारण परिवर्तन सुनिश्चित है। इसी परिवर्तनशीलता का प्रभाव हमारे मस्तिष्क पड़ता है। जिससे विचारों में परिवर्तन आता है। एक अन्य भेद भी है पुत्र। जब किसी को अपनी अभिलाषा से अधिक या अधिकतम प्राप्ति होने पर मानव रसिक हो जाता है। उसे अपने भविष्य की चिन्ता नहीं रहती। उसका सम्पूर्ण विकास एक स्थान पर पहुँच कर ठहर जाता है। विलासिता पद भ्रष्ट भी करती है। विवेकहीन हो जाता है। मानव अन्य को तुच्छ मानकर अपनी शक्ति प्रदर्शन का युग प्रारम्भ करता है। यही उसका भ्रम है।"

दशग्रीव कब निंद्रा में लीन हो गया सुमाली को ज्ञात ही नहीं हुआ। वह तो अपने दोनों नेत्र बंद करके वक्तव्य दे रहे थे। दशग्रीव का प्रति उत्तर न सुनकर जब उसने अपने नेत्र खोले तो दशग्रीव पर्यक पर निन्द्रा में लीन था।

सुमाली स्वगत बोला–"भोजन का प्रभाव अत्यन्त प्रभावशाली

होता है।"

संध्याकाल। दशग्रीव वन्यभ्रमण से आया। जल ग्रहण किया।

"क्या अध्ययन प्रारम्भ करें।" सुमाली बोला।

"नाना प्रात:काल ज्ञात करवायें।"

"उचित है।"

इतना कहकर दशग्रीव वहाँ से प्रस्थान कर गया।

"प्रिय दशग्रीव वन्यभ्रमण से आने के उपरान्त अन्यमना प्रतीत हो रहा है। क्या कारण है?" सुमाली बोला।

"प्रतीत तो मुझे भी ऐसा ही हुआ।"

"उसे ज्वर तो नहीं प्रिये?"

"मैं परीक्षण करके आती हूँ।"

दशग्रीव की नानी सुमाली को बलाने आयी और उसे लेकर वहाँ गयी जहाँ दशग्रीव चिन्तामग्न था। दोनों उसे छिपकर देखने लगे।

दशग्रीव अपने कक्ष में गवाक्ष के समीप पर्यंक पर उपस्थित था। चिन्तामग्न था। संभवत: वह किसी की प्रतीक्षा में है। अचानक एक मानव गवाक्ष के समीप आया। उसने अपना मुख एक वस्त्र से ढका हुआ था। सुमाली और उसकी अर्धांगिनी दशग्रीव और आगंतुक के मध्य वार्तालाप को सुनने का प्रयास करने लगे।

"इस कार्य के सम्पादन में कितना समय लगेगा।" दशग्रीव ने आगंतुक से पूछा।

"निश्चित नहीं कहा जा सकता।"

"कार्य तो सफल हो जायेगा न?"

"नि:सन्देह।"

"अतिशीघ्रता से प्रस्थान करो और अपनी सुरक्षा का सुप्रबंध रखना।"

"दशग्रीव तुम निश्चिन्त रहो।"

"नानी और नाना को इसकी सूचना मत देना।"

"निश्चिन्त रहिये।"

"प्रस्थान करो। मैं इसी गवाक्ष पर तुम्हारी प्रतीक्षा करूँगा।"

आगंतुक चला जाता है।

"पुत्र दशग्रीव तुम व्यथित क्यों हो?" सुमाली ने कक्ष में प्रवेश करते हुए कहा।

दशग्रीव चौंक गया।

"मैं सामान्य हूँ नाना।"

"आगंतुक कौन था?"

दशग्रीव ने अपने मस्तिष्क से श्वेद पौंछते हुए कहा–"आगंतुक, कौन आगंतुक? कक्ष में तो आप ही आये हैं न।"

"पुत्र अपने नाना से न कह सको तो मुझसे कहो दशग्रीव।" नानी ने स्नेहपूर्वक कहा।

"नानी ऐसा कुछ नहीं है।"

"पुत्र तुम गवाक्ष के पार्श्व में उपस्थित आगंतुक से वार्ता कर रहे थे। मैं और तुम्हारे नाना साक्षी है।"

दशग्रीव स्तब्ध।

अनुत्तरित।

सुमाली और नानी दोनों दशग्रीव के उत्तर हेतु प्रतीक्षारत।

"दशग्रीव यदि संभव है तो हमें ज्ञात करवाओ। हम सभी सहायता करेंगे। हम सभी तुम्हारे हितैषी हैं।"

दशग्रीव संकट अनुभव कर रहा था। गुदा रूप से कार्य करना संभव प्रतीत नहीं हो रहा था। गुप्त रखना अनिवार्य था। किन्तु परिस्थितियाँ ऐसी उत्पन्न हो गयी थी कि उसकी सम्पूर्ण योजना गुप्त रखना असंभव प्रतीत हो रहा है। बोला–

"नाना ऐसी कोई चिन्ता नहीं है। आप नाहक चिन्तित है।"

"दशग्रीव तुम्हारी बाल्यावस्था हमारे साथ ही व्यतीत हुई है। तुम्हारे स्वभाव से पूर्ण परिचित है।"

"ज्ञात है नाना।"

वार्तालाप हो ही रहा था कि आगंतुक गवाक्ष के सम्मुख आ गया। उसके हाथ में हरे रंग के पौधों का गुच्छ था।

दशग्रीव मौन। सुमाली ने दृष्टिगोचर किया और पौधों का गुच्द आगंतुक से लिया। आगंतुक प्रस्थान कर गया।

पौधों को देखकर सुमाली बोला–"इस वन्य पौधों के लिए चिन्तित थे दशग्रीव?"

"नाना..........यह...........।"

"पुत्र यह तो मादक पौधा है।" नानी बोली।

"नानी आप परिचित है इस औषधि से?"

"अवश्य, किन्तु यह पौधा हमारे क्षेत्र कभी-कभी ही प्राप्त होता है।...........तुम्हें क्यों चाहिए यह?"

"बाल्यावस्था का स्मरण ज्ञात नहीं। इस पौधे को आज वन्य भ्रमण काल में दृष्टिगोचर किया। इसके पुष्पों और पर्णों की सुगंध मादक प्रतीत हुई तो परीक्षण हेतु मंगवाया था।"

"परीक्षण अर्थात्?" नाना बोला।

"अवश्य नाना?"

"किन्तु परीक्षण क्यों दशग्रीव?"

"इसके गुणों को ज्ञात करने के उद्देश्य से।"

"दशग्रीव, यह मादकपर्ण कहलाता है। जो इसकी कृषि करते हैं वह पणि कहलाते हैं।"

"कृषि?" दशग्रीव चौंककर बोला। "अर्थात् यह अत्यन्त महत्त्वपूर्ण पौधा है।"

"निश्चित ही।" सुमाली बोला।

"मादकदव्य हेतु इसका प्रयोग होता है किन्तु इसके परिणाम श्रेष्ठ नहीं है।" नानी बोली।

"आश्चर्य नानी।"

"पुत्र इसके हरे पर्णों का चूर्ण या लुगदी बनाकर सेवन करते हैं। इसे दुग्ध में अन्य मेवे डालकर भी सेवन किया जाता है।"

"दशग्रीव इसके पुष्पों में भी मादक तत्त्व होते हैं। इसके काश का भी मादकता हेतु सेवक करते हैं।"

"श्रेष्ठ।"

"पुत्र इसके मादा पौधे पर रालदार स्राव उत्पन्न होता है उसे भी प्रयोग किया जाता है।"

"अर्थात् सम्पूर्ण पौधा मादकतापूर्ण हैं?"

"निश्चिन्त ही। किन्तु इसकी मादकता अत्यन्त घातक होती है।"

"घातक अर्थात्?"

"दशग्रीव सोमरस स्वास्थ्यवर्धक है किन्तु मादकपर्ण घातक है। इसका प्रभाव मानव मस्तिष्क पर घातक प्रहार करता है। बौद्धिक क्षमता शैनः शैनः नष्ट करता है। विशेष अवसरों पर इसकी अल्पराशि मादकता हेतु सेवन करना उचित कहा गया है।"

"अति श्रेष्ठ कथन नाना। इसका अभिप्राय यह हुआ कि अपनी नीति सफलता हेतु इसका प्रयोग शत्रुपक्ष पर इसका उपयोग किया जा सकता है।"

"निश्चित ही।"

"आभार नाना नानी। मैं इसी के विषय में विस्तृत जानकारी एकत्र करना चाहता था। अब मेरी समस्या को समाधान प्राप्त हो गया है। इसका प्रयोग मेरी सफलता सहायक होगा।"

"हम दोनों तुम्हें व्यथित देख चिन्तित हो गये थे?" नानी बोली।

"यही अनुभव तो मुझे सम्बल प्रदान करता है।..........मुझे इसकी अधिक मात्रा की आवश्यकता होगी नाना।"

"उपलब्ध हो जायेगा।"

"माँ भोजन हेतु उपस्थित हो।" आगंतुक युवती ने निवेदन किया।

प्रातःकाल दशग्रीव और सुमाली भोजपत्रों का अध्ययन करने में व्यस्त हो गये।

"नाना दानव समुदाय का विवरण शेष हैं या समाप्त हो गया।"

"समाप्त नहीं हुआ है अभी शेष है।"

"तो उसे ही सर्वप्रथम ज्ञात करवाइये।"

"उचित है। स्मरण करो–दक्ष की एक और कन्या, जिसका नाम दनु है वह भी कश्यप की अर्धांगिनी हुई। दनु और कश्यप के समागम से अनेक सन्तानें हुई। शम्बर, शंकर, एकचक्र, महाबाहु, तारक, वृषपर्वा, पुलोमा और विप्रचितिमय उत्पन्न हुए।"

"अति उत्तम नाना। वास्वत में ये पूर्वज अत्यन्त समागम प्रिय रहे हैं। धन्य हैं।"

"इसमें वृषवर्षा की एक पुत्री हुई। इसका नाम शर्मिष्ठा था। यह ययाति की अर्धांगिनी हुई।"

"नाना एक तथ्य ज्ञात करवाइये कि पूर्वकाल में जितने भी प्रसिद्ध मानववंश है उसमें कन्याओं की जन्मदर अत्यन्त न्यूनतम है। इसका क्या कारण है?"

"दशग्रीव इस गूढ़ रहस्य का तो ज्ञान मुझे नहीं है। यह अत्यन्त महत्त्वपूर्ण तथ्य है। अनुसंधान का विषय है।"

"निश्चिन्त रहिये। मैं अवश्य ज्ञात करके रहूँगा।"

"तथास्तु।"

"दनु के भी गर्भ से पुत्रियों का जन्म नहीं हुआ क्या?"

"दनु और कश्यप की दो पुत्रियाँ थी–इसने पुलोमा और कालिकेय वंश निर्मित हुए।"

"अति उत्तम।"

"दानव विप्रचिति की अर्धांगिनी हिरण्यकाशिपु की बहन थी।"

"इसका वंश ज्ञात है?"

"अवश्य। विप्रचितिमय और उसकी अर्धांगिनी सिंहिका के समागम से शल्य, वातापि, नमुचि, इल्वल, नरक, कालनाभ, चक्तयोधी, राहु आदि पुत्रों का जन्म हुआ। इन्हें सैंहिकेय कहा गया। इन सहोदरों में राहु ने अत्यन्त ख्याति प्राप्त की।"

"यहाँ भी पुत्री नहीं है।" दशग्रीव हंसकर बोला।

"तुम्हें संह्लाद वंश के विषय में ज्ञात करवाया था। उसमें दो वंशज निवित और कवच तपस्वी हो गये।"

"अपने वंश से विद्रोह।"

"अर्थात्?"

"दानव वंश में तपस्वी होने का अर्थ ही विद्रोह है न नाना। अपने कुल के आदर्शों के विरुद्ध जाना अर्थात् विद्रोह करना।"

"इस विषय में मैंने कभी भी विचार नहीं किया।"

"विचार कीजिये। अपने कुल आदर्शों का उल्लंघन, सम्पूर्ण कुल के लिए संकट हुआ न। तपस्वी होना किसी का एकाधिकार नहीं है। किन्तु उसके लिए पुष्टविचार, परिश्रम, त्याग, समर्पण आदि अनेक कष्टप्रद सोपानों से निकलना पड़ता है।"

"उचित कथन।"

"नाना दैत्य और दानव अत्यन्त विशाल दृष्टिगोचर हुआ तो इन्होंने विशाल भूमि पर अपना आधिपत्य स्थापित किया होगा?"

"निश्चित ही कुशद्वीप के अत्यन्त विशाल भूमि के अतिरिक्त उत्तर आर्यवृत्त की विशाल भूमि पर इनका आधिपत्य था। मूलतः कश्यप सागर तट से लेकर गज़नी, हिरात, हरम, कुंजशहर, खुरासान, बुखारा, गलदयन, शंकरा, इक, शाकटारिया, वशपुर, वासोरस और कश आदि क्षेत्रों पर अपना अधिकार कर लिया था।"

"विस्तृत साम्राज्य स्थापित करना अत्यन्त कठिन कार्य है।"

"निश्चित ही।"

"नाना मैंने नागवंश के विषय में ज्ञात किया था किन्तु विशेष तथ्य ज्ञात नहीं हो सके। क्या आपको ज्ञात है इस विषय में?"

"पुत्र दानवों दो प्रमुख है। नाग और गरुड़।"

"गरुड़ भी दानव समुदाय में आते हैं।"

"निश्चित ही।"

"इनकी उत्पत्ति कहाँ से है?"

"कश्यप से?"

"कश्यप की तीन अर्धांगिनियाँ आपने ज्ञात करवाई। उनके पुत्र और वंशज ज्ञात करवाये। फिर अन्य से समुदाय कश्यप की अवैध सन्तानें है क्या?"

"कतिपय नहीं दशग्रीव। कश्यप की दो अर्धांगिनी थीं–कद्रु। उससे जो सन्ताने हुई उससे छब्बीस नाग वंश चले।"

"अति सुन्दर। इनके प्रमुख महारथियों का नाम ज्ञात करवायें नाना।"

"निश्चित ही। नागवंश के प्रबल मानवों में प्रमुख है–शेष, वासुकि, काकोट, तक्षक, धृतराष्ट्र, धनंजय, महानील, अश्वतर, पुष्पदन्त, शंखरोमा आदि।"

"और गरुड़वंश?"

"कश्यप की पंचम अर्धांगिनी थीं–विनता। कश्यप और विनता के समागम से गरुड़ और अरुण दो पुत्र हुए। अरुण के दो पुत्र हुए–सम्पाति और जटायु।"

"जटायु?"

"क्यों?"

"विगत दिवस संक्षिप्त भेंट हुई थी जटायु से।"

"अति उत्तम। मुख्यरूप से यही है दानव और दैत्य इतिवृत्त।"

"इनके अन्य अनेक मानव समुदाय भी होंगे। क्या उनके विषय में तथ्य संग्रहीत किये गये हैं?"

"दशानन बाली द्वीप के दक्षिणांचल में एक लघु-सा द्वीप है। सुम्बा। यहाँ पर दनुपुत्र मय का शासन है। इसकी पुत्री गुणवन्ती और सुशील है।"

"नाना आप अपनी अवस्था से देखिये।" दशग्रीव मुस्कुराकर बोला।

"अर्थात्? तुम्हारा तात्पर्य क्या है?"

"आपने ही तो मयपुत्री की प्रशंसा की, मैंने नहीं।" दशग्रीव

ने कुटिल मुस्कान के साथ कहा। "मैं तो अन्य समुदायों के विषय में तथ्य ज्ञात करना चाहता था और आपने..........।"

"शान्त रहो दशग्रीव, तुम्हारी नानी न स्मरण कर ले।"

दोनों जोर से हंसे। तभी वहाँ नानी आ गई।

"आइये नानी। आप अत्यन्त दीर्घायु होंगी।"

"क्यों? ऐसा अभिशाप क्यों दे रहा है? अब तो एक ही अभिलाषा है मूर्ख?"

"कहिये नानी। प्रत्येक अभिलाषा पूर्ण की जायेगी। आइये आप मेरे समीप आसन ग्रहण कीजिये।"

"अपनी वृद्धनानी से परिहास करता है। नालायक।" उसकी पीठ पर हाथ मारते हुए आसन ग्रहण करके बोली। "सुमाली तुमने दशग्रीव से विचार-विमर्श किया?"

"हाँ-हाँ नानी अवश्य किया। अभी नाना उसी विषय की चर्चा करते हुए स्मरण करवा रहे थे कि अपनी नानी को ज्ञात मत कर बाना।"

सुमाली ने दशग्रीव को कनखियों से घूरा। इससे पहले की सुमाली कुछ कहता नानी बोल पड़ी-"तेरा वात्सल्य स्वभाव मुझे ज्ञात है। नादानियाँ ज्ञात है। भ्रमित मतकर दशग्रीव।"

"नानी तुम भी न।" कहकर नानी से लिपट गया।

"मन्दोदरी के विषय में तुमने वार्ता की या नहीं।"

"वही चर्चा प्रारम्भ की थी कि तुम आ गयी प्रिय।"

"दशग्रीव मयराज की कन्य अत्यन्त सुशील है। गुणवती है।"

"ज्ञात कर चुका हूँ नानी।"

"हम उसे तेरी अर्धांगिनी बनाना चाहते हैं।"

परिहास करने वाला दशग्रीव गम्भीर हो गया।

कक्ष में शान्ति छा गई।

"पुत्र तू एकबार उससे मिल ले।"

"नहीं नानी।" दशग्रीव अत्यन्त गम्भीर स्वर में बोला। "यह

उचित समय नहीं है। मैं अभी गृहस्थ में प्रवेश करने का इच्छुक नहीं हूँ। मेरा ध्येय भिन्न है। नाना मेरे लक्ष्य से परिचित है।"

"दशग्रीव मेरी अभिलाषा है कि मेरे जीवित रहते तेरी अर्धांगिनी का गृहप्रवेश को जाये।"

अपनी नानी के दोनों कंधे पकड़कर उन्हें दबाते हुए दशग्रीव बोला–"तुम दशग्रीव की नानी हो। मृत्यु तुम्हें स्पर्श भी नहीं कर सकती। फिर मेरी सन्तानों का लालन–पालन कौन करेगी नानी। मैं और अर्धांगिनी तो अपने पूर्वजों की भाँति केवल सन्तान उत्पत्ति का उद्योग करेंगे और आप पोषण।" मुस्कुराकर दशग्रीव ने स्पष्ट किया।

"तुम्हारा स्पष्टीकरण उचित है दशग्रीव। हमारा मत मात्र इतना है कि मय ख्याति प्राप्त विश्वकर्मा है। उसका वंश भी अन्य वंशों से श्रेष्ठ है। इसके अतिरिक्त वह तुम्हारी भावी योजनाओं में सहायक भी होगा। सम्पूर्ण पृथ्वी पर उसके समर्थक है। वह स्वयं बलिष्ठ है। स्वर्गपुरी का वास्तुशिल्पी भी मय था।"

"आपका विश्लेषण अत्यन्त सुखद है नाना। भावी योजनाओं के अनुरूप है किन्तु मेरे ध्येय में बाधक है मयराज पुत्री।"

"एक उपाय है दशग्रीव।" समाली बोला। "प्रिय तुम्हें भी रूचिकर प्रतीत होगा।"

"क्या सुमाली।" नानी बोली।

"दशग्रीव मंदोदरी की भेंट करवा देते हैं। पाणिग्रहण उत्सव कालान्तर में सुनिश्चित हो सकता है। यदि दशग्रीव और मंदोदरी दोनों सहमत हो गये तो निश्चित ही हमारे वंश हेतु यह सर्वोत्तम सम्बन्ध होगा।"

"हमारे लिए ही नहीं अपितु दशग्रीव के पिता के लिए भी यह सम्बन्ध अत्यन्त गौरवशाली होगा।"

"सत्यकथन प्रिय। पुत्र दशग्रीव आज तो सामाजिक परिस्थितियाँ है वह रक्तशुद्धता को अत्यन्त महत्त्व दे रही है। तुम्हारा स्वर्गपुरी में विशेष स्थान स्थापित हो चुका है। उसके अनुरूप मयराज से अधिक

प्रतिष्ठित वंश इस पृथ्वी पर है भी नहीं। मयराज का भी स्वर्गपुरी सम्मान करती है।"

दशग्रीव अपने नाना और नानी का व्याख्यान स्मरण करता रहा। मौन।

"आपका वह प्रस्ताव उचित है कि मैं मंदोदरी से भेंट कर लेता हूँ। किन्तु एक वचन के साथ, जो आप दोनों मुझे देंगे।"

नानी सहर्ष बोली–"हाँ कह दशग्रीव। हम वचन देने के लिए तैयार है।"

"तत्काल पाणिग्रहण उत्सव हेतु आप दोनों विवश नहीं करेंगे।"

"हम वचन देते हैं।" नानी तपाक से बोली।

नानी के जाने के बाद दशग्रीव ने सोचा–"ये सभी इस तथ्य को क्यों नहीं ज्ञात कर पा रहे हैं कि अभी पाणिग्रहण मेरे उद्योग में विराम लगा देगा। सम्पूर्ण अवधि अर्धांगिनी की सेवा सुश्रुवा में ही व्यतीत हो जायेगी। मेरे अपने कार्य के लिए समय ही नहीं मिलेगा।. ....तब विश्व उद्धार के लिए ....पता नहीं वृद्धजन हम युवाओं की भावनाओं को कब सम्मान देंगे? हमारे भी अपने स्वप्न हैं। ....और फिर नानी स्वयं एक स्त्री है उन्हें तो ....क्या कहूँ? अब जो करना है मुझे ही करना होगा ताकि नानी का मान भी रह जाये और मैं अपने उद्देश्य में भी सफल हो जाऊँ।"

वह विचार मग्न था। तभी उसके मस्तिष्क में एक प्रश्न आया कि नानी ने कहा था–"मंदोदरी शिव की भक्त है।" शिव अर्थात् श: या महेश यह स्पष्ट नहीं है किन्तु यह तो सनिश्चित है कि दोनों की ही ख्याति विश्वव्यापी हो गयी है। ....तो क्या मुझे मंदोदरी को स्वीकार कर लेना चाहिए? ....तत्काल? ....या कालान्तर में? दोनों अवस्थाओं पर गहनता से विचार करना होगा।

इसके उपरान्त दशग्रीव मंदोदरी के साथ हुई प्रथम वार्ता की स्मृति में खो गया।

प्रथम अर्धांगिनी वार्ता

"तुम अकृतदार हो?"
"निश्चित ही।"
"मैं अक्षतयोनि हूँ।"
"अति उत्तम।"
"क्या तुम अक्षतवीर्य हो?"
दशग्रीव स्तब्ध।
प्रथम भेंट में इस प्रकार के प्रश्न हेतु वह प्रर्वाभासी नहीं था।
अनुत्तरित।
किन्तु अनुत्तरित होना 'स्वीकार्योक्ति' का स्पष्ट संकेत है।
वह मुस्कुराई।
कुटिल मुस्कान।
"मैं अनंगारि नहीं हूँ।"
वह पुनः मुस्कुराई।
"मैं अनीह भी नहीं हूँ।"
"मेरा आशय वह नहीं था।"
"अपरिणीत भी रहना नहीं चाहता।"
"यह मेरे प्रश्न का उत्तर नहीं है।"
"अभिन्त हो हूँ।"
"वह तो प्रत्येक होता है। मैं भी हूँ।"
"अभिजात तो अभिन्त होते ही है।"
"क्यों उन्हें अभिववङ्क हेतु नारी सहज उपलब्ध है।"
"अभिसारण प्रतिबंधित तो नहीं है।"

"सत्यकथन। किन्तु प्रत्येक नारी तो नर की अभिरिचग्ध नहीं होती न"

"अवश्य।"

"अर्थात् तुम अभिसारणबद्ध हो?"

"मेरा आशय वह नहीं था।"

"फिर?"

"मैं अलुब्ध हूँ।"

"असंभव।"

"क्यों? असंभव क्यों?"

"तेरे जैसा अलुब्ध हो ही नहीं सकता।"

"अवाच्छित हूँ?"

"नहीं।"

"कुरूप हूँ?"

"नहीं।"

"विचिछन्न हूँ?"

"नहीं।"

"अवृत्तिक हूँ?"

"नहीं।"

"अव्यपदिष्ट हूँ?"

"कतिपय नहीं।"

"मैं अ-श्लील वाचक हूँ?"

"नहीं। सभ्य हो।"

"फिर भी अभी तक उदूढ़ नहीं हूँ।"

"उदृच्..............?"

"निश्चित ही गृहस्थ स्वीकार करूँगा। कृतदार रहूँगा।"

"मेरे प्रश्न का उत्तर कब दोगे? कृतदार के उपरान्त।"

"दुष्प्रा मत बनो।"

"सत्यता स्वीकार करो।"

"वर्तमान में रतिक्रीड़ा अपरिगृहीत तो नहीं है।"

"निश्चित ही।"

"जब प्रणयनिवेदन पर प्रतिबंध नहीं है। रति हेतु प्रत्येक नर–नारी स्वतंत्र है तो ऐसे वातावरण में, ऐसे समाज में, ऐसे युग में, ऐसे प्रदेश में यह प्रश्न औचित्यहीन है।"

"वह मेरा निजी प्रसंग है।"

"इस उपवन में नाना प्रकार के वृक्ष है पुष्प है। उन पर पक्षी, कीट आदि परिभ्रमण करते हैं। भृङ्गस्य की वाणी सदैव कर्ण प्रिय होती है।"

"निश्चित ही।"

"निःसन्देह वह सउद्देश्य आते हैं न।"

"अवश्य।"

"वैचारित विपणनन अमूल्य होता है। ....और जब प्रश्न सम्पूर्ण जीवन का हो तो अत्यन्त महत्त्वपूर्ण हो जाता है।"

"मेरा उद्देश्य हृदयाघात करना नहीं था।"

"ज्ञातव्य है। मैं प्रगतिशील विचारों का पोषक हूँ। समर्थक हूँ।"

"ज्ञात है। नवीनता हेतु सदैव, गतिमान रहना आवश्यक है।"

"राजवंशावलियाँ साक्षी है, जिन्होंने आधुनिकता को स्वीकार कर उसके लाभकारी तथ्यों को आत्मसात् किया उसके वंशज आज भी अपने कुल को प्रसिद्ध किये हुए हैं।"

"कुल प्रसिद्धि पुत्र द्वारा ही संभव है।"

"नहीं पुत्री भी कुल प्रसिद्धि कारक हो सकती है। होती है और होनी चाहिए।"

"अर्थात् तू नारी को सम्मानजनक दृष्टिगोचर करता है?"

"मैं प्रत्येक नर और नारी का सम्मान करता हूँ। जो विद्वान और विदूषी है वह श्रद्धेय है। जो विषय पारंगत है वह परमपूज्य है और जो अन्वेषक है वह परमआराध्य है।"

"मैं नारी विषयगत तेरे विचार आत्मसात् करना चाहती हूँ।"

"नारी अनेक रूपा है।"

"ज्ञातव्य है।"

"प्रथमतः वह जननी है।"

"सत्यवचन। नवम माह गर्भ में रखती है।"

"वह श्रेष्ठ हितैषी है। अपने सन्तानों के प्रत्येक रहस्य से वह परिचित रहती है। सन्तान भले ही वृद्धावस्था में आ जाये। माँ के लिए वह बालक ही रहता है।"

"अति उत्तम।"

"माँ की ज्येष्ठा नारी के द्वि रूप है।"

"द्विरूप? अर्थात्?"

"दादी और नानी।"

"ओह ! श्रेष्ठ। अतिश्रेष्ठ।"

"दोनों ही अतिपरिपक्व विचारों की स्वामिनी होती है। अकाट्य वक्तव्य। दूरदृष्टि। श्रेष्ठ परिवास संचालिका। निरंकुश दीर्घसर। अपने मत पर अडिग।"

"अर्थात् माँ से अधिक सशक्त?"

"कतिपय नहीं।" दशग्रीव सोचकर बोला। "माँ प्रत्येक पल की साक्षी होती है। पल-पल की नहीं अपितु पल-पल का लेखा-जोखा उसके मस्तिष्क में रहता है। वह अपने बालक की पलापल लेखा-जोखा ही ऐसी संग्रहकर्त्ता है जो मूल्यहीन कर्त्तव्यहीन का निर्वाहन करती है। इस कार्य हेतु उस माँ को कोई पारिश्रमिक भी नहीं मिलता। माँ जैसा लेखा जोख तो विपणनकृत लेखाकार भी संग्रहीत नहीं करता। वाणिज्य के पाठ्यक्रम में लाभहानि का विस्तृत वर्णन होता है किन्तु ममत्व में न लाभ है न हानि। माँ अपनी प्रत्येक सन्तान का पोषण पूर्ण तन्मयता से करती है। निःस्वार्थ।"

"सत्यकथन।"

"इस मृत्युलोक में सभी वस्तुएँ और सम्बन्ध कालान्तर में

परिवर्तित होते रहते है। ....किन्तु ....।"

"किन्तु क्या? स्पष्ट करो?"

"माँ सदैव माँ ही रहती है। वह परिवर्तित नहीं होती।"

"क्यों?"

"क्योंकि माँ कुमाता नहीं होती।"

"और सन्तान?"

गहरी श्वसन लेकर दशग्रीव बोला–"सन्तान कर्त्तव्यहीन हो सकती है। पुत्र कुपुत्र हो सकता है। पुत्री भी कृतघ्न हो सकती है। किन्तु माँ नहीं।"

"श्रेष्ठ।"

"प्रत्येक माँ के लिए उसकी सन्तान श्रेष्ठ होती है फिर चाहे सन्तान अवगुणी हो। कुरूप हो। विकलांग हो या फिर मंदबुद्धि। इतना ही नहीं यदि सन्तान अवीर्य है तो भी माँ के लिए श्रेष्ठ है। अपराधी है तो भी। कोई भी माँ उसे अपराधी स्वीकार्य नहीं करती।"

"अति उत्तम।"

"माँ भोजनहीन रह सकती है किन्तु अपनी सन्तान के लिए भोजन अवश्य बनाती है और भोजन करवाती है।"

"क्या माँ पुत्र और पुत्री में भेद करती है?"

"कतिपय नहीं।" दशग्रीव तपाक से बोला।

"ऐसा तेरा विचार है या ....।"

उसका कथन मध्य में ही रोकते हुए दशग्रीव बोला–"जब कोई भी नारी गर्भवती होती है तब उसे ज्ञात नहीं होता कि वह किसे जन्म देगी? पुत्र को या पुत्री को? गर्भवती नारी के परिजन भी उसकी देखभाल निष्पक्ष रूप से करते हैं। गर्भवती को पौष्टिक भोजन, व्यायाम, आदि पूर्णता किया जाता है। फिर कोई भी माँ पुत्र और पुत्री में भेद कैसे कर सकती है।"

"अर्थात् यह सर्वमान्य मान्यता है?"

"निश्चित ही। हमारे सभी समुदायों में ऐसा कोई भेद नहीं

किया जाता। पुत्रियाँ भी अपने वंश को प्रकाशित करती है। गुरु आश्रमों में भी कोई भेद नहीं किया जाता।"

"नारी के अन्य रूपों के विषय में तेरे विचार क्या है?"

"माँ के उपरान्त माँ-सी, बुआ, दादी, नानी, मामी, ताई, चाची, बहन सभी पूज्य है।"

"और प्रियसी?"

"प्रियसी............मेरे दृष्टिकोण में प्रियसी मानव की अभिन्न मित्र होती है। मार्गदर्शिका होती है। प्रेरणास्रोत होती है। हितैषी होती है।"

"इसके अतिरिक्त?"

"अर्थात्?" दशग्रीव चौंककर बोला।

"अर्थात् समागम?"

"आवश्यक नहीं कि प्रियसी सदैव समागम हेतु प्रयुक्त हो। यह मेरा मत है। स्वेच्छा और सहमति अत्यन्त महत्त्वपूर्ण है।"

"तेरे मत से यह स्पष्ट होता कि यदि प्रियसी स्वीकृति न दे तो सहवास संभव नहीं है?"

"प्रियसी ही नहीं प्रत्येक नारी।" दशग्रीव तपाक से बोला।

"सहवासनिवेदन के उपरान्त भी।"

"निश्चित ही। पूर्वकथन में मैंने स्पष्ट किया न कि सहमति आवश्यक है।"

"अनुभवी वक्तव्य है तेरा।"

दशग्रीव स्तब्ध।

मौन।

"क्या हुआ? मौन क्यों हो गये?"

"एक सत्य हेतु इतनी विस्तृत वार्ता?"

"कह सकते हो।"

"अत्यन्त चतुर हो।"

"निश्चित ही।"

“प्रत्येक नारी शंकित स्वभाव की होती है।”

“संभवत:।”

“क्यों?”

“इसका उत्तर देना संभव नहीं है।”

“क्यों? विशेष कारण?”

“जन्मगत स्वभाव है यह नारी का।”

“आश्चर्यजनक स्वभाव है। तेरा मत क्या है इस विषय पर?”

“इस प्रश्न का उत्तर तूने अभी दिया था।”

दशग्रीव ने आश्चर्य से कहा–“मैंने?”

“निश्चित ही तूने।”

“क्या?”

“प्रियसी के संदर्भ में।”

“अर्थात्?”

“यही की यह मार्गदर्शिका होती है।”

“इससे तेरा क्या आशय है?”

“नारी विहंगमदृष्टि की स्वामिनी होती है।”

“क्या नर नहीं होती?”

“अनेक अवसरों पर नर पूर्वाग्रह से ग्रसित होता है। इस कारण वह उचित निर्णय नहीं ले पाता।”

“स्पष्ट कर।”

“नारी किसी विचार पर अनेक दृष्टिकोण पर अपने मत स्पष्ट करती है। पूर्वाग्रहरहित होकर। इस कारण वह विहंगम दृष्टिकोण की स्वामिनी होती है।”

“श्रेष्ठ विचारणीय कथन।”

“तेरा आराध्य कौन है।”

“शिव।”

“और तेरा।”

“वही शिव।”

"क्यों?" दशग्रीव ने तपाक से कहा।

"वही एकमात्र सर्वशक्तिमान है। तंत्र और मंत्र के अधिकारी है।"

"दर्शन किये कभी?"

"बाल्यावस्था में एक बार।"

"कहाँ?"

"स्वर्गपुरी में।"

"तुझे कैसी लगी?"

"क्या?"

"स्वर्गपुरी।"

"अत्यन्त श्रेष्ठ। सुरक्षित। रमणीय।"

"तेरी अभिलाषा क्या है?"

"किस विषय में?"

"पुरी के विषय में।"

"ज्ञात तो करवाया मुझे।"

"मेरा आशय तेरी अपनी पुरी के विषय में?"

"स्वर्गपुरी रमणीय होनी चाहिए।"

"अति सुन्दर। स्पष्ट मत।"

"श्रेष्ठ। यह ज्ञात करता कि तू अपनी अर्द्धांगिनी में कौन से गुण अपेक्षित रखता है?"

"कतिपय, तेरे जैसे नहीं।"

दशग्रीव उसे देख मुस्कुराया। फिर हंसा।

"तू परिहास भी आत्मसात् नहीं करती।"

"क्या यह परिहासपूर्ण प्रश्न था?"

"निश्चित ही नहीं।" दशग्रीव अपनी हंसी रोक कर बोला।

"जा तेरी मेरी वार्ता समाप्त हुई।"

"अहंकार श्रेष्ठ गुण नहीं होता।"

"असमय परिहास भी।"

"तू तो बोली थी वार्ता समाप्त, फिर प्रति उत्तर।"

"भ्रमवश।"

"तुझे रूष्ठ होना भी नहीं आता।"

"रूष्ठ अपनों से हुआ जाता है। तू मेरा नही तो मैं तेरे से रूष्ठ क्यों होऊँ?"

"सत्यकथन। वार्ता भी दो परिचितों में होती है अपरिचितों में नहीं।"

"तू मेरा परिचित है?"

"निश्चित ही हूँ।"

"कैसे?"

"मेरा परिचय तेरे से तेरे ही परिजनों ने करवाया। उन्होंने ही हमें उद्यान में शेष वार्ता हेतु भेजा।"

"अति कुशल। ....वैसे तू उतना मूर्ख नहीं जितना में विचार करती थी।"

"कितना हूँ।"

"महामूर्ख है तू।"

"श्रेष्ठ कथन। महामूर्ख बनकर ही विजयी होना सहज है।"

"नारी हृदय महामूर्ख बनकर विजित करने की अभिलाषा है तेरी।"

"नहीं। यह तेरे विचार है।"

"प्रथमवार्ता में ही अभिमत्रता?"

"कतिपय नहीं।"

"फिर?"

"तेरे मनोभाव ज्ञात करने का प्रयास।"

"क्या ज्ञात किया?"

"समानता है।"

"क्या?" वह चिल्लाई।

दशग्रीव हंसा।

अपनी हंसी रोकते-रोकते बोला–"तेरे से प्रथमवार्ता सुखद रही। आ प्रासाद में चल।"

"प्रथमतः मेरे अन्तिम प्रश्न का उत्तर दें।"

"कौन-सा अन्तिम प्रश्न?"

"वहीं अर्द्धांगिनी के सम्बन्ध में।"

"स्पष्ट कहूँ।"

"सुस्पष्ट।"

"कभी विचार ही नहीं किया।"

"फिर यहाँ आगमन क्यों?"

"अपनी अर्द्धांगिनी के प्रथम अवलोकनार्थ।"

"अर्थात्?"

"तेरी विहंगम दृष्टि है तू विचार कर।"

"श्रेष्ठ परीक्षा।"

"ज्ञातकर।"

"तू मुझे स्वीकार करता है।"

"करूँगा।"

"अर्थात्?"

"तत्काल नहीं।"

"फिर?"

"भविष्य में?"

"तत्काल क्यों नहीं?"

"मेरी भविष्यगामी योजनाएँ हैं उन्हें साकार करने के उपरान्त।"

"यदि मैं प्रतीक्षा न करूँ तो?"

"यह तेरी इच्छा। तू नहीं तो और सही।"

"योजनाएँ साकार ही होंगी? तुझे विश्वास है।"

"विश्वास ही नहीं अपितु पूर्ण विश्वास है।"

"कैसे?"

"मैं सक्ष्म हूँ।"

"तथास्तु।"

"अर्थात् तू सहमत है।"

"अवश्य।"

"तो चल। सभी को ज्ञात करवा दें।"

"चल।"

दोनों उधान से राजप्रासाद में प्रवेश कर गये।

"क्या प्रतिक्रिया है तेरी?" मार्ग में रथारूढ़ नानी ने पूछा।

दशग्रीव मुस्कुराया।

"चुप क्यों है पुत्र?" नानी से उसे देखकर पूछा। "तेरी मुस्कुराहट से संदेश समझूं?"

"नानी मेरा ध्येय आपको ज्ञात है। सर्वप्रथम मेरा उद्देश्य अपने लक्ष्य को प्राप्त करना है। उसके उपरान्त........।"

"उसके उपरान्त क्या?"

"उसके उपरान्त नानी को श्रेष्ठ उपहार।" नानी को अपनी बलशाली भुजाओं में भरकर मुस्कुराते हुए दशग्रीव बोला।

"दुरस्थ-दुरस्थ।.........तू अनोखा है।..........कामिनी को देखकर भेंट करके तेरे जैसे युवक तत्काल अधीर हो जाते हैं।.........और एक तू है।" नानी ने बनावटी गुस्से में कहा और दूसरी ओर मुख कर लिया।

दशग्रीव ने मुस्कुराकर अपनी नानी की ओर देखा। अपनी ग्रीवा झुकाकर नानी को जैसे ही उसने देखा नानी ने अपनी ग्रीवा और दशग्रीव जोर से हंसा। उसने अपने हाथों से नानी का मुख अपनी ओर घुमाने का प्रयास किया तो नानी ने उसके हाथों को अपने हाथ से झटक दिया दशग्रीव सरलता से पराजित होने वाला नहीं था। उसने पुनः प्रयास किया परिणाम पूर्ववत्।

"दुरस्थ दशग्रीव। उद्देश्यहीन संभाषण।"

"ना-नी-ई।" कहकर दशग्रीव नानी से लिपट गया। बोला- "नानी। मेरी प्रिय नानी। पाणिग्रहण मेरा अधिकार है परन्तु तत्काल

नहीं। आपकी रुचि वाली ही मेरी अर्द्धांगिनी होगी। प्रतिक्षा कीजिये। नानी तत्काल पाणिग्रहण उपरान्त मेरा ध्येय भ्रमित हो जायेगा। मैं अन्य युवाओं से भिन्न हूँ नानी। कल्पना कीजिये नानी जब तुम्हारा ये नातिनपुत्र जब त्रिमानव प्रमुखों के समक्ष उपस्थित होगा तब सर्वाधिक प्रसन्नता किसे होगी। ....कहो नानी?"

"तेरा कथन शीरो धार्य है। सर्वाधिक प्रसन्नता मुझे ही होगी किन्तु पुत्र प्रत्येक कार्य उपर्युक्त अवस्था में श्रेष्ठ होता है। तेरी अवस्था पाणिग्रहण की है पुत्र।"

"अवश्य नानी। आपका कथन उचित है। परन्तु मेरी मान्यता है कि दाम्पत्य काल प्रारम्भ होने के उपरान्त मानव अपने लक्ष्य को प्राप्त करने में सहज नहीं रहता। एक बार लक्ष्य प्राप्त करने के उपरान्त उसका दाम्पत्य मधुरता के साथ व्यतीत होता है।"

"अज्ञानतावश है तेरा कथन।"

"नानी काल तीव्रता से परिवर्तित हो रहा है। यदि हम उसके संग नहीं चले तो काल हमारा सर्वनाश करते हुए दूरगामी हो जायेगा। उसके उपरान्त पश्चाताप के अतिरिक्त हमारे सानिध्य में कौन होगा?"

तभी सुमाली ने कक्ष में प्रविष्ट किया और बोला–"लगता है प्रयास विफल रहा।" मुस्कुराकर आसन ग्रहण किया।

दशग्रीव दोनों को देखकर मंद-मंद मुस्कुरा रहा था।

मौन।

शान्त।

नानी ने सुमाली की ओर देखा।

चिन्तशील नेत्र।

असहाय।

शान्ति भंग करते हुए सुमाली बोला–"काल तीव्रता से परिवर्तित हो चुका है। ....इसे अपने निर्णय लेने दो। ....हम तुम पुरातन पंथी है। आज पचास वर्षों पूर्व का काल नहीं है जब ऋतुकाल प्रारम्भ होते ही कन्या का पाणिग्रहण संस्कार कर दिया जाता था।"

"यहाँ तो पुत्र है। नाती है। कन्या नहीं।"

"कथनपूर्ण करने में दो।"

"कहो।"

"हमारा दशग्रीव अब साधारण युवक नहीं है। सम्पूर्ण जगत श्रेष्ठ युवकों में से एक है। स्वर्गपुरी से सम्मानित है। इसने जो शोध अनुसंधान किया है वह युगान्तकारी है। अपूर्ण गणनाएँ इसी के कारण आज सम्पूर्ण हुई है। ....अस्तु, अपने दशग्रीव को अनेक को अनेक महत्त्वपूर्ण कार्य सम्पन्न करने हैं। इसे स्वतंत्र विचरण करने दो।"

"परतंत्र कौन कर रहा है?"

"तुम।"

"पुरुष हृदय सदैव कठोर होता है।"

"कदापि नहीं।" दशग्रीव तत्काल बोल पड़ा।

दोनों ने उसकी तरफ देखा और हंस पड़े।

दशग्रीव समझ नहीं पाया।

"पुत्र सरल हृदयी होना तो घातक है। और वह भी षोडसी के समक्ष।"

"उसका तात्पर्य क्या है नानी श्री?"

"तू स्वीकृति देता है या नहीं?"

"सुरक्षा-सुरक्षा।" कहता हुआ दशग्रीव अपने नाना से लिपट गया।

"अभय-अभय।"

तीनों हंसे।

अपनी हंसी पर विराम देते-देते दशग्रीव बोला-"स्वीकृति... ....किन्तु...............।"

"किन्तु क्या पुत्र?" नानी मुस्कुराकर तपाक से बोली।

"कुछ आवश्यक कार्य सम्पन्न करने के उपरान्त।"

"अर्थात्?"

दशग्रीव ने नाना की ओर देखा। नाना ने संकेत करके शान्त रहने का आग्रह किया।

"कहो दशग्रीव?" नानी बोली।

"सुमालीधाम के कल्याणार्थ आवश्यक कार्य।"

"काल अवधि?"

"अज्ञात है नानी श्री।"

"तो स्वीकृति मूल्यहीन हुई न।"

"नहीं नानी श्री।"

"तेरे पर विश्वास कदापि नहीं।"

दशग्रीव ने तपाक से अपना बांया हाथ नानी के केशों पर रखकर गंभीरता से कहा–"मैं, विश्रवा पुत्र, सुमाली नाती दशग्रीव आज अपने नानी श्री को साक्षी स्वीकार करते हुए अपनी प्रिय नानी श्री को यह वचन देता हूँ कि आगामी वसन्तोत्सव से पूर्व मंदोदरी को अपनी अर्द्धांगिनी स्वीकार कर लूँगा।"

इतना कहकर दशग्रीव नानी के चरणों में षाष्टांग हो गया।

अपने नाना को आवश्यक दिशा–निर्देश देकर दशग्रीव देवभूमि की ओर प्रस्थान कर गया। वह देवभूमि की प्रत्येक गतिविधि का साक्षी बनना चाहता था।

उसका लक्ष्य था–"नैऋत्य" नैऋत्य दशग्रीव के लिए क्यों आवश्यक हो गया? यह जानने के लिए पढ़िये–"नैऋत्य के शिव"

॥ इति ॥

www.ingramcontent.com/pod-product-compliance
Lightning Source LLC
LaVergne TN
LVHW050628051026
849532LV00002B/310
* 9 7 8 9 3 9 5 1 4 5 5 4 1 *